译文经典

牛虻

The Gadfly

E. L. Voynich

〔爱尔兰〕伏尼契 著

蔡慧 译

上海译文出版社

目　录

第一部

第一章

比萨[1]，神学院的图书馆内，阿瑟正坐在那里埋头翻阅一叠讲道稿。那是六月里一个炎热的黄昏，窗子都开得大大的，百叶窗却半开半掩，好保持屋里的荫凉。神学院院长蒙塔奈利神父[2]停下了手里的笔，以疼爱的目光看了看俯在文稿上的那颗乌黑头发的脑袋。

“找不到吗，carino[3]？不要紧，我把这一节重写一遍就是了。那篇稿子说不定早就撕掉了，倒白白耽误了你这么多工夫。”

蒙塔奈利话说得挺轻，但是他嗓门宽亮，音色纯净得有如银铃，因而说起话来别具一种独特的魅力。听这嗓音简直就是一位天生的演说家，抑扬起伏都能各尽其妙。他跟阿瑟说话口气总是那么亲切。

“不，神父，我一定要找出来；稿子你肯定是归在这里边的。重写一遍的话写出来总跟原来不一样。”

蒙塔奈利还是继续写他的。窗外嗡嗡有声，一只没精打采的金龟子叫得有气无力，街上传来了卖水果小贩凄凉的吆喝，拉长了调子：“卖草莓子哟！卖草莓子哟！”

“《谈谈治好大麻风病人的故事》[4]，喏，找到啦。”阿瑟步履轻盈地从那边走过来，他走路这么轻盈，叫家里那几位有教养的亲人总觉得看着就有气。小家伙细挑身材，与其说是个三十年代[5]的英国中产阶级少年，倒更像十六世纪肖像画上的一个意大利人。从两道长长的眉毛、两片敏感的嘴唇，到那一双小手、一双小脚，他身上无处不给人一种过于秀气、过于细巧之感。要是静坐不动的话，人家还真会当他是个男装打扮的挺好看的姑娘呢；可是他只要身子一动，那股轻巧矫捷的劲儿使人想起的就是一头豹子了，只是这头豹子没有利爪，十分温驯。

“真找到了吗？阿瑟呀，要没有你的话我可怎么办好呵？我会不老是弄得丢三落四的才怪呢。好了，那我就不写下去了。我们到花园里去，我来帮你做功课吧。你有什么问题不理解呀？”

他们出了图书馆，来到了暮影重重的幽静的修道院花园里。这神学院的所在，本是一座古老的多明我会修道院[6]；两百年前，这个四四方方的院子本是收拾得齐齐整整、一丝不苟的，排得笔直的黄杨围起了一个花圃，中间种着的迷迭香和薰衣草一丛丛都修剪得不滋不蔓。如今照看花草的那班白袍修士都早已入了土，再也无人想起了；可是在这暮色宜人的仲夏的黄昏，那些芳香的药草却依然花开如故，只是再没有人采了花去做药了。石板小路的缝隙里钻满了一簇簇野芹和耧斗菜，院子中央的那口井也早已成了凤尾草和乱纠纠的蝎子草的天下。

---

① 比萨：意大利西部近海的古城，即著名的比萨斜塔所在地。

② 此处的“神父”原文为 canon，意为“大（教）堂神父”，或“大学教堂神父”。

③ 意大利语：亲爱的。

④ 其事源出《圣经·新约·马太福音》8 章 1—3 节：“耶稣下了山，有许多人跟着他。有一个长大麻风的，来拜他说：‘主若肯，必能叫我洁净了。’耶稣伸手摸他说：‘我肯，你洁净了吧。’他的大麻风立刻就洁净了。”《马可福音》和《路加福音》都有类似记载。

⑤ 此处系指 19 世纪的 30 年代。

⑥ 多明我会：一译多米尼克派，为天主教托钵修会之一，拉丁文的原名意为布道兄弟会。1215 年由西班牙人多明我（多米尼克）创立。

蔷薇已经撒野惯了，从根儿上蔓生出一枝枝一条条，都直爬到小径上；花圃边上的黄杨丛中赫然冒出了又大又红的罂粟花；乱草芜杂之中有高高的毛地黄耷拉着脑袋；年深月久的葡萄老藤无人整治也从不结果，垂挂在那棵备受冷落的欧楂树的枝头，梢梢上晃动着一簇叶子，仿佛总是在那里缓缓摇头，伤感不已。

花园一角有一棵高大的树，那是夏天开花的玉兰，枝叶森森宛如一座黑塔，周身缀满了奶白色的花。紧靠树干安有一条粗糙的板凳，蒙塔奈利就在凳子上坐了下来。阿瑟当时正在大学里读哲学；因为书上有一处看不懂的地方，所以今天特地来请“他的神父”讲讲这个问题。他虽然从来不是这所神学院的学生，却总把蒙塔奈利当成一部无所不包的活的百科全书。

“要是你没有什么吩咐的话，我想我这就该走了。”一等问题讲解清楚以后他就说。

“我今天是不打算再工作了，可你要是有空的话，我倒欢迎你再待会儿。”

“噢，那敢情好！”他身子往后一靠，背抵着树干，抬眼望去，从昏黑的枝叶丛中看得见几颗早出的暗淡的星星在静谧的夜空里时隐时现。他乌黑的睫毛下藏着一对蓝湛湛似谜似幻的眸子，这是他那位康沃尔人①血统的母亲传给他的，蒙塔奈利赶紧避过脸去，免得看到这双眼睛。

“看你的样子好像很累呢，carino。”他说。

“有什么办法呢。”阿瑟的话音里透出了一丝疲乏的味道，神父一下子就听出来了。

---

① 康沃尔人：系凯尔特人的后裔，居住于英格兰康沃尔郡一带。康沃尔人多蓝色或灰色眼睛。

“你实在不应该这样急着来上学；那阵子你护理生病的妈妈，晚上还要陪夜，可真把你给累坏了。也怪我没有多劝劝你，你要是能在来亨[1]好好休息一下再来就好了。”

“哎呀，神父，这哪儿好得了呵？妈妈去世以后，我在这不愉快的家里哪还住得下去呵！住下去的话会给朱莉娅逼得发疯的！”

朱莉娅是他那位隔山大哥的太太，是搅得他不得安生的根子所在。

“我的意思倒不是要你跟家人住在一起，”蒙塔奈利和婉地说。“你住在他们一起，那种日子当然是最难受不过的。我只是在想，既然你那位做医生的英国朋友请你去住，你就答应去住不是很好吗？你要是在他家里住上一个月再来上学，那就要好得多了。”

“哪儿呀，神父，那才使不得呢！沃伦一家，人倒都是非常、非常厚道的，可是他们不理解人；而且他们还老是要见我可怜——这我从他们的脸上都看得出来——他们总要说些话来安慰我，一谈就又要谈起妈妈。当然琴玛是不会这样的；她懂得什么样的话不该说，她一向很懂，小时候我们在一起她就很懂；可是那另外几位却总是这样。再说，原因也不单是如此……”

“那还有什么原因呢，我的孩子？”

阿瑟从一棵蔫头耷脑的毛地黄上捋下了一串小花儿，心烦意乱地攥在手里一阵乱揉。

“那个城市实在叫我受不了，”他停了一会儿才又说开了。

---

① 来亨（或译来克亨）：即里窝那，是意大利西部一个港口城市，就在比萨以南不远。阿瑟的家在来亨。

“那里的铺子，是我娃娃时代妈妈经常带我去买玩具的；那里海滨的步行路，是她还能走动的时候我经常搀扶着她去散步的。我到哪儿哪儿也不会让我好受；那些卖花姑娘总是捧着一束束花来要我买——可我现在还要花干什么呀！还有那教堂的墓地——我也只好老是远远避开，我看见那个地方心里就难过……”

他不说下去了，只是坐在那里，把手里那几朵钟状的毛地黄小花掰了个粉碎。冷场了好大半天，没有一点声息，他心想神父怎么不说话了，忍不住抬头一看。玉兰树下暮影已愈来愈浓，看上去什么都已朦朦胧胧，可是天色毕竟还没有黑透，看得出蒙塔奈利的脸上是死灰一片。只见他低倒了脑袋，右手紧紧抓住了板凳边。阿瑟赶紧转过脸去，他在惊奇之中更涌起了一种敬畏之感。就像自己无意间踏上了一片圣地似的。

“我的天主啊！”他心想。“跟他一比我就显得多么渺小、多么自私啊！他就是自己遭到了这样的不幸，怕也不会更难受了吧。”

不一会儿，蒙塔奈利抬起头来，看了看四下。“我不会劝你回那儿去的；反正眼下我不劝你去，”他的口气里含着无比深厚的爱意，“不过你得答应我一件事，就是等今年一放暑假，你可一定要好好休息一下。依我说你最好还是离开来亨一带，找个远远的地方度假去。我不能看着你的身体垮下去。”

“这里神学院放了假，你打算上哪儿去呀，神父？”

“我还得跟往常一样，带上学生到山里去，替他们在那儿安顿好。不过到八月中，副院长也该假满回来了。那时我倒很想上阿尔卑斯山去，也好稍微换换空气。你跟我一块儿去好吗？我可以带你去好好儿游游山，阿尔卑斯山的苔藓植物和地衣之类研究研究很有意思，你一定会感到兴趣的。不过，就你一个人跟我去，你会不会觉得有点乏味？”

“神父呀！”阿瑟十指交叉，双手一扣，朱莉娅管他这种样子叫“好动感情的洋派头”。“我说什么也要跟你一块儿去。不过……我有件事还说不准……”他顿住了。

“你是怕伯顿先生不同意？”

“他心里是肯定不会赞成的，不过他恐怕也不大好来干预。我今年十八岁了，自己可以作主了。他到底只是我的隔山哥哥，我有什么理由非听他的话不可呢？他待妈妈一向是很苛刻的。”

“不过他要真是板起脸来反对的话，我看你还是不要违背他的意思为好；不然你在家里的处境就更困难了，因为你想呀……”

“还能怎样困难法呀！”阿瑟激动地抢过话头说，“他们一向恨透了我，今后也还会恨透了我——我听不听他反正都一个样。再说，我跟你一块儿去，詹姆斯怎么好板起脸来反对呢——你是我的听神功神父[①]啊。”

“别忘了，他可是个新教徒。你话虽是这么说，可毕竟还是写封信去问问他的好，我们不妨先等着听听他的意见如何。总之你千万不能性急，我的孩子；人家恨你也罢，爱你也罢，你自己干得对不对还是很要紧的。”

神父这一番责备的话说得非常和婉，所以阿瑟听了脸都没有红一下。他叹了口气，答道：“是啊，这我也知道；不过要做到也真难哪……”

“你星期二晚上没能到我这儿来，真是太可惜了，”蒙塔奈

① 天主教徒向神父作忏悔，叫“办神功”，又叫“告解”。听取忏悔的神父叫“听神功神父”。

利忽然换了个话题，说。“那天阿雷佐[①]的主教来了，我本来倒很希望你能跟他见见面。”

“那天我是跟一位同学约好了的，要到他的宿舍里去参加一个会，我不去的话他们要等我的。”

“什么样的会？”

被这么一问阿瑟似乎显得很局促不安。“这……这也不……不是什么正……正式的会，”他紧张得都有点结巴了。“有位学友从热那亚来，他给我们作了个讲话……应该说是……是作了个……报告吧。”

“什么内容的报告？”

阿瑟犹豫了。“神父，你不要问他姓什么叫什么好不好？因为我向人家作过保证……”

“我什么也不问你就是，你既然作过保证不能告诉别人，那自然也就不能告诉我；不过我想你到了现在，对我最起码的信任总还该有吧。”

“神父，我当然信得过你啦。他谈的都是……我们的事……我们对人民担负了什么样的责任……还有……对我们自己又担负了什么样的责任；还谈了……我们应该用怎样的行动，去帮助……”

“去帮助谁？”

“帮助 contadini[②]……还要……”

“还要怎样？”

“去拯救意大利。”

沉默了好一阵子。

---

① 意大利中部一个城市，在比萨东南约 200 公里处。
② 意大利语：农民们。

“告诉我，阿瑟，”蒙塔奈利终于转过脸来，非常严肃地对他说，“你思考这种问题有多长时间了？”

“是……去年冬天开始的事。”

“是在你妈妈去世之前咯？那么这事她是不是知道呢？”

“嗯……不会知道。我……我当时也没怎么把这事放在心上。”

“而现在你……就很放在心上了，是不是？”

阿瑟又从毛地黄上捋下了一把小花儿。

“事情是这样的，神父，”他眼睛望着地下，就说了起来。“去年秋天我在准备考大学的时候，有机会认识了许多学生，你还记得不？说起来就是在那个时候，其中有几位跟我谈起了……这许多问题，还借书给我。不过当时我也不大把这些放在心上，我总想快快回家去看看妈妈。你知道，在那个地牢一般的家里她是绝对孤立的，朱莉娅的那条长舌头撒起泼来，真能把她活活气死。后来到了冬天，她的病重起来了，我也就把这些学生的事，还有他们借给我的书，统统给忘了，再后来，你也知道的，我就根本连比萨都不来了。我当时要是想到的话，对妈妈是不会不说的，可是我竟忘记得干干净净了。后来我看出妈妈是不行了……你知道，在她最后的那段日子里我可说是时刻不离她左右的；晚上我得整夜陪着她，幸亏白天有琴玛·沃伦来，好让我阖会儿眼。说起来也就是在这些漫漫的长夜里，我想起了那些书，想起了那几位学生所说的话……我心里就琢磨开了……不知道他们说得是不是对……不知道……主对这些问题会怎么看？”

“你问祂[①]了吗？”蒙塔奈利说话的嗓音都有些发抖了。

---

① 祂：即他，基督教（包括天主教）专用以指“主”（上帝〔天主〕或基督）。

“我问过多次啦，神父。我还常常向祂祈祷来着，求祂告诉我到底该怎么办，有时还求祂索性让我跟妈妈一起死掉算了。可是我总得不到祂的答复。”

“可是你对我却从来没有吐露过一个字。阿瑟呀，我本来总只当你是信得过我的。”

“神父，我哪儿会信不过你呢！不过你我总也都有一些事情，是不便跟人家商量的。我……我当时就觉得这件事是谁也帮不了我的——连你，连妈妈，都帮不了我；我一定得直接从天主那儿听到回答。要知道，这是为我的一生负责，为我的整个灵魂负责啊。”

蒙塔奈利把脸一转，两眼怔怔地直瞅着玉兰树高处那昏黑一片的枝叶丛中。暮色已经很浓，他的身影早成了一团模糊，仿佛一个黑魆魆的鬼魅，隐没在一片更黑的树影里。

“那后来呢？”他慢吞吞问。

“后来……她就去世了。你也知道，在她临终之前我可是一连三夜没睡，一直陪在她的身边……”

说到这儿他的话突然断了，半晌没有接下去，可是蒙塔奈利却一动也没动。

“在她安葬前的那两天里，”后来再说下去的时候阿瑟的声音就更低了，“我脑子里根本就没法想什么事。把妈妈安葬好以后我又病了；你记得吧，那时我连办神功都来不了。”

“对，我记得。”

“就在那个时候，一天夜里我爬起来走到妈妈房里。妈妈房里是空荡荡的，只有壁龛里那个大十字架还在。我就想：也许天主可以帮助我呢。我就跪下来等在那儿——就这样等了一夜。到第二天早上我清醒过来的时候……神父啊，我说不上来！我真说不上来！我没法告诉你我到底看见什么了——我自己也闹不清楚。反正我就知道天主已经给了我答复了，祂的意思我怎么敢违背呢。”

他们一时就都默默无语坐在黑暗里。过了一会蒙塔奈利转过脸来，用手按着阿瑟的肩头。

“我的孩子，”他说，“我的意思决不是说天主并没有向你的灵魂显示祂的意旨。不过你也不要忘记事情发生的时候你自己是怎么个情况，不要把伤心时、患病时生出的幻想当成了祂神圣的感召。即使天主真是有意要借此丧亡之际给你以答复，你也要千万注意不可曲解了祂的意思。你说现在心里有谱了，到底是怎么个谱呢？”

阿瑟站起身来，一个字一个字回答，像是在背诵教理问答①似的。

“我要把自己的一生献给意大利，要出一份力替意大利摆脱眼下所受的奴役和苦难，把奥地利人驱逐出去，使意大利能成为一个自由的共和国，除了基督再也没有人可以做王②。”

“阿瑟，你也不想想你在说什么呀！你根本连个意大利人都不是哩。”

“那也没有什么关系；我就是我。我奉到了天主的启示，我就要为此而献身。”

又是一阵沉默。

“你刚才提到的这个问题，按照基督的说法……”蒙塔奈利慢条斯理地刚要说开去，却马上给阿瑟打断了：

---

① 教理问答是基督教各派教会（包括天主教）对初信者传授基本教义的简易教材，大都采用问答体，故称教理问答。

② 称基督为王，屡见于《圣经》。如《新约·约翰福音》12章14—15节："耶稣得了一个驴驹，就骑上。如经上所记的说：'锡安的民哪，不要惧怕，你的王骑着驴驹来了。'"

“基督说过：‘为我失丧生命的，将要得着生命。’”①

蒙塔奈利胳膊往树枝上一靠，一只手掩住了眼睛。

“来坐会儿吧，我的孩子。”过了好一会儿他才说。

阿瑟坐了下来，神父使劲抓住他的双手不放。

“我今天晚上不跟你辩论了，”他说，“我觉得这件事来得太突然了……我没有一点思想准备……我得有个时间好好思考一下。我们改天再详谈吧。不过眼前我先得提醒你一件事。如果你为此而遭了祸，如果你为此而……丢了性命，你会害得我心碎的。”

“神父……”

“你先别忙，让我把心里的话说完。我以前跟你说过，除了你，我在这世界上就再也没有一个亲人了。我看你对这话的意思还不完全理解。年轻轻的，要理解也难哪；我在你这样年纪的时候，也是绝对理解不了的。阿瑟，我……我……我一直把你看作自己的亲生儿子一样。你不看见吗？你是我眼中的光、心里的愿②。我是宁死也不愿意你走错一步，毁了一生的。可是我能有什么办法呢。我也不要求你向我作出什么保证；我只要求你记住我这几句话，凡事不可造次。如果这一步跨出去后果难以再挽回，你在决定行动之前一定要先郑重考虑，即使不为你那在天国的妈妈考虑，至少也要为我想想吧。”

“我一定考虑就是……那么……神父，就请你为我祈祷吧，也为意大利祈祷吧。”

他默默跪了下去，蒙塔奈利也同样是默默的，拿手按在他

① 语出《圣经·新约·马太福音》10章39节。

② “眼中的光”、“心里的愿”，均典出《圣经》。《旧约·诗篇》38篇10节：“我心跳动，我力衰微，连我眼中的光也没有了。”又21篇2节：“他心里所愿的，你已经赐给他。”

低倒的头上。过了会儿，阿瑟站起身来，吻过了神父的手，便脚步轻轻地穿过那露水点点的草地走了。蒙塔奈利还一个人坐在玉兰树下，直勾勾地望着面前的那一片黑暗。

“我遭到天主的报应了，”他心里想，“就像大卫遭到天主的报应一样[①]。我是亵渎了圣殿的人，我用肮脏的手承受了圣体[②]——祂却一直对我忍而未发，如今报应终于到了。‘你在暗中行这事，我却要在以色列众人面前，日光之下，报应你。……你所得的孩子，必定要死。’”[③]

---

① 据《圣经·旧约·撒母耳记下》所载：以色列王大卫看中了乌利亚的妻子拔示巴，与之私通，使她怀了孕。大卫于是设计谋害乌利亚，霸占了拔示巴，生下一子。上帝决意惩罚大卫，使大卫与拔示巴所生的儿子得重病而死。

② 天主教徒望弥撒时，从神父手中受圣饼（代表基督之体），称为领圣体。

③ 语出《圣经·旧约·撒母耳记下》12 章 12—14 节。那是耶和华（上帝）派人对大卫说的。

第二章

听说他的隔山兄弟要跟蒙塔奈利“去瑞士一游”，詹姆斯·伯顿先生心里本是百分之百不赞成的。不过，跟一位年长的神学教授去作一次研究野生植物的旅行，那也不能说有什么不好，如果明明白白加以反对的话，阿瑟会觉得那是专横霸道，有悖情理，因为他对骨子里所以要不让他去的理由根本并不知情。他会马上把原因归之于信仰偏见或民族偏见，而伯顿一家却是向来以开明宽容自诩的。自从一百多年前“伦敦—来亨伯顿父子轮船公司”开业以来，他们府上的人无一不是虔诚的新教徒、坚定的保守党。不过他们认为英国绅士待人也应该讲公道，哪怕对“教皇派”①也不能例外，所以当初他们那位老当家的因不堪鳏居寂寞而续娶了他请来管教几个稚子幼女的那位信天主教的漂亮家庭女教师时，作为大儿子的詹姆斯和作为二儿子的托马斯见来了一位跟他们年纪相差不多的继母，心里尽管很不乐意，却也只能窝着一肚子的气，无可奈何地顺从了天意的安排。父亲死后，大哥一结婚，家里本来就很棘手的局面变得愈加复杂了；不过大兄弟俩其实还是做了点好事的，继母格拉迪斯在世一天，他们就尽量保护她一天，不然朱莉娅的那条毒舌头可是够她受的，对阿瑟他们也总是努力尽到他们自认为应该尽到的责任。对这孩子要说到喜欢，他们是连表面上的样子都不装装的，他们对他采取了宽待的态度，主要表现为两点：一是给零用钱非常大方，二是一切都任凭他自行其是。

因此，阿瑟去信以后，收到的回信里就附有一张支票，供他作为旅游费用，信上几句冷淡的话，同意他按照自己的意思怎样过暑假。他从自己的备用钱里抽出一半，用来买了植物书和标本夹，于是就跟着神父，去作他生平第一次的阿尔卑斯山之游了。

蒙塔奈利显得心情相当愉快，阿瑟已经有好久没有见到他这样了。花园里的那场谈话起初给了蒙塔奈利不小的震动，事过之后他的精神倒就渐渐恢复了正常，如今他看待这个问题也比较能处之泰然了。阿瑟年纪还轻，处世还浅；他作出的那个决定还不至于就是不可改变的。他在那条危险的道路上可以说还没有迈开腿，只要婉言劝说，多讲道理，无疑还完全来得及把他给拉回来。

他们本打算在日内瓦待上几天；可是一看见那白得刺眼的大街和那尘土又大、游客又挤的湖滨步行道，阿瑟不觉微微一皱眉。蒙塔奈利不声不响看在眼里，觉得很有意思。

“你不大喜欢吗，carino?”

“我也说不上来。反正跟我事先想象的大不一样。当然，这湖还是挺美的，那一道道山的线条我觉得也很不错。”他们当时是站在卢梭岛②上，他手指的是萨伏依③一边的连绵不绝的高峻山影。“不过这个城市看上去太古板、太一丝不苟了，不知怎么的——总让人觉得完全是一副新教徒的面孔，总有那

① 指天主教徒，带有讥讽的意思。

② 卢梭岛在罗讷河上。罗讷河源出瑞士，过日内瓦湖，向南流经法国，汇入地中海。法国启蒙思想家卢梭（1712—1778）生于日内瓦，曾住在该岛，岛上立有卢梭铜像。

③ 日内瓦以南原为萨伏依公国，后并入法国。

么一种踌躇满志的神气。算了，我真喜欢不起来，见了就想起朱莉娅。”

蒙塔奈利笑了。“可怜的孩子，也真是太不幸了。好吧，我们本来就是来玩儿的，也没有理由非在这儿住几天不可。那我们今天就乘船游湖，明天一早上山如何？”

“可神父呀，你不是本来打算在这儿住几天的吗？”

“我亲爱的孩子，这些地方我哪儿没有来过十回八回呢。只要看到你玩得快乐，我也就不虚此行了。你觉得上哪儿去好呢？”

“如果你真觉得去哪儿都行的话，那我倒很想沿河而上，去找源头。”

“就沿着这罗讷河？”

“不，去阿尔芙河[①]，那儿的河水才急呢。”

“那我们就到沙默尼[②]去吧。”

下午他们就坐了一条小帆船在湖上荡漾。日内瓦湖虽美，给阿瑟的印象却远不如灰暗混浊的阿尔芙河那么深刻。他是在地中海边长大的，看惯了碧蓝的粼波细浪，不过他却从心底里喜欢激流，如今见了这股源自冰川的水流急速奔腾而来，心里就喜欢得不得了。“真富有一往无前的精神哪。”他当时还直赞叹。

第二天一早，他们就动身到沙默尼去了。阿瑟赶着大车在土地肥美的山谷里奔驰，一路兴高采烈；可是到了克卢兹附近他们一上盘山路，进入了巉巉大山的团团包围，他就满面严肃，不作一声了。从圣马坦开始他们就步行了，慢慢出了山谷一路上坡，见路边有牧人小屋或小山村，就歇下来借个宿，歇

① 自东南向西北流入日内瓦湖的一条小河。
② 阿尔芙河上游的一处游览胜地，那是在法国境内，勃朗峰西北。

过以后又一任兴之所至，继续去作他们的漫游。阿瑟特别容易受到自然景色的感染，第一次遇到瀑布时他快活得都手舞足蹈了，叫别人见了也挺欢喜的；可是等到靠近了白雪皑皑的山巅，他这种狂喜不禁的心情又一变而为如痴如迷的兴奋，蒙塔奈利以前可从来也没有见过他这种激情的流露。他跟高山峻岭之间似乎就有那么一种不可思议的感情关系。他有时会在幽暗隐僻、涛声回荡的松林里一动不动地躺上几个钟头，从高耸挺拔的树干之间直盯着林子外阳光万道下的那一片群峰辉映、崖石尽露的世界。蒙塔奈利望着他，羡慕之中不觉带着那么一丝悲哀。

“你可不可以告诉我，你到底看见什么啦，carino?”一天他看看书抬起头来，见阿瑟还是直挺挺躺在旁边的青苔上，还是一个钟头前的那个姿势，把眼睛睁得又大又圆，直瞪瞪地盯着那光彩夺目的一片无边的蓝天和雪峰。那天他们离了大路，投宿在戴厄萨瀑布附近的一个幽静的村子里，见太阳已经西垂，晴空万里无云，便登上了一处松林覆盖的崖顶，等着看阿尔卑斯山的夕照，这里勃朗峰诸山山山相连，或圆或尖，晚霞下的群峰是个胜景。当下阿瑟听这一问，便抬起头来，满眼是惊异和神秘的色彩。

“你问我看见了什么吗，神父？我看见在一片蓝色的冥冥之中似乎有一个雪白的巨人，他不生不灭，亘古长存。我看见他千年万代一直在那里等待，等待圣灵的到来。我是朦朦胧胧看见的，仿佛对着镜子观看①。”

蒙塔奈利叹息一声。

“这种情景我以前也常常看见的。”

---

① 阿瑟同蒙塔奈利在以下的一大段对话中，每每引用《圣经》中的话。这里“仿佛对着镜子观看”一句，语出《圣经·新约·哥林多前书》13 章 12 节。

“现在再也看不见了？”

“再也看不见了。我永远也看不见了。我明知有这样的情景，可惜我的眼睛就是看不见。我看见的却是另外一种情景。”

“你看见什么了？”

“我吗，carino？我就看见一片蓝天、一座雪山——我抬头望向高处，就只看见这些。可是往下看去，却不一样了。”

他一指下面的山谷里。阿瑟跪下来探身往悬崖绝壁下望去。河道两侧窄窄的坡岸上是两片高大的松树林子，在愈来愈浓的暮色中看去黑魆魆的，有如哨兵在那儿站岗。火红的太阳仿佛一团燃烧的煤，不一会儿就落到了一座怪石嶙峋的山峰背后，于是自然万物顿时失去了一切血色和容光。山谷里顷刻罩上了一派阴森森的气氛——昏暗，可怕，像有无数鬼怪在磨刀霍霍。西边光山秃岭的断崖峭壁看去就像一个妖魔的两排利齿，暗暗埋伏在那儿，准备见了人就一口咬住，好拖到那黑沉沉深不见底、只听见林涛声声如咽的峡谷里。那松树林子都是一排排的尖刀，在那里低声诅咒：“快摔下来呀！”湍急的涧流咆哮呼啸，永远只能凭着一股绝望的意气，疯狂地向那狱墙般的岩岸发动一次次的冲击。

“神父！”阿瑟打了个冷战，赶紧起来，离开悬崖边往后直退。“那可不像个地狱吗！”

“哪儿呀，我的孩子，”蒙塔奈利回答的声音很轻，“只能说像一个人的灵魂。”

“该是‘那些坐在黑暗中死荫里的人’[1] 他们的灵魂吧？”

---

① “那些坐在黑暗中死荫里的人”，语出《圣经·旧约·诗篇》第107篇10—11节：“那些坐在黑暗中死荫里的人，被困苦和铁链捆锁，是因为他们违背上帝的话语，藐视至高者的旨意。”

“就是每天在大街上跟你擦肩而过的那些人他们的灵魂。”

阿瑟打个哆嗦，望着悬崖下的那一片乌黑里。松林中升腾起一派白蒙蒙的雾气，怯生生地依附在那股死命挣扎不已的汹涌涧流的身边，仿佛一个可怜巴巴的鬼魂，眼睁睁爱莫能助。

“瞧呀！”阿瑟突然说道，“‘在黑暗中行走的百姓看见了大光。’”①

只见东边一带，积雪的山峰映着落日的余辉，一片火红。等到山顶的红光褪尽以后，蒙塔奈利才转过头来，在阿瑟的肩膀上碰了下，阿瑟不觉一惊。

“回屋里去吧，carino；天都黑了。要是再不走的话，一会儿黑咕隆咚摸回去，可要迷路的。”

“看那多像个死人，”阿瑟说着才把眼光收了回来：在苍茫的暮色中还隐隐可见的那座高大的雪峰，如今就像一张鬼脸了。

他们小心翼翼穿过黑沉沉的树林下了山崖，回到他们借宿的那座牧人小屋里。

一会儿就到了吃晚饭的时候，阿瑟早已先在屋里等着了，蒙塔奈利一进屋，就发觉小伙子看去似乎已经把刚才黑暗里鬼怪什么的幻想都给甩掉了，已经压根儿换了一个人了。

“哎呀，神父，快来看呀，你看这条狗有多滑稽！两条后腿一站，居然还能跳舞呢。”

此刻他逗狗，欣赏这条狗的本领，那种全神贯注的样子跟刚才看着晚霞出神真没有什么两样。小屋的女主人红红脸庞，两臂健壮，系着一条白围裙，双手在腰里一叉，站在一旁，面

---

① “在黑暗中行走的百姓看见了大光”，语出《圣经·旧约·以赛亚书》9章2节：“在黑暗中行走的百姓，看见了大光。住在死荫之地的人，有光照耀他们。”意谓得到了上帝的恩惠。

带微笑，看他逗着那狗耍把戏。“他能这样逗逗闹闹，哪会有什么挪不开的心事呢，”她用当地土话对女儿说，“这小伙子长得也真够俊的！”

阿瑟像个女学生似的涨红了脸，女主人知道他听懂了，见他窘成这样，便笑着走开了。吃晚饭的时候，阿瑟尽谈野游啊，爬山啊，采集植物标本啊，除了这方面的打算别的绝口不提。他刚才那些似梦似幻的胡思乱想显然并没有影响他的情绪，也并没有影响他的胃口。

第二天早上蒙塔奈利睁开眼来，阿瑟已经不见了。敢情他天不亮就走了，到高坡上的牧草地里去“帮着加斯帕尔放羊”了。

可是，早饭还没开出多久，他就风风火火冲进屋里来了，头上帽子也没了，肩头上骑着一个三岁模样的农家小姑娘，一只手里还攥着一大把野花。

蒙塔奈利抬眼一看，微微一笑。跟在比萨、在来亨的那个不苟言笑的阿瑟一比，真是相差得太出格了。

“你上哪儿去了呀，你这个淘气的孩子？早饭也没吃一点，就满山乱跑？”

“哎呀，神父，太好玩了！日出的山景真是壮观无比，露水又是那么浓！喏，你看看！”

他提起一只脚来让神父看，靴子上湿漉漉的尽是泥。

“我们带了些面包和奶酪，到了牧草地上又现挤了些山羊奶喝。啊唷，那个山羊奶可难喝了！可我现在肚子又饿了，还有这个小家伙，我也得找些东西给她吃。安妮特，吃点蜂蜜好不好？”

他那时已经坐了下来，把孩子抱在膝头上，还帮她把花一朵朵理好。

“不行！不行！”蒙塔奈利不答应了。“我不能看着你着凉感冒。快去把湿鞋袜换掉。安妮特，你到我这儿来。这娃娃你是从哪儿抱来的？”

“就在村子头上。她的爸爸我们昨天见过的——就是专门给村里人修鞋的那一位。你看这娃娃一双眼睛可爱不可爱？她口袋里有只小乌龟，还给起了个名儿叫‘卡罗琳’。”

阿瑟换过了湿袜子，便坐下来吃早饭，坐下来才发现娃娃原来正坐在神父的膝头上，一副伶牙俐齿跟神父叨叨个没完，讲的就是她的小乌龟。那小乌龟此时就四脚朝天托在她胖鼓鼓的手里，她要请“米歇”[①]欣赏欣赏那正在乱扭的乌龟脚。

“看呀，米歇！”她一本正经说，她说的本地土话不大容易听懂。“看卡罗琳穿的靴子有多怪！”

蒙塔奈利一直坐在那里逗孩子玩儿，抚抚她的头发，夸奖夸奖她心爱的小乌龟，还给她讲好听的故事。女主人进来收拾饭桌时，见安妮特把这位庄重的神父大人的袍服口袋都翻了个底朝天，不觉吃惊得瞪大了眼睛。

“天主教导有方，连小家伙都认得出来谁是好人，”她说，“安妮特一向是害怕陌生人的，可你瞧她跟神父大人就一点都不怕生。真是不可思议啊！快跪下来，安妮特，趁这位好米歇还没走，求他给你请神赐个福，那会给你带来好运的。”

过了个把钟头，阿瑟跟神父一起在阳光灿烂的牧草地上散步时，阿瑟说了：“神父啊，我真没想到你还这样会逗孩子玩儿呢。那娃娃眼睛可是一刻儿也没有离开过你呀。你知道吗，

① 法语：先生。

我还以为……”

“怎么？”

“我的意思只是想说——我总觉得教会规定神父不准结婚实在有点遗憾。我不大理解这是什么道理。你也知道，教育孩子是一件不能掉以轻心的事情，让孩子从小就在良好的环境影响下受到耳濡目染，对孩子的关系可大了，所以我一直认为，一个人从事的工作愈是神圣，所过的生活愈是清白，他当父亲就愈是合格。我相信，神父，你要不是立过誓愿的话……你要是结了婚的话……你的孩子一定是非常……”

“别说了！”

这话虽然只是低低的一声，口气里却透出一股焦躁，因而紧接着的那一片沉默也就格外令人感到深不可测了。

“神父，”阿瑟见对方脸色阴沉，心里很不是滋味，于是就又说：“你是不是觉得我刚才的话有说得不对的地方？我的想法当然很可能有错，不过，心里自然而然产生的想法，我不能不想。”

蒙塔奈利的回答很和婉：“刚才你话是那么说了，不过我看你也恐怕并不是真很理解其中的含意。再过几年你的看法就会不一样了。此刻我们还是另外换个话题谈谈吧。”

这个暑假本来是过得再顺心不过了，两人之间本来一直洋溢着一派无比自在、无比融洽的气氛，可是如今却就这样出现了第一个不和谐音。

离开了沙默尼他们又顺着泰特恩瓦河继续前行，到了马蒂涅便停下歇息了，因为这天气热得简直叫人喘不过气来。吃过午饭，他们就在旅馆的阳台上小坐，阳台上有遮阳，是个眺望山景的绝好去处。阿瑟取出了标本箱，就跟神父俩起劲地用意大利语讨论起植物学上的问题来。

阳台上还有两个英国画家坐在那儿：一个在画素描，另一个在懒洋洋跟他闲扯。看来这人根本没有想到旁边的两个陌生人是听得懂英语的。

“别画这乱七八糟的风景啦，威利，”他说，“你看那意大利小伙子长得有多帅，为了那几棵凤尾草他简直都入了迷啦，你就画他得啦。你看看他眉毛的那个线条！你只要把他手里那个放大镜换成个十字架，把他身上的茄克衫灯笼裤换成一件古罗马的‘托加’袍，那十足就是个早期的基督徒[①]了，表情什么的样样都像！”

“什么早期的基督徒，算了吧。吃午饭的时候我就坐在这年轻人的旁边；我看他刚才对烤鸡的那份着迷劲儿，也不下于现在迷这几棵龌里龌龊的小小野草。他长得是够俊的，红润的面庞透点儿嫩黄，也很有美感，不过总远远比不上他的爸爸，他的爸爸俨然就是个画中人。”

“你说他的——什么？”

“他的爸爸呀，就是坐在你正前方的那一位。你难道连他也会视而不见？这一位才真叫相貌堂堂呢，没什么说的。”

“哎呀，你这个循道会[②]的虔诚信徒一点不开窍！见了个天主教的神父也会认不出来？”

“神父？天哪天哪，还真是个神父呢！对了，我忘了，神父是要立誓独身的，这一套的规矩还不少哩。那好，我们就厚道点儿，算那个小伙子是他的侄子吧。”

---

① “早期的基督徒”：一般都指古罗马的基督徒。基督教于公元 4 世纪被罗马帝国定为国教，在此以前基督徒常受迫害，出现过不少殉教者，这里所说的“早期的基督徒”似有此意。

② 新教的一个派别（卫斯理宗在英国有循道会，在美国则有监理会等派别）。

"真是两个草包！"阿瑟目光闪闪抬起头来，悄悄说道。"不过倒还承他们的情，说我的样子长得像你。我要真是你的侄子那才好呢——神父，你这是怎么啦？看你的脸色有多白啊！"

正说着，只见蒙塔奈利站了起来，一只手按在前额上。"我有点儿头晕，"他说话这样声气细弱，没精打采，倒真是可怪。"大概我今天早上在太阳里晒得太厉害了。我要去休息会儿了，carino；不要紧的，大概是中了暑了。"

※ ※ ※

后来到琉森湖[①]畔又过了两个星期，阿瑟和蒙塔奈利这才取道圣哥大山口回意大利。天气一直很帮他们的忙，他们去游览了几个地方，玩得都很愉快，不过这愉快之中却已经没有当初的那种乐儿了。蒙塔奈利一直心神不定，内心总忘不了他应该利用这个假期"具体谈一谈"，却直至现在还没有谈。在阿尔芙河河谷里的时候，他是故意先避而不谈，对上次在玉兰树下谈起的那个话题绝口不提；他想，像阿瑟这样一个富于艺术气质的人，初次见到阿尔卑斯山的景色肯定欢喜得不得了，在这种时候去跟他作一场必然是很痛苦的谈话，扫了他的兴，那也未免太残忍了。自从那天在马蒂涅碰到了那档子事以后，他每天早上总要暗暗下定决心："我今天就说。"到晚上又会改成："我明天就说。"如今假期都满了，他却还是这样"明天"、"明天"的，老是"明天"下去。他心里总有一种说不清的凄凉之感，总觉得有一种什么东西已经非复当初了，总觉得自己

---

① 在瑞士中部。

跟阿瑟之间已经隔着一道无形的幕了，所以他始终没有开这个口，直到假满那一天的傍晚，他才突然意识到，现在不说可就再没有机会说了。那天他们在卢加诺[①]住下来过夜，准备明天一早就动身回比萨。那意大利的政治漩涡可是要招来杀身之祸的，他至少总该弄弄清楚：自己心爱的人到底已经卷进去有多深了？

“雨已经不下了，carino，”到黄昏以后他就说，“我们也只有这个机会可以去看看湖景了。来，出去走走，我想要跟你谈谈。”

他们沿着湖边走去，到了一个安静的所在，在一堵矮石墙上坐下。近旁有一丛野蔷薇，枝条上已经结满了猩红的果实；独有高处的一枝，上面还挂着一两簇白里透黄的迟开的花，沾了一身的雨水，在那儿含悲晃荡。一碧如洗的湖面上有一条小船，扯起了微微飘动的白帆，随着雨后清新的轻风起伏荡漾。看去那么轻飘飘的，像是披着一团银白色绒毛的一粒蒲公英籽给投在水面上。萨尔瓦托山高坡上一座牧羊人小屋有个窗户，好像山上睁开了一只金黄色的眼睛。九月的悠悠白云下蔷薇花都垂下了头，在做自己的梦，湖水拍击着岸边的小石子，汩汩有声。

“我想跟你私下好好谈一谈，因为今后估计有好长一段时间不会再有这样的机会了，”蒙塔奈利说开了。“你要回大学里去了，大学里学习忙，朋友多；我呢，今年冬天也会够我忙的。我想我应该做到心中有数，知道你我之间今后到底应该以怎样的关系相处；所以，要是你……”他顿了一下，后面的

① 在瑞士南部，卢加诺湖畔。

话说得更慢了："要是你觉得你还可以像过去一样信任我的话，我想请你在那天晚上神学院花园里所谈的基础上，再进一步明确告诉我：你到底已经走得有多远了？"

阿瑟眼睛遥望着对湖，只是静静地听着，一声没吭。

"要是你愿意告诉我的话，"蒙塔奈利又接下去说，"我很想知道：你有没有承担了什么义务，比如说起了誓什么的？"

"我真没有什么可说的，亲爱的神父；我没有承担什么义务，但是我有义务。"

"我不懂你的意思……"

"起誓又有什么用呢？义务，并不是起了誓那才有的。如果你对一件事的看法达到了一定的程度，你就对这事有了义务；如果你没有这样的看法，那就什么也不能把义务强加给你。"

"那你的意思是不是说，这件事……这种呃……看法已经是不可改变的了？阿瑟，你说这话你考虑过没有？"

阿瑟转过脸来，盯着蒙塔奈利的眼睛直瞅。

"神父，你刚才问我是不是还信得过你。那你，是不是也可以相信我呢？当然，我要是真有什么可说，我是总会告诉你的；不过，这种事情多谈又有什么用呢？那天晚上你对我所说的话我并没有忘记，我也永远不会忘记。但是我总得走我自己的路，奔向我所看到的光明。"

蒙塔奈利从蔷薇丛中摘下一朵花来，把花瓣一片两片掰散，都投进了水里。

"你说得对，carino；好吧，这种事情我们就不要再去多谈了，看来多费唇舌也确实无补于事——好，好，我们就回屋里去吧。"

第三章

秋天、冬天，都平静而过。阿瑟读书很用功，很少有空闲的时候。他总是尽力做到每个星期去看望蒙塔奈利一两次，哪怕就是待上几分钟也好。有时碰到书难以看懂，他还会带上问题去请教，不过在这种时候他们也总是只谈所探讨的问题，绝不逾越一步。蒙塔奈利与其说是看了出来，倒不如说是感觉到了：他和阿瑟之间早已隔上了一道看不清、摸不着的屏障；因此他就处处注意避免嫌疑，省得阿瑟以为他还想保持过去的那种亲密的关系。如今阿瑟的来访给他的苦恼已经多于快乐了，他得经常努力装出一副泰然自若的样子，装出一副一切如常的样子，那可真是太痛苦了。阿瑟呢，虽然不大理解，却也注意到了神父态度之间的这种微妙的变化；他隐隐约约意识到这跟引起了很大争论的那个所谓“新思想”问题有一定的关系，所以他尽管经常是在一心思考这个问题，对这个问题却始终避而不提。但是他现在对蒙塔奈利的感情却越发比以前深厚了。他本来老是依稀觉得有一种郁郁难舒之感，有一种精神空虚之感，他拼命钻在神学研究里，钻在宗教礼仪里，花了那么大的力气想要驱除这种感觉，可是这种感觉却在他一接触青年意大利党①以后就都消失得无影无踪了。先前守候在妈妈的病榻旁冷清寂寞中生出的种种胡思乱想都一扫而空了，他原本只能以祈祷来对付的那些疑虑也早已都不驱自散了。他胸中萌生出了一股新的热情、一种更清楚明白、更富于朝气的宗教理想(因为在他看来学生运动与其说是一种政治发展的表现，倒不如说是一种宗教理想的表现)，他心里也随之而感到释然而安了、十分满意了，感到天下太平，自当赤心待人；在这种满怀虔诚、一片善心的兴奋的心情下，他看这世界真是到处一派光明。即使是他平素最讨厌的人吧，在他们身上他也看到了新的品质，觉得也有其可爱之处；五年来一直是他理想英雄的蒙塔奈利，如今在他眼里更又添上了一圈新的光轮，阿瑟觉得他很可能就是这个新教派的一位先知。阿瑟对他神父的讲道听得那么热中、那么迫切，总希望能在这些话里找到些迹象，证明讲道的精神跟共和国的理想有内在的联系。他还用心钻研“四福音书”②，看到基督教的教义究其根源还很有些民主倾向，心里真高兴极了。

一月里的一天，他到神学院去还本书。听说院长不在，他就径自上了楼，来到蒙塔奈利独用的书房里，把书仍在原来的书架上插好，正要退出来，忽然桌子上一本书的书名引起了他的注意。那是但丁的《帝制论》③。当下他就看了起来，不一会儿就看得出了神，连门开门关他都没有听见。直到背后响起了蒙塔奈利的声音，他才一惊而醒，回过神来。

“今天我倒没有料到你会来，”神父瞟了一下书名说，“我正要派人去找你呢，想请你今天晚上有空的话能来一下。”

---

① 1831年，意大利资产阶级革命家马志尼（1805—1872）在法国马赛创立青年意大利党，主张把奥地利人驱逐出意大利，建立独立统一的共和国。

② 指《圣经・新约》中的前四卷：《马太福音》、《马可福音》、《路加福音》及《约翰福音》。

③ 但丁（1265—1321）：意大利诗人，《神曲》的作者。他的《帝制论》主张政教分立，反对教皇干涉政治，要求建立统一的意大利。此书于19世纪时被教皇列为禁书。

“有要紧的事？我今天晚上正好有个约会，不过我可以不去，假如真是……”

“不必了，明天来也行。我星期二就要走了，所以很想跟你见一次面。我奉召要到罗马去了。”

“到罗马去？去多久？”

“照信上说，要待到‘复活节后’。信是梵蒂冈来的。我本想就通知你的，可是这几天一直忙得不可开交，神学院有很多扫尾工作要料理，有新院长来，又得替他作好安排。”

“可神父啊，你该不会调离神学院吧？”

“调离已是定局，不过我大概还会回比萨来的，至少还可以回来住几天。”

“可为什么要把你调离呢？”

“这个嘛，命令是还没有正式宣布，不过上面已经决定了：要提升我当主教。”

“是吗，神父！去哪儿当主教？”

“就是因为这个问题还没有解决，所以我才不得不到罗马去一趟。一种方案是到亚平宁山里的一个教区去当主教，一种方案是留在本教区当副主教，到底怎样至今还没有定。”

“那这里的新院长选定了吗？”

“卡尔迪神父已经接到了任命，他明天就到。”

“这是不是太仓促了点？”

“是啊，不过……梵蒂冈的决定常常不到最后一刻是不会下达的。”

“这位新院长你认识吗？”

“没有当面见过，不过人家对他的评价极高。写信来的贝洛尼主教说他学识非常渊博。”

“这神学院里的全体师生一定会十二分想念你的。”

“神学院的师生怎样我不敢说，不过我相信你是一定会想念我的，carino；你我恐怕都差不多，我也会非常想念你的。”

“我当然会想念你啦，不过想念归想念，我还是非常高兴。”

“是吗？我自己倒不敢说有什么高兴的。”他在桌子边上坐了下来，一脸倦容；看这脸色，哪儿像个高升在望的人呢。

“你今天下午有空吗，阿瑟？”他过了一会儿才说，“你晚上不能来，要是下午有空的话，就希望你在我这儿多坐一会儿。我总觉得心里好像有点不自在，很想在动身以前尽可能多跟你谈谈。”

“那好，我就多坐会儿。我约好了六点到。”

“又要去开你们的会？”

阿瑟点点头，蒙塔奈利急忙把话头岔开了。

“我想跟你谈谈你自己的事，”他说，“我不在，你办神功得另找一位神父了。”

“等你回来了，我办神功还可以来找你吗？”

“亲爱的孩子，这你还用得着问吗？我这说的当然只是指我不在的那三四个月里的事。你就到圣凯瑟琳教堂去找上一位神父好吗？”

“那敢情好。”

他们又谈起了其他的事，谈了不大一会儿，阿瑟就站起来了。

“我得走了，神父；学友们要等我了。”

蒙塔奈利脸上那憔悴的神气又出现了。

“这就要走？你瞧，我这闷闷不乐的毛病给你这么一治，已经差不多都好啦。那好，再见了。”

“再见。我明天一定来。”

“尽量早点来，我也好有时间跟你单独谈谈。明天卡尔迪神父就要来了。阿瑟，亲爱的孩子，我走了以后你凡事可要谨慎啊，别跟着人家去干冒冒失失的事，至少也得等我回来再说。我这就要离开你了，可你哪儿知道我心里是多么放心不下啊。”

“你不用担心，神父，根本就没什么事儿。将来的事情，都还远着哪。”

蒙塔奈利突然说了一声“再见”，就坐下去管他写自己的东西了。

阿瑟一踏进学友们平日开小会的那间屋子，眼睛看到的第一个人就是他小时候一起玩耍的老伙伴，那沃伦医生的女儿。她坐在靠窗的一个角落里，当时正有个所谓“领路人”——是一个穿破旧上衣的高个子伦巴第①青年——在跟她谈话，她是一脸专心而又诚心的神气，在那儿静听。这几个月不见，她变了很多，也长大了很多，如今看去已俨然是个成熟了的年轻女子了，只是脑后还拖着两根又粗又黑的辫子，依然是一副女学生的样子。她穿一身黑，把一方黑披巾裹在了头上，因为这屋里又冷又透风。胸前还佩着一支小柏枝，那是青年意大利党的标志。那个“领路人”正在给她讲卡拉布里亚②的农民日子过得有多苦，讲得情绪很激昂，她坐在那儿默默地听，一手托着下巴，眼睛望着地下。阿瑟觉得她简直就是一个忧思重重的自由女神的化身，在为建立不起意大利共和国而伤心叹息。（可

---

① 伦巴第是意大利北部的一个地区，阿尔卑斯山与亚平宁山之间。

② 卡拉布里亚是意大利南部的一个地区。

要是让朱莉娅见了，那就又有她说的了：好一个疯长的野姑娘，黄脸皮，歪鼻梁，连衣裙的料子也是过时货，短了一截还亏她穿得出！)

“你也来啦，吉姆！”趁那“领路人”被人叫开去的当儿，阿瑟赶快来到她的跟前招呼说。“吉姆”这个名字，其实是小孩子叫别了的，她的教名有点特别，应该叫詹妮弗。她的意大利同学都管她叫琴玛。

她吃了一惊，抬起头来。

“是阿瑟呀！啊呀，我真没有想到你……也是这里边的人！”

“我也没有想到你会是。吉姆，你是什么时候成了……”

“哪儿呀！”她急忙抢过话头说，“我并不是党员。我只是做了一两件小小的工作。情况是这样的：我认识了比尼——你认识卡洛·比尼吗?”

“当然认识。”比尼是来亨支部的组织委员，青年意大利党人没有不认识他的。

“是这样的，是他跟我谈起了这方面的事，我就要求他让我参加一次学生的集会。几天前他写了封信到佛罗伦萨来找我——你知道吗，我到佛罗伦萨去过圣诞节了！”

“我现在不大收到家里的信了。”

“啊，可不是！反正，我到了佛罗伦萨，住在赖特姐妹的家里。”(赖特姐妹本是她的老同学，已经举家搬到佛罗伦萨去了。)“后来就收到了比尼的来信，要我趁回家路过比萨，赶在今天到这儿来一下。啊！他们开会了。”

报告的题目是谈谈理想的共和国，以及青年本身应当如何为此作好准备。报告人对这个问题的理解其实也还有点模糊，可是阿瑟却听得从心眼儿里感到钦佩。他这个阶段的思想，论批判能力还是怪可怜的；对一种理想的精神境界，要接受就囫囵吞枣来个全盘接受，也不去用脑筋想一想，吞下去是不是都消化得了。报告完后，又讨论了好半天，讨论完后，学生们陆续散去，阿瑟见琴玛还坐在那个角落里，就走了过去。

“我来送你吧，吉姆。你住在哪儿呀？”

“住在玛丽埃塔家。”

“就是你爸爸以前的那个管家？”

“对，她的家离这儿可远了。”

他们默默无语走了好一阵子。后来阿瑟冷不丁说道：

“你今年十七岁了吧？”

“去年十月就满十七岁了。”

“我早就看准了，知道你不会像别的姑娘那样，长大了就爱去参加舞会什么的。吉姆，亲爱的，我倒是常常在想：不知道会不会有那么一天，你也来参加我们的组织？”

“我也常常这么想。”

“你说你帮比尼做过些工作，我倒不知道你还认识他。”

“我这点工作也不是帮比尼做的，是帮另外一个人做的。”

“另外一个人？是谁？”

“就是今天晚上跟我谈话的那位——博拉。”

“你跟他很熟？”阿瑟突然问了一句，口气里带着一丝妒忌。一提起博拉，就触着了他的痛处；因为有一次他跟博拉争着要去担当一项任务，结果青年意大利党的党委会却把任务交给博拉去做了，说是阿瑟年纪太轻，缺乏经验。

“我跟他相当熟，我挺喜欢他的。他前一阵子一直住在来亨。”

“我知道，他去年十一月就去了……”

“就是为了轮船的事去的。阿瑟，这个工作要是利用你们家的掩护去做，要比利用我们家安全多了，你说是不是？像你们航运公司老板那样的有钱人家，谁还会起疑心呢？再说，码头上的人你哪个不认识……”

“嘘！别这么大声嚷嚷，亲爱的！这么说，从马赛来的那批书是藏在你们家里喽？”

“只藏了一天。哎呀！我怕是不该告诉你的吧。”

“为什么不该告诉我？你知道我是党组织里的一员。琴玛，亲爱的，要是问我这世界上什么事情最叫我高兴，那就是有朝一日你参加了我们的队伍——你，再加上神父。”

“你的神父？他哪儿能呢……”

“是啊，他跟我们看法不一样。不过我有时候总觉得……应该说……是希望吧……我也说不清楚……”

“可阿瑟呀，别忘了他是个神父。”

“那又有什么？我们的党组织里有的是神父——有两位还在报[1]上写文章呢。为什么神父就不可以？神父的使命是要引导世人去实现更加崇高的理想、更加崇高的目标，这不也正是我们党组织的努力方向？说到头，那与其说是一个政治上的问题，倒不如说是一个宗教上和道德教育上的问题。只要人民具备了合格的条件，有了责任感了，配做自由公民了，那就谁也别想再继续奴役他们了。”

琴玛直皱眉头。她说：“阿瑟，我觉得你的逻辑总有点儿混乱。神父是宣讲教义的。我看不出那跟赶走奥地利人有什么

① 从下文看，当指《青年意大利报》。

相干。”

“神父是讲授基督教教义的教师，而古往今来最伟大的革命者就是基督。”

“你可知道，有一天我跟爸爸谈起了天主教的神父，他说……”

“琴玛，你爸爸可是个新教徒。”

琴玛停了一会儿才转过脸来，以不加掩饰的目光瞅了他一眼。

“好了，我们还是不谈这个话题吧。你一谈起新教徒来就总是容不得人家。”

“我并没有容不得人家的意思。我倒觉得，新教徒一谈起天主教神父才往往容不得人家。”

“也许是吧。算了，为这个话题我们以前争吵得也够多的了，再争吵也没有意思。今天的报告你听下来觉得怎么样？”

“我觉得今天的报告挺不错的——尤其是最后一部分。有一点他强调得真好，就是对共和国的理想不应该只局限于向往，而应该付之于实践。正如基督说的：‘天国就在你们心里。’”①

“我却觉得正是这最后一部分他说得不好。他尽是谈我们在思想上、感情上、素质上应该提高到如何如何，话说了一大堆，却一句话也没有告诉我们具体到底应当怎么干。”

“关键的时刻一到，事情是有得我们干的；可我们总得耐心点儿，这么许多伟大的变革又不是一朝一夕可以完成的。”

“事情愈是做起来需要时间，就愈是应该赶快着手。你说

---

① 按这一句同《圣经》原文稍有不同。《新约·路加福音》17 章 20—21 节作：“耶稣回答说：‘……上帝的国就在你们心里。’”

要享受自由得具备条件——你倒说说看，还有谁能比你妈妈更够这个条件？像她那样完美无缺的一位天使般的妇女，你几曾见过第二个？可是她这样善良又有什么用呢？到她去世她还是一个奴隶——受尽了你大哥詹姆斯夫妻俩的欺压、折磨、凌辱。其实她要不是那样的好脾气、好耐心，倒反而要好过得多；他们也就不至于会那样虐待她了。意大利的情况也正是这样；意大利需要的不是耐心——是应该有人起来捍卫自己……”

“吉姆，亲爱的，如果光凭愤怒和激情就能拯救意大利的话，意大利早就获得自由了；意大利需要的不是恨，而是爱。”

他说到这个“爱”字，脸上忽然一下子涨得满面通红，却又很快就褪得没了影。琴玛并没有看见；她正皱起了眉头，绷紧了嘴，两眼直瞅着前方呢。

过了一会她才说：“阿瑟，你以为我的看法不对，可其实还是我对，你将来总有一天会明白过来的。到了，我就住在这儿。进去坐会儿吗？”

“不了，时间不早了。再见了，亲爱的。”

他站在门阶上，双手一合把琴玛的手紧紧握住。

“为了天主为了人民……”

她神情严肃，放慢了语气，接着念了口号的下半句：

“誓必始终如一。”

说完她就抽回了手，奔进屋里去了。听到她关上了门，阿瑟才弯下腰去，捡起了她掉在地上的胸前那支小柏枝。

第四章

阿瑟回到宿舍里，只觉得飘飘然。那份快活，真是快活到了极点，快活到了再也不觉得有半点烦恼了。在会上听得出话音，知道武装起义已经在着手准备了；更何况如今琴玛又成了同志——他可是爱琴玛的。他们可以一块儿为那即将诞生的共和国而工作，就是牺牲也说不定可以牺牲在一块儿。他们怀抱的希望已经到了开花结果的时候了，这一下神父见了总该相信了吧。

可是第二天早上他睁开眼来，头脑就清醒了许多，他想起琴玛就要到来亨去了，神父也要去罗马了。一月，二月，三月——离复活节还有足足三个月哪！万一琴玛在家里受到了“新教徒”的影响呢（在阿瑟的字典里“新教徒”就是“非利士人”[①]的别名）——不，琴玛才不会去学来亨的那班英国姑娘呢，才不会去卖俏撒娇，去勾引游客，勾引那帮脑袋光光的轮船公司老板呢。她跟她们本质上不一样。不过她的日子恐怕是很不好过的；她太年轻了，朋友太少了，整日相处的尽是些木头一样的人，孤零零的没有一个相知。要是妈妈还在就好了……！

那天傍晚他到神学院去，见蒙塔奈利正在接待那位新来的院长，脸上是一副心力交瘁的神气。见了阿瑟，神父也不像往常那样喜形于色，倒是脸色越发阴沉了。

“这就是我跟你说起的那个学生，”他介绍阿瑟的时候口气显得很不自然。“如果你能允许他继续在本院的图书馆借阅图书，我就感激不尽了。”

卡尔迪神父是位一副慈眉善目的老神父，他一下子就跟阿瑟谈起了萨平扎大学[②]来，看他谈得这样对答如流，如数家珍，可见他对大学生活倒是相当熟悉的。话很快就谈到了大学的校规问题上，那在当时可是一个极尖锐的话题。使阿瑟大为高兴的是，这位新来的院长对大学当局历来的做法表示激烈反对，认为不应该作出种种烦苛而实则毫无意义的限制规定，老是这样去不断刺激学生。

“我在引导青年人方面是很有些经验的，”他说，“我的一贯原则是，没有充分的理由，对什么事情都不要去轻易加以禁止。只要我们能向青年人表明，他们的人格是受到应有的关注和尊重的，真要存心闹得你不得安生的青年人毕竟还是极少的。可你要是老是去把缰绳拉紧，那就别怪最听话的马也要尥蹶子了。”

阿瑟的眼睛睁得大大的；他怎么也没有料到新来的院长竟会站在学生一边替他们说话。蒙塔奈利没有参加他们的讨论；看来对这个话题他是不感兴趣的。他脸上的表情显得苦恼极了，疲惫极了，卡尔迪见他这模样，把话突然打住了。

“我大概害得你累坏了，神父。我这人就是爱饶舌，你可千万别见怪；这个话题我一谈就来了劲，也就没想到会不会叫

---

① 根据《圣经·旧约》中的说法，非利士是巴勒斯坦西南沿海的一个古国，非利士人在以色列人的眼里就是“异教徒”、“敌人”的别名。流传到后来，非利士人又成了心胸狭窄、缺少修养的市侩俗物的同义词。

② 阿瑟就读的大学。

人家听得腻烦了。”

“哪儿的话呢，我听得很有劲。”蒙塔奈利不是个说客套话的惯家，他这句话的调子在阿瑟听来实在刺耳得难受。

卡尔迪神父到自己的房间里去了，蒙塔奈利这才向阿瑟转过脸来，脸上依然是一副心情郁结、忧思重重的神气，这一晚上他始终没有收起过这副神气。

“阿瑟，亲爱的孩子，”他慢慢说开了头，“我有话要跟你说。”

“他准是收到什么坏消息了，”阿瑟焦急地瞅着神父憔悴的脸，脑子里闪过了这么个念头。好一阵子谁也没有说话。

“你觉得这位新院长怎么样？”蒙塔奈利突然问了一句。

问出这句话来，阿瑟倒是很没有料到，他一时真不知道该怎么回答好。

“我……我觉得挺喜欢他的……至少……不，这话我还不敢说得十分肯定。只跟人见了一面，一下子还说不准。”

蒙塔奈利坐在那里，一只手轻轻地拍着椅子的扶手；他每逢心里焦急，或有事为难，就有这么个拍椅子扶手的习惯。

“关于我这次去罗马的事，”他重又开了一个话头，“如果你觉得有什么……呃，我是说……只要你希望我别去，阿瑟，我就可以写封信去说我不能去了。”

“哎呀，神父，那可是梵蒂冈……”

“梵蒂冈会另选贤能的。我向他们谢罪就是。”

“可这又是为什么呢？我真不明白了。”

蒙塔奈利用手抹了一下前额。

“我是为你担心呀。我想到了很多很多……再说，我其实也不一定要去……”

“那主教也不当啦……？”

“阿瑟呀！我就是当上了主教又有什么好呢，万一要是失去了……”

他的话突然断了。阿瑟以前可从来没有见过他这副模样，所以心下大为不安。

“我真不明白，”他说，“神父，可不可以请你给我讲得再……再明确一点，你到底有些什么想法……”

“我没有什么想法，我就是心里老觉得害怕，害怕得厉害。告诉我，你眼下可有什么特殊的危险么？”

“他听到什么风声了！”阿瑟想起了准备起义的种种私下议论，心里不禁一动。但是这个机密他决不能泄漏，所以当下他只是应了一声：“什么特殊的危险呀？”

“不要来问我——该你来回答我！”蒙塔奈利话说得急，连嗓门都简直粗起来了。“你的处境是不是有危险？我不想知道你的秘密，我只要你告诉我你有没有危险！”

“我们大家的命运都掌握在天主的手里，神父，每时每刻都说不定会出点什么事。不过我觉得自己并没有什么，相信到你回来那一天，我还是这样好端端的，啥事也不会有。”

“到我回来那一天？——你听我说，carino，我去不去还得由你来决定呢。你用不到说明什么理由；只消对我说一声‘别去’，我这次罗马之行就可以作罢。那反正也碍不了谁；只要你在我的身边，我就会觉得你安全了许多。”

这种病态的想入非非可不是蒙塔奈利本来的性格，阿瑟瞅着他，心情沉重，不胜焦虑。

“神父，你准是身体不大舒服吧。那你就更应该到罗马去了，去好好儿休息休息，索性把头痛失眠的毛病给治治好。”

“那好吧，”蒙塔奈利打断了他的话，好像对这个话题已经厌倦了，“我就明天早上乘早班驿车动身吧。”

阿瑟望着他，好生纳闷。

“你不是说有话要跟我说吗？”他说。

“不，不，没有什么话了——没有什么要紧的话了。”看神父的脸色像是猛吃了一惊，都快吓坏了似的。

※　※　※

蒙塔奈利走后过了几天，阿瑟到神学院图书馆去借本书，在楼梯上碰到了卡尔迪神父。

“啊，伯顿先生！”这位新来的院长叫了起来。“我正想找你呢。快请进来，我有个困难要请你帮我解决。”

他推开了书房门，阿瑟就跟着他进去，内心却莫名其妙地暗暗起了一阵反感。这个可爱的书斋原是外人莫入的他神父的圣地，眼看被个外人侵占了，心里总觉得不是滋味。

“我是一条要不得的书蛀虫哟，”院长说，“我来到这儿的头一件事，就是要到图书馆去细细摸一摸。那有趣是有趣，可我不了解这儿的图书是怎么个编目法。”

“这儿的图书编目不全；最近又添了一些藏书，其中有不少倒都是第一流的著作。”

“你能不能花上半个钟点的工夫把这儿图书分类的方法给我讲一下？”

他们就一起到图书馆里，阿瑟给他仔细讲了这目录是怎么编的。讲完以后，他就起身取了帽子要走，院长却笑呵呵的，不让他走。

“不行，不行！我不能让你这样匆匆而去。今天是星期六，你急什么呢，有什么功课反正可以到星期一早上再做。我耽误了你的工夫，弄到了这么晚，你就索性留下跟我一块儿吃晚饭吧。我是孤零零一个人，就喜欢有人做伴。”

他笑颜常开，又极风趣，阿瑟跟他相处，马上就一点都不感到拘束了。东拉西扯谈了一阵以后，院长问起他认识蒙塔奈利有多久了。

“有七年光景了吧。他从中国回来那一年，我是十二岁。”

“啊，对了！他做传教士就是在中国做出了名的。你从此以后就成了他的学生？”

“他是过了一年以后才收我这个学生的，大致就在我第一次向他办神功的同时吧。我进了萨平扎大学以后，还是继续得到他的帮助，我在正课以外想要学习点什么，他都能给我以指点。他待我真好——那种好处常人是想象不出的。”

“那我完全有理由相信；他的为人，是谁也不能不钦佩的——人格高尚，品德优秀。我遇到过几位当年跟他在中国一起同过事的传教士，他们对他在极端艰苦的条件下所表现出的那种积极勇敢的精神，那种忠贞不渝的品质，都是赞扬不尽。你年轻轻的就能得到这样一位人物的帮助和指点，真是幸运啊。我听他说，你的父母都已经不在了。”

“是的，爸爸在我小时候就亡故了，妈妈是一年前去世的。”

“你有兄弟姐妹吗？”

“没有同胞的兄弟姐妹，只有隔山的哥哥，可我还只是个娃娃的时候，他们就都已当了公司老板了。”

“那你小时候一定是很孤苦寂寞的；所以你大概也就越发觉得蒙塔奈利神父待你这样好心实在难能可贵了。有件事我顺便问一下，他不在的时候你向哪位神父办神功，决定了吗？”

“我想上圣凯瑟琳教堂去找一位神父，就是不知道他们那儿是不是有空接待。”

“你到我这儿来办怎么样？”

阿瑟惊奇得睁大了眼睛。

“神父大人，那……敢情好，只是……”

“只是神学院的院长一般是不听平信徒[1]的神功的，是不是？话呢，的确也是。不过我知道蒙塔奈利神父对你是十二万分关心的，我总觉得他对你有点放心不下——我要是离开了一个心爱的学生我也会这样的——所以你要是能有他的同事为你作心灵的指引，他知道了准会高兴的。而且，跟你说老实话，我的孩子，我喜欢你，只要有帮得上你的地方，我都很愿意帮助你。”

“既然你这么说，那就太好了，能够得到你的指引，我真是感激不尽。”

“那你就下个月起到我这儿来，好不好？好，就这样。平日你只要晚上有空，我的孩子，你只管过来看我好了。”

※　※　※

复活节前不久，正式宣布蒙塔奈利升为主教，主管的那个教区不大，叫布里西盖拉，在伊特鲁里亚亚平宁山区。他从罗马写了封信给阿瑟，心情显得愉快而平静，前一阵子的抑郁的情绪显然已渐渐成为过去。他在信上说：“你以后放了假一定要来看看我啊，我也可以经常到比萨来；所以我今后即使不能要见你就见你，想来总也可以时常跟你见见面了。”

---

① 平信徒：指未受圣职、无神品的一般信徒。

沃伦医生曾经有信相邀，请阿瑟去跟他和他的孩子们一起过复活节，免得回老家去过，老家的宏大宅第冷冷清清，老鼠成灾，何况如今已成了朱莉娅的天下了。信里还附有一张短短的便条，字写得很潦草，看那七歪八扭的幼稚的笔迹分明是琴玛所写，说是请他能去的话可一定要去，“因为我有点事情要跟你谈谈。”不过有件事却更加叫阿瑟振奋不已，那就是大学里同学之间都在悄悄传播一个信息：大家要做好准备，过了复活节就有大事要来了。

由于这种种原因，所以这一阵阿瑟一直是欢天喜地，在那里翘首而待，听见同学之间的一言半语，即使是最不着边际的海外奇谈，他也会觉得是顺理成章的事，不出两个月就可以成为现实了。

他准备在受难周[①]的星期四回家去，假期的头几天就在家里过，不然的话，到了沃伦家一高兴，见了琴玛心里一快活，就未免要跟这个节期的气氛格格不入了，教会可是要求全体信徒在节期里要保持肃穆，虔诚默念的。因此他就写信给琴玛，约好在复活节星期一[②]到。星期三晚上他回到寝室里时，心灵是一片宁静。

他在十字架前跪了下来。卡尔迪神父跟他约好明天早上听他忏悔；这是他复活节领圣体前最后一次办神功，所以事先一定要心怀至诚，多作祈祷，做好充分的准备。他十指交叉紧握双手，低倒了头跪在那儿，细细回想这一个月来的所为，算来无非就是犯了些缺乏耐心、粗心大意、脾气急躁之类的小小罪

① 按基督教的规定，复活节（必为星期天）前一周称为受难周，这一周的星期五为受难节（耶稣受难日），相传耶稣于是日钉死于十字架。

② 即复活节后一天。

过，一片清白的灵魂上总共只有这么几个淡淡的小污点。此外再也找不出什么来了；这个月里他心情愉快，所以也没有犯下多少罪过。他在胸前画了十字，就站起身来，准备解衣上床。

就在他解开衬衫的时候，衬衫里掉出一张纸片来，飘落在地板上。那是琴玛的信，被他贴肉塞在领口里已经有整整一天了。他捡起纸条，展开来亲了亲那亲切的潦草字迹，又重新折好，正隐隐感到自己的举动好不可笑，忽然发现纸的背面还有两句附笔，原先竟没有看到。那附言是这样写的："一定要尽快来啊，因为我希望你能跟博拉碰碰头。他眼下就住在这儿，我们每天都在一起看书。"

阿瑟看得脸上热烘烘的，一下子涨得满面通红。

又是博拉！他又到来亨干什么去了？琴玛又干吗要跟他一起看书呢？难道他那样偷运了一次书报，就把她给迷住了？在一月里的那次会上一眼就看得出来，他对她爱得很呢，所以他搞那批宣传品才那么热心。如今他就跟她寸步不离了——每天跟她在一起看书呢。

阿瑟猛然把信往边上一扔，又在十字架前跪了下来。原来他就是凭这样一个灵魂准备去求赦罪，去领受复活节的圣体的——就凭这样一个灵魂，他却自以为可以求得跟天主和解了，跟自身和解了，跟全世界人和解了。这灵魂里什么都出得了：卑劣的嫉妒和猜疑，出于私心的记仇和小心眼儿的怨恨——而且都还是针对一个同志的！他双手掩住了脸，感到彻心的羞愧。才五分钟前他还觉得自己连圣人都当得呢，而现在却证明了他其实并不干净：心里竟有这样卑鄙无耻的想头！

星期四早上他踏进神学院的小教堂，见教堂里就只卡尔迪神父一个人。他背过悔罪经以后，一下子就谈起了自己昨天晚上犯下的罪过。

“神父，我有妒忌和发怒之罪，有起意不良之罪，人家没有什么对不起我的地方，我却对他起了恶念。”

卡尔迪神父完全了解他要对付的这个悔罪信徒是个什么样的人物。他只是轻声说道：“你还没有把话全告诉我呢，我的孩子。”

“神父，有个我特别应该热爱和尊敬的人，我却对他起了个基督徒不应有的念头。”

“这人跟你有血缘关系？”

“关系还要更加亲密。”

“到底是什么关系呢，我的孩子？”

“同志关系。”

“什么样的同志呀？”

“都在从事一个伟大、神圣的事业。”

停了片刻。

“你对这位……同志发了怒，你对他起了妒忌，是不是因为他在这个事业中的成就超过了你呢？”

“我……对，这是一个原因。我妒忌他有经验——有能耐。还有一点……就是我觉得……我担心……我……心爱的姑娘会移情于他，让他给抢了去。”

“你心爱的这位姑娘，是圣教[①]的信徒？”

“不，她是信新教。”

“是个异教徒？”

阿瑟双手合握，十分难受。“是的，是个异教徒，”他

---

① 天主教徒对本教的尊称。

应声说，“我们是在一起长大的，我们的母亲过去一向是朋友，我……妒忌这个人是因为我看出他也爱她，因为……因为……”

“我的孩子，”卡尔迪神父沉默了半晌，才以缓慢而严肃的口气说道，“你还是没有把话全告诉我啊；压在你心灵上的担子决不止这一些。”

“神父，我……”他说话都结巴了，而且突然又住了口。

神父只是等着，没有作声。

“我妒忌他是因为我所属的……那个组织……青年意大利党……”

“哦？”

“交给了他一项工作，我原来满以为那是会交给我的，我总觉得自己干这个工作……特别合适。”

“什么工作？”

“去取书……一些政治书……都是从轮船上运来的……从轮船上拿到城里……找个地方藏起来……”

“党把这个工作交给你的对手了？”

“交给博拉了——所以我就妒忌他。”

“他这方面就没有什么错误么？交给他的任务你认为他没有什么失职么？”

“是的，神父；他在工作中表现得又英勇又忠诚；他是一位真正的爱国志士，我对他按说是只应有敬爱的分儿。”

卡尔迪神父仔细考虑了一会儿。

“我的孩子，既然你的心中出现了一线新的光明，萌发了一种理想，想为自己的同胞去完成某种伟大的事业，也升起了一股希望，可以让受尽劳累和压迫的人们因此而减轻些心头的负担，那你就要千万注意，对天主赐给你的这种最最可贵的恩典你一定要慎重对待。天下一切善的东西，都是天主所赐；新生，也在天主所赐之列。既然你已经找到了一条献身的道路，找到了一条可以走得心安理得的道路，既然你已经跟你亲爱的同志协力同心，要去解救那些在暗地里伤心流泪的人们，那你就一定要做到：让你的灵魂摆脱妒忌和情欲，让你的心成为一座有圣火长燃不熄的祭坛。记住，这是一个崇高而神圣的事业，要承受得起这样一个事业，你的心就必须净化，不能有一丝自私的念头。这种天职，也如同神职一般，不能要女人的爱，不能要过眼云烟般的片刻的欢情，那是为了天主为了人民，要誓必始终如一。”

“啊！”阿瑟吓了一大跳，两手紧紧合握在一起；他一听到这句口号，泪水都差点儿夺眶而出。“神父，你代表教会支持我们了！基督站在我们一边了……”

“我的孩子，”神父满面严肃地回答他说，“基督把兑换银钱的人赶出了神殿，因为上帝的殿应该称为祷告的殿，而他们却使它成为贼窝了。”①

阿瑟沉默了好大一会儿，才以颤抖的嗓音小声说道：

“有朝一日把他们赶了出去，意大利也就成为天主的神殿了……”

他没有再说下去，却传来了轻声柔气的回答：

“‘主说过：地，和其中所充满的，都是我的。’”②

---

① 其事见《圣经·新约·马太福音》21章12—13节：“耶稣进了上帝的殿，赶出殿里一切作买卖的人，推倒兑换银钱之人的桌子，和卖鸽子之人的凳子。对他们说：‘经上记着说：我的殿必称为祷告的殿，你们倒使他成为贼窝了。’”

② 《圣经·旧约·诗篇》24篇1节（大卫的诗）：“地，和其中所充满的，世界，和住在其间的，都属耶和华。”又50篇12节：“……因为世界，和其中所充满的，都是我的。”神父所引，显系由此两处而来。

第五章

那天下午，阿瑟觉得很想多走走路。他就把行李托给一个同学照看，自己安步当车向着来亨走去。

那天天色阴沉，湿气很重，好在不冷；那一片地势低洼的平野，似乎从来也没有像今天这样令他赏心悦目。湿漉漉的草踩上去觉得软绵绵有股弹性，路边野生的春花仿佛都拿腼腆惊异的小眼望着他，这些都使他感到愉快。一片小林子的边上有一丛刺槐，刺槐丛中有只鸟儿正在筑巢，他走过时，鸟儿一声惊啼，褐色的翅膀忙不迭一阵扑打，就飞上天去了。

受难节前夕按例是应该敛心默念的，他也很想专心一意，默祷如仪。可是心里却老是会想起蒙塔奈利和琴玛，集中不了心思去行这种宗教礼仪，他最后干脆放弃了这个打算，由着自己的幻想飞了开去，想想那即将到来的起义该有多么惊天动地、宏伟壮丽，想想他心目中的那两位神明在起义中该扮演怎样的角色。神父应该是领袖，是使徒，是先知，他圣心一怒可使邪恶的势力望风而逃，有他指引可使青年自由卫士重新去学习古老的教义，从古老的真理中体会出从未想到过的新的含义。

那琴玛呢？对了，琴玛该是个打街垒战的战士。她是用塑造女英雄的特殊材料做成的；她就是那许许多多诗人理想中的一个冰清玉洁的无畏少女，作为一个同志那可真是最完美不过了。她应该站在他的身边，跟他并肩战斗，处在枪林弹雨之中却其乐融融。他们应该死在一块儿，何妨就死在那胜利到来的时刻——胜利那可是肯定的。自己心中的一片情意，可半点也不能向她透露；他决不能说出什么不该说的话来，搅乱她的安宁，破坏她那份平静如水的同志心。在他看来她是一片圣洁，有如一只洁白无瑕的羊羔，得为解救人民而作为燔祭献上祭坛；她的一颗心只知爱天主、爱意大利，他算什么人，也想闯进她那一尘不染的心灵之圣殿？

只知爱天主、爱意大利——正想到这儿，突然一个跟头从云端里栽了下来，原来走着走着，脚已经跨进了“公馆马路”上那座冷清清的宏大府第。在楼梯上劈面遇上了朱莉娅的那个男管家，还是那样穿得齐齐整整，不动一点声色，举止有礼之中却暗暗含着不屑。

“你好，吉本斯，两位哥哥在家吗？”

“托马斯先生在家呢，少爷；伯顿太太也在。此刻都正在客厅里。”

阿瑟走了进去，心口隐隐感到一阵压抑。好阴森森的大宅子！生活的滚滚洪流一再奔腾而过，却似乎总是只差那么一点儿，让这座宅子逃脱了没顶之灾。宅子里始终没有一点变化——还是那样的人，还是那样的祖辈的画像，还是那样笨重的家具陈设和难看的金银餐具，还是那样俗不可耐的处处卖富摆阔，还是那样举目所见尽是一派死气沉沉。连黄铜花架上的盆花看去都像是铁丝加彩漆的假花，看这光景谁会相信到了春回地暖之日那花梗里会有青春活力的萌动？朱莉娅已经穿好了晚宴的礼服，正在客厅里等候客人；这客厅，就是她全部生活的中心。脸上挂着呆板的微笑，淡黄的头发卷成一绺绺，膝头上还抱着只巴儿狗，她这副样子坐在那儿，简直连时装图样的模特儿都当得了。

“你好吗，阿瑟？”她口气生硬地招呼了一声，把手指尖向阿瑟匆匆一伸，就又马上收了回去：还是抚抚巴儿狗柔软光滑的皮毛来得惬意。“我想你身体一定很好吧，在大学里学业一定也大有长进咯。”

阿瑟就胡乱现找了一句客套话来含糊应付了过去，之后便又归于沉默了，只觉得浑身不自在。一会儿那满心得意、不可一世的詹姆斯陪着一位年长倨傲的运输行老板来了，可是情况也并未因此而有所改善；直到吉本斯来请入席，阿瑟这才算稍稍松了口气，他站起身来。

“我不吃饭了，朱莉娅。对不起，我要回房里去了。”

“你这样守斋也未免有点过分了，我的孩子，”托马斯说，“我看你准得饿出病来。”

“没有的事！明天见了。”

在走廊里阿瑟碰上了那个帮忙打杂的女仆，就请她明天早上六点来敲敲门叫醒他。

“少爷要去做礼拜？”

“对。明天见，特里萨。”

他来到自己的房里。那本是他妈妈的住房，当初妈妈久病不愈，就把窗子对面的那个壁龛改成了一个小拜坛。坛上居中是黑色底座上一个大十字架，前面挂一盏小小的罗马吊灯。妈妈就是在这个房间里去世的。如今靠床的墙上挂着她的画像，桌子上供着她生前所用的一只瓷盆，一大束她心爱的紫罗兰，把个瓷盆插得满满的。她去世正好满一周年，那几位意大利仆人可并没有忘记她。

他从手提箱里取出一幅画像来，画像配着镜框，包扎得严严实实。那是蒙塔奈利的肖像，彩色粉笔画的，几天前才从罗马寄到。他捧着这天大的宝贝，正在拆包，朱莉娅的小听差端着个食盘送晚饭来了。原来那位意大利老厨娘早在这个刻薄的新主妇进门以前就是在府里服侍阿瑟的妈妈的，这盘子里很少的一点美味小吃是她装上了叫送来的，她想她的好少爷这样稍微吃一点总该可以吧，总不至于会违犯教规吧。可是阿瑟只吃了一块面包，其他什么也没动；那小听差是吉本斯的侄子，最近才从英国来，他端着盘子出去的时候，嘴角边浮起了一丝大有深意的微笑。仆人之间壁垒分明，他早已加入了新教徒的阵营。

阿瑟进了壁龛，在十字架前跪下，只想收敛神思，好静下心来，潜心默祷。可是他发觉这很难办到。托马斯说得没错，这大斋节[①]他守斋守得有些过头了，肚内过于空虚，就像喝了烈酒似的，叫他觉得头里发昏。背上随之诱发起一阵阵微微的战栗，眼前的十字架也仿佛在云雾中飘浮。他只管一遍又一遍地祈祷下去，一直祈祷了好长时间，才终于把走散了的心思收了回来，一心去想那基督为世人赎罪而甘愿受难的圣迹。到最后还是身体的困乏压倒了神经的高度兴奋，他躺下去就睡着了，心安定了、宁静了，种种烦躁的、扰人的想头都摆脱了个干净。

他睡得正熟，突然房门上响起了又猛又急的敲门声。“一

① 大斋节（四旬斋）：指基督徒在复活节前斋戒 40 天，以纪念耶稣在荒野禁食。

定是特里萨！”他迷迷糊糊想着，懒洋洋翻了个身。敲门声又来了，这一下他可吓了一大跳，惊醒了过来。

“少爷！少爷！”那是个男人的声音，在用意大利话嚷嚷。“快起来！快起来！”

阿瑟立刻一纵身下了床。

“什么事？你是谁？”

“是我吉恩·巴蒂斯塔啊。赶快起来，快快！”

阿瑟慌忙穿好衣服，打开房门。看见马车夫那惊恐发白的脸色，他瞪大了眼睛，正在莫名其妙，走廊里已经传来了噔噔噔的脚步声和锵锵锵的金属撞击声，于是他一下子就明白了是怎么回事。

“冲我来的？”他冷静地问道。

“冲你来的！哎呀少爷，快快！你有什么东西要藏起来的？喏，我可以给你去藏在……”

“我没有什么要藏起来的。两位哥哥知道了吗？”

走廊的转角处已经出现了走在最前头的军警的身影。

“大少爷给叫起来了，一家上下全给吵醒了。唉！真是祸从天降啊——料不到会有这样的泼天大祸啊！而且偏偏又是在受难节上！老天爷啊，你就行行好吧！”

吉恩·巴蒂斯塔嚎啕大哭起来。阿瑟上前几步，迎着宪兵当路一站。宪兵在一片锵锵声中来了，后面跟着一群战战兢兢的仆人，他们临时仓促，衣服都穿得杂乱无章。宪兵过来把阿瑟团团围住，这时才看见那支奇怪的队伍煞尾是本公馆的男女主人：男主人套着睡衣靸着拖鞋，女主人穿一件梳妆长袍，头发还用卷发纸卷着呢。

“准是又要发洪水了，看这一对对的，都要进方舟里来呢！

啊，又来了一对，这对走兽可是够奇怪的！”①

阿瑟眼睛瞅着那些奇形怪状的人，脑海里不觉闪过了这样两句话。他差点儿笑了出来，可一想万万笑不得，就硬是忍住了——在这种时候心里应该想些正经的才是。他就轻轻作起祷告来：“万福马利亚，上天至圣母后！……”眼光也赶紧转了开去，免得看到朱莉娅的卷发纸一颠一颠的，又要冒冒失失笑了。

伯顿先生走到带队的军官跟前，说道：“请你把事情说说清楚：你们采取这种粗暴的手段闯入私人住宅，用意何在？我警告你，你要是不给我一个满意的解释，我就只好告到英国大使那里去了。”

那宪兵队的军官傲然答道：“我敢说，你只要看到了这个，就会觉得解释已经够充分了；英国大使自然也是一样。”他说着掏出一张批准逮捕哲学系学生阿瑟·伯顿的逮捕证，递给了詹姆斯，并且冷冷地补上一句：“如果你还想得到进一步的解释，那你最好亲自去向警察局长提出。”

朱莉娅从丈夫手里一把抢过公文，扫了一眼，立刻冲着阿瑟破口大骂，这世界上也只有时髦太太发起雷霆来才会骂得这样泼。

“原来是你丢尽了我们这一家子的脸呀！”她尖着嗓门直嚷。“引得满城的下等小户人家都张着大嘴、瞪着大眼，来看我们的好戏啦！好哇，平日瞧你好像有多虔诚似的，原来你今天要进班房啦！其实我们早就该料到的，这个信天主教的女人

---

① 据《圣经·旧约·创世记》载：上帝要降洪水毁灭天下，命诺亚（挪亚）先造方舟，带领一家避入，又命他把世上的走兽、飞鸟、昆虫，也每样各带一对，统统进入方舟躲避。直至洪水退后，才出方舟繁衍生息。

生下的儿子怎么会好得了呢……”

“对犯人是不准说外国话的，太太，”那军官打断了她的话，可是朱莉娅的英国话哇啦哇啦说得滔滔不绝，哪还听得见那军官的告诫呢。

“真是的，怎么会好得了呢！表面上又是守斋又是祷告，默默沉思俨然一副圣徒模样，可你看骨子里其实是这么回事儿。我早就料到会有这样的下场。”

对朱莉娅沃伦医生曾经打过个比喻，说她就像厨子打翻醋缸做坏的一盆色拉。她那条枯涩刺耳的嗓子一嚷嚷，叫阿瑟听得牙根都发酸了，脑子里蓦地就想起了这个比喻。

“何必说这种话呢，”他说，“你也用不到担心会惹上什么麻烦，谁不清楚这事跟你们大家都毫无干系。我想先生们大概要搜查我的东西吧。我没有什么要藏起来的。”

宪兵在房间里来了个彻底的搜查，查了他的信件，查了他学校里的作业笔记，抽屉箱子也都翻出来查了个遍，他则一直坐在床口上等着，激动得脸色有点发红，却一点都不感到紧张。搜查他不怕。平日收到了信，只要是有可能带累他人的，他总是看过就烧掉，所以那帮宪兵只是空忙了一阵，几篇半带革命色彩、半带神秘主义倾向的诗稿，以及两三期《青年意大利》报，就算是他们的收获了。朱莉娅犟了好大半天，终于听从了小叔子托马斯的苦苦相劝，回去睡觉了。她从阿瑟身旁傲然走过时，脸上鄙夷的神气有很精彩的表演。詹姆斯也乖乖地跟着她去了。

等他们一走，一直在屋里踱来踱去的托马斯，就装出一副满不在乎的样子，走到军官的跟前，问可不可以跟犯人说两句话。见军官点点头，他就来到阿瑟身边，嗓音带些沙哑，咕咕哝哝说：

“哎呀，会碰到这样要命的麻烦事。我真替你感到难过。”

阿瑟抬起脸来，脸上神色安详，一如夏日晴朗的晨空。“你待我总是那么好，”他说，“这没有什么可难过的。我不会有什么事的。”

“你听我说，阿瑟！”托马斯使劲一捋小胡子，硬着头皮把那个不大好出口的问题提了出来。“不知道……这档子事是不是跟……钱有点关系？因为，真要是那样的话，那我……”

“跟钱？绝对没有的事！跟钱会有什么关系……”

“这么说是政治上的花样咯？我就猜是这样。那你也决不要灰心丧气——朱莉娅那些话你可千万别放在心上。她就是一条舌头不饶人；如果你需要我帮忙——不管是要钱，还是什么——只管对我说，好不好？”

阿瑟只是默默地伸出手去，于是托马斯也就走了，他出去时特意做出一副漠然的表情，这就使他那张本来就木呆呆的脸越发显得木呆呆了。

这时候宪兵也搜索完了，带队的军官要阿瑟穿上出门的衣服。他立刻照办，转身就走，刚要跨出房门，却又忽然犹豫了一下，收住了脚步。当着这许多军警人员的面，跟妈妈的拜坛告别倒好像不大好办。

“可不可以请你们出去一会儿？”他请求说，“我一不能逃，二没有东西藏，这你们都是看到的。”

“对不起，按规定犯人身边是不能没人的。”

“那好，反正也没关系。”

他走进壁龛，屈膝跪下，吻了吻十字架上耶稣的双脚和架子底座，轻声细气悄悄说道：“主啊，让我保持忠诚至死不渝吧。”

他站起身来，见那军官正站在桌子旁边，在那儿查看蒙塔奈利的画像。“这是你的亲戚吧？”那军官问。

“不，是我的听神功神父，新任的布里西盖拉教区主教。”

那班意大利仆人都已经在楼梯上等着了，又是焦急又是伤心。他们都是很爱阿瑟的，那不只是因为他们喜欢这小伙子，看他妈妈素日的情分也是个原因，所以大家都围了上来，含着无限的悲痛纷纷来吻他的手，吻他的衣服。吉恩·巴蒂斯塔站在一边，眼泪顺着灰白的胡子扑簌簌往下淌。伯顿家的自己人却一个也没有出来为他送行。他们的冷淡，更加显出了仆人们对他是多么亲切、多么同情，阿瑟紧紧握住了向他伸来的一双双手，觉得自己的感情都快控制不住了。

“再见了，吉恩·巴蒂斯塔。代我亲亲你那几个小家伙啊。再见了，特里萨。请大家多为我祈祷吧；愿天主也保佑你们！再见了！再见了！”

他匆匆跑下楼梯，直奔前门。不一会儿，就只剩下一堆默默无语的男人和抽抽搭搭的女人还站在门阶上，目送着马车驰去。

第六章

阿瑟给关押在海港口子上一座中世纪的大堡垒里。监狱生活倒还勉强熬得过去。他那间牢房是又湿又黑，很不好受，幸而他本来就是在玻尔拉街的老式大公馆里长大的，屋子不通风、有耗子、有臭味，对他来说都不算什么新鲜事了。伙食自然也是既差且少，但是詹姆斯很快就获准从家里把一切生活必需品给他送去。他是单独关押的，虽说警卫看守得并没有像他料想的那么严格，他却也始终探听不出自己被捕到底是何原因。不过尽管如此，他的心情还是始终像刚进来时那么平静。不让看书，他就把时间都用于祈祷和虔心默念，不急不忧，等待着事态的进一步发展。

一天一个士兵打开了牢房门，冲他喊了一声："请这边来！"阿瑟问他事，得到的回答总是"不许说话"几个字，问了两三次都是这样，阿瑟没办法，只好听天由命，跟着那个士兵像兜迷宫一样转过数不清的院子、走廊、楼梯，反正到哪儿都有一股浓淡不等的霉味迎面扑来，最后来到了一间宽敞明亮的屋子里，只见一张铺着绿呢的长桌上乱糟糟堆满了文件，后边坐着三个身穿军装的人，一副懒洋洋随意找些话说的样子，在那儿闲磕牙。一见阿瑟进来，他们马上端起架子，摆出一面孔正经。其中年纪最大的一个穿的是一身上校的制服，一脸灰白的胡子，看去有些浮华习气，他指了指桌子对面的一张椅子，就开始预审了。

恐吓、凌辱、谩骂，阿瑟本来以为这些总是免不了的，他已经做好准备，答话一定要保持尊严，要按捺住性子，可是倒好，事情完全出乎他的意料：上校虽然态度傲慢冷淡，一派官腔，但是在礼貌方面倒是一点不失规矩。照例问了姓名、年龄、国籍、社会职业之类的问题，阿瑟都一一作了回答，对方也一一记下，刻板到极点。他正感到腻味，觉得有点不耐烦了，上校却问了一句：

“那么，伯顿先生，对青年意大利党你了解些什么呢？”

“据我所知这是一个社团，在马赛出版了一份报纸，拿到意大利来散发，目的在于鼓动人民起来反抗，务必把奥地利军队赶出意大利去。”

“你该看过这种报纸吧？”

“对，我对这个问题很感兴趣。”

“你在看这种报纸的时候，知道你这种行为是非法的吗？”

“知道。”

“在你房里搜出的那几份报纸，是从哪儿得来的？”

“这个我不能告诉你。”

“伯顿先生，在这里说‘我不能告诉你’是不行的；你一定要回答我的问题。”

“既然你不许我说‘不能’，那我就说不愿意吧。”

“如果你还不自检点，一味用这样的措辞说话，你要后悔的，”上校说。见阿瑟没有反应，他就又继续说：

“我不妨告诉你，根据我们已经掌握的证据，可以证明你跟这个党的关系不仅是阅读了明令查禁的书报而已，你跟他们的关系还要密切得多。坦白承认了，对你有好处。问题是好歹要查清楚的，你回避问题、矢口抵赖，企图以此蒙混过去，那是妄想。”

“我根本没有想蒙混的意思。你们想要知道些什么呢？”

“首先，你是个外国人，你怎么会卷进这种事情的？”

“我对问题认真思考过，还找了许多材料仔细研究过，在这个基础上我得出了自己的结论。”

“是谁动员你入党的？”

“没有谁，我是自己想加入的。”

“你是想跟我蘑菇到底啊？”上校声色俱厉了，显然他已经渐渐失去耐心。“想要入党就能自己入党啦？你想要入党的意思，是向谁表示的？”

一片沉默。

“请回答我的问题好吗？”

“你问这种问题，我是不会回答的。”

阿瑟这话说得气鼓鼓的；他感到一阵莫名的焦虑，觉得心里的火气渐渐要压不住了。他现在明白了，这次被捕的人还不少，来亨和比萨两地都有；他尽管还不知道这场灾难波及的范围到底有多大，可也早已听出了不少话音，不禁心急如焚，真为琴玛和其他同志的安全捏着把汗。这些军官故意装得温文有礼，他一剑刺来你得一剑挡开，他问得刁你得答得巧，跟他们这样周旋实在乏味，惹得他心里发烦，暗暗恼火，再加上门外那个岗哨脚步笨重，不停地走过来走过去，一声声直刺他的耳鼓，叫他觉得讨厌透了。

“噢，那就随便问问，你最近一次见到乔万尼·博拉是在什么时候？”又你来我往斗了几句嘴以后，上校提了这么个问题。“就在你离开比萨之前，是不是？”

“叫这个名字的人我不认识呀。”

“什么！乔万尼·博拉你会不认识？你哪能不认识他呢——是个高个子年轻人，脸儿刮得光光的。对了，他还是你的同学呢。”

“大学里的同学我不认识的也多得是。”

“是吗，不过这个博拉你不会不认识，你肯定认识的！瞧，这是他亲笔写的。你看，他对你还熟得很呢。”

上校随手就递给他一张纸，上面的标题是：“谈话纪要”，下面的签名是：“乔万尼·博拉”。阿瑟眼光一扫，看到了自己的名字。他吃惊地抬起眼来。“让我看？”

“对，你还是看看吧，跟你有关系的。”

他就看了起来，那几个军官则悄悄坐在一边，观察他的脸色。看样子这是一份供词，是对一大连串讯问的回答。由此看来博拉肯定也已经被捕了。头上一段供词属于通常的例行公事；接着一小段，交代了博拉跟党的关系，在来亨散发违禁书报的经过，以及学生集会的情况。再接下去有这样一句：“在参加我们组织的人里边有一个年轻的英国人，名叫阿瑟·伯顿，他是有钱人家子弟，家里开轮船公司的。”

阿瑟全身的血一下子都涌到了脸上。博拉把他出卖了！就是肩负着重任、身为“领路人”的那个博拉！——就是教育琴玛跟着党走……而且又爱上了她的那个博拉！阿瑟放下了手里的纸，瞪大了眼睛望着地下。

“你看了这份小小的材料，记忆该清楚些了吧？”上校特意点了一下，却还是客客气气的样子。

阿瑟摇了摇头。“叫这个名字的人我不认识呀，”他还是那么说，嗓音低沉而生硬。“一定是搞错了。”

“搞错？你别胡说！好了，伯顿先生，发扬骑士的风度，学习堂吉诃德的精神，这些本身都是无可厚非的事情，但是一旦做过了头就没有好处了。你们这班年轻人刚一开始都很容易犯这种毛病。你想想吧！人家出卖了你，你却还要拘泥小节，生怕对不起他，结果却连累了自己，葬送了自己的锦绣前程，这又是何苦呢？你自己不也看见了，他供出你如何如何，可是没有什么顾忌的哟。”

听得出上校的口气里已经带上了一丝隐隐的像是嘲弄。阿瑟陡地抬起头来；他心里一下子雪亮了。

“你瞎说！”他高声大叫了。“这是你伪造的！从你的脸上我就看得出来，你这个见不得光的家伙……你一定是抓住了什么人，有意要陷害他，要不就是故意设了个圈套，想硬是把我往里推。你造假、撒谎，什么都干得出来，你这个流氓……”

“住口！”上校勃然大怒，大喝一声，跳了起来。那另外两个军官早已都站起来了。上校对其中一个军官说：“托麦西上尉，请打铃叫警卫，把这位年轻的先生送到苦牢里去关几天。我看得出来，要不教训教训他，他是不会清醒的。”

所谓苦牢是地下的一个土牢，又黑又潮又脏。那非但没有使阿瑟“清醒”，反而激起了他的满腔气愤。有钱人家生活舒适，在家里他已经养成了习惯，对个人卫生讲究到了爱洁成癖的地步，如今这儿墙上黏糊糊的尽是一片毒虫的世界，地上日积月累堆满了垃圾污物，空气里充斥着一股霉菌、污水加烂木头的逼人臭气，这种种一开头对他显示的威力之大，肯定是很能使那个受了顶撞的军官感到满意的。当下阿瑟被一把推进了土牢，背后的门喀嗒一声落了锁，他就伸开双臂，小心翼翼往前跨了三步，指头触到滑腻腻的牢壁，恶心得浑身直发抖。在一片乌黑之中他只能用手摸索，去找一块脏得比较好些的地方，也好有个坐处。

乌黑一片，寂无声息，漫长的白天是这样一成不变地过，到了夜里也还是没什么两样。如今头脑里没有了外界的印象，只是一片茫茫的空白，这就使他渐渐失去了时间的观念；到第二天早上，牢门上锁眼里钥匙喀嗒一转，惊动了耗子，都吱吱乱叫，从他跟前呼地窜过，他被这一吓，心里骤然一慌，就霍地站起身来，只觉得心在那里突突直跳，耳朵里轰轰直响，仿佛他眼不见光、耳不闻声，不是几个钟头的事，而是已经有几个月之久了。

牢门开处，透进来一丝微弱的提灯光——在他看来这已是万丈光芒，令他睁不开眼了——来的是看守长，手里拿着一块面包、一杯水。阿瑟上前一步；他心里还满以为来人是来放他出去的。可是还没有来得及等他开口，看守长就把面包和水往他手里一塞，一言不发，转身便走，把牢门又上了锁。

阿瑟气得直跺脚。他这辈子还是第一次这样气得暴跳如雷。可是随着时光一小时一小时过去，时间的观念、地点的观念，渐渐都消失得愈来愈没影儿了。只觉得这黑暗茫茫无边无际，一直长此不生不灭，自己的生命似乎已经停止。到第三天傍晚，牢门打开了，看守长带了个士兵出现在门口，他抬起头来，又感到一阵眼花头晕，于是赶紧打个手遮挡去那已经不习惯的亮光，心里暗暗有些犯疑：自己在这个坟墓里到底待了多久了？是几个钟点呢，还是几个星期？

“请这边来，”看守冷冷的声音拉着一副公事腔说。阿瑟站起身来走上前去，这完全是无意识的动作，可是他发觉自己从来也没有像今天这样会稳不住步子，东一晃西一倒的，竟像个醉汉。通院子的台阶又陡又窄，看守想要来扶他上去，他偏不乐意；可是走到最上面的一级，脑子里忽然一阵发昏，身子一个踉跄，要不是那看守一把抓住了他的肩膀，他早就仰天一交摔下去了。

※　※　※

“好了，包他马上没事，”有个乐呵呵的声音说道，“刚出号子到外边一透风，多半是要这样晕过去的。”

又是一股子水往阿瑟的脸上泼来，浇得他上气不接下气，没命地直喘。眼前的黑暗似乎轰隆一声，都冰消瓦解了；他这才完全清醒过来，于是就一把推开了看守的手，勉强稳住了步子，穿过走廊，登上楼梯。他们到一扇门前站住，等了一会儿，门开了，他还没有明白过来这是要把他带到哪儿，身子可早已到了灯火通明的审讯室里。他愕然愣着双眼，对着那张桌子、那一堆堆文件、那坐在老位子上的几个军官直瞪。

“啊，是伯顿先生！”那上校说，“我想现在我们该可以自在些谈谈了吧。是嘛，要不然你看看那黑牢房滋味如何啊？总没有令兄的客厅那么惬意吧？是不是啊？”

阿瑟抬起眼来，看着上校那笑眯眯的脸。心里按捺不住一股狂热的冲动，恨不得扑过去揪住这个灰白胡子的浮华老头，把他的喉管吧嗒一咬两断。大概他这种心情已经在脸上有所流露了吧，因为上校马上又改用一种截然不同的口气，接着说道：

“坐吧，伯顿先生，来，喝点水，你太激动了。”

阿瑟把递过来的那杯水推在一边，两条胳膊往桌子上一靠，一只手托着脑袋，竭力想把心绪安定下来。上校坐在那里紧紧盯着他瞧，经验丰富的眼光注意到了那手和嘴唇在发抖，那头发上在滴水，那眼睛盯着人却暗无神采，说明他体力上已经垮了，神经也已经不正常了。

“这样吧，伯顿先生，”过了几分钟上校才说，“我们上次谈到哪儿，今天就接着再从哪儿谈起吧。由于我们之间闹过点小小的不愉快，所以我还是在开始之前先声明一下：就我本人而言，我是决没有要难为你的意思，总想对你尽量优待。只要你能规规矩矩，通情达理，我保证我们不会用不必要的严厉手段来对待你。”

“你们要我干什么？”

阿瑟开出口来，语气是强硬的、气鼓鼓的，跟他本来的声调完全不一样。

“我只要求你采取开诚布公、光明磊落的态度，把你对这个党和党内成员所了解的情况，都老老实实告诉我们。首先，你认识博拉有多久了？”

“我这辈子从来没有认识过这么个人。对这个人一点也不了解。”

“真的？好吧，这个问题我们就回头再说。有个叫卡洛·比尼的年轻人我想你一定认识吧？”

“我从来没有听说过这么个人。”

“这倒怪了。那么弗朗塞斯科·奈里呢？”

“我从来没有听到过这么个名字。”

“可是这里却有一封你亲笔写给他的信。你看看！”

阿瑟漫不经心地对信瞟了一眼，就把信放在了一边。

“你认得这封信吧？”

"不认得。"

"这么说你不承认这封信是你写的？"

"我没有不承认。我记不起来了。"

"那么这一封你或许还记得吧？"

又是一封信递了过来，他一看，是自己在秋天写给一位同学的。

"记不得了。"

"那个收信人你也记不得了？"

"也记不得了。"

"你的记性也差得未免太希奇了。"

"这是我一向的老毛病了。"

"是吗？可前些日子我还听你们大学里的一位教授说起，你非但智力上没有什么毛病，相反倒还相当聪明哩。"

"判断聪明不聪明，你们大概有你们警察密探的标准；大学教授说话用词，跟你们的意思可不一样。"

从阿瑟的口气里可以明明白白听得出来：他的火气是愈来愈大了。由于饥饿少睡，加上牢房里空气污浊，他的身体已是疲惫不堪，周身的骨头似乎根根作痛，上校的嗓音又一声声直刺他已经忍无可忍的神经，有如石笔在石板上写得吱吱直响，叫他听得牙根都发酸了。

"伯顿先生，"上校往椅背上一靠，板起了脸说，"你又放肆了，我再一次警告你，说这种话对你没有好处。黑牢的滋味你总该尝够了吧，总不见得这就想再去尝尝吧。我可以坦率地告诉你，我跟你来客气的你硬是不要的话，我可就要跟你来硬的了。你听着，我有证据——有确确凿凿的证据——可以证明这帮年轻人里有几个干了非法活动，把违禁书报偷运进了本港，同时还可以证明，你跟他们是有联系的。怎么样，你是不是愿意把你在这件事情上所了解的情况主动点儿告诉我？”

阿瑟拼命把头往下压。他觉得有一股讲不出道理、失去了理性的无名怒火，在他胸中蠢蠢欲动，像有条虫子在那里作怪。他真怕会克制不住自己，他觉得敌人再凶狠的恫吓都没有这样可怕。他这才第一次明白了，上等人的文化修养和基督徒的敬神之心背后原来还暗藏着多大的潜在隐患；他害怕极了，他怕的是自己。

“我还等着你的答复呢。”上校说。

“我没有什么可答复的。”

“你完全拒绝回答？”

“我半句也不想告诉你。”

“那我就只好下令把你再送回到苦牢里去，你一天不回心转意，我就一天不放你出来。你要是胆敢制造麻烦，情节严重的话我就给你上脚镣手铐。”

阿瑟抬起眼来，他浑身都发抖了。“那就随你的便吧，”他放慢了语气说，“你们对一个定不了半点罪名的英国侨民使用这种手段，英国大使肯不肯跟你们罢休，还得由他说了算呢。”

最后阿瑟还是给押回了他原先的班房，一进门他就扑在铺上睡着了，一觉直睡到第二天早上。他没有给上脚镣手铐，也没有再进过那想起来就叫人害怕的黑牢；但是每审讯一次，他跟上校之间那根深蒂固的仇恨就又越发深了一层。阿瑟常常在牢里祈求天主开恩，让他把胸中那股邪恶的怒火压下去，有时还默默地想上半夜，细想基督是如何耐心谦和，可是这些都无济于事。他只要一进那个四壁空空的长房间，一到那张铺着绿呢的桌子跟前，一看见上校那两撇油光光的八字须，那种非基督的感情马上又会完全主宰了他，他自会想出尖利的妙语去反驳、轻蔑的答话去回敬。他在牢里待了还不满一个月，就已经跟上校闹得双方都火冒透了，彼此只要一看见对方的脸，就会按捺不住自己的性子。

这种战斗虽然不是什么大战，却一直搞得他很紧张，他的神经渐渐受到了严重的影响。他知道自己所受的监视有多严密，又想起以前曾听到过一些骇人的传闻，说是犯人的饭食里常常暗暗掺进了颠茄，好引他们说梦话，趁此记录在案，所以他渐渐地就变得不敢睡、也不敢吃了；晚上只要身边窜过一只耗子，他马上会一惊而醒，身上冷汗淋漓，害怕得直打哆嗦，总当这牢房里藏着个密探，他要是说了什么梦话，都会叫听了去。那帮宪兵显然是在千方百计诱他招供，好借此陷害博拉；他唯恐自己稍有疏忽，落入圈套，结果提心吊胆过了头，神经紧张到了极点，事实上这反倒有犯错误的危险。博拉的名字白天黑夜都在他耳边响，连祈祷都受了影响，他数着念珠念《玫瑰经》的时候，圣母马利亚的名字有时念出来会变成了博拉。然而最最严重的却是，随着日子一天天过去，他那一片虔诚的信仰似乎也跟狱外的世界一样，离他愈来愈远了。这最后一个立足点他可是要死死踩住、决不能放弃的，所以他每天都要花上好几个小时来祈祷、默念；不过他的心却愈来愈收不住了，念着念着老是要想到博拉的身上去，祈祷也就渐渐变得愈来愈有口无心了。

他最大的安慰倒是监狱里的那个看守长。那是一个胖胖的秃了顶的小老头儿，起初总是拼命摆出一副铁板的面孔，可是那胖乎乎的脸上每一个笑靥都会在无意间透露出他本性是善良的。渐渐的，善良的本性战胜了职务所在的种种顾忌，他就在各个号子的犯人之间传送起消息来了。

五月中旬的一天下午，就是这个看守长来到了阿瑟的牢房里，看他那样皱着眉、沉着脸，阿瑟倒吃了一惊。

“哎呀，恩里科！”他嚷嚷起来，“你今天到底是怎么啦？”

“没什么。”恩里科没好气地说。他走到草垫子跟前，就动手去拿上面铺着的毯子，这毯子是阿瑟自己家里送来的。

“你拿我的东西干什么呀？是要我换个号子吗？”

“不，放你出去了。”

“放我出去？什么——今天就放我出去？统统放啦？恩里科你倒是说呀！”

阿瑟兴奋得一把抓住了老头的胳膊。老头却气冲冲把胳膊一甩挣脱了。

“恩里科！你这是怎么啦？你怎么不回答我的话呀？我们要统统放出去啦？”

鼻子里一声轻蔑的哼哼，是唯一的回答。

“我告诉你说！”阿瑟笑呵呵的，又一把抓住了看守长的胳膊。“你跟我生气也没有用，因为我可不会生你的气。我想知道另外几位怎么样。”

“是哪几位呀？”恩里科正在折一件衬衫，一听这话便突然把衬衫撂下，气呼呼地说。“该不会是博拉吧？”

“不是博拉他们还有谁呀。恩里科，你这到底是怎么啦？”

“他呀，他是不像会很快就放出去的，可怜的孩子，谁叫他被一个同志给出卖了呢。嘿！”恩里科愤愤地又拿起了衬衫。

“给出卖了？被一个同志？啊，真是太可恶了！”阿瑟吓了一跳，眼睛瞪得大大的。恩里科呼的一下转过身来。

“怎么，还不是你干的？”

“是我？你老兄昏了头啦？会是我？”

“唉，反正昨天审讯的时候，他们是这样对他说的。不是你就好，因为我总觉得你这个小伙子还是蛮正派的。这边来！”恩里科出了牢门，到走廊上去了，阿瑟也跟着他去，他心里的闷葫芦这一下就都打开了。

“他们对博拉说是我出卖了他吗？他们会不造这样的谣才怪！告诉你，老兄，他们对我还说是他出卖了我呢。博拉总不见得会蠢到连那样的胡说八道都相信吧？”

“这么说那真是捏造的咯？”在临上楼前恩里科停下了脚步，以锐利的目光把阿瑟一打量，阿瑟却只是耸了耸肩膀。

“那当然是瞎说。”

“好，是瞎说就好，我的孩子，那我就去告诉他：你说了这是瞎说。不过你知道吗，他们可是这样对他说的，说是你所以要告发他，都是出于……呢，出于妒忌，因为你们俩都爱上了同一个姑娘。”

“那都是瞎说！”阿瑟急得上气不接下气，小着声儿直叨叨。他突然打了个寒噤，一时呆若木鸡。“同一个姑娘……妒忌！”他们怎么会知道的呢——他们怎么会知道的呢？

“等等，我的孩子。”到了去审讯室的那条走廊上，恩里科又停下了脚步，轻声细气说。“我是相信你的，不过有一件事我还想问你一下。我知道你是信天主教的，你有没有在向神父忏悔的时候说过些什么……”

“那都是瞎说！”这一回阿瑟的嗓音可就不轻了，是想要大叫而勉强忍住的。

恩里科把肩膀一耸，又继续往前走。“当然，事情是你自己最清楚；不过，就是上当的话，上这种当的傻小子也不会就是你一个。你的一些朋友揭发出了比萨的一个神父，眼下正闹得沸沸扬扬呢。他们发了传单，说他是个奸细。”

他推开了审讯室的门，见阿瑟还站着一动不动，愣愣地向前直瞪，便轻轻一推，把他推进了门。

“下午好，伯顿先生，”上校今天笑容可掬，和蔼可亲地露出了牙齿。“我以十分高兴的心情，向你表示祝贺。佛罗伦萨来了命令，这就把你释放。请在这文件上签个字好吗？”

阿瑟走到他的跟前，开出口来嗓音低沉：“我想了解一下，到底是什么人告了我？”

上校眉毛一扬，微微一笑。

“你还猜不出来？想一想嘛。”

阿瑟把头摇摇。上校双手一摊，做出一副不失斯文的惊讶之状。

“猜不出来？真猜不出来？哎呀，就是你自己呀，伯顿先生。你私下的爱情纠葛，还有谁能知道呀？”

阿瑟默默无语转过身去。墙上挂着一个很大的木雕十字架，他的目光慢慢移到了那受难耶稣的脸上，但是目光里并没有含着恳求的意思，倒是隐隐有一丝迷惑不解：这位神明真是一味消极忍耐，有神父听了信徒的忏悔故意泄露秘密，怎么也不发个天雷打死他？

“你的作业笔记都还给你，这是收条，请签个字好吗？”上校满面堆笑说，“这样我这里就手续齐全了，可以免得害你再等了。我知道你一定急着要回家去，我此刻也正忙得不可开交，手头有博拉的案子得办，都是那个蠢小子，这一回把你基督徒的坚忍二字考验得可是够苦的。他判起刑来恐怕很不轻呢。再见啦！”

阿瑟在收条上签了字，接过了作业笔记，死死不作一声，就走了出去。他跟着恩里科一直走到城堡的大门外，连句告别的话也没有说，就拾级而下来到水边。那儿已经有个船夫驾着条渡船在等他了。他摆渡过了城壕，登上通向街上的石磴，只见有一个身穿棉布连衣裙、头戴草帽的姑娘张开了双手在向他这儿奔来。

“阿瑟！啊，我真是太高兴了——我真是太高兴了！”

阿瑟却双手一缩，浑身打颤。

“吉姆！”他好容易才打了一声招呼，可是那听起来却好像不是他的嗓音。“吉姆！”

“我已经在这儿等了半个钟点了。他们原来说你四点钟可以出来的。阿瑟，你干吗这样看着我呀？一定出了什么事了！阿瑟，你这是怎么啦？快站住！”

原来阿瑟已经一扭头走了，正慢步往街上走去呢，好像已经忘了还有她在一起似的。琴玛见了他这模样，吓得什么似的，就追上去一把抓住他的胳膊。

“阿瑟！”

他站住了，一抬头，两眼都发直了。琴玛就悄悄挽起他的手臂，两个人一起默默地又往前走去。

走了一阵，她才轻声细气说：“听我说，亲爱的，你可千万别为了这件不幸的事那样耿耿于怀。我知道你内心是一百个不好受，可是大家心里都是清楚的。”

“你说什么事啦？”他的嗓音还是那么低沉。

“就是博拉那封信的事呀。”

阿瑟一听到这个名字，痛苦得脸上都起了痉挛。

“我只当你还没有听说呢，”琴玛又继续往下说，“大概他们已经都告诉你了吧。博拉会这样胡猜疑，真是十足疯了。”

“这样胡猜疑……？”

“这么说你还不知道咯？他写来了一封信，可吓人了，说是你把轮船上的事都讲了出来，这才害得他被捕了。那自然是胡说八道，了解你的人谁都清楚，只有不了解你的人才当了真，气得不得了。说实在的，我也就是为了这个缘故才特地赶来接你的——我就是为了要来告诉你，我们这个小组里的人一个也没有相信的。”

“琴玛！可这……这事是有的呀！”

琴玛手一甩，慢慢后退了一步，站着一动也不动，睁得大大的眼睛又气又惊，面色白得不亚于她脖子里的围巾。一阵冰冷的沉默的巨浪似乎把他们俩一起卷住了，卷到了另一个世界里，跟这熙熙攘攘的大街完全隔绝了。

“可不是，”他过了半晌才暗暗嘀咕，“轮船上的事——我是说过；他的名字，我也说了……哎呀，我的天主！我的天主！我怎么办好呢？”

他乍猛的清醒了过来，这才意识到她还在面前，脸上是一副惊骇万状的表情。对了，她一定还以为……

“琴玛，你不了解！”他冲口叫了出来，还往前跨了一步，可是她一声尖叫，往后直退：

“别来碰我！”

阿瑟一把抓住了她的右手，劲头猛得真有些莽撞了。

“看在天主分上，你听我说嘛！那可不是我的过错，我……”

“你放手呀！你放开我的手呀！你还不放手！”

话音刚落，她的指头已经从他手里挣脱了出来，随即手一张，就给了他一个耳光。

他眼前顿时像是蒙上了一层迷雾。一时间什么都浑然不觉了，只看见了琴玛的那张横下了心的煞白的脸，看见了在裙子上狠命擦了两下的她那只右手。后来眼前不知不觉又亮了起来，他四下一看，发现身边已经没有人了。

第七章

阿瑟来到玻尔拉街那座大公馆的正门前打铃时，天色早已黑了多时。他记得自己一直是在街上转悠，至于转过了哪几条街，何以要去转悠，转了又有多久，那他就都说不上来了。朱莉娅的小听差打着呵欠来开了门，看到了他这张铁板而又憔悴的脸，嘴角边浮起了一丝大有深意的微笑。小少爷出了班房回来，模样儿活像个犯了"酗酒妨害治安"罪的瘪三，在他看来这个笑话简直绝了。阿瑟管自上了楼梯，在二楼碰上吉本斯正好下楼，管家高傲地板起了脸，一副不屑的神气，阿瑟含糊说了声"晚上好"，就想擦肩而过；可是吉本斯不想让你就这么过去的话，他这一关可不是那么好过的。

"两位先生都出去了，少爷，"他说着用评头品足的眼光打量了一下阿瑟那弄得乌糟糟的衣服和头发。"是跟我们太太一起去参加一个晚宴的，总要到近十二点才回来。"

阿瑟看了看自己的表：现在是九点钟。好极了！还来得及……完全来得及……

"太太要我问一声：少爷是不是要吃晚饭？还要我跟你说一声：她希望你且慢安歇，等她回家，因为她今天晚上还有些要紧的话想跟你说。"

"谢谢你，我什么也用不着；回头你就告诉她我还没有睡下就是。”

他来到自己的房间。被抓了去这些日子，房间里什么也没有动过；蒙塔奈利的画像本来是放在桌上的，现在还在桌上，壁龛里是十字架，还跟当初一模一样。他在房门口停了一会儿，用心听了听：大宅子里上下一片悄然，绝对不会有人来打搅他。他轻轻走进房里，锁上了房门。

他就这样走到人生的尽头了。再也没有什么可牵挂的了，再也没有什么要操心的了，就还剩下一份留之无用却又打发不走的清醒的神志，设法摆脱掉了也就完了。不过他总觉得干这种事似乎未免太蠢、太没有意思了。

他倒不是已经下定了决心要自杀，其实他根本连考虑都还没有好好考虑过，只是觉得明摆着这条路是非走不可的了。他甚至连如何死法都还没有想好；他觉得那反正一样，只要事情能快快了结就行——能一了百了就行。他房间里是没有武器的，连把小折刀都没有，不过那也不要紧——有条毛巾就成，要不然拿床单布撕开来也能对付。

窗子的上方不是有一枚大钉么。那就可以一用，不过钉子一定要钉得牢，不然怕吃不住他这么重的分量。他就搬了把椅子站上去试试那钉子看；果然钉得不怎么牢，于是他就又爬下来，从抽屉里取了一把锤子。钉子敲牢了，正打算从床上揭一条床单下来，忽然想起祷告还没有做呢。人哪有在临死之前不做祷告的道理呢；基督徒在这一点上是不能马虎的。按规矩一个人到临终之时，神父都还要替他做一套专门的祷告呢。

他进了壁龛，在十字架前跪下。“全能的仁慈的天主啊……”他出声祷告了起来，可是才说了这半句，就说不下去了。是啊，这世界早已变得索然无味，何必还要祷告呢，他已经没有什么要求天主来保佑——也没有什么要求天主去责罚了。再说，像他这样的苦恼处境基督又怎么会了解呢？基督可没有经历过这样的处境啊。祂不过像博拉那样，遭到了出卖[①]；祂可没有上过别人的钩，干出出卖人的事来。

阿瑟站起身来，忘不了老习惯，在身上画了个十字。走到桌子跟前，看见上面摆着一封给他的信，是蒙塔奈利的笔迹。信是用铅笔写的：

> “亲爱的孩子：不能在你获释之日同你相见，殊深怅怅。也真不巧，正好有个人家请我去为临终的人做圣事。我要到夜里很晚才能回来。望你明天一早就来看我。匆匆此告。
>
> 洛·蒙

他放下了信，叹息一声：看来这事给神父的刺激确实是够大的。

看街上的人还是那么有说有笑的！他是早已死了，可是世界却还一切如旧。周围的一切日常琐事，并不因倒下了一个人，倒下了一个活生生的人，而就有所改变，连最微不足道的小事都没有改变过一桩一件。一切都还跟往日一样。喷泉水花飞溅，屋檐下雀儿啁啾，昨天原就是这样，明天还会是这样。可他呢，他却早已死了——完全死了。

他在床沿上坐下，两臂交叉扑在床后的横档上，把前额埋在臂弯里。时间还尽来得及，要命的是他的头却痛得厉害——

① 指耶稣被门徒犹大出卖事。

似乎一直痛到了脑瓜子的最里边。唉，这人世间的事实在乏味！实在无聊！……真是太没有意思了！……

※ ※ ※

前门响起了刺耳的打铃声，他听得跳了起来，吓得屏住了呼吸，两手抱住了脖子。他们回来啦——他一直坐在这儿胡思乱想，不知不觉把宝贵的光阴都白白放过了——如今就只好去看他们的脸色、听他们的刻薄话了……去听他们的冷嘲热讽、闲言碎语了……他只恨没有一把刀子……

他在走投无路中拿眼光往四下一扫。一只小橱里有他妈妈的针线篮；篮子里肯定有剪刀，割断动脉倒也是个办法。不，要是时间来得及，还是利用床单布和钉子比较稳妥。

他一把拉下了床上的床罩，急得什么似的马上就撕下一条来。楼梯上脚步声在上来了。不行，这一条撕得太阔了，在钉子上是系不住的，再说布条儿还得打个活套呢。脚步声愈来愈近了，他也就越发加快了动作；太阳穴里血管在猛烈搏动，耳边只觉得轰轰直响。再快些……再快些！天主啊，只要再给我五分钟！

房门敲响了。撕下的布条儿猛的从他手里掉了下来，他坐着一动也不动，屏息而听。门上的把手转了一下，随即就听见朱莉娅的声音喊了起来：

"阿瑟！"

他站起身来，呼吸都急促了。

"阿瑟，请开门啊，我们都等着哪。"

他收起撕开的床罩，往一只抽屉里一塞，匆匆把床抚抚平。

“阿瑟!”这回是詹姆斯在喊了，门把手也给摇了一通，很不耐烦的。“你睡了吗?”

阿瑟往四下一打量：要藏的东西全都藏好了，他这才去开了门。

“阿瑟，我明明白白交代过，要你务必慢些安歇，等我们回来，我想这话你总没有理由不听吧，”朱莉娅怒气冲天，昂然闯进房里，抛出了这么句话来。“可你让我们在门口恭候了半个钟点，倒好像还认为是应该的似的……”

“是四分钟，亲爱的，”詹姆斯跟在太太粉红色缎子长裙的后面也进来了，一边婉转地替她作了订正。“不过有一点我觉得是肯定的，阿瑟，那就是你比较……得体的做法，应当是……”

“你们有什么事?”阿瑟打断了他的话。他还手搭着门站在那儿，像一头困在陷阱里的野兽，偷眼看看这个，看看那个。可是詹姆斯感觉不灵敏，朱莉娅又正在火头上，所以谁也没有注意到他这副神气。

詹姆斯替太太搬了把椅子，自己小心地提了提新裤子的脚管，也坐了下来。他于是就说开了：“朱莉娅和我觉得我们责任所在，有件事应该跟你认真谈一谈，是这么回事……”

“今天晚上我不能领教了；我……我身体不舒服。头痛得厉害——得请你们改天再谈了。”

阿瑟说话声音含混，语气异样，一副神情恍惚、心思涣散之状。詹姆斯吃了一惊，扭过头来看看。

“你说不舒服，要紧不要紧?”他焦急地问，原来他突然想起阿瑟去过的地方是个十足的传染病的温床。“不会是害了什么病吧。看你的样子好像热度很高呢。”

“胡说！”朱莉娅厉声抢过话头说。“还不是老一套，装腔作势，因为他哪还有脸来见我们呢。阿瑟，你过来坐下。”

阿瑟慢吞吞走过去，在床口上坐了下来。“怎么啦？”他疲惫地问。

詹姆斯咳了两声，清了清嗓子，理了理本来就整整齐齐的胡子，把精心准备好的一席话重新说开了头：

“我觉得我有责任——有这个伤脑筋的责任——来提出件事跟你认认真真谈一谈，这就是，你的行为出了格，结交了一些……呃……不法之徒、煽动分子，还有一些……呃……声名相当狼藉的人物。我相信你这恐怕多半是出于无知，而未必是品德败坏所致……呃……”

他停了下来。

“那又怎么啦？”阿瑟又追问了一声。

“是这样的，我是决没有要难为你的意思，”詹姆斯见了阿瑟这副走投无路的疲惫样子，口气也不由自主地软化了一些。“我完全相信你是交友不慎给人带坏的，也完全体谅你年纪轻，阅世浅，而且……呃……呃……性格莽撞……呃……容易冲动，这些脾气恐怕都是你母亲传给你的。”

阿瑟的目光缓缓飘到妈妈的画像上，又缓缓收了回来，可是他并没有说什么。

“不过我相信你也一定能够理解，”詹姆斯又接下去说，“像我们这样一个备受世人敬重的门第，一旦让谁坏了在社会上的名声，这样的人我是无论如何不能容他再留在家里的。”

“那又怎么啦？”阿瑟还是这句话。

“你咋啦？”朱莉娅啪的一声收拢了扇子，在膝头上一搁。“别老是这样‘怎么啦’‘怎么啦’的，请你也像像样样说句话好不好，阿瑟？”

“你们觉得怎么办好就怎么办吧，这还有什么好说的呢，”阿瑟一动不动，慢条斯理答道。“反正还不都是一个样？”

“都是……一个样？”詹姆斯听了一呆，嘴里还反问了一句。他太太却冷笑一声，站了起来。

“哦，原来都是一个样啊？好啊，詹姆斯，我看你这该看清楚了吧，这种人呀，他们就是这样对你感恩图报的。我不是早跟你说了吗，对这种人发善心是不会有好果子吃的，对这种别有用心的信天主教的女人，还有她们养下的……”

“得了，得了！不提这个了，亲爱的！”

“你就会说屁话，詹姆斯！我们早就该收场啦，干吗还要这样自作多情呢！一个私生子罢咧，居然有脸冒充名门大族的子弟！——也该让他明白明白他妈妈是个什么样的货啦！明明是一个天主教神父一时偷情留下的孽种，凭什么倒要我们去顶这个缸？好吧，这儿有份东西……拿去看看吧！”

她从口袋里掏出一张已经弄得很皱的纸，隔着桌子扔到了阿瑟的跟前。阿瑟摊开纸来一看，上面的字是他妈妈的笔迹，日期是他出生前四个月。那是出具给她丈夫的一份悔过书，末了有两个人的签名。

阿瑟的目光随着字字行行缓缓下移，看到写得哆哆嗦嗦的妈妈的名字底下，赫然是那笔力遒劲、好生面熟的签名：“洛伦佐·蒙塔奈利”。他对着这份文书呆呆地看了半晌，然后一言不发地把纸又重新折好放下。詹姆斯站起身来，一把拉住了太太的臂膀。

“好了，朱莉娅，这样就行了。你就快到楼下去吧；时间不早了，我还想跟阿瑟谈一点小事。这种事你是不会感到兴趣的。”

朱莉娅抬眼对丈夫瞅了瞅，又把目光收回来朝阿瑟看了一眼，见阿瑟默不作声，只顾对着地板直瞪。

“这下变成呆子一个了。”她悄悄说道。

一等她撩起长裙走了出去，詹姆斯就小心翼翼关上了房门，回到桌子旁的椅子里坐下。阿瑟还像原来那样坐着，纹丝不动，一声不吭。

“阿瑟，”现在反正朱莉娅听不见了，詹姆斯的口气也就和婉多了，“我很抱歉，事情都捅出来了。这件事呢，本来你还是不知道的好。好在事情都已经过去了；看到你对待这个问题能表现得这样克制，我也很高兴。朱莉娅也未免……未免太激动了点；女人家嘛，往往就是这样……反正扪心自问，我可绝对没有意思要叫你太难堪。”

说到这里他歇了一下，想看看自己这番恳切的话收效如何，可是阿瑟那里却根本一无动静。

“当然啦，老弟，”过了会儿他又接着往下说了，“这到底是件不愉快的事，所以我们还是以从此不提为上策。家父还是很有度量的，当初你母亲向他承认做了对不起他的事，他也并没有提出要离婚，只是提了一个要求，就是引她走上歧途的那人一定要马上离开这个国家；所以那人就到中国做传教士去了，这你也是知道的。后来他回国了，当时就我而言，我是极力反对你再跟他有什么瓜葛的，可是家父在临终之际，却同意了让他教你读书，条件是要他再也不来跟你母亲见面。那我倒得天公地道说一句，他们双方对这个条件倒都是始终恪守不渝的。事情呢，当然是极其不幸的，不过……”

阿瑟抬起头来。他脸上已经生意荡然，表情全无，就像人死后用蜡套下来的面模。

他的话声音不大，却说得结结巴巴，口吃得奇怪："你……你说这……这……这档子事……不……不是挺……挺……挺好玩的吗？"

"好玩？"詹姆斯把椅子往外挪了挪，瞪大了眼睛坐在那儿对他直瞅：人愣到了这个分儿上，根本已经不知道发火了。"你还说得出好玩！阿瑟，你是不是疯了？"

阿瑟突然往后一仰头，爆发出一阵狂笑。

"阿瑟！"詹姆斯摆出了轮船公司老板的威风，站起身来，高声喊道。"你这样不严肃，真叫我吃惊！"

阿瑟没有答话，只是一阵接着一阵连连大笑，笑得那么响亮、那么放肆，连詹姆斯都犯了疑：这只怕不是态度不严肃的缘故，说不定还有什么更严重的问题呢。

"简直像女人家歇斯底里大发作，"他叽咕了一声，轻蔑地耸了耸肩膀，就转身离了桌子，烦躁地满屋子走来走去，步子踩得噔噔直响。"说真的，阿瑟，你比朱莉娅还要不得。得啦，别笑啦！我可不能在这儿等你一夜哪。"

他这种话对阿瑟又能起什么作用呢，那等于是要求神龛里的十字架自己从底座上走下来。管你告诫也好，规劝也好，阿瑟已经压根儿不吃你这一套了。他只知一个劲儿的笑，笑，笑个没完。

"简直荒唐！"气得一直在来回踱步的詹姆斯终于站住了。"你今天晚上太激动了，显然已经失去理智了。这样闹下去，叫我还怎么跟你谈正经的呢？这样吧，明天早上你吃过早饭就到我这儿来。现在你还是睡吧。明天见。"

他出了房门，砰的一声把门带上。咚咚咚一路大踏步走去，嘴里还在嘀咕："这就该去对付楼下那一头的歇斯底里大发作了。我看那一头哭鼻子总是少不了的！"

※　※　※

阿瑟停止了嘴里的狂笑。他一把抓起桌上的锤子，就向十字架扑去。

紧跟着就是哗啦一响。声音响起，人也突然清醒了过来，看到面前已只剩了一个空空的十字架底座，锤子还攥在自己手里，打得粉身碎骨的十字架残片在脚边撒满了一地。

他扔下了锤子。"原来也没啥了不起！"说完扭身就走。"我真是个大傻瓜！"

他气喘吁吁的，来到桌子边坐下，双手捧住了额头。一会儿又站起身来，走到脸盆架前，拿起一壶冷水劈头盖脸对准自己一顿冲。心这才静了下来，于是他就回到桌子边，坐下来想想。

自己，就是为了这些东西——就是为了这帮奴性十足的虚伪的人们，为了这些没有灵魂的泥塑木雕的偶像——才受了这许多煎熬：羞辱、磨难、绝望，把他折腾够了。说真个的，他还撕了个被套想投缳自尽呢——就因为有个神父是骗子手。可谁又敢担保他们不会全都是骗子手呢？好了，他跟这些就一刀两断了；他如今明白过来了。他只要摆脱了这些害人虫，生活还可以再从头开始。

码头上货轮有的是，偷偷搭上一艘混出去还不容易？可以到加拿大，到澳大利亚，到开普殖民地①——到哪儿都可以。

① 即今南非的开普省。当时为英国的殖民地。

只要是远在天涯，到哪个国家都没关系；至于到了那边如何谋生，他可以走着瞧，一个地方不合意，还可以另外换个地方试试。

他掏出钱包。一数只有三十三个帕奥洛[①]；不过他那块表还是相当贵重的。卖了表也还可以过上一阵，反正这不是什么大问题——他总有办法可以渡过难关。问题倒是这许多人势必都要来寻找他，他们肯定会到码头上去调查。不行，他得来个故布疑阵，好迷惑他们——让他们只当他已经死了；那样他就可以不必担心有人找来了——就可以彻底自由了。想起这么一来就要叫伯顿一家都去到处寻找他的尸体，他不觉暗自轻轻好笑。真是一场十足的闹剧！

他拿过一张纸来，也没有多考虑，心里怎么想，笔下就怎么写：

> “我以前相信你就像相信天主一样。天主原来是泥塑的，可以被我一锤子砸得粉碎；而你，也一直欺骗我，不对我说实话。”

他把纸折好装进信封，写上蒙塔奈利的姓名地址，又拿过一张纸，撑足全页写上一行大字：**“到海港里去找我的尸首吧。”**这样布置完以后，他就戴上帽子走了。经过妈妈的画像跟前时，还抬眼望了一下，冷笑一声，耸耸肩膀：连妈妈也没有对他说实话。

他悄悄跨出房门，溜到走廊里，随手把门轻轻带上，然后

---

① 当时意大利的一种银币，每枚值十分。

顺着走廊，来到那又大又黑、回声荡漾的大理石楼梯上。蹑足下楼，只觉得底下像是个黑洞洞的深渊，张着大口。

他小心翼翼穿过院子，生怕惊醒睡在楼下的吉恩·巴蒂斯塔。后屋堆木柴的地窖里有一扇铁格栅小窗，窗外就是运河，窗离地面不过四英尺高。他记得铁格栅已经发了锈，一头已经脱落；只要稍稍用点力气一推，捣出个窟窿来，由此钻出去该没有什么问题。

那铁格栅还挺牢呢，害得他手上擦掉了一大层皮，外套的袖子也给钩破了，不过这也不算什么。他朝街的两头一打量，半个人影也看不到，只见那黑魆魆的运河静悄悄横在跟前：两边两道泥糊糊陡直的堤岸，中间夹着一条面目可憎的水沟。他要去闯荡的那个世界就算不是个美妙的所在，也总不见得会比他要抛下的这个鬼地方还乏味、还丑恶吧。他没有什么可惋惜的，也没有什么值得留恋的。这一方小小的天地不过是滋生百病的一潭死水，有的只是肮脏的谎言、拙劣的诈骗，还有就是这一条条臭水沟，那可是浅得连个人都淹不死的。

他沿着运河的岸边走去，一直走到美第奇宫[①]旁的小广场上。早些时琴玛就是在这里张着双臂，满面春风奔过来迎接他的。瞧，下了这几级湿漉漉的石磴，便是城壕；隔着这一壕污水，便是那阴森森的堡垒。他倒从来没有注意过：这堡垒矮墩墩的，模样儿原来是那么丑陋！

走过了几条小街，到了港区的内港泊船码头，他就脱下帽子，往水里一丢。回头他们要来打捞他的尸体，那就肯定会发现这顶帽子。他于是又紧靠岸边继续往前走，一路苦思苦想：

---

① 美第奇家族的府邸。美第奇系中世纪佛罗伦萨的著名家族。16 世纪起其族人世袭佛罗伦萨公爵及托斯卡纳大公，还出过两个教皇。

下一步又该怎么办呢？他得设法偷偷搭上一条船，不过这却是个难题。唯一的希望，就是先想法登上当年美第奇修筑的那道防波大堤，一直走到尽头。大堤头上有一家下等小酒店，在小酒店里说不定能找到个水手，花点钱请他帮个忙。

可是此刻码头却是大门紧闭。他怎么过得了这一关呢？怎么从海关人员的眼皮底下溜过去呢？深更半夜，又没有护照，凭他手里的那点钱，想要买通他们放他过去，那根本是妄想。再说他们没准儿还认得他呢。

就在他走过“四个摩尔人”的铜像[①]时，忽然看见从码头区对面的一座老屋里出来一个人影，向引桥走来。阿瑟马上闪身躲进雕像背后浓浓的黑影，蹲在暗地里，从底座边上小心翼翼探出头去观望。

那是一个温馨的春夜，暖意融融，繁星满天。海水拍打着港内石垒的堤岸，缓缓的旋涡绕着埠头的石级打转，那声音就像有人在轻轻地笑。附近不知哪儿有根铁链在慢悠悠来回晃荡，叽嘎作响。一台大吊车耸起在空中，在夜色朦胧中看去显得那么高大，却又是那么凄清。衬着寥廓的灿灿星空和淡淡的袅袅云彩，那四个上了镣铐却还是不屈不挠的奴隶的雕像看去乌溜溜的显得特别触目，他们似乎明知无用，却还在那里向无情的命运提出强烈的抗议。

那人摇摇晃晃紧靠岸边走来，嘴里还在大声哼一支英国小调。这显然是一个水手，在哪家小酒店里灌饱了酒回来。四下再也看不到第二个人。阿瑟等他走近，猛的站起身来，走到路中，当道一站。那水手小调也不哼了，他骂了一声，赶紧

---

① 指佛罗伦萨公爵、托斯卡纳大公柯西莫·美第奇（1519—1574）纪念碑底座上四个被绑摩尔人的铜像。

站住。

“我有话要跟你说，”阿瑟用意大利话说，“你听得懂我的话吗?”

那人把头摇摇，说的是英语：“跟我说这种洋腔儿是白搭，”于是就操起一口蹩脚的法国话，气鼓鼓地问：“你想要干吗？为什么不放我过去?”

“请到黑地里来一下，我有话要跟你说。”

“啊！那不正中了你的圈套吗？请我到黑地里去！你身上带着刀子吧?”

“没有的事，朋友，绝对没有的事！你不用多心，我只想请你帮个忙！这个忙我不会叫你白帮的!”

“噢？有这样的事？看你的打扮倒还蛮像个阔气人咧……”那水手早已又说起英语来。他于是就躲进影子里，把身子往塑像底座外的栏杆上一靠。

“好吧，”他把那一套蹩脚透顶的法国话重又搬了出来，“你说说，到底有什么事?”

“我想离开这个地方……”

“啊哈！原来想要偷渡啊！要我帮忙把你藏起来是不是?我看你八成儿是干了什么坏事吧。拿刀子捅了人了，是不是?也去学这帮子外国人的样！那你心里打算要去哪儿呢？总该不是去警察局吧?”

他一阵哈哈大笑，醉态可掬，一只眼睛还特意眨了眨。

“你是哪条船上的?”

“卡洛塔号——专跑来亨到布宜诺斯艾利斯一线，这边装油去，那边运毛皮来。就停在那儿”——说着一指防波堤的那个方向——“这条老家伙呀，老得都掉了牙啦!”

“布宜诺斯艾利斯——好极了！你能不能把我带上船去，找个地方给藏起来？”

“你肯给多少？”

“多了我出不起，我总共只有几个帕奥洛。”

“那不行。起码五十个帕奥洛，少了我不干——五十个还是便宜的哪……你可是个阔气人。”

“你凭什么说我是阔气人？你要是喜欢我这身衣服，那就跟我换好了，可我就只有这么点钱，再也没有半个子儿可以给你了。”

“你那儿不是挂着块表吗？拿过来。”

阿瑟掏出一块女式的金表，表上的雕花彩饰都极精美，背面有表主人姓名的缩写“G.B.”两个字母①。这是他妈妈的遗物——可现在还有什么意思呢？

“啊！”那水手对金表飞了一眼，立刻惊叹起来。“没说的，准是偷来的！让我看看！”

阿瑟把手一缩。“不行，”他说。“回头上了船我就把表给你；不到船上我是不给的。”

“看你外表傻乎乎的，骨子里倒还挺精哩！不过我看的不会错：你这准是第一次栽跟头吧？”

“那不干你事。啊！巡夜的来了！”

他们赶紧蹲下了身子，躲在群雕的背后。等巡夜的过去了，那水手才站起身来，叫阿瑟跟着他走。他于是就又迈开了步子，一路却尽自嘻嘻傻笑。阿瑟一声不吭跟着他去。

那水手带着他，又回到了美第奇宫边上那个方不方、正不

① Gladys Burton（格拉迪斯·伯顿）的缩写。

正的小广场上。到了一个黑角落里那水手站住了，他本想把嗓门压得低些免得被人听见，结果却只是吐出了一连串的哝哝：

“你就在这儿等着，再往前走要让那帮老总看见的。”

“那你去干什么？”

“去给你弄两件衣服。看你那外套袖子上血迹斑斑的，我可不能就那样把你带上船去。”

阿瑟低头瞧了瞧自己的袖子：袖子是给窗格栅钩破的，上面有几滴血，那是手擦破了皮沾上的。不用说，那水手把他当成个杀人犯了。好吧，人家要怎么想就怎么想吧，反正也无所谓。

过了好一会儿那水手回来了，一副得意扬扬的样子，胳肢窝里还夹着个包。

“换上吧，”他小声说，“可要快点儿哪。我得赶紧回船了，那个犹太老头缠着我讨价还价，一缠就给缠掉了半个钟头。”

阿瑟遵命照办，手一碰上旧衣服，就本能地感到一阵恶心，打了个闪缩。幸而这两件衣服虽说质料粗劣，倒还相当干净。他换过衣服走到亮处，那水手带着醉意一本正经对他一打量，煞有介事地点了点头，表示可以。

“没问题了，”他说，“跟我这边走，记住别出声。”阿瑟把换下的衣服一夹，就跟着他恍若闯进了一个迷宫：那一条又一条弯弯曲曲的运河，又黑又窄的陋巷，都是中世纪遗留下的贫民窟的所在，来亨的居民管这一带叫“新威尼斯”。时而在两道臭水沟之间也会有那么一座古老灰暗的高大府第，孤零零耸立在这一大片破屋颓院之中，极力想保持昔日的尊严却又明知那是徒然的妄想，因而总不免透出几分伤心绝望的神气。阿瑟知道，这些陋巷里就有出名的贼窝匪窟，以及走私犯的巢穴，不过一般都只是穷一些、苦一些罢了。

到了一座小桥前，那水手站住了，看清了四下无人，这才下了一排石级，来到一个极局促的埠头上。原来桥下泊着一条破破烂烂的肮脏小船，他当下便以严厉的口气，叫阿瑟快到船里去躺下，自己也在船上一坐，抓起桨来，就向海港的出口划去。阿瑟在渗水的船底里躺着一动也不动，身上盖满了那水手给蒙上的旧衣服，他躲在下面，从空隙里偷看外面那些看熟了的街道房屋。

不一会儿，小船过了一座桥，顺着这条运河再往前去，就是那座堡垒的城壕了。堡垒厚厚的城墙耸起在水中，底部很大，愈到上面就愈小，顶上阴森森的是塔楼。才几个钟头前他还觉得这大家伙好厉害、好吓人哩！可现在……

他躺在船底里，轻轻笑出了声来。

“别出声，”那水手悄悄警告他说，“快把头蒙起来！我们就要到海关了。”

阿瑟拉过盖在身上的衣服，把头蒙实了。又往前划了几码，小船停了下来，前面过不去了：几支桅杆连成一排，横在河面上，拦断了海关和堡垒城墙之间的狭狭的航道。一个睡眼惺忪的海关工作人员打着呵欠走了出来，手里提着一盏灯，来到河边俯身一看。

“对不起，护照！”

水手把他的证件递了上去。阿瑟给衣服蒙得都快闷死了，可他还是屏住了气，用心听着。

“真有你的，到这样的深更半夜才想到回船！”那海关工作人员嘴里嘀咕，“准是在外头喝了个痛快吧。船里是什么东西呀？”

“旧衣服。捡来的便宜货呗。”他说着就把其中的背心往上一提，让对方检查。那海关人员放下灯来，弯倒了身子，瞪大眼睛瞧了瞧。

“好，没错儿。过去吧。”

他拉起拦河栅，小船就缓缓向外港划去，到了黑沉沉起伏不定的水波上。等走出了一段路，阿瑟就推开身上的衣服，一骨碌坐了起来。

那水手不声不响又划了好大一会儿，这才压低了嗓门说：“瞧，就是这一条船。你紧紧跟着我，不要说话。”

这条船真像一个乌黑的大妖怪，那水手攀船舷上去，嘴里暗暗骂个不停，怪阿瑟这只“旱老鼠”上船动作不利索，其实阿瑟生性机灵，要是换了一般的人来，才不会爬得这么轻巧呢。平安无事到了船上以后，他们就小心翼翼在黑压压的索具机具之间一路爬去，最后到了一个舱口，那水手把舱口盖轻轻揭了起来。

“下去！”他悄没声儿说，“我回头就来。”

船舱里又潮又黑不算，而且还臭得叫人受不了。一股钻鼻的生皮气混着油脂的哈喇味，熏得阿瑟简直透不过气来，他先是本能地后退了几步，可是想起了那“苦牢”，他还是耸耸肩膀，顺着梯子走了下去。看来人世间的生活到处都是差不多的，总免不了有丑恶，有腐败，有糟害人的东西，有见不得人的秘密，有黑暗的角落。不过生活终究是生活，他还是应该尽力而为。

过了会儿那水手回来了，手里还捧着些什么东西，因为舱里很暗，阿瑟也看不清楚那是什么。

“好了，把表和钱给我吧。快快！”

阿瑟见眼前黑乎乎的，对方也看不清，便乘机留下了几个钱。

“你得弄些东西来给我吃，”他说，“我都快饿死了。”

“我早给你带来了。拿去吧。”那水手交给他一把水壶、几块硬饼干、一块咸猪肉。“听好，这儿有只桶是空的，明儿早上海关有人要到船上来检查，你就躲在这空桶里，千万千万！船没有出海，千万不能出一点声音。什么时候可以出来，我自会来关照你的。你要是万一让船长看见了，会不叫你吃不了兜着走才怪！——好，就是这么些。茶水放妥当了没有？明天见吧！”

舱口盖盖上了，阿瑟把那壶贵重的“茶水”找了个妥当的地方放好以后，就爬到一只油桶上，吃起咸肉和饼干来。吃完以后，身子一蜷，就在肮脏的舱底板上躺下，准备睡觉了：睡觉前连个祷告也不做，这还是他自小懂事以来的第一次。耗子在黑暗里四下乱窜，可是尽管耗子闹个不停，尽管船在摇晃，尽管油脂的哈喇味叫人恶心，尽管心里在发愁明天恐怕要晕船，他的眼皮却已经撑不开了。他已经顾不得这些了，就好比那些神明，昨天还是他膜拜的对象，如今早成了威风扫地的打碎的偶像，根本已经都不在他的心上了。

第二部　十三年后

第一章

1846年7月的一天晚上，法布里齐教授约了一些相识的人士在他佛罗伦萨的家里聚会，讨论今后的政治活动应当如何开展。

其中有几位是马志尼党人[①]，若是按照他们的主张，那他们是不建立民主共和国、不统一意大利就决不罢休的。除了这几位，此外便都是君主立宪党人以及一些不同色彩的自由主义分子了。不过有一点大家是一致的，就是对托斯卡纳公国[②]的报刊检查制度大家都很不满。这位极有名望的教授召集这样一次会议，就是希望不同政见的各方代表至少在这个问题上能够大家坐到一起来好好讨论上一个钟点，不要一谈就吵翻。

教皇庇护九世[③]一即位就颁布了一道有名的大赦令，对教皇国领地上的政治犯实行大赦。大赦令颁布至今虽还不过两个星期，却早已引起一股鼓吹自由主义的热潮，席卷了整个意大利。在托斯卡纳，连政府当局似乎都被这惊人的事态发展打动了。所以法布里齐以及另外几位佛罗伦萨名流认为当前的时机绝好，完全可以大胆行动，争取修改出版法规。

“当然啦，”问题初一提到戏剧家莱加的面前，这位戏剧家当时就这么说来着，“出版法不修改，我们的报纸是办不起来的，所以现在我们根本就不应该去办报。但是照眼前的情况来看，我们已经可以利用一些小册子，来冲破检查制度这一关了。这事我们早一天动手，出版法就可以早一天得到修改。”

此刻在法布里齐的书房里他又进而申述了他认为自由主义作家在当前应该采取怎样的方针。

在座有一位花白头发的律师，说起话来有些拖腔拖调，他插话说：“我们应当尽量设法利用当前的时机，这是没有什么疑问的。我们要推行重大的改革，像这样有利的时机今后是不会再有的了。不过我看出版小册子怕未必会有什么好处。那不但不能把政府当局争取过来，反而会激怒他们，把他们吓退，而我们当前真正的任务应该是争取他们。如果当局一旦把我们看成了危险的煽动分子，我们要借助他们的力量就只能是做梦了。”

“那么你说我们该怎么办呢?”

“去请愿呀。”

“向大公[④]请愿?”

“对，要求扩大出版自由。”

靠窗坐着一个目光锋利、皮色黝黑的人，他哈哈一笑转过头来。

“请愿，会有你的好处!”他说。“我还以为伦齐一案的结果[⑤]大家都有目共睹了，吸取教训了，谁还会去干请愿那一套呢。”

“亲爱的先生，引渡伦齐的事我们没有能加以制止，我也

---

① 即青年意大利党人。

② 当时的意大利四分五裂。除罗马一带是教皇国领地外，南部是两西西里王国，中部是托斯卡纳公国，西部是撒丁王国（皮埃蒙特王国），北部还有几个小公国。佛罗伦萨、比萨、里窝那（来亨）都属托斯卡纳公国。

③ 庇护九世（1792—1878）：意大利籍教皇，1846 年继格列高利十六世即位。

④ 托斯卡纳公国的统治者称为大公。当时的大公为利奥波德二世。

⑤ 伦齐于 1845 年在教皇国领地上组织起义，后被托斯卡纳大公出卖，引渡给教皇，终遭杀害。

跟你一样痛心。但是说实在的……我说这话可不是要伤谁的感情，不过我总觉得，我们在这件事上所以所谋未成，主要是因为我们这个阵营里有些人沉不住气、情绪过于激烈了。说真的我就不大赞成……”

“你们皮埃蒙特人就是这样，没有一个不是这样！”那个皮肤黑黝黝的人口气尖刻，打断了对方的话。“我不明白我们有什么地方算是沉不住气，算是过于激烈，莫非你认为我们呈上那一份又一份卑躬屈节的请愿书就算是过于激烈的表现？那在托斯卡纳人或你们皮埃蒙特人看来也许算是很激烈了，可是我们那不勒斯人①就认为这还沾不上多少边。”

“真是谢天谢地！”那个皮埃蒙特人说，“那不勒斯式的激烈性格幸而也只有那不勒斯人才有。”

“得了，得了，各位，这就行了呗！”教授急忙出来打圆场。“那不勒斯人的作风有那不勒斯人作风的长处，皮埃蒙特人的作风也有皮埃蒙特人作风的优点，不过眼下我们是在托斯卡纳，托斯卡纳人的作风可是就事论事，不涉其他。格拉西尼赞成请愿，盖利表示反对。里卡尔多医生，你的意见又如何？”

“请愿，我看这又有何妨，如果格拉西尼拟上一份请愿书，我就十二万分乐意在上面签个名。不过我看光是请愿，没有其他行动，也起不了什么大作用。我们为什么不能请愿书、小册子双管齐下呢？”

“原因很简单：我们一出小册子，政府当局心里就不自在，哪儿还会答应我们的请愿要求呢，”格拉西尼说。

“自在也罢，不自在也罢，反正你们的请愿要求他们是不

① 那不勒斯当时属两西西里王国。

会答应的。”那个那不勒斯人站起身来，走到了桌子跟前。“各位，你们可是走错路子了。跟政府搞姑息妥协是不会有好结果的。我们的当务之急是唤起民众。”

“这事说说容易做起来难呵，请问你打算从何着手呢？”

“这话你还问盖利就怪了！他上手的头一件事就是杀报刊检查官，那还用说吗！”

“才不呢，这种事我不会干，”盖利的口气坚定，“你们总有个老框框，以为既然是南方来的人嘛，肯定别的都不相信，只相信刀枪才解决问题。”

“好哇，那你打算怎么办呢？嘘！大家注意了！盖利有个行动方案，请大家听好。”

大家本来早已这儿一堆那儿一摊，三三两两议论纷纷，一听这话便都围集在桌子四周。盖利双手一举，做了个劝阻的手势。

“不不，各位，那说不上是什么方案，只是有个想法罢了。依我看，大家为新教皇即位这样欢喜，那实际上含有很大的危险性。大家似乎觉得，由于新教皇采取了新方针，实施了大赦，所以只要我们——我们全体民众，我们全意大利的老百姓——都能投到他的怀里，他就可以带领我们找到上帝所许的福地。说实在话，对教皇的所作所为我是钦佩之至的，这次他实施大赦，真堪称英明之举。”

“你这一席话要是让教皇陛下听见了，他会不得意才怪……”格拉西尼以鄙夷的口气抢上来说。

“好了，格拉西尼，你让人家说下去吧！”里卡尔多也打断了他的话头，“也真是希奇，你们两个不碰在一起便罢，碰在一起就总要像猫狗一样吵架。盖利，你管你说下去吧。”

“我要说的是这么个意思，”那个那不勒斯人又接下去说，“教皇陛下采取这样的行动，用意极好那是肯定无疑的；至于他的改革能取得多大的成功，那又是另外一回事了。眼下固然风平浪静，意大利各地的反动分子也自然会有一两个月的工夫不敢轻举妄动，他们总要静待大赦令在社会上引起的兴奋情绪渐渐冷下去；但是，看来不经过一场战斗，他们手里的权力是决不肯轻易让人夺去的。据我的估计，今年冬天过不了一半，什么耶稣会①啦，格列高利派②啦，圣信会③啦，凡是这一路的货色，管保都要跟我们闹开场了，他们什么阴谋诡计都要得出来，收买不成，就会来把你干脆害死。”

“这倒是很有可能的。”

“那好哇，那你倒说说，我们怎么办好：如果我们不思进取，只知低声下气递请愿书，那总有一天拉姆布罗斯契尼④及其一伙会说服大公，把我们一股脑儿置于耶稣会的管束之下，说不定还会弄些奥地利轻骑兵来满街巡逻、弹压我们，是这么办好呢，还是索性抢在他们前头，趁他们一时别无良策之际，先给他们一个打击好？”

“你先说说明白，你这所谓打击究竟是怎么回事？”

“依我的想法，我们应该开展有组织的宣传鼓动，把矛头针对耶稣会。”

“也就是说，出版小册子向他们宣战咯？”

---

① 耶稣会：天主教修会之一。1534 年伊纳爵·罗耀拉创建，以反对宗教改革运动为宗旨。

② 格列高利派：反对庇护九世改变方针、拥护前任教皇格列高利十六世宗教政策的一派人。

③ 即神圣信仰门徒会。这是支持教皇、反对意大利统一运动的一个教派，成立于 18 世纪末叶，实际上是一个政治军事组织。

④ 格列高利派的首脑人物。格列高利十六世在位时，他是教廷国务秘书处的国务秘书（实际相当于罗马教廷的内阁总理）。

“对，揭露他们的阴谋，把他们的内幕公之于天下，号召人民联合起来反对他们。”

“可这儿没有耶稣会的人，没有什么可揭发的。”

“没有？过三个月再看看有多少吧。到那时候要不让他们进来就已经来不及啦。”

“不过真要唤起全市人民都来反对耶稣会的话，那就不能不直言无忌了；这么一来，审查这一关又怎么躲得过去呢？”

“我何必要躲呢，根本就别理它。”

“你打算小册子上不留名？那当然也未始不可，不过说实在的，秘密出版物的命运如何我们大家都见得多了，总不会不知道……”

“我不是这个意思。我主张小册子要公开出版，把我们的姓名、地址都印上，他们敢来办我们的罪就让他们来好了。”

“你这种想法真是十足的糊涂，”格拉西尼大叫起来，“那等于是把脑袋伸进狮子口，简直是百分之百的轻率！”

“咦，你用不到害怕嘛！”盖利口气尖刻，抢过话头说，“我们出我们的小册子，不会要你去为我们坐牢的。”

“你别乱说一气，盖利！”里卡尔多说，“这可不是害怕的问题。假如这牢坐得有好处，我们大家也跟你一样，都很情愿去坐牢，可是白白往危险里钻，那就是愚蠢。要问我的话，我对你这个方案就要提出一点修正意见。”

“好，有什么意见？”

“我想我们不妨谨慎一点，要设法既同耶稣会展开斗争，又不致触犯报刊审查制度。”

“这怎么办得到呢，我看是不可能的。”

“我看办法还是有一个的，就是心里要讲的意思不妨多转上几个弯子再说出来，使得……”

“使得审查官看不出来？审查官看不出来，愚昧无知的苦力工匠倒都能看得出来！这话好像不大切合实际吧。”

“马丁尼，你的意见如何？”教授侧过脸去问坐在身边的一位男士，这人肩膀很宽，蓄着一大把棕色的胡子。

“我看目前事实依据还不足，暂时我还不想发表意见。关键倒是应该先进行一些试验，看看结果如何。”

“那你呢，萨科尼？”

“我倒很想听听博拉太太有什么想法。她的意见往往是极有见地的。”

大家都转过头去，望着这屋里仅有的一位女性。这位女客坐在沙发上，一只手托着下巴，在默默细听大家的讨论。一对黑黑的眼睛眍得很深，神气显得很严肃，可是此刻一抬眼，眸子里分明闪现出一丝听得津津有味的表情。

“对不起，”她说，“各位的意见我都不能同意。”

“你呀，哪次讨论没有不同意见？可偏偏又哪次都是你的意见正确！”里卡尔多插话说。

“我们总得想个法儿跟耶稣会斗争，这我想是没有问题的，反正这种手段不行，就换一种手段。对审查光是不理，未免太软；躲躲闪闪，又太麻烦。至于递请愿书，那简直是儿戏。”

格拉西尼摆出一张正经面孔，插进来说：“太太，我想你总不见得是要我们采取……暗杀之类的手段吧？”

马丁尼听得直扯自己的大胡子，盖利早已扑嗤一声笑了出来。连博拉太太这位庄重的年轻少妇当下也忍俊不禁了。

“说实在的，”她说，“我就是心狠手辣，想到使用这一类手段，也不至于那么幼稚无知，会把这样的事都搬出来公然谈论。不过依我看，最能制敌人于死命的武器还推讽刺。只要你有办法，能把耶稣会说得笑话百出，能使人民群众觉得他们和他们的主张实在好笑，那你就是兵不血刃便把他们战胜了。”

“我相信你这些话是很有道理的，”法布里齐说，“不过我看你这个方案是无法实现的。”

“怎么就无法实现呢？”马丁尼说，“讽刺文字过审查关要比正经文章容易。讽刺文字尽管得披上一件外衣，一般的读者还是不难从明显荒唐的笑话中悟出文章另有深意，那比读懂一篇科学论文或经济论文要容易多了。”

“那么，太太，照你的意思我们是应该出讽刺性小册子呢，还是去办一份诙谐小报？如果是后一种办法的话，我敢肯定审查机关是决不会批准的。”

“照我的意思这两种办法都未必可行。倒是有一种办法我相信非常值得一试，那就是出一套讽刺性小传单，诗文不拘，价钱要卖得便宜，或者就在街头免费散发。如果我们能找到一个聪明的画家，看了文字能够吃透精神，那我们还可以增加一些插图。”

“办得到的话这倒是一个绝妙的主意。不过这种事情不做便罢，要做就一定要做好。那就要求我们必须有一位第一流的讽刺作家，可这样的人才我们上哪儿去找呢？”

“你瞧哎，”莱加也接着说道，“我们这些人多半是板着面孔写文章的，不是我要说一句对大家失敬的话，要是大家都一股脑儿硬是去写幽默文章，那恐怕就像一头大象硬是要跳塔兰台拉舞①一样滑稽了。”

---

① 意大利南部一种速度极快的民间舞蹈。

“我可决不是要大家一哄而上，都去做我们所不能胜任的工作。我的想法是，我们应该去找一个确有才华的讽刺作家——这样的作家在偌大的意大利总该可以找到一位吧——而且我们还应该负责提供必要的经费。当然对这个人我们总得有一定的了解，总要做到心里踏实，相信他的写作方针决不会背离我们的宗旨。”

“可这样的人你哪儿找得到呵？讽刺作家而具有真正才华的，我扳扳指头数得清就那么几个，可是合适的却一个也没有。裘斯蒂①是请也请不到的，他眼下自己的事都忙不过来哩。伦巴第倒是有一两位高手，可是他们只会用米兰的地方话写文章……”

“而且还有一点，”格拉西尼说，“用这种办法去做托斯卡纳人的工作也不是最好。如果我们把公民自由、宗教信仰自由这样严肃的问题当作说笑的题目去做文章，我看人家一定会觉得我们不像话，少说也是缺乏政治素养吧。佛罗伦萨不像伦敦那样完全是一个开出厂来就赚大钱的蛮荒世界，也不像巴黎那样是个淫逸骄奢的醉生梦死地。这个城市可是有一段辉煌历史的……”

“当年的雅典也就是这样，”那位女士含笑插进来说，“不是有句话描述当年的雅典吗：‘已成庞然大物，未免流于昏昏，直须得一牛虻，庶可一螯而醒’……”

里卡尔多把手一拍桌子。“哎呀，我们怎么就没有想到牛虻呢！这人再合适也没有了！”

“你说谁？”

---

① 裘斯璧·裘斯蒂（1809—1850）：意大利有名的诗人、讽刺作家。他在19世纪30年代的作品讽刺了奥地利侵略者及其意大利走狗。

“就是牛虻——费利切·里瓦雷斯呀。你们不记得他了吗？三年前穆拉多里[①]队伍里有一伙人从亚平宁山上下来，那时他就在里边。”

“啊，你跟这伙人还挺熟哩，不是吗？我记得他们当时要去巴黎，你还送了他们一程哩。”

“对，一直送到来亨，我在来亨送里瓦雷斯上船去马赛。他不愿意在托斯卡纳留下，说是起义失败，事无可为，眼看就只有打哈哈的分儿了，所以还不如到巴黎去吧。可见他的看法是跟格拉西尼先生一致的，他也觉得托斯卡纳实在不是个打哈哈的地方。不过如今意大利既已事有可为，我们要是去请他回来的话，我倒有七八成的把握相信他是肯回来的。”

“你说他叫什么名字来着？”

“叫里瓦雷斯。他大概是个巴西人。反正他在那里待过是可以肯定的。像他那样诙谐的人，我这辈子还真难得能碰到。当时我们在来亨待了一个星期，说实在的，那一个星期我们真是没精打采；只要对可怜的腊姆伯尔蒂尼[②]看上一眼，就够叫我们心碎的；可是屋里只要有里瓦雷斯在，那就谁也没有苦着脸儿的。他永远是妙语连珠，说出话来就是滑稽。他脸上还有一道刀砍的伤疤，挺吓人的，我记得那还是我替他给缝起来的。他真是个怪人，不过我看当时也多亏他这么胡扯上一通，不然他们那一伙里有几个小伙子就非彻底垮了不可。”

“莫非就是用‘Le Taon’[③]的笔名在法国报纸上写些政治讽刺小品的那一位？”

① 穆拉多里兄弟：1843 年教皇国领地上的起义领袖。因组织起义未成，遂带领队伍进入亚平宁山区从事游击战，结果失败，退出山区。

② 穆拉多里队伍中的一名成员。

③ 法语：牛虻。

“就是他。他写的多半是短文，要不就是幽默小品。亚平宁山里的那帮走私贩子领教过他舌头的厉害，给他起了个外号叫‘牛虻’，他就索性以这个外号为笔名署在自己的文章上。”

“我对这位先生有些了解，”格拉西尼插进来说，他说起话来总是一副慢条斯理、威严十足的样子，“我所听到的情况，也不见得就能说明他有多了不起。显山露水的小聪明他无疑是有一些的，可是要说他有多少才能，我看那是夸大。论胆量他可能也不好算小。但是他在巴黎和维也纳的名声，我看决不是清白无瑕的。这位先生看来好像……呃……呃……经历非常复杂，而且来路不明。据说他是在南美洲热带的荒山野地里被杜普雷探险队发现的，探险队是见他可怜才收留了他，当时他那副狼狈的样子叫谁见了都不敢相信，简直就是野人一个了。他何以会弄到这般地步，我看他对此也始终没有能作出一个令人满意的解释。至于亚平宁山里的起义，有一点恐怕也不是什么秘密，就是：参与这一不幸事件的，各种各样的人物都有。大家知道，在波伦亚被处死的那些人①都无非是些人所共知的坏分子，许多逃走了的，品质如何只怕也是少提为佳。当然，参与其事的也确有**那么几个**是品德高尚的人……”

“内中有一些还是在座几位的知心朋友呢！”里卡尔多打断了他的话，一派愤愤然的口气。“我说格拉西尼，严格、清高，这些固然都无可厚非，可是要知道这些‘人所共知的坏分子’都是为自己的信仰而死的，这一点比起你我来，就已经胜过多多了。”

“还有，下次要是有人还跟你谈起巴黎的那些说烂了的流

---

① 波伦亚城位于佛罗伦萨以北，亚平宁山脚下，当时属教皇国。穆拉多里起义失败，一部分人被捕，在波伦亚遭到杀害。

言蜚语，”盖利也接上来说，“你不妨告诉他们，就说是我说的：有关杜普雷探险队的那一段事，他们所传的都是不实之词。我认识杜普雷的副手马特尔，跟他有私交，我听他详详细细谈起过这一段事。不错，他们碰上里瓦雷斯的时候，里瓦雷斯是流落在荒山野地。他当时是在替阿根廷共和国打仗①，在作战中被俘，逃了出来。他一再乔装改扮，在各地流浪，想设法回布宜诺斯艾利斯去。可是说探险队收他同行是见他可怜，那就纯属捏造了。实际是探险队的翻译得了病，不得不回去了，队上的法国人没有一个会说当地的话，于是就招他做了翻译，他在队里一待就待了整整三年，一直在随队勘探亚马孙河的各条支流。马特尔对我说，要没有里瓦雷斯的话，依他看这次勘探任务还真完成不了呢。”

“不管他是何许人吧，”法布里齐说，“看来马特尔和杜普雷对他还是很看得中的，能叫这样两位老资格一看就中，可见他一定有些出色之处了。你的看法如何，太太？”

“对这事我一点都不了解。起义队伍失败后一些人经托斯卡纳出逃时我正在英国。不过要依我看，跟他一起在蛮荒之地探险三年的伙伴能说他一声好，跟他一起把起义一直坚持到底的战友也能说他一声好，那就很不简单了，就很足以把巴黎大街上的流言蜚语都给抵消了。”

“他的战友对他的印象不错，那是毫无疑问的，”里卡尔多说，“从穆拉多里和柴姆贝卡里②一直到最最粗野的山民，他

---

① 按阿根廷于1816年即脱离西班牙而获得独立。其后，阿根廷和巴西都想取得乌拉圭，因而于二、三十年代间发生了战争。按时间推算，此处当是指这场战争。（后文第二部第八章中就提到了当年“跟巴西打仗留下的伤”。）

② 起义队伍中的又一位领导人。

们没有一个不热爱他的。他跟奥尔西尼[①]私下也是朋友。其实再一想，在巴黎那边有关他的那种不太愉快的无稽传闻固然多得没完没了，可你既然当了个政治讽刺作家，要想做到没有一个对头冤家那怎么可能呢。”

“我记不真切了，”莱加插进来说，“当初起义队伍里的人逃到这儿的时候，我好像也见过他一次。他可是个驼背？还是有佝偻病什么的？”

教授早已拉开了写字台的一只抽屉，拿起一叠纸来在翻阅了。“我这儿大概还找得出警察当局的通缉布告，上面有他的相貌体形特征，”他说，“大家还记得吗，他们逃下山来隐匿在山口小道里的时候，四处都张贴了告示，把他们的相貌体形讲得一详二细，那个叫——那个混蛋叫什么名字来着？——对，那个叫斯宾诺拉的红衣主教[②]还出了赏格，要他们的脑袋呢。”

“说起警察当局出了通缉布告要抓里瓦雷斯，我倒有个绝妙的小故事可以顺便说给大家听听。当时他弄了套官兵的旧制服穿在身上，装成个在执行任务中受了伤掉了队、正在寻找队伍的马枪队骑兵，在野外赶路。他居然还招呼斯宾诺拉的搜索队让他搭了一段便车呢，在他们的大车上一坐就坐了整整一天，还现编了一大堆骇人听闻的鬼话讲给他们听，说自己前些时如何被那帮叛匪俘虏了去，如何被押到山上的匪巢里，又如何在他们的手中受尽了毒刑。他们把通缉布告拿给他看，他便又动足脑筋，胡诌出了许多瞎话，跟他们大谈‘外号叫牛虻的那个恶鬼’又是如何如何。后来到了晚上，一等他们睡熟以

① 费利切·奥尔西尼（1819—1858）：意大利著名革命家。后因谋刺法国皇帝拿破仑三世未遂，被杀于巴黎。

② 斯宾诺拉红衣主教：当时教皇手下一个以残酷镇压起义人民闻名的要员。

后，他就装上满口袋的粮食弹药，往他们的火药里泼一桶水，偷偷溜了……”

“啊，告示找到了，”法布里齐打断了他的话头，“‘费利切·里瓦雷斯，外号：牛虻。年龄：三十上下；籍贯出身：不详，或系南美人；职业：记者。身材：矮小；头发：黑色；胡须：黑色；肤色：浅黑；眼睛：蓝色；前额：宽方；鼻子……嘴巴……下巴……’喏，在这儿了：‘特征：右足带跛，左臂蜷曲，左手缺少两指，脸有新砍刀伤，说话口吃。’后面还加了个附注：‘注意：该犯枪法极精，拘捕时务须小心。’”

“搜索队掌握了这样滴水不漏的辨认特征，他居然还能把他们骗过，也足见其人不凡了。”

“当然，要不是他胆量过人，那是绝对办不到的。他们当时只要对他稍微有一点疑心，他就得彻底完蛋。不过，人只要功夫到家，在当口儿上能够装出一副毫无戒心的天真样子，那就是碰到天大的危难也照样能化险为夷。好啦，各位，你们对这个建议有何意见啊？看来对里瓦雷斯其人，在座有几位还是相当熟悉的。我们要不要去请他来助我们一臂之力啊？”

“依我看，”法布里齐说，“我们不妨就这个问题先去向他试探一下，看看他是不是愿意考虑我们的计划。”

“哎呀，你放心好了，只要是跟耶稣会作斗争的事，他不会不愿意的。反教会反得像他这样狠命的，我还没见到过第二个呢。在这个问题上他还真有点疯劲呢。”

“那么由你写信好吗，里卡尔多？”

“行啊。让我来想想，眼下他在哪儿呀？好像是在瑞士吧。这人真算得上是天下第一个好动的人，老是走东跑西，没有个停。那么小册子的问题……”

他们又热烈地讨论了起来，这一谈又谈了好久。讨论完了大家才渐渐散去，这时马丁尼就走到那个不大说话的年轻妇女跟前。

“我送你回家吧，琴玛。”

“谢谢，我是有些工作上的事要跟你谈谈。”

“联络地址有问题吗？”他轻声问。

“没有什么大问题，不过我想有几个地址该更换一下了。这个星期有两封信被邮局扣了。信倒都不是什么要紧信，被扣也许只是出于偶然，可我们担不起风险哪。我们的联络地址如果一旦有哪个引起了警察当局的怀疑，那就必须立刻加以更换。”

“我明天再来跟你具体商量吧。今天晚上不跟你谈公事了，看你的样子很累了。”

“我不累。”

“那么又是心里不痛快了。”

“啊，没有的事。算不了什么。”

第二章

“你家太太在家吗，凯蒂？”

“在，先生，正在梳妆呢。你请到客厅里去坐，她一会儿就下来。”

凯蒂把客人迎了进来，这种亲切之中还带着欢喜的态度，是典型的德文郡[①]姑娘所特有的。马丁尼尤其是她喜欢的客人。马丁尼会讲英国话，当然也不免带些洋腔，不过讲得应该说很不错了；他从来不像有些客人那样，老爱扯起了嗓门大谈其政治，一谈就要谈到凌晨一点，也不管女主人已经倦得撑不住。而且，当初女主人在德文郡处境困难，孩子死了，丈夫也已奄奄一息，这时就多亏马丁尼特地赶来帮忙；也就从那时候起，这个粗手笨脚、寡言少语的大个子在凯蒂的眼里便成了“这家庭的一员”了，跟此刻舒舒服服躺在他膝头上的那只懒洋洋的黑猫是一样的资格。那只叫帕什特的黑雄猫呢，却只当马丁尼是件可躺可卧的家具。这位客人从不踩痛它的尾巴，也从不吞云吐雾拿烟来喷它的眼睛，更绝不摆出两足人类爱欺侮动物的架势来故意惹得它不得安生。他仅仅是起了一个人所应起的作用：让出膝头来让它舒舒服服躺着打呼噜，吃饭的时候从不忘记看人吃鱼并非猫的兴趣所在。他们之间的友谊说起来是由来已久了。当初帕什特还只是只小猫咪的时候，它的女主人病得早已根本顾不上它了，那时多亏马丁尼把它藏在一只篮子里，一路照料，它才得以从英国来到了这儿。此后经过了长时间的体验，它更加相信了：这个大得像熊一样的粗手笨脚的人，是个可以患难与共的朋友。

“瞧你们两个这模样儿，有多舒坦哪！”琴玛一踏进客厅就说。“人家还当你们就打算这样一直坐到夜深呢。”

马丁尼小心地把猫儿从膝头上抱了下来。“我特意来得早了点，”他说，“想在你这儿稍微吃些茶点，咱们再一块儿走。今天那边大概是宾客如云，要人满为患了，格拉西尼不会给我们像样的晚饭吃的——在那种时髦人家从来就吃不到像样的饭。”

“行了行了！”她笑着说，“看你这张刻薄嘴，比盖利也不差了！可怜的格拉西尼自身就已经是罪孽深重、担待不起了，你还把他老婆持家不善的账都一起算到了他的头上。你要吃的茶点，一会儿就得。凯蒂特地为你做了一些德文郡饼。”

“凯蒂真是个好乖乖，你说是不是啊，帕什特？啊，对了，还有你也是个好乖乖：你到底把这套漂亮衣服穿上了。我先还担心你会忘了呢。”

“我哪儿能忘了呢：我答应你的，一定穿这套衣服去赴会，不过今天晚上天热，穿着觉得暖烘烘的。”

“菲埃泽利[②]那边要凉快得多，你穿白色的开司米套装最相配了。我还给你带了几朵花来，佩在衣服上正合适。”

“啊，多么可爱的一束玫瑰，我太喜欢了！不过我看还是盛点水插在瓶子里养着吧。我是不喜欢佩花的。”

---

① 德文郡是英国英格兰西南部的一个郡，南抵英吉利海峡，北至布列斯托尔。

② 佛罗伦萨东北一市镇名。

“你又有什么迷信的想头了。”

“不，不是这个意思。我只是觉得，这么漂亮的花佩在我这么个乏味的人身上，硬是要陪我一个晚上，这花儿该厌烦死了。”

“要说厌烦，恐怕今儿晚上我们大家都是免不了的。今天的那个所谓‘名流雅集’肯定乏味得叫你受不了。”

“为什么？”

“一个原因就是，什么事情只要叫格拉西尼一沾手，就会变得跟他一样乏味。”

“说话别这样刻薄。我们要到人家家里去做客，说这样的话像话么？”

“你说的那还会有错，夫人？那好吧，我说乏味的原因是由于那些风雅之士十个里有五个不会来。”

“怎么回事？”

“我也说不上是怎么回事。反正不是不在城里，就是病了什么的。到会的左不过是两三位外国大使，几位德国学者，照例总还有那么一大帮不三不四的旅行家、俄国王公、文学社团人士，再加上几个法国军官，此外就都是我连听都没有听说过的了——当然，有一位是例外，这就是新来的那位讽刺作家，今儿晚上他是大家注意的中心。”

“新来的讽刺作家？怎么，里瓦雷斯会来？可我还以为格拉西尼对他是很不以为然的呢。”

“话是不错，可既然人已经到了，而且又肯定会成为人们议论的中心，格拉西尼自然也就巴不得这颗新星能在他的家里首次登场亮相了。格拉西尼对他的非难之词，里瓦雷斯听是肯定听不到的。不过他恐怕也早就心中有数了，这人可机灵呢。”

“我连他已经到了都还不知道呢。”

“他也只是昨天才到。好，茶点来了。别，你别起来，我去拿水壶。”

到了这小书房里，他的心情就最愉快不过了。琴玛的那一份友谊，令他无限心醉却仍端庄自若、浑然不觉的那一派风范，坦率而纯朴的那一片同志之情，在他一无欢乐可言的生活中是最能给他以欢乐的东西了。每当他感到闷闷不乐甚于常日的时候，他总要在公务之余到这儿来跟她一起坐会儿，通常只是默坐一旁，看她低头做针线，时而放下针线起来斟杯茶。她从不问他什么事不高兴了，也从不拿话安慰他；可是到他出门的时候，他总会觉得自己就坚强了些，心里也平静了些，用他自己内心的话来说吧，“这一下又可以好好拿出点劲头来挺上两个星期了。”琴玛自己不知道，其实她独具天赋，就是会抚慰人。两年以前，马丁尼一些最亲密的朋友在卡拉布里亚遭到出卖，受到了无情的枪杀①，当时恐怕应该说是多亏了琴玛信心坚定，才把他从绝望的深渊中救了出来。

一到星期天早上，他还常常要来“谈谈公事”，这所谓“公事”，指的就是凡跟马志尼党实际工作有关的一切事务，因为他们俩都是这个党忠诚积极的党员。只要一谈上“公事”，她就完全换了一个人：机敏，冷静、条理分明，绝没有一点含糊，也绝不带一点感情色彩。谁要是只看到她搞政治工作的那股魄力，就会觉得她是一个训练有素、遵守纪律的搞秘密工作的好手，可靠，果敢，无论从哪方面来看都是一位极其难得的党员，只是总嫌少了些人情味和个性。盖利对她有过这样一

① 卡拉布里亚是意大利南部一个地区（第一部第三章中提到过）。1844 年班迪亚拉兄弟曾在该地组织起义，因遭到出卖而被杀害。

句评论："她天生是一块搞秘密工作的料，一个人抵得上我们十个，不过除此以外也就一无所有了。"马丁尼所认识的这位"琴玛夫人"，真是叫人难以理解啊。

"好吧，那么我问你，那位'新来的讽刺作家'是个什么样儿的人呢？"她就去开餐具柜取茶具，一边还回过头来问了一声。"喏，切扎雷①，给你大麦糖和蜜饯胡萝卜。说起来也真是奇怪，怎么革命党人都是喜欢吃甜食的？"

"人家不是革命党人其实照样也很喜欢吃甜食，只是觉得有失体面，不好意思承认罢了。你问那位新来的讽刺作家吗？哎呀，这种人啊，庸俗的女人见了准保狂声叫好，你见了就会觉得讨厌。可以这么说吧，那是一个贩卖尖刻话的职业贩子，专门摆出一副装腔作势之态满世界乱跑，身后总还跟着一个风姿绰约的跳舞女郎。"

"你这话怎么说，是他背后真有那么一个跳舞女郎呢，还是你心里有气，也学着那种尖嘴薄舌了？"

"老天保佑，我干吗要有气呢，那个跳舞女郎可是一点不假的，而且也的确是绰约多姿哪，只是花容月貌之中有股泼辣劲儿，看你欣赏不欣赏了。要问我的话，我是不欣赏的。据里卡尔多说，她是一个匈牙利的吉卜赛人，反正总是这一类的人吧，过去是在加利西亚②一个小地方的戏院里跳舞的。这位讽刺作家看来脸皮还相当厚呢，他老爱把姑娘向人家介绍，那神气就像介绍自己家没嫁人的老姑母一样。"

"这个嘛，除非姑娘是被他从家里拐出来的，不然你这话就说得太刻薄了。"

① 切扎雷是马丁尼的名。
② 加利西亚是欧洲中部的一个地区，当时属奥地利，在今波兰东南部一带。

“你要这样看问题那也没有什么不可以的，亲爱的夫人，不过社会上却不是这样看的。大家明知道这女人是他的情妇，他介绍她跟大家见面，我看大多数人心里是极其反感的。”

“他不告诉大家，大家怎么会知道那女人是他的情妇？”

“那是显而易见的，你见了那女人就明白了。不过依我看，他虽然脸皮极厚，却也不见得敢把那女人带到格拉西尼家去。”

“格拉西尼家也不会接待她的。格拉西尼太太那样的女人家是不会做这种出格的事的。不过我想要了解的是里瓦雷斯先生作为一个讽刺作家其人如何，而不是他的人品如何。法布里齐告诉我，说给他去了信，回信说他同意来参加反对耶稣会的斗争，我所了解的情况就到此为止了。这个星期事情也实在太忙了。”

“我可以告诉你的情况恐怕也不是很多。我们本来担心在酬金问题上也许会有什么麻烦，现在看来这方面已经没有什么问题了。看样子他的经济情况还是不错的，他愿意不取报酬。”

“这么说，他大概自己很有点家产咯？”

“明摆着的，不过这好像有些奇怪——那天晚上在法布里齐家你也听到的，杜普雷探险队发现他的时候他的处境可狼狈哩。不过他不知在巴西哪儿的矿山上有了股份，另外在巴黎、维也纳、伦敦等地写小品文章又红得不得了。看来他可以用五六种文字下笔成文，再说他在这里也照样可以跟各地的报纸保持联系。骂骂耶稣会，用不了他全部时间的。”

“对，那个自然。我们该动身了吧，切扎雷。好吧，这玫瑰花我就佩上了。请稍等一会。”

她快快跑上楼去，回来的时候玫瑰花已经佩在胸前，头上还披上了一条黑缎花边的长巾。马丁尼把她上下一打量，摆出一副艺术家的架势，表示了赞赏之意。

“你大有女王的气度呢，我的夫人，简直就像那位伟大、聪明的示巴女王[①]。”

“看你这张嘴有多损哪！”她笑着反驳说，“你明明知道我为了要演像这个上流社会妇女的角色，已经费尽了心机了。像我们这种干秘密工作的，要学得像示巴女王那样干吗呀？那能把密探甩掉吗？”

“你想要装个无聊的上流社会妇女呀，我看你一辈子也别想装得像。不过那也不要紧，你长得太好看了，你即使不能像格拉西尼太太那样以扇掩面，笑语如痴，那班密探见你这么好看，也顾不上来揣度你的政治主张了。”

“得了，切扎雷，那个可怜的女人不提也罢！喏，再吃几块大麦糖，甜甜嘴巴消消气。你都准备好啦？那我们就走吧。”

果然不出马丁尼所料，那个所谓“名流雅集”的聚会参加的人既多，会又开得乏味。那些文人学者说的都是些应酬客套，看去都厌烦得恨不能溜走，而那“一大帮不三不四的旅行家、俄国王公”却只顾在各个房间里窜来窜去，忙着相互打听这位名流是谁，那位名流又是谁，都想假充斯文跟文人雅士攀谈一番。格拉西尼招待客人的态度说得上是八面精光，光得都可以跟他脚上那双靴子媲美了，不过一看到琴玛，他那张皮笑肉不笑的脸儿上顿时就大放异彩。他并不是真的喜欢她，说实在的他心里还真有点怕她；可是他也清楚，自己的客厅里要是没有她的话，就会缺少很大的号召力。他在自己的那一行里已

① 示巴是阿拉伯古国，据说在今也门一带。《圣经·旧约》里提到的示巴女王（《列王纪上》10章，《历代志下》9章）以聪明、美丽闻名。她曾带了大队随从，去见以色列的所罗门王，试验一下所罗门王的智慧，结果大为折服。

算得上是个拔尖的人物了，钱有了，名气也有了，现在最大的心愿就是要使自己的家变成自由派和知识界的社交中心。他带着几分苦涩的心情，意识到自己的老婆人品猥琐、打扮过火，自己年轻时跟她结婚实在是失策，就凭她这种索然无趣的谈吐、红颜已老的外貌，她哪儿配当那么一个大型文学沙龙的女主人呢。哪次聚会他只要能够劝得琴玛来参加，他心里就有了底，知道今夜的会必能成功无疑。她那种娴静端庄的风度，自会使来宾感到心旷神怡；男主人本来总依稀觉得自己家里老是有那么一股庸俗之气，可是只要有这位女士在场，那股气息似乎就都一扫而空了。

格拉西尼太太好不热情地迎接了琴玛，像是说的悄悄话，其实却是放开了嗓门在嚷嚷："看你今儿晚上打扮得有多漂亮呀！"说着两道恶意挑剔的目光就在客人纯白的开司米上直打转。对这位客人她心里是恨得痒痒的，她所忌恨的几点其实也正是马丁尼所欣赏的几点：恨她那种沉静坚强的性格，恨她那份庄重真挚的坦率，恨她从来心平如水，甚至连她脸上的表情都会遭到忌恨。而且格拉西尼太太恨起人家妇女来，内心的痛恨就都表现为奔放的热情。对她的百般恭维和亲热，琴玛听过也就算了，哪儿还会费很多心思去琢磨呢。所谓"出入社交界"，在她看来本来就是一件累人且又相当无趣的工作，一个搞秘密活动的人想要不叫密探来注意自己，就必须把这种工作认认真真做好。她觉得做这种工作跟做那种吃力的密码书写工作并没有什么两样；一位妇女讲究服饰出了名的话，实际上就等于是保了险，可以免得受到怀疑。她深知这一招的妙用，所以她研究时装图样之用心，也决不下于苦读密码本。

那些文学界的名士们正厌烦得发愁呢，一听到琴玛的名字，顿时就来了几分精神。琴玛在他们中间是很有些名声的；特别是那些激进的记者，当时一下子就都集中到了长长的大厅的那头，把她围了起来。不过她干秘密工作经验也老到了，才不会让清一色的激进分子围着她呢。激进分子嘛，要找他们哪天不行啊？如今见他们都围到跟前来了，她就赶快打发他们都去做自己的事，却把话说得很婉转，她笑眯眯提醒他们说，放着那么多旅行家需要他们去开导呢，又何必浪费时间来做她的"工作"？她呢，却特意去找了一位英国议员攀谈起来，因为他们共和党人正急于要争取这位英国议员的支持：她知道这位议员先生是个财政专家，所以先就奥地利货币的一个专业性问题请教了他的看法，一下子就吸引了他的注意，然后又很巧妙地把话头转到了伦巴第-威尼西亚①的岁收上来。那英国人本来是准备硬着头皮来闲聊天的，一听这话倒不由得瞟了她一眼，显然是担心自己可别落到了一位女学究的掌心里；可是看她不但模样可亲，而且谈吐风趣，他就完全抛开了顾虑，跟她认认真真讨论起意大利的财政问题来，就是跟梅特涅②当面讨论恐怕也不过如此了吧。后来格拉西尼领了一个法国人来，说是"这位先生很想向博拉夫人讨教青年意大利党历史上的几个问题"，那位英国议员这才离座而去，他心里倒有些惶惑了：意大利人之所以在情绪上感到不满，理由恐怕要比自己原先设想的多得多呢。

夜色已深，琴玛找个机会悄悄溜到客厅窗外的大阳台上，到大山茶花和夹竹桃丛中去一个人坐会儿。房间里好闷，加以

---

① 拿破仑战败后，英、普、俄、奥等国于1814—1815年举行维也纳会议，对欧洲重新作了一次瓜分。意大利的伦巴第和威尼西亚被合并在一起，置于奥地利的统治之下。

② 当时的奥地利首相兼外交大臣。

人来人往没有个停，害得她头都有些疼了。阳台的那一头有一排棕榈和桫椤①，都栽在一口口大缸里，前面又是一大片百合和其他的显花植物，把缸统统给遮了起来。这些合在一起，简直就是一道绝妙的屏风，屏风背后有个隐蔽的小小角落，在那儿可以凭眺远处山谷外的美丽景色。一棵石榴树晚花簇簇缀满枝头，就在那枝桠旁边，花木丛中有个狭狭的隙缝，由此可去那隐蔽的角落。

琴玛把这个隐蔽的去处当作了避难所，只希望暂时不会有人叨念起她在何处，让她清清静静养会儿神，但愿到时候头痛能好点儿，不至于加重。今天夜里应该说是比较热的，四下宁静得可爱，不过她因为是刚从闷热的屋里出来，所以反倒觉得有些凉意，于是便把黑缎头巾往头上一裹。

过了一会儿，阳台上忽然传来了说话声和脚步声，渐渐由远而近，她本已处于迷迷糊糊的状态之中，当下不觉一惊而醒。她不想让人发现，就尽往黑影里躲，一会儿还得苦苦开动那累透了的脑筋，去跟人说话应酬呢，她要趁此刻争取再清静上宝贵的几分钟。可是使她大为恼火的是，脚步声却停止在屏风的附近；格拉西尼太太那又细又尖的小嗓门本来一直叽叽呱呱说个不停，这时却突然歇了一下。

那另外一个嗓音则是男声，声音倒是异常柔和，颇具音乐之美；可是音色虽美，遗憾的是一说话就呃呃连声，拉长了调子，怪里怪气的。那也许只是故意的做作，不过更可能是为了要矫正口吃，习惯成了自然，反正听来觉得很不舒服。

“你说是英国人吗？”那男声说，“不过看那个姓倒是十足

① 一种高大如树的藏类植物，又称“树蕨”。

的意大利姓啦。叫什么来着——是博拉吧？”

“是的，她的丈夫就是已故的乔万尼·博拉，博拉是在约莫四年前死在英国的——你还记得吗？啊呀，瞧我这个记性——你是个四海为家的人，我们这个不幸的国家里为国牺牲的烈士就太多啦，你怎么可能个个都知道呢！”

格拉西尼太太叹了口气。跟陌生人谈话她总是摆出这副架势：俨然是位爱国志士在为意大利的不幸而悲叹，加上她寄宿学校女生的风度犹在，言谈之间还会娇憨地撅撅嘴，这种种合在一起，收效是挺不错的。

“哦，是死在英国的！”那另一个嗓音接口说，“这么说他是流亡在国外的啦？这个姓我听来好像挺耳熟的；他是不是跟早期的青年意大利党有些关系？”

“对，他就是1833年被捕的几个不幸的年轻人之一——那个痛心的事件你还记得吗？当时他给关了几个月就放出来了；可是过了两三年，当局又一次下令逮捕他，这一回他却逃到英国去了。后来我们就听说他在英国结了婚。他这件婚事，总之是绝顶罗曼蒂克的，不过可怜的博拉一向是罗曼蒂克惯了的。”

“你说他后来就死在英国？”

“是啊，得了肺痨死的；英国的气候恶劣，他顶不住。夫妻俩就只一个孩子，丈夫死前没几天，娃娃又得了猩红热，死了。真是太惨了，是不是？要知道我们大家对亲爱的琴玛可都是挺喜欢的呀！她的态度是有点儿刻板，可怜的人儿；其实英国人嘛，哪一个不是这样呢；不过依我看，她所以老是闷闷不乐，恐怕还是因为她一再遭遇不幸的缘故，而且……”

琴玛站起身来，推开了石榴树的枝桠。把她个人的不幸当作闲聊天的话题说给人听，她觉得简直不可容忍，因此她从黑暗里走出来时，脸上明显带着恼火的神气。

“啊呀！她在这儿哪！”女主人叫了起来，居然面不改色，真是令人佩服。“琴玛亲爱的，我刚才还在纳闷呢，也不知你往哪儿一钻，怎么就不见了。费利切·里瓦雷斯先生想跟你认识一下呢。”

“敢情这位就是牛虻了。”琴玛怀着几分好奇对他看看，心里想。对方向她一鞠躬，倒也十分得体，可是眼睛在她脸上身上一扫，她觉得那大胆的目光好生锋利，竟有些刺探的味道。

“原来你在这儿找了个清静的所在，这个小旮旯儿倒真是挺可……可……可爱的，”他望着那密密的花木屏风，说道，“而且还有好……好……好风景可以观赏哩！”

“是啊，这个地方挺清静的。我出来透透风。”

“如此良夜，要是还守在屋里的话，岂不是有负好心的上帝一番美意了么？”女主人说着特意抬眼望了望天上的星星。(她有很好看的睫毛，总喜欢找机会让人家看看。)“你看，先生！我们亲爱的祖国意大利只要有了自由，不就是个人间天堂么？可意大利却偏偏只有当奴隶的分儿，空有了这样鲜艳的花，这样灿烂的天！”

“也空有了这样的爱国女性！”只听见牛虻咕哝了一声，还是那种软绵绵、懒洋洋的口气，拉得长长的。

琴玛不觉微微一震，扭过头来对他瞟了一眼；这种肆无忌惮的挖苦，也未免太露骨了，谁会听不出来呢。可是她显然低估了格拉西尼太太爱听恭维话的胃口之大：那位可怜的太太当下只是叹了口气，垂下了睫毛。

“啊呀，先生，身为女子实在是无能为力啊！不过也说不定有一天我能以行动来证明我是无愧为一个意大利人的——

谁说没有这种可能呢？好了，我得赶快回去尽我这个女主人的责任了：那位法国大使要我把他监护下的一位姑娘介绍给到会的各位名流；你们过会儿可要进来看看她哟。这姑娘长得俏极了。琴玛，亲爱的，我是带里瓦雷斯先生出来请他欣赏欣赏我们这儿的美丽景色的，现在只能请你照应一下了。我知道你一定会代我好好招待他，把他介绍给大家的。哎呀，你瞧那个有趣的俄国王子来了！你跟他见过面了吗？据说他还是尼古拉皇帝①跟前的一个大红人哩。他是波兰一个什么城市的驻军司令，那个城市的名字疙疙瘩瘩的，谁也念不上来。Quelle nuit magnifique! N'est-ce-pas, mon prince②？”

她急忙忙跑开了，去跟前面一个粗脖子、重下巴、上装胸前勋章闪闪的男人滔滔不绝地叨叨起来，当然又是为“notre malbeureuse patrie”③大唱其哀歌，还有“charmant”④啦，“mon prince”⑤啦一类的字眼穿插其中，话音朝着阳台的那头渐渐远去。

琴玛在石榴树旁边站着一动也没动。这个傻气而又可怜的小女人使她感到难过，牛虻那种懒声懒气的侮慢态度却又使她恼火。看他，此刻望着那两个远去的人影，脸上的那副表情叫人见了能不生气吗！挖苦这样的可怜虫，似乎也未免有欠大度了吧。

“意大利的爱国主义化身跟……俄罗斯的爱国主义化身都走了，”他转过脸来冲她笑了笑说，“热乎得手挽着手，能够交

① 指俄国皇帝尼古拉一世（1796—1855）。
② 法语：多美的夜晚啊！不是吗，我的王爷？
③ 法语：我们不幸的祖国。
④ 法语：真可爱。
⑤ 法语：我的王爷。

个朋友双方都高兴得很呢。你说这两家爱国主义哪一家好些？”

她微微一皱眉，没有回他的话。

“当……当然啦，”他就又接下去说，“这都是个……个人的好恶罢了；不过要依我看的话，两者之中我倒还是比较欣赏俄罗斯式的——俄罗斯式来得干脆。如果俄罗斯不是靠枪炮火药去维持霸权，而是靠的花呀、天呀，你倒说说，‘我的王爷’镇守波兰能够守……守上几天？”

“我的看法是，”她冷冷地答道，“个人自然可以有个人不同的意见，可也用不到拿话去挖苦女主人，不要忘记我们这是在她府上作客。”

“啊，对了！我倒忘……忘了这儿意大利有个好客的规矩，意大利人是个好客得不得了的民族。我相信奥地利人就肯定有这样的体会。请坐会儿怎么样？”

他一步一颠地到阳台那头去搬来了一张椅子让她坐下，自己却就在她的对面找个地方倚着栏杆站在那儿。一扇窗子里透出的灯光，一大片正好都落在他脸上，所以她终于可以抽个空儿把他的面貌细细端详一番了。

她失望了。她本来只当此人的相貌即使不是长得很可人，至少也应该长得威仪堂堂吧，可是眼前这人的外貌，却只有两个特点最为显著，一是服饰上有流于浮华的倾向，二是神情态度上总隐含着几分侮慢，那可已经不是个倾向的问题了。其他的特点还有：他肤色奇深，像个黑白混血儿；虽说瘸着一条腿，行动却像猫一样敏捷。说也奇怪，他的这许多特点合在一起，却使人不由想起了一头黑豹。他从前额到左颊挨过一刀，是马刀劈的，留下一长条弯弯的老伤疤，难看极了；琴玛早就注意到他只要说话一结巴，这半边的脸上就会发生神经质的抽揺。要是没有这些缺陷，他的相貌还算是长得比较清秀的，尽管这清秀之中总不免带有一些浮躁不安之气；不过要说他长得有多好看，那也绝对说不上。

不一会儿，他又呃呃连声地轻轻咕哝开了。（琴玛愈听愈觉得可气，心想："豹子要是会说人话，又碰上脾气好的时候，说起话来该就是这副腔调的！"）

他说的是："听说你跟激进派报刊有些关系，是常给报纸写稿的。"

"稍微写两篇，实在没工夫多写。"

"是啊，也难怪！我听格拉西尼太太说，你还另有其他的重要工作。"

琴玛的眉毛微微一挑。这个无聊的小女人也真是的！格拉西尼太太跟这个老油子闲聊天显然是无话不谈的，说实在的，琴玛渐渐有点讨厌这个老油子了。

"要说忙呢，我倒确实是够忙的，"她的口气有些生硬，"不过我的工作实在说不上有什么重要，格拉西尼太太言过其实了。我的工作多半是些极琐碎的小事。"

"是啊，我们要是大家都把时间花在为意大利唱哀歌上，我们这个世界还好得了么？我倒是觉得，今儿晚上在这样一对主人主妇的府上作客，谁不想防着点儿，把自己说得渺不足道呢。好，好，你要说的意思我都明白；你的意见完全正确，不过他们夫妻俩的那种爱国主义精神，滑稽得也实在有意思。——你这就要进屋里去啦？在外边待会儿可不是挺好的么！"

"我想要进去了。这头巾是我的？谢谢你。"

头巾掉在地上是他给捡起来的，他此刻正睁大了眼直愣愣瞅着她呢，两颗眼珠就像小溪边勿忘草开出的两朵花，蓝得那么纯净。

“我知道你是因为我跟那个打扮得花枝招展的蜡美人开了个玩笑，所以生了我的气，”他口气里流露出了后悔的意思，“可我又能怎么样呢？”

“既然你问我，那我就明确告诉你，我认为对才具不及自己的人这样加以取笑，是缺少雅量的表现，甚至……呃……可说是一种卑劣的行为。这就好比嘲笑一个残疾人，好比……”

对方突然一脸痛苦，倒抽了一口气；他打了个闪缩，对自己的跛脚残手瞧了一眼。不过转眼他就恢复了平静，冷不丁一阵哈哈大笑。

“我说你这个比拟不当，太太。我们残疾人不会在人前炫耀自己的残疾，她呢，却一味在人前炫耀自己的愚蠢。有一点你总应该想到吧，那就是我们也明白一个人行事不端、为人不正固然遭人讨厌，可模样体形不端不正也并不是一件好受的事。这儿有磴台阶，请挽着我走好。”

她窘得不作一声，重又回到屋里；想不到这位先生竟是这样敏感，倒弄得她压根儿不知所措了。

这位先生一推开大客厅的门，琴玛马上就意识到：自己出去了这么一会儿工夫，这里却出过一件不寻常的事了。男宾们多半都显出了忿忿不安的面色，女客们都集中在大厅的一头，个个红起了脸，特意装得好像什么都不知道似的。男主人分明是强忍着怒火，在摆弄自己的眼镜，几个旅行家围成一堆站在一个角落里，把看得津津有味的眼光向客厅的另一头投去。显然那边有件什么事儿，在他们看来觉得挺好玩的，可是在大部分客人的眼里却认为是个侮辱。只有格拉西尼太太一个人却似乎什么也没有看见；她娇里娇气地摇着扇子，跟荷兰大使馆的秘书尽自絮絮叨叨说个没完，那位秘书先生听得满脸笑嘻嘻的。

琴玛在门口停了一下，扭过头来想看看牛虻是不是也注意到了在座的人都神态有异。只见牛虻对那位幸得一无所知的女主人脸上瞅瞅，又对客厅尽头的一张沙发上瞅瞅，眼神里明明白白是一副没安好心的得意之色。她顿时恍然大悟：这人采用冒名顶替的手法把他的情妇也带进来了，这事瞒不过别人的眼睛，只瞒过了一个格拉西尼太太。

那个吉卜赛姑娘靠在沙发上，周围簇拥着一群涎皮赖脸的花花公子和说挖苦话面不改色的骑兵军官。她身上是琥珀猩红两色相间的华装艳服，那色彩之鲜丽、饰物之繁多，都带有一种东方式的特点，在一个佛罗伦萨文学沙龙里所起的震惊效应，决不下于麻雀和椋鸟群中飞来了一只热带鸟。她自己似乎也感觉到格格不入，所以就沉下了脸，做出一副极为不屑的样子，望着那班气不忿儿的太太们。如今一见牛虻陪着琴玛从客厅那头过来了，她就赶紧跳起身来迎了上去，嘴里滔滔不绝地吐出了一大连串的法国话，可是这样错误百出的法国话谁听着也受不了。

“米歇里瓦雷斯，我到处在找你呢！萨尔蒂柯夫伯爵想要问你明天晚上去不去他的别墅。那边有舞跳呢。”

“对不起，我去不了；就是去了，也是跳不了舞的。博拉太太，请允许我向你介绍这位齐塔·雷尼小姐。”

那吉卜赛姑娘带着几分挑衅的神气转过脸来对琴玛瞧了一眼，生硬地弯了弯腰。马丁尼说得没错，这姑娘确实长得很不错，具有一种活泼、犷悍、粗野的美，而且举止之间自有一种无比优美和谐的风姿，让人看着就觉得喜欢，只是前额长得嫌低了点儿，也窄了点儿，那细气的鼻子线条似乎显得有欠敦厚，简直有点冷酷的味道。琴玛跟牛虻在一起，心头本来就有一种压抑之感，如今来了这个吉卜赛姑娘，这份压抑之感就更沉重了；因此一会儿以后，男主人过来说是请博拉太太帮他去招待隔壁房间里的几个旅行家，她一听马上就答应了，而且奇怪的是内心竟会顿时感到如释重负。

※　※　※

琴玛跟马丁尼深夜里坐马车赶回佛罗伦萨去。路上马丁尼问：“请问夫人，你对牛虻的印象如何？格拉西尼家那个可怜的小女人上了他一个大当，这样无耻的事他居然也干得出来，可不是少见么？”

“你是说那个跳舞女郎的事？”

“是啊，他把格拉西尼太太说动了心，相信姑娘一定会成为今年社交季节的大红星。格拉西尼太太只要能结交上名人，让她干什么都肯。”

“我看这件事一是有欠光明正大，二是有失厚道，结果就使格拉西尼夫妇陷于被人误解的尴尬境地，同时对姑娘本身也简直是一种残忍。我相信她心里一定是觉得很不自在的。”

“你不是跟他谈了一阵话吗？那你觉得他如何呢？”

“哎呀，切扎雷，我什么也不觉得，唯一的感受就是跟他分了手心里就一痛快。这样讨厌得要命的家伙，我以前还从来没有碰到过呢。跟他在一起才十分钟，我的头就疼了。他简直是个魔鬼的化身，就是不让你太平。”

“我早就料到你不会喜欢他的；说老实话，我也一点都不喜欢他。这人滑得像条泥鳅，我看他是靠不住的。”

第三章

牛虻寓居在罗马门外，离齐塔的住处不远。他显然是个相当会享受的人；尽管屋里说不上有十二分铺张扬厉的陈设，可是一些小玩意儿已经未免流于奢侈，一应布置也已经雅致到了似有过于讲究之嫌，叫盖利和里卡尔多见了都吃惊不小。他们本来以为在亚马孙流域的蛮荒世界里生活过来的人不会有那么多的爱好讲究，如今见他领带纤尘不染，靴子可以列队成行，案头总是陈列着大簇的鲜花，都感到好奇怪。不过总的说来他们跟他还是相处得挺不错的。他对谁都很热情友好，对当地的马志尼党党员尤其如此。其中似乎只有琴玛是个例外，两人初次一见面，他似乎就对琴玛产生了反感，从此总是千方百计避着她。有几次他对待琴玛竟然到了无礼的地步，这就引得马丁尼从心底里恨透了他。他同马丁尼从一开始就不投机，双方的性格看来是水火不相容的，所以一见面彼此就只觉得反感。特别是马丁尼，从反感很快就发展成了敌视。

“他不喜欢我，我也无所谓，”一天他带着委屈的神气对琴玛说，“说实在的我又何尝喜欢他呢，所以那没有什么大不了的。我就是看不惯他老是这样对待你。要不是怕在党内引起非议，说是请了人家来又跟人家吵架，老实说我还真想找他来评评理呢。”

“随他去吧，切扎雷；这也不是什么要紧的事，而且话要说回来，这事他有错，我也有不对。”

“你有什么不对？”

“他对我这样反感，责任在我。那天晚上我跟他在格拉西尼家初次见面，我有句话伤了他。”

“你有句话伤了他？哪会有这样的事呢，夫人。”

“我当然是言者无心，话一出口就后悔得不得了。我当时是打个比方，说到人家嘲笑残疾人，他以为我这话就是在骂他了。其实我思想上从来就没有把他当成个残疾人，他也根本算不得什么严重的残废。”

“就是。他不过是一个肩膀高些一个肩膀低些，左边的胳膊倒是伤残比较严重，但是他到底一不是驼背，二不是天生的畸形足。至于说他走路有点瘸，那根本不值一提。”

“反正当时他一听到我的话，浑身都发了抖，脸色也变了。那当然要怪我说话没多长个心眼儿，可是敏感到像他这样，也未免太出奇了。我在想，会不会以前有人对他开过这一类的刻薄玩笑，把他的心刺伤了。”

“依我看，倒更可能是他捉弄过人家呢。这个人呀，别看他一副挺有风度的样子，其实他的内心可狠毒着哩，我一想起来就觉得毛骨悚然。”

“得了吧，切扎雷，你这话又说得太不实事求是了。我也跟你一样对他很不喜欢，可我们又何必要把他故意往坏里说呢？他的样子是有点儿矫揉造作，叫人看着就有气——我看那大概是因为大家把他捧得太过分了——还有他老是满嘴的俏皮话，听多了也实在是腻烦；不过要说他有什么坏心，那我是不相信的。”

“他是好心还是坏心我也说不准，不过我总觉得，一个人要是对什么都采取嘲笑的态度，这个人肯定有些不大正常。前几天在法布里齐家里大家辩论开了，他把罗马的改革①说得一无是处，我听了就觉得实在不是味儿，他简直啥事都不肯放过，总要去挖出个丑恶的动机来。”

琴玛叹了口气，说：“我倒觉得在这个问题上我还是比较赞成他的看法。你们这些善良的人们呀，就爱往高兴处想，往高兴处盼；你们总容易滋生幻想，以为只要有一位年纪不大、又没安坏心的正人君子当选为教皇，一切就自会迎刃而解。只要这位教皇打开牢门，能为天下人一例祝福，不消三个月‘至福一千年’②就会实现。你们怎么总是看不出来呢：他就是有好好整治一下的愿望，也别想整治得了。问题在于这种制度的根本原则就不对头，不在于这个人或那个人干好还是干坏。”

“什么原则？你是指教皇有权掌管俗世事务这一条？”

“又岂止是这一条？毛病大着呢，这不过是其中的一点。那贻害无穷的一条根本原则就是：有人能掌握他人的生杀予夺之权。以这种关系来对待自己的同胞是根本错误的。”

马丁尼把双手一举，笑哈哈地说：“得了得了，夫人。你既然这样把臭不可闻的反律法主义③那一套都搬出来了，那我就不跟你讨论了。我敢说你的祖上准是17世纪英国平均派④

---

① 指教皇庇护九世即位之初采取的一些新措施。

② 据《圣经·新约·启示录》里的预言，耶稣复活后将治理世界一千年，为世人谋至高无上的幸福。这里的“至福一千年”就是理想的清平世界之意。

③ 反律法主义，是基督教中的一派学说，认为基督徒不必遵守上帝的律法（摩西律法），只要信仰福音即可。萨克森神学家阿格里科拉（1492—1566）首创此说，马丁·路德即称之为反律法主义者。1535年左右德国出现了这样的教派，克伦威尔时期英国也出现了类似的教派。

④ 平均派，又译平等派，是17世纪英国资产阶级革命中的小资产阶级民主派。领导人为约翰·李尔本（约1614—1657）。平均派主张建立共和国，进行社会改革，实行普选。1649年为克伦威尔所镇压，李尔本于1657年死于狱中。

的成员无疑。再说，我今天登门拜访的目的，是要来商量这篇稿子。”

他从口袋里取出了稿子。

“又新写了一本小册子？”

“是里瓦雷斯这个浑小子写的一篇糊涂奇文，他昨天交到委员会会议上来的。我早就料到我们要不了多久就会跟他吵架完事。”

“这篇文章又怎么啦？说实在的，切扎雷，我看你真是有点偏见的。里瓦雷斯尽管不讨人喜欢，可也决不是个糊涂人。”

“好吧，我也不否认这篇文章写得自有其聪明之处，不过你还是自己先看一遍再说吧。”

当时意大利对新教皇的那一片狂热之情依然未见稍减，这篇稿子就是讽刺这一现象的。文章不脱牛虻笔下的一贯风格，写得既尖刻又狠毒；琴玛虽然对这种文风颇感不快，心里却也不能不承认文章批判得是在理儿上。

“我完全同意你的看法，文章的用语是流于刻毒，不足为训，”她放下了稿子说，“不过糟就糟在文章的内容却偏偏都说得很有道理。”

“琴玛！”

“是啊，是都说得很有道理。这个人你可以说他冷酷，可以说他滑得像条泥鳅，但是道理却是在他一边。我们又何苦要言不由衷，硬说文章没有切中要害呢——其实文章恰恰就都说在点子上！”

“那么你认为这篇文章我们应该发表？”

“哎，那又是另外一个问题了。不错，我也不主张把这篇文章就这样照发；文章发表出来会伤害了群众、疏远了群众的，是有害无益的。不过他要是肯把文章修改一下，把属于人身攻击的段落统统删去，我看这就是一篇极有意义的作品。作为政治评论文章来看，确实算得上是佳作。我真没有想到他竟然写得这样一手好文章。他说出了我们有必要说，却谁也没有勇气说的话。这儿有一段，把意大利比作一个醉醺醺的汉子，缠住了一个人在伤心哭泣，而那人却偏偏就是正在扒他口袋的小偷，这一段写得真是太精彩了。”

“琴玛呀！这一段正好是整篇文章中最大的败笔！我就最恨这一套，事情不问是非，见人不问是谁，上去就是恶狠狠一通狂吠！”

“这我也很反感，不过关键问题不在这儿。里瓦雷斯文章的风格是很咄咄逼人，为人也不讨人喜欢，不过他指出我们这一个时期来一个劲儿唱圣歌游行，大家拥抱啊，高喊仁爱和解啊，都搞得昏昏然了，这样下去对谁都没有好处，而只能有利于耶稣会和圣信会，他这番话可说是一百个正确，一千个正确。可惜昨天的委员会会议我没有能参加。你们最后作出了什么决定？”

“我就是为此而来的：我们想请你去跟他谈一谈，劝他把文章的调子改得和婉一些。”

“叫我去？可我跟这个人不熟啊，而且他也很讨厌我。为什么不请别人，偏要叫我去呢？”

“不为什么，今天除了你没有别人可去。何况，你比起我们大家来总要格外通情达理些，你是不会跟他作无谓的争辩的，换了我们就免不了了。”

“不错，这倒也是。好吧，既然你们要我去，那我就去吧，不过我去也不见得就有多少成功的希望。”

“我相信你去劝劝他的话，一定能叫他听你的。对了，你去告诉他，从文学作品的角度看，委员会对这篇文章一致表示赞赏。你这么一说他肯定就高兴了，其实话呢，倒也是一点不假的。”

※ ※ ※

一张摆满花花草草的桌子旁坐着牛虻，膝头上摊着一封拆开的信，两眼出神地望着地板。脚边的地毯上躺着一条苏格兰种的粗毛牧羊狗，琴玛见门开着，就在门上敲了两下，那狗探起头来汪汪直叫，牛虻急忙起身，生硬而不失礼数地鞠了一躬。他的脸上早已乍猛的表情全无，只剩下一片冷峻。

“真叫我不敢当哪，”他的态度冷到了极点。“其实你只要通知我一声，说你有话吩咐，我一定登门领教就是。”

见对方显然没有一点欢迎自己的意思，琴玛就赶紧说明了来意。他于是又鞠了一躬，搬了把椅子请她坐下。

“委员会让我来拜访你，”她把话题拉开了，“因为对你写的那个小册子有一点不同的意见。”

“这我早在预料中。”他笑笑在她的对面坐下，拉过一大瓶菊花来，好挡去映在他脸上的阳光。

“这个小册子作为一篇文学作品来看，大家都是赞赏之至的，不过多数委员的意见认为，就目前这个样子拿出去发表怕不十分相宜。他们担心文章的调子未免过于激烈，说不定会得罪人，特别是有一些人，我们的党很需要他们的帮助和支持，可不能疏远了他们。”

牛虻从花瓶里摘下一朵菊花，拿在手里，一瓣又一瓣的，慢慢地掰起那白色的花瓣来。琴玛的眼光不经意间一扫，正好瞟见了他瘦弱的右手一片一片撒花瓣的动作，一种不安的感觉顿时袭上了她的心头：这种姿势，她以前好像在哪儿见过！

“其实作为一篇文学作品来看，”他还是以他那种细柔的嗓音冷冷地说，“那是完全不足道的，只有根本不懂文学的人才会欣赏这样的作品。至于说得罪人嘛，我写这篇文章的目的本来就是要得罪人。”

“这我完全明白。问题是，文章这样发表出去，结果会不会得罪了不该得罪的人呢？”

他耸耸肩膀，把掰下的一片花瓣拿牙齿咬了咬。“我认为你这个说法不对，”他说。“我看关键的问题是：你们的委员会请我到这里来，目的是为了什么？我的理解是，是为了对耶稣会进行揭露和讽刺。我尽我最大的能力，履行了自己的责任。”

“我可以向你保证，无论对你的能力还是对你的诚意，我们谁都没有一丝一毫的怀疑。委员会只是担心自由派人士会因此而感到不快，同时担心城镇里的工人会因此而不再给我们以道义上的支持。你这个小册子尽管本意是抨击圣信会的，但是会使很多读者理解为抨击的是教会和新教皇。从政治策略上来考虑，委员会认为这是不可取的。”

“我这算是懂了。只要我把抨击的矛头紧紧针对眼下跟你们党不和的那一派教会人士，我就尽可直言不讳，无所顾忌，可是一旦问题涉及委员会诸公自己心爱的那一派教会人员，那么：——‘真理是一条贱狗，只有躲在狗洞里的份儿；可是有时就得一鞭子把它赶出去，因为……教皇大人正站在火边，在那儿……’[1]对，‘傻子’的话说得对；可我千做万做，就是傻

[1] 牛虻的这几句话借用了莎士比亚悲剧《李尔王》中的一段台词，只改动了几个字。这段台词出于第一幕第四场，是“傻子”一角说的，原文作：“真理是一条贱狗，只有躲在狗洞里的份儿；可是有时就得一鞭子把它赶出去，因为猎狗太太正站在火边，在那儿撒尿呢。”

子不做。委员会的决定我当然是应该服从的，不过我总还是有这么个想法，就是：委员会‘把自己的才智这边削掉一点，那边削掉一点’——却偏偏在中间留下了一个蒙……蒙……蒙塔奈……奈……奈利主……主教大……大人。”[①]

“蒙塔奈利？”琴玛不由得反问了一句，“我不明白你的意思。你是说的布里西盖拉的那位主教？”

“对；你也知道，新任教皇刚遴选他为红衣主教。我这儿有一封信，信上就说起了他。你要不要听听？信是我一位住在边界那边的朋友写来的。”

“住在教皇国的？”

“对。他信上是这样写的……”他就拿起刚才琴玛进门时见他还在琢磨的那封信，大声念了起来，这一念却突然结巴得厉害了：

“‘不……不……不……不久你……你就可以有……有幸会……会……会会我们最……最……最凶险的敌人之一，布里西盖……盖……拉的主……主……主教洛伦佐·蒙……蒙塔奈……奈……奈利红……红衣主……主……主教大人了。他拟……拟……’”

他念到这里忽然住了口，停了一下才又继续念下去，把速度放得很慢很慢，拖拖拉拉的简直叫人听得受不了，不过总算不再结巴了：

“‘他拟于下月出访托斯卡纳，借通修好之意。准备先在佛罗伦萨讲道，勾留约三周左右；然后去锡耶纳[②]和比萨，以

① 这里还是借用了《李尔王》里的一句台词。《李尔王》里的原文作：“你把自己的才智这边削掉一点，那边削掉一点，削得中间什么也不剩。”

② 托斯卡纳公国的一个城镇，在佛罗伦萨以南。

后再经皮斯托伊亚[①]回罗马涅[②]。从表面上看他在教会中属于自由派，同教皇以及费勒蒂红衣主教都颇有私交。前任教皇格列高利在位时他不受宠信，只落得被打发在亚平宁山区的一个小山沟里，难见天日。如今他可突然露了头角。其实呢，不用说得，他跟这个国家里上上下下的圣信会教士都一样，哪一个不是由耶稣会在背后牵线的？他这次出访，就是由一些耶稣会神父暗暗授意的。在教会里论讲道的本事他算得上数一数二，论手段之奸诈他也决不下于拉姆布罗斯契尼本人。他的任务，是要鼓动民众，务使民众拥护新教皇的热情不致减退，同时要把大家的注意力牢牢吸引住，因为耶稣会的代理人正在拟订一份方案，准备呈请大公签署，其事不宜过早为公众注意。至于这份方案是何内容，那我就无从探悉了。’喏，下面还有这样几句：‘蒙塔奈利对自己被派往托斯卡纳的目的到底是心中一清二楚的呢，还是纯属受耶稣会的利用，这我就无从判断了。反正他要不是个绝顶狡黠的刁滑之徒，就是天下头一号的大蠢驴。不过有一点倒是很奇怪，就是根据我探听到的情况，此人一不受贿，二无情妇——这样的事我倒还是第一次碰到。’”

他放下了信，眯起了眼，坐在那儿，对她直瞅，显然是在等她开口。

半晌以后，她才问了一句：“你相信这个给你提供情况的人提供的情况不会有错？”

“你是不是指蒙……蒙塔……塔奈……奈利主教大人的私生活清清白白这个说法？那怎么能相信呢，连他自己都还不大相信呢。你不看见吗，他的话还加了个但……但……但是呢：

① 也是托斯卡纳公国的一个城镇，位于佛罗伦萨西北。
② 教皇国内的一个省份，在意大利北部。布里西盖拉即属此省。

‘根据我探听到……到的情况’……”

“我不是说的这个，”她冷冷地打断了对方的话，“我说的是这次出访的事。”

“那我对写信的人完全信得过。他是我的一个老朋友了——是43年的一位老战友，由于他所处的地位特殊，所以探听得到这一类的情况。”

“一定是梵蒂冈的哪一位官员，”是琴玛脑子里飞快的反应，“原来你还有这样的关系？我就料到有这样的奥妙。”

“不过这封信可是封密信啊，”牛虻又接着往下说，“请注意了，我这个消息只能透露给委员会里的各位，千万不可外传。”

“这还用得着说吗。那么小册子的事呢，我是回去报告委员会，说你同意稍加修改，把调子改得缓和一些呢，还是……”

“太太，你是不是觉得，这样修改一下的话，激烈的调子是降低了，可同时也就把‘文学作品’的美给破坏了呢？”

“你这是问我个人的意见咯。我今天可是特地来转达委员会的集体意见的。”

“这么说你……你……你跟委员会的集体意见也并不一致，是不是？”他已经把信放进了口袋，此刻正探出了身子望着她，一副目不转睛的巴巴的表情使他脸上出现的是一种完全不同的性格特征。“你认为……”

“如果你想要知道我个人的意见如何——那我可以明白告诉你：在两个问题上我跟多数人的意见都是有分歧的。从文学的观点看，我一点也不欣赏这个小册子；不过小册子里所摆的事实，我却认为是确凿的，从策略上来考虑，我也认为是明智的。”

“这就是说……”

“我完全同意你的看法：眼下意大利是盲目地跟着一团鬼火在走，人们老是这样狂热欢呼下去，很可能会使意大利陷入泥坑而难以自拔。因此我是竭诚希望这种意见能够大胆地公开发表出来，哪怕就是要得罪以至疏远一部分眼下支持我们的人，也理当在所不惜。不过我是组织的一员，既然组织里的绝大多数成员持相反观点，我也不能硬是坚持自己个人的意见。但是话要说回来，我觉得这种事情要说就应该说得节制些，含蓄些，不能用这个小册子里的那种调子。”

“可不可以请稍等一下，让我把稿子再看一遍？”

他拿起稿子，一页页往下看。看得终于皱起了眉头，显然自己也感到不妥了。

“是啊，你的话是一点不错的。这篇东西写得像咖啡馆里的滑稽表演，确实不像一篇政治讽刺文章。唉，叫我怎么办呢？正正经经写吧，公众看不懂；写得别那么狠巴巴吧，人家又会说你写得淡而无味。”

“你倒琢磨琢磨看，要是文章写得狠过了头，是不是反倒也会变得淡而无味呢？”

他敏锐的眼光飞快地对她瞅了一眼，突然一阵哈哈大笑。

“看来太太是属于言必有中的那一类高人，厉害，厉害！照这么说，我要是不注意克制，而一味在笔下发狠，那有朝一日我不是也要变得跟格拉西尼太太一样索然无趣了吗？天哪，这叫我怎么受得了啊！好，好，你用不着皱眉头。我知道你不喜欢我，我这就打住，言归正传。照这么说，现在我实际上就是处于这样一种境地：如果我只是删去一些攻击性的词句，而把文章的实质部分仍按原样予以保留，那么委员会就要表示万分遗憾，对这个小册子不能承担起出版的责任。如果我把政治上的一些大实话都给删去，只管集中目标痛骂党的敌人，那么委员会就会把这篇文章捧上九天，其实你我都明知道这样的东西根本没有出版的价值。这倒成了个千古难解之题：是不值得出版而出版的好呢，还是值得出版而不出版的好？太太，你看呢？”

“我看你也不见得就是只有两条路，非此即彼。依我想，你只要把攻击性的词句删掉，委员会是会同意印发这个小册子的，当然话又得说回来，多数委员对小册子的观点肯定不会赞成。我倒相信小册子印出来还是很能起点作用的。不过先决条件是文章里那种狠巴巴的架势一定得收起来。你给读者讲一件事，如果要说的内容本身就已很难为读者所愉快接受，那何苦还要拿形式来吓人，先给他们一个下马威呢？”

他叹了口气，无可奈何地耸耸肩膀。“我就听你了，太太，不过有一个条件。这一回你不许我笑，下一回可得让我笑个痛快。过一天那位清清白白的红衣主教大人就要光临佛罗伦萨，那时我就要尽情发一发狠了，你和你们那个委员会可千万不能再来阻拦我啊。我应该有这个权利！”

他这话说得轻描淡写之至，也冷漠之至，说着就把瓶子里的菊花都抽出来迎着阳光举起，透过那半透明的花瓣对光望去。见那花抖动不已，琴玛心想：“他的手怎么这样哆哆嗦嗦的。该不是喝了酒吧。”

“这个问题你最好去跟委员会里的其他成员商量一下，”她说着就站起了身来，“他们的意见如何，我无从悬揣。”

“那你的意见如何呢？”他也站了起来，身子靠在桌上，花儿贴着面庞。

她犹豫了。一提到这个问题，就不免勾起了一些旧有的痛苦的联想，使她难受。“我……说不上来，”好半晌，她才说，“在好多年以前我对蒙塔奈利主教大人倒是有些了解的。那时他还只是个神父，在我幼年居住的那个省里当神学院院长。我听到过很多有关他的事，那都是……一个跟他极其熟悉的人告诉我的；可我从来也没有听到过一句说他有什么不好的话。据我看，至少在当时，应该说他确实不失为一个出类拔萃的人物。不过那都是很久以前的事了，说不定他已经变了呢。有权滥用，使那么多人堕落了。”

牛虻埋在花朵里的脑袋抬了起来，他望着琴玛，面不改色。

“反正可以这么说吧，”他说，“蒙塔奈利主教大人即使本人不是个恶棍，至少也是恶棍手里的一个工具。恶棍也罢，工具也罢，对我来说那横竖是一个样——对边界那边的我那些朋友来说也横竖是一个样。一颗石子挡在路中，即使本意再好，也还是得一脚踢开，不踢开不行啊。让我来，太太！”他打了铃，又瘸着条腿走过去开了门，把她送出门去，

“多承你的好意专程来看我，太太。要不要我给你去雇一辆马车？不要？那就再见啦！卞安卡，请把穿堂门开一开。”

琴玛出了门，到了街上，脑子里忙不迭地在思索。“边界那边的我那些朋友”——那都是谁呢？挡路的石子，又怎么个踢开法呢？如果只是一种讽刺的说法，为什么说这话的时候眼神又是那么凶狠呢？

第四章

十月里的第一个星期，蒙塔奈利主教大人到了佛罗伦萨。他的到访，在全城引起了一阵小小的轰动。他讲道好是出了名的，加以又是革新后罗马教廷的一位代表人物；大家都巴巴地盼着他来阐述一下“新的教义”，一定要领到了这仁爱和解的福音，意大利心灵的创伤才可得以平复。前些时吉齐红衣主教被任命为教廷国务秘书，以接替那个人人痛恨的拉姆布罗斯契尼，群众的热情也达到了最高潮；蒙塔奈利则是能助上一把力，稳稳地保持住这个势头的最理想的人选。他在生活上自律极严，无瑕可击，这在罗马天主教会的高层显要中简直是个奇迹，老百姓见惯了高级神职人员的那一套，早已认为凡是当这号要人的，其敲诈勒索、侵吞公款、跟妇女通奸，几乎都是免不了的，所以如今见了像他这样的，自然就要另眼相看了。何况，论讲道他也确实很有一手；凭他这样动听的嗓音，凭他这样具有魅力的风度，不论何时何地，只要他一开讲，哪儿还会有讲得不成功的呢？

格拉西尼照例又用尽了心机，想把这位新来的名流请到家中；不过蒙塔奈利可不是那么容易抓到手的。对于来邀，他一律客客气气断然回绝，总推说自己身体不好，事情又忙，实在没有这个精力也没有这份闲暇去应酬了。

“格拉西尼家那两个畜生真是来荤吃荤，来素吃素!”那是一个晴朗而凛冽的星期天的早晨，琴玛在马丁尼的陪伴下一起穿过西涅奥里亚广场，当时马丁尼就以不屑的口气对琴玛这么说。“你有没有注意红衣主教的马车一到，格拉西尼那一躬打得有多恭敬啊？在他们的眼里，是谁都一样，只要成了人们议论的中心，这人就了不得。像他们这样爱巴结名流的，我这辈子倒还是第一次见识。前不久在八月里拼命巴结牛虻，如今又拼命巴结蒙塔奈利了。如此殷勤，我想主教大人见了心里总该感到很得意吧；跟格拉西尼一起大献殷勤的投机分子还真不少呢。”

他们是在大教堂里刚听了蒙塔奈利的讲道出来；信徒们听讲心切，偌大的教堂里挤得水泄不通，马丁尼担心人这么挤，琴玛那个讨厌的头痛病说不定又要犯了，所以没等弥撒做完，就劝她还是一块儿先走吧。下了一个星期的雨，今天还是第一天放晴，一早就出了太阳，他这倒有了个由头，说何不到圣尼科洛山的山坡上去走走呢，那儿的山坡简直就是一座花园。

“那不好，”她答道，“你要是有空的话，我倒是很想跟你一块儿去走走，不过我不想到山里去。我们就沿着阿诺河的河滨大道走吧；蒙塔奈利做完弥撒回去，要路过河滨大道，我也跟格拉西尼一样了——很想瞻仰瞻仰这位名人。”

“可你刚才不是已经看见他了吗？”

“没看真切呀。教堂里人那么挤，马车经过的时候他又正好背对着我们。我们只要别走得太远，就在近桥的地方转悠，就准能把他看个仔细——你知道吧，他就是住在这河滨大道上的。”

“可你怎么会忽发奇想，想到要看蒙塔奈利呢？你以前对讲道的名师是从来不感兴趣的。”

“我不是要看讲道的名师，我就是要看看这个人；我想看看，这些年没见，他到底变了多少？”

“你上次是什么时候见到他的？”

“阿瑟死后过了两天。”

马丁尼忧思重重地瞟了她一眼。两个人这时已经来到了河滨大道上，只见她两道茫然的目光呆呆地望着水面，脸上是一副他最不想见到的神情。

“琴玛，亲爱的，”他过了一会才说，“难道你就让这件不幸的事老是盘结在心头，一辈子也排解不开？才十七岁的年纪，我们谁没有做错过事呀？”

“才十七岁的年纪，总不见得大家都害死过自己最亲爱的朋友吧。”她的口气不胜疲惫，一个胳膊撑在桥的石栏杆上，眼睛望着桥下的河水。马丁尼不作声了；一见她心情这样，他就不大敢跟她说话了。

“我只要眼睛望着河水，往事就都历历涌上了心头，”她说着缓缓抬起眼来，望了一下他的眼睛；然后又神经质地微微一哆嗦，说道：“我们再往前走走吧，切扎雷，站着怪冷的。”

他们默默无语过了桥，沿着河边又继续往前走。过了几分钟，她又说起话来。

“那个人的一副嗓音有多好听啊！我总觉得他的嗓音里有一种独特的韵味，这样美妙的韵味我可从来没有听到过第二份。我相信他之所以能感动人，有一半的作用其奥秘就在这里。”

“嗓音确实是出色，”马丁尼马上表示了同意，他总算抓住了一个话题，正好借此转移她的心思，把河水勾起的惨痛的回忆悄悄搁过一边，“他不但嗓音好，论讲道之精妙也大概可以算得一时无二了。不过我认为他之所以能感动人，其奥秘所在看来还有更深一层的原因。那是因为跟一般的高级神职人员相比，他生活方式上的差别显得太突出了。在全意大利的教会中，除了教皇自己以外，我不知道你是不是还找得出哪一位高层显要人士，也能有他这样清清白白、点尘不染的名声？记得去年我在罗马涅，正好路经他的教区，我就亲眼看见那班凶悍的山民不惜冒雨等候，都想见一见他的尊容，或是摸一摸他的圣衣。那边的老百姓简直把他当圣徒一样尊敬，那在罗马涅人中间可是很不简单的，因为罗马涅人一般见了身穿教会袍服的就反感。我找了一个老农，跟他聊过——这个老农其实就是个不折不扣的走私贩子——我当时说，地方上的老百姓对本地的主教看来倒是挺虔诚的啊，他就说了：‘我们哪儿是尊敬主教呀，主教都是些骗子手罢咧；我们尊敬的是蒙塔奈利大人。大人从来没有说过一句假话，从来没有干过一件不老实的事，那我们大家都是一向了解的。’”

“我倒是在想，”琴玛这话又像是自言自语，“不知道他自己是不是了解老百姓对他是这样看法的。”

“他为什么不了解？你认为老百姓的看法不符合事实？”

“肯定不符合事实。”

“你怎么知道？”

“因为他亲口告诉过我。”

“他会告诉过你？蒙塔奈利会告诉过你？琴玛呀，你这话怎么说？”

她把散落在额前的发绺往后一撩，冲他转过脸来。他们这时早已又停下了脚步，他手扶着栏杆，她则用伞尖在路面上慢慢地划呀划的。

“切扎雷，你我是多少年的老朋友了，可我还从来没有把阿瑟那件事的实情告诉过你。”

“用不着告诉我了，亲爱的，”他急忙打断了她的话头，“我早已都知道了。”

“乔万尼都告诉你了？”

“是的，他临终前都给我说了。一天晚上我为他陪夜，他把事情都告诉了我。他说——琴玛，亲爱的，既然谈到了这件事，我还是实话都告诉你吧——他说你对这段不愉快的事一直念念不忘，为此闷闷不乐，所以他就求我要对你尽力多加照看，注意别让你老想到这件事。亲爱的，我是一直很注意的，尽管我也许没有能照应得了——真的，我是一直很注意的。”

“你确实是很注意的，”她轻声说道，眼睛还抬起来看了一下，“要没有你的照应，我的日子那才叫不好过呢。可——这么说乔万尼并没有把蒙塔奈利主教大人的事告诉你？”

“没有，我倒不知道他还跟这件事有关系。他只告诉了我……告诉了我出奸细的详细经过，还有……”

“还有我打了阿瑟，以及他投河自尽的事吧？好吧，那我就把蒙塔奈利的事告诉你。”

他们又回头向桥上走来，这桥可是蒙塔奈利红衣主教车驾的必经之路。琴玛两眼一动不动地直瞅着河水，于是就说了起来：

“那时蒙塔奈利还不过是个神父，他是比萨那所神学院的院长，阿瑟上了萨平扎大学以后，蒙塔奈利还经常在哲学问题上给他以指点，可说就是一直陪着他读书。他们彼此至诚相待，那关系与其说有如师生，倒不如说像是一对深情的知友。

阿瑟简直连蒙塔奈利踩过的土地都要怀上三分敬意，我记得有一次他亲口对我说过，说他要是一旦没有了他这个神父——他总把蒙塔奈利叫做他的神父——他是情愿去投河自尽的。后来呢，你也知道，就出了那奸细的事。他投河后的第二天，我父亲，还有伯顿家那两兄弟——也就是阿瑟的两个隔山哥哥，都是再讨厌不过的人了——花了整整一天的时间在内港打捞尸体；我呢，一个人坐在自己房里，一直在琢磨自己的所作所为……”

她歇了会儿，才又继续往下说：

“那天晚上很晚的时候，父亲来到我的房里，说：‘琴玛，我的儿，到楼下来一趟吧，有个人，你去见见他。’我跟着他到了楼下，见诊疗室里坐着一个学生，也是个党员，脸色煞白，抖个不停；他告诉我们，说乔万尼又从监狱里送出了第二封信，信上说他们从看守那里打听出了卡尔迪的事，原来阿瑟是在做忏悔的时候中了圈套。我记得那个学生还对我说来着：‘弄清了他是清白无辜的，对我们至少也是一个安慰。’父亲抓住我的双手，对我再三劝解；他那时还不知道我打了阿瑟一个耳光的事。后来我就回到了自己的房里，独自一人，坐了一夜。等天一亮，父亲又跟伯顿兄弟到海港里去找人打捞尸体了。他们还抱着一线希望，认为也许还可以在海港里把尸体打捞到。”

“尸体后来始终没有打捞到吧？”

“始终没有打捞到，准是冲到海里去了，不过他们当时认为可能还有一线希望。我正一个人待在自己房里，女仆上来通报说，刚才有一位‘reverendissimo padre’[①] 来访，女仆回复他

① 意大利语：极可尊敬的神父。

说父亲到码头上去了，那人一听也就走了。我知道来的一定是蒙塔奈利，就赶紧出后门追上去，在园子门口赶上了他。我说：‘蒙塔奈利神父，我有句话想跟你说，’他当下便停了脚步，一言不发，就等着我把话说下去。哎呀，切扎雷，只可惜你没有见到他当时的那副脸色——我见了以后几个月都忘不了！我说：‘我是沃伦医生的女儿，我想来告诉你，阿瑟都是让我给害死的。’我就把事情一五一十都告诉了他，他直挺挺站在那儿听，样子简直就像一尊石像，等我讲完了，他才开口说道：‘你就安心吧，我的孩子，害死他的不是你，是我。是我骗了他，被他发觉了。’说完他就转身出了园门，二话没说就走了。”

“后来呢？”

“我不知道他后来怎么样了；就在当天晚上我听说他好像是昏倒在街上，给抬到码头附近的一户人家去抢救了，此外我就什么都不知道了。父亲为我真是费尽了心；我把事情的原委一告诉他，他马上就关闭了诊所，带我到英国去住，免得我再听到些什么，又要感怀旧事。他是担心我也要投水一死呢；说实在的，有一阵子我看我也真差点儿就跳了水。可是后来，你也知道，我们发现父亲得了癌症，现实逼得我不能不清醒过来——除了我，还有谁能来照料父亲呢？父亲去世以后，我又有几个小兄弟得照应，幸而后来哥哥总算有能力扶养他们了。也就在这个时候来了乔万尼。你知道吗，他刚来英国的时候，我们因为彼此间有那么一段不愉快的往事，所以都有点怕见对方。他心里也后悔得不得了：在这件事上他也是有一份责任的——他在监狱里写的那封信闯了祸。不过说真的，我看也正是我们这共同的苦恼，才促成了我们俩的结合吧。”

马丁尼微微一笑，摇了摇头。

“从你这方面来看，也许是这么回事，”他说，“不过乔万尼自从跟你见了第一面以后，他的主意就早已打定了。我还记得他第一次去来亨回到米兰，就在我面前把你夸个不了，老是英国姑娘琴玛长英国姑娘琴玛短的，叫我听得都烦死了。我那时候还真觉得你好可恨哩。哎呀，马车来了！”

马车过了桥，驶到了河滨大道上的一座大宅子门前。门前早已围满了虔诚的信徒，都想来一睹主教大人的风采，蒙塔奈利则整个身子都靠在座垫上，似乎已经神困体乏，再也顾不上招呼这班信徒了。他刚才在教堂里讲道时的那种通了神灵一般的神采早已消失净尽，如今阳光清清楚楚照出了他忧思加上劳累日久镂刻下的那一脸皱纹。他下了马车，完全是一个疲惫忧伤的龙钟老翁之态，迈着没精打采的沉重的步子，走进宅子里边去了，琴玛也一转身，缓缓向桥上走去。主教那枯槁而颓然的脸色，一时似乎也感染到了她。马丁尼一直在她身边走，一声不吭。

“我心里老是在琢磨，”过了一会她才又说，“他所说的‘骗了他’不知究竟是什么意思。我有时候甚至在想……”

“想什么？”

“这个，说起来好像挺怪的，我看他们两个的相貌实在像得出奇。”

“哪两个？”

“阿瑟和蒙塔奈利呀。这一点不只我一个人注意到了。再说，这户人家家人之间的关系也实在有点叫人不可捉摸。阿瑟的妈妈伯顿太太，论品格之温柔真可说天下少有。她眉宇之间也跟阿瑟一样自有一种高洁脱俗的气质，我相信他们连性格都是相似的。不过我看她神色之间却总有点战战兢兢的样子，就像一个被人抓住了把柄的罪犯；她那个隔着一层的儿媳妇，待她还不如常人对待一条狗哩。还有阿瑟也怪，伯顿一家都俗不可耐，唯独阿瑟却跟他们有天壤之别。当然啦，小时候看事情什么都不以为异，可是后来再细细回味，我却常常感到怀疑了：莫非阿瑟实际上并不是伯顿家的亲骨肉？”

“也许他发现他妈妈的什么秘密了——他的自杀倒很可能就是由此引起的，根本跟卡尔迪一事无关，”马丁尼接口说，当时他也实在想不出还能用什么话来安慰琴玛了。琴玛却摇摇头。

“切扎雷呀，我打了他一记耳光以后，他那副脸色你要是见了，你也就决不会这样说了。我们对蒙塔奈利的一些揣测也许都是事实——很可能都是事实——但是我做错的事，终究还是做错了。”

他们默默无语，又走了一程。

“亲爱的，”好半晌马丁尼才说，“如果这人世间的既成事实有办法可以挽回，那以前做下的错事倒还值得多想想，可是事实并非如此，过去的事只能成为过去。投河而死当然是挺惨的，不过话得说回来，我们那位可怜的老弟如今至少已经获得解脱了，比起一些没死的人来——比起一些还在流亡、还在坐牢的人来，他还算是幸运的。你我应该多多关心这些在世的人，我们不应该过于哀念死者而消磨了自己的志气。记得你们英国大诗人雪莱是怎么说的吗？他说：‘过去属于死神，未来属于你自己。’趁未来还属于你的时候，要好好抓住未来，心思要用得是地方，不要去多想当年干了什么，说不定会伤害了谁，要多想想今天能够干些什么，好有助于他人。”

他说得一动真情，竟把她的手抓在自己手里了。可是猛然听见身后响起了一个细柔、冷淡的嗓音，拉着个长长的调子，他马上就一松手，把手缩了回来。

只听那个懒洋洋的声音在悄然说道："我亲爱的医生，蒙塔奈……奈……奈利主教大人果然是名不虚传哪。老实说，像他这样的人只怕是太好了，住在这个世界上实在很不相配，应该把他客客气气送往另一个世界才对。我敢说一句，他一到那个世界里，管保也会像此次驾临本城一样，引起一场巨大的轰动；那些做鬼多年，却从来没有见识过'诚实的红衣主教'为何物的，恐……恐……恐怕还真不在少数哩。要知道鬼嘛，最喜欢的就是看新鲜……"

"那你怎么知道？"里卡尔多医生问，口气里流露出了按捺不住的怒气。

"看《圣经》可知，亲爱的先生。如果福音书可以相信的话，那就可以知道，即使是鬼中的头一等上流人物，见有驴唇不对马嘴的搭配也是很喜……喜……喜欢看看的。就比如说诚实，跟红……红……红衣主教——在我看来这两者搭配在一起，就简直有些驴唇不对马嘴，相当别扭，好比小虾跟甘草，怎么配得起来呢！哎呀，原来是马丁尼先生，还有博拉太太！雨后初晴，天气真好，是不是？你们也在听那新……新一代的萨沃那洛拉[①]讲道？"

马丁尼急忙转过身来。只见牛虻嘴里叼着一支雪茄，钮孔里插着一朵温室栽培的鲜花，把一只戴着考究手套的瘦细的手

① 吉洛拉莫·萨沃那洛拉（1452—1498）：佛罗伦萨著名传教士，对罗马教廷多所抨击，曾领导1498年的佛罗伦萨人民起义，在该城建立民主政权，后被教皇阴谋推翻，本人亦被判火刑处死。

向他伸来。光洁无瑕的靴子在太阳下熠熠生辉，笑眯眯的脸上映着水光波影，今天的他，在马丁尼看来似乎瘸得也没有平时那么厉害了，倒是更增添了一份得意的神气。他们两个就握了手，一个是满脸殷勤，一个却是窝着一肚子的火，不防这时里卡尔多却慌慌张张喊了起来：

“博拉太太怕是有些不舒服吧！”

琴玛的脸色难看极了，在帽影里看去简直面如土色，系在喉咙口的帽带看得出一耸一耸的，可见她的心在狂跳。

“我要回家去了。”她有气无力地说。

当下就叫来了一辆马车，马丁尼也一起上了车，他不放心，一定要把她送到家。琴玛的斗篷不小心挂住在车轮上了，牛虻就弯下腰去替她解开，他冷不丁一抬眼，眼光正好落在她的脸上，马丁尼见琴玛猛的打了个闪缩，那神气像是吓了一大跳。

“琴玛，你这是怎么啦？”马车一起步，他就用英语问她，“那流氓跟你说什么啦？”

“什么也没说呀，切扎雷；这事不怪他。是我……我……心里一惊……”

“心里一惊？”

“是的，我还当他是……”她拿手掩住了眼睛，马丁尼没有吭声，等着她定下心来。她的脸上这时已渐渐重新有了血色了。

“你刚才说得很对，”她终于转过脸来，恢复了平时那样的语调对他说道，“不堪回首的往事是不能多想，多想了岂止是没有好处而已。那还会造成神经错乱，什么荒诞不经的怪念头都会想得出来。切扎雷呀，那个话题我们以后就千万不要再提了，要不我见了谁都会想入非非，觉得愈看愈像阿瑟了。那已经是属于一种幻觉了，真跟大白天做恶梦差不多。比如刚才那个讨厌的小花花公子乍一出现在我的面前，我还当他是阿瑟来了呢。”

第五章

牛虻倒还真有些树敌的本事。他是八月里到达佛罗伦萨的，到十月底，请他前来的那个委员会里倒已经有四分之三的成员觉得马丁尼的看法不无道理了。他对蒙塔奈利的猛烈攻击，把一向欣赏他的人都惹恼了；即使是盖利吧，起初对这位嘴角锋利的讽刺作家的一言一行他没有不支持的，如今连他也显出了一副颇为不快的神气，承认把矛头对准蒙塔奈利是未免多此一举。“规规矩矩的红衣主教还真不多呢。好不容易出现了这么一位，对他还是应该客客气气为是。”

对这铺天盖地而来的连文带画的讽刺攻势，只有一个人似乎还是漠然置之，这人就是蒙塔奈利自己。看来马丁尼的话是有些道理的：人家见了这样的架势不动一点气，你花费精力去取笑他又有什么意思呢？城里都在传说，说是佛罗伦萨主教有一天请蒙塔奈利吃饭，蒙塔奈利在餐厅里发现了一篇牛虻恶狠狠讽刺他本人的文章，他看完文章，递给主教，说：“这篇文章写得还蛮不错嘛，你看呢？”

一天城里出现了一份传单，标题是：“圣母领报①圣迹新编”。传单上的文章作者即使没有署上他那个如今已是家喻户晓的署名标志，即寥寥数笔勾画出一只张着翅膀的牛虻图案，读者只要一看那尖刻而犀利的文笔，管保十之八九也都会心里雪亮，知道这是出自何人之手了。这篇讽刺小品是用对话的形式写的，让托斯卡纳人起了圣母马利亚的角色，让蒙塔奈利扮作天使，蒙塔奈利手持象征纯洁的百合花，头插象征和平的橄榄枝，前来传报耶稣会即将降临。文章充篇都是涉及个人的攻击性的影射，一些暗示也是胆大妄为到极点，佛罗伦萨人看了，都觉得这样的讽刺未免有失大度，也有失公道。但是佛罗伦萨人看了却也没有不哈哈大笑的。牛虻铁板着脸说的那些荒唐话就是能叫人忍俊不禁，只要是出自他笔下的讽刺小品，不但支持他最坚决的人看了要笑痛肚子，就是一些最不赞成他、最不喜欢他的人看了也一样要喷饭。所以这份传单尽管其口气招人反感，却还是对本城的公众情绪产生了影响。蒙塔奈利的个人声望固然高不可撼，写得再妙的讽刺文章也休想给他造成多少严重的危害，但是舆论的趋势一时毕竟似乎对他有点不利。牛虻螫的可是个要害；虽说主教大人的门前依然围满了热诚的信徒，照旧看他上车下车，但是如今欢呼声和祝福声中却常常夹杂着一些令人心惊肉跳的口号了："好一个耶稣会的同伙！""好一个圣信会的奸细！"

但是蒙塔奈利也不是没有人支持的。就在这篇讽刺小品印发两天后，当地一家主要的教会报纸《信徒报》上刊出了一篇洋洋洒洒的文章，题为"答'圣母领报圣迹新编'"，署名"一教徒"。文章极力为蒙塔奈利辩护，称牛虻为造谣中伤，恶意诽谤。那位不具真名的作者凭着他非凡的文才、火热的激情，在文章里阐明了求天下太平、以好心待人的教义，指出这

---

① 所谓"圣母领报"，即圣母领受天使报喜之意。基督教以3月25日为圣母领报节。据《圣经·新约·路加福音》载：天使加百列奉上帝命，向圣母马利亚通报，说她将生下耶稣。

就是新任教皇传播给世人的福音，到文章末了才向牛虻提出诘难：话说得那么肯定可有哪一句拿得出证据来？同时还向公众发出严正的呼吁：造谣中伤的人卑鄙，可千万信不得啊。此文作为一篇“论而不驳”的辩护文章来看是颇具说服力的，作为一篇文学作品来看也是斐然可观的，即此两端，就决非寻常文章可比，所以当即在本城引起了很大的注意，何况这篇文章究系出自何人之手，连该报编者都还猜度不透呢。不久文章便以小册子的方式另外出版了单行本；“化名写文章辩护的那位”，也成了佛罗伦萨各家咖啡馆里议论的中心。

牛虻的反应则是对新任教皇及其一切支持者展开一场猛烈的攻击，他特别把攻击的矛头指向蒙塔奈利，并且悄悄透露出一些口风，说那篇颂扬他的文章说不定还是他点了头才见报的呢。于是“化名写文章辩护的那位”又在《信徒报》上著文驳斥，愤愤地予以否认。总之蒙塔奈利后来虽又在佛罗伦萨逗留了好些日子，可是在此期间两位作者的笔战打得难解难分，大家都忙着把注意力集中在这场笔战上，反倒把那位名满天下的讲道专家有点冷落了。

自由派人士里有几位也冒昧去劝过牛虻，说他文章里用这样恶毒的口吻攻击蒙塔奈利实在没有必要，可是劝下来并没有收到什么满意的效果。他只是和气地笑笑，懒洋洋带点儿结巴回答说：“说……说真的，列位，你们这就未免有点有失公允了。我上次听了博拉太太的，当时我跟她都明明白白讲好了：这一回就该让我来小……小……小小地自得其乐一番了。契约上可是这样规定的！①”

---

① 借用莎士比亚《威尼斯商人》中夏洛克的话，稍稍变换了一下语气。

到十月底，蒙塔奈利就回他在罗马涅省的教区里去了。他在临离开佛罗伦萨之前作了一次告别讲道，在讲道中提到了这一场论战，对两位作者这样大动干戈和婉地表示了不以为然之意，要求不留名姓为他辩护的那位率先结束这场非但无益且亦不当的笔战，树立一个互谅互让的榜样。第二天，《信徒报》上果然刊出了一则启事，说是为了尊重蒙塔奈利主教大人公开表示的意愿，“一教徒”决定退出论战云云。

决定，还是得由牛虻来作出。他印发了一份小型传单，在传单上表示，有感于蒙塔奈利的基督徒谦让精神，自己现已放下武器，改变态度，今后如与圣信会人士相见，愿即抱头一洒和解之泪。在传单的末了他还写道：“我甚至还愿意伸开双臂，跟向我提出诘难的那位隐名的先生拥抱。读者诸君要是也能像主教大人及笔者那样深明此举之不易，深明那位先生何以至今不便公开姓名，我相信你们对我改变态度的诚意是决不会怀疑的。”

到十一月下半月，他通知文化委员会说，他要到海滨去度假，为期两周。看来他是去来亨无疑的；可是过不了两天，里卡尔多医生因为有事要找他商量，赶到了来亨，却找遍了全城也没有把他找到。十二月五日，教皇国内沿整个亚平宁山脉一带爆发了极端过激的政治示威；人们就由此而纷纷猜测牛虻在这寒冬腊月忽然想要去度假，原因只怕很不简单呢。暴乱被平息下去以后，他也回到了佛罗伦萨，一天在街上碰到了里卡尔多，他满面春风地说：

“听说你到来亨去找我了，我是到比萨去的。那真是个绝美的古城！大有阿卡狄亚[①]之风呢。”

圣诞节节期里的一天下午，他去参加文化委员会的一次会议。会议是在十字门附近的里卡尔多医生寓所里举行的。出席会议的人极为踊跃，他到会迟了点儿，等到他带着歉意躬身微笑踏进客厅时，客厅里望去已是座无虚席了。里卡尔多站起来想到隔壁屋里去搬把椅子来，可是牛虻一把拦住了他。“别费事了，”他说，“我就在这边坐吧，坐这里也满舒服的。”说着便向客厅那头的一扇窗子走去，敢情琴玛搬了把椅子就在这窗边坐着呢。牛虻过来坐在窗台上，脑袋懒洋洋往后一仰，靠在百叶窗上。

他半闭着眼睛，面带着斯芬克司般不可捉摸的微笑，一副神气俨然如达·芬奇的画中人，终于，两道目光垂了下来，落到了琴玛的脸上，琴玛见了他本来就有一种本能的不信任感，如今被他这么一看，内心更是涌起了一股莫名的恐惧心理。

今天所要讨论的提案，是印发一本小册子的事，因为眼下托斯卡纳正面临着饥荒的威胁，委员会打算出版一本小册子来阐明自己在这个问题上的看法，提出自己认为应该采取的对策。可是要在这个问题上作出决定是相当困难的，因为委员会对这个问题的看法照例总免不了有很大的分歧。琴玛、马丁尼、里卡尔多他们都属于比较激进的一派，这一派赞成向政府和民众大声疾呼，要立即采取相应的措施去解救农民的苦难。温和的一派——格拉西尼当然属于这一派——则担心声明的调子过于激烈的话，只怕政府不但不会接受意见，反倒会给惹恼了。

① 阿卡狄亚是古希腊的一个山区，传说与外界隔绝，居民过着田园牧歌式的淳朴生活。

"各位，救人救急，那好当然是好，"此刻格拉西尼就一脸怜悯的神气，不慌不忙地对那班激昂慷慨的激进分子扫了一眼说。"可惜我们多数人都有这样一个脾气，就是，愈是不可能得到的东西就愈是这也想要，那也想要；如果我们乍一发表声明，就采用你们建议采用的那种调子，当局很可能会给你一个不睬，不到饥荒真正临头不会去采取救济的措施。可是我们只要能够说动政府，去调查一下庄稼的情况，那就不失为先行一步了。"

总坐在火炉旁边那个角落里的盖利，一听老对头这么说，马上就跳起来反驳。

"先行一步——真是高明，亲爱的先生；可饥荒要来的话，不会等我们这样一步一步走呀。等不到我们拿出实际行动去救济，老百姓早就把肚子都饿瘪啦。"

"我倒很想了解一下……"萨科尼刚一开口，好几个人的嗓音就打断了他。

"说大声点，我们听不见！"

"街上这样闹得要死，哪能听得见呢，"盖利窝着一肚子火说，"那边的窗子关上了没有，里卡尔多？要命，连自己说话的声音都听不见了！"

琴玛扭头一看，说："没错儿，窗子关得好好的。大概有个杂耍班子什么的正好打这儿过。"

叫喊声大笑声，铃铛声顿足声，在下面的街上响成了一片，其中还听得出有个蹩脚的军乐队，号子吹得像驴叫，又有只铜鼓，在下死劲大敲特敲。

"这两天有什么法子呢，"里卡尔多说，"圣诞节期间嘛，闹闹嚷嚷总是免不了的事。你刚才说什么来着，萨科尼？"

“我是说，我倒很想听听比萨和来亨方面对这个问题是怎么个看法。也许里瓦雷斯先生可以给我们提供些消息，他刚从那边来。”

牛虻没有应声。他两眼直怔怔望着窗外，似乎对人家的发言根本就没有听见。

“里瓦雷斯先生！”琴玛叫了他一声。牛虻的近旁除了她没有别人，她见牛虻还是默不作声，就探过身去碰了碰他的胳膊。他这才慢慢冲她转过脸来，琴玛见他两眼发直，脸色呆滞，神气如此可怕，着实吓了一跳。说那是一张死人的脸也毫不为过，过了会儿，才见那两片嘴唇动了动，可是样子很怪，像是死人开口说话。

“是的，”他轻轻吐出了一声，“是个杂耍班子。”

琴玛第一个本能的反应就是赶快用身子把他一遮，免得大家都来看蹊跷。她也不了解牛虻到底怎么了，不过看得出他这不是想什么想入了邪，就是被什么幻觉迷了心，一时身不由己，回不过神来。所以她就快快站起身来，故意挡在牛虻和大伙之间，推开窗子，像是要瞧瞧窗外似的。当时牛虻的那个脸色除了她再也没有第二个人看到。

在街上走过的是个走江湖的马戏班，队伍里都是些骑驴子的巧嘴小丑，和穿得五颜六色的“哈咧空”①。居民们为了欢庆圣诞都化了装，一大群嘻嘻哈哈，推推搡搡，拥着那班小丑互相打趣，彼此把彩纸带撒得像下雨。他们还在小纸袋里装上糖果向“可人芭”扔去，“可人芭”独自坐在车上，金丝银箔，七彩羽毛，打扮得漂漂亮亮，几绺假发卷垂在额前，一丝

① “哈咧空”是意大利传统喜剧中的滑稽角色。下面提到的“可人芭”则是“哈咧空”的情人。

假笑挂在涂了口红的嘴唇上。车后跟着的一大串就各色人等都有了——街头的流浪儿，要饭的花子，一路翻跟头的小丑，背着货物叫卖的小贩。他们围着一个人又是挤，又是赶，还不住喝彩，由于人群时而拥到这边时而转到那边，所以琴玛起初看不见那个人的身影。可是不一会儿她就看清了——原来那是个又矮又丑的驼子，穿一身怪里怪气的小丑戏装，纸帽上系着小铃铛。他显然是这个江湖马戏班里的人，正装出种种不堪入目的怪脸，把身子扭得丑态百出，在那里给观众逗笑呢。

“街上在搞些什么名堂?”里卡尔多走到窗前来问，“你们好像看得还有滋有味似的。”

见他们俩为了看江湖马戏班的几个小丑，居然叫委员会的全体人员挨等，他有点吃惊。琴玛转过身来。

“没什么好看的，”她说，“是有个杂耍班子走过，声音大得像翻了天，我还当是出了什么大事呢。”

她说这话时，人站在窗前，一只手还搭在窗台上，却冷不丁觉得牛虻那冰凉的指头激动地抓住了她的手，使劲按了按。“谢谢你啦!”他悄悄打过招呼，便关上窗子，又在窗台上坐下。

“对不起，”他一开口就是那副做作的腔调，“打搅各位了。我要紧去看……看杂耍表演了，挺……挺好……好看的。”

“萨科尼有话问你呢。”马丁尼没好气地说。他觉得牛虻的行径举止真是矫情到了荒唐的地步，尤其使他不快的是琴玛居然也这么不懂事，会去学他的样。她平日可不是这样的。

牛虻说他一点也不知道比萨的舆论看法如何，说自己上比萨，“只是去度假的。”话头一开，就马上大谈特谈起来，先是谈农业的前景，继而又谈小册子的问题，结结巴巴谈了个没完没了，叫大家听得都腻烦透了。他却似乎就爱听自己的声音，爱得简直入了魔。

会开完了，大家都站起身来准备走了，里卡尔多来到马丁尼的跟前。

“在我家里吃饭好不好？法布里齐和萨科尼都答应留下吃饭了。”

“谢谢你的好意，可我还得送博拉太太回家。”

“你真怕我一个人会回不了家？”琴玛说着便站起身来，裹上围巾。“别听他的，他就在你家里吃饭了，里卡尔多医生。让他换换环境也好。他出门应酬的机会实在太少了。”

“假如承蒙太太不弃，那就我来送太太回家吧，”牛虻却插了进来，“我正好是顺路。”

“如果你真是顺路，那也好……”

开门送他们俩的时候，里卡尔多问牛虻：“我想你今儿晚上大概不会再有工夫来坐坐了吧，里瓦雷斯？”

牛虻回头瞅了一眼，大笑起来。“你问我吗，老兄？我可要去看马戏班的杂耍表演了！”

一回到客人那里，里卡尔多就说：“这个人真怪，那么喜欢巧嘴小丑，实在离奇！”

“我看这就叫物以类聚吧，”马丁尼说，“要是天下真有所谓巧嘴小丑，我看这人就是一个。”

“光是个巧嘴小丑倒还罢了，”法布里齐神情严肃地插了一句，“只怕他这个巧嘴小丑还是个十分危险的巧嘴小丑。”

“危险在哪儿？”

“我看，他老是这样喜欢诡诡秘秘去作些短途旅游，那就不大对劲。要知道，这算来已经是第三回了，我就不信他真的去过比萨。”

“他是到山里去的，我看这也差不多已经成了个公开的秘密了，”萨科尼说，“他在萨维涅奥事件[①]中认识了一些走私贩子，至今还跟他们保持着联系，对此他也从来不想加以否认，所以他要是利用跟他们的关系，把自己写的传单设法偷偷运进教皇国，也是情理之中的事情。”

“不瞒你们说，”里卡尔多说道，“我找你们来谈谈，也就是为了要商量这个问题。我是这样想的：我们自己的传单小册子要偷偷运进教皇国很不容易，这事最好还是请里瓦雷斯来负责。依我看，皮斯托伊亚的那个印刷点搞得实在差劲，就知道把传单卷起来藏在雪茄里，一成不变，这种偷运传单的办法，也未免太原始了。”

“可直到目前这个办法还是挺管用的。”马丁尼很不服气地说。他老是听盖利和里卡尔多说牛虻是个值得学习的好榜样，听得都有点腻了，心里常常想：大家不是本来都好好的吗，偏偏来了这个“装腔作势的冒险家”，于是就说这个也不行，那个也得改了。

“就因为挺管用，所以我们找不到新的办法，也就总是安于把老办法用下去了；不过你们也知道，我们人已经给抓了不少，传单也给没收过多批。我相信只要里瓦雷斯肯替我们担当起这个工作，我们的损失今后就可以减少很多。”

“何以见得？”

“首先，那些走私贩子是把我们当作陌生客户看待的，甚

---

① 萨维涅奥是一个村庄的名字。1843 年穆拉多里兄弟（见第二部第一章）曾在此组织起义未成。

至会把我们当作有油水的主儿，而里瓦雷斯却是跟他们有交情的，很可能还是他们的头头，备受他们的尊敬和信任。我可以明确告诉你们，亚平宁山里的那些走私贩子，有些事情为我们他们不肯干，可是只要是为参加过萨维涅奥起义的人，他们就个个肯干。其次，对山区的地形我们恐怕谁也没有里瓦雷斯熟悉。记得吗，他是在山里过过亡命生活的，那些走私贩子的山径小路他都认得。那些走私贩子就是想骗也不敢骗他，就是胆敢骗他也骗不了他。”

“那么你是建议我们把我们宣传品在教皇国那边的一应发行事务——散发、投寄、保管等等——都交给他全权处理呢，还是只委托他替我们把东西运过边界？”

“要说可以投寄给哪些人，可以放在哪儿保管，这些问题凡是我们知道的他恐怕都早就知道，倒是我们不知道的他恐怕还知道了不少。在这方面我看我们并没有多少可以给他以指点的。至于散发的工作是不是交给他，那当然要看大家的意见如何了。依我看，重要的问题倒是东西具体如何设法偷运入境。一旦书报安全运到了波伦亚，发行工作就比较简单了。”

“我表示我的意见，”马丁尼说，“我不赞成这个计划。首先，你们说他如何如何能干，这些都只是猜测而已；他干偷渡偷运的勾当我们都没有亲眼见过，也不知道他遇到危难是不是能临事不慌。”

“啊，这一点你用不到有半点怀疑！”里卡尔多插上来说，“萨维涅奥事件的那段历史就证明了他是遇事不慌的。”

“还有，”马丁尼又接下去说，“我对里瓦雷斯虽然了解不多，但是根据我所掌握的情况，我就压根儿不赞成把党的机密一股脑儿交托给这么个人。我总觉得他轻浮、爱做作。把一个党的秘密物资运送工作交给一个人全权处理，这可不是一件小事。法布里齐，你以为如何？”

“如果我反对他的理由也只有你提出的这么几条，马丁尼，”法布里齐教授回答说，“要是这个人又当真具有里卡尔多所说的种种优越条件——事实上里瓦雷斯也的确具有这些条件——那样的话我一定会把这几条反对的理由都搁过一边。至于说到我的意见，他勇敢、诚实、处变不惊，对此我是毫不怀疑的；他熟悉山区，也熟悉山里人，对此我们也有充分的根据可以作证。可就是还有一条我不赞成。我总担心他到山里去可不只是为了偷运小册子的事。我倒是疑心他会不会还有另外的目的。当然这只是我们关起门来自己说说。我也只是有这么个疑心而已。我看他很可能跟那里的什么‘帮派’有关系，而且说不定还是其中最危险的一个‘帮派’哩。”

“你说哪一个——是‘红带会’吗？”

“不，是‘奥科泰拉托里’[①]。”

“会是‘刀客会’！可那是一小股亡命之徒呀——多半是庄稼人哩，这种人既没有念过书，又没有什么政治经验。”

“当年参加萨维涅奥起义的人又何尝不是这样，不过他们的头头可是几个念过书的，如今这个小帮会可能也一样。不要忘记，罗马涅一些比较激烈的帮会多数成员都是萨维涅奥事件的过来人，他们觉得要公然起来造教会的反，自己的力量还不足，于是就退而采取暗杀的手段。手里使不上枪，他们就改使短刀。”

“可你凭什么认为里瓦雷斯跟他们有关系呢？”

① 下文所说“刀客会”的意大利文原名。

“我这也谈不上是认为，只是有些疑心罢了。反正我觉得我们最好还是先把问题查清楚了，然后才能把秘密运送宣传品的工作交托给他。万一让他一身而兼二任，那他就会使我们的党蒙受极大的损害，成事不足，反而会坏了我们党的声誉。不过这个问题我们还是改天再谈吧。我有个罗马来的消息想要告诉你们。据说那边就要成立一个委员会，来草拟一部地方自治法了。”

第六章

琴玛和牛虻沿着阿诺河的河滨大道默默走去。牛虻那股高谈阔论的狂热劲儿似乎已经消失得无影无踪；出了里卡尔多的家门他至今还没有说过一句话，不过他不说话琴玛倒从心眼里感到高兴。跟他在一起琴玛总觉得有些尴尬，特别是今天觉得格外不自在，因为牛虻刚才在会上的异样表现使她大惑不解。

到了乌菲齐宫①，牛虻突然停住了脚步，转身问她：

“你累了吗？”

“没有呀。怎么？”

“今儿晚上也没有什么要紧的事吧？”

“没有。”

“那我有个请求：想请你一块儿去走走。”

“去哪儿？”

“去哪儿都行，随你的便好了。”

“你总有什么原因吧？”

他迟疑了一下。

“我……也说不上来……反正总觉得不知从何说起是好，可你要是有空的话就请陪我走走。”

他原先盯着地下的两道目光突然抬了起来，琴玛这才看出他的神情异样得古怪。

"你有些不对劲啊。"她这话却说得很和婉。牛虻从他钮孔的插花上扯下一片叶子来，撕呀撕的撕得粉碎。他这个样子怪像谁的——是像谁呢？好像有一个人，手指也有这样的习惯动作，一举一动也是这样急急匆匆，挺神经质的。

"我心里觉得苦恼，"他低头瞅着自己的手说，声音轻得几乎都快听不见了。"我……今儿晚上不想独自个儿待着。你陪我去走走好吗？"

"好啊，要不到我家里去也可以。"

"不，我们找个饭馆去吃饭吧。西涅奥里亚广场上就有一家。你不是已经答应陪我去走走吗！这请你也不要驳回啊。"

他们走进一家饭馆，他叫来了菜，可是他自己的一份却简直一动也没动，他始终默默不作一声，双手靠在桌子上一个劲儿掰着面包，要不就摆弄摆弄餐巾边上的流苏。琴玛感到浑身的不自在，后悔自己真不该跟他来。老是这样冷场，也太难堪了，可是对方似乎已经忘记了她的存在，自己怎么好先开口，找话跟他聊呢？过了好一会儿他才算抬起头来，冷不丁说道：

"去看看杂耍好吗？"

琴玛一听吃了一惊，对他直瞅。这个人什么鬼念头迷了心窍，会想到要看杂耍？

她还没有来得及开口，对方就又问："你看过杂耍吗？"

"没有，记得好像没有看过。我一向认为这没有什么好看。"

"才好看呢。没有看过杂耍，要了解人民群众的生活我看是不行的。我们还是回十字门去看看吧。"

他们到那儿时，那班江湖卖艺人早已在城门边上张起了大

---

① 佛罗伦萨的著名建筑，建于16世纪。现为意大利最重要的艺术馆之一。

篷，提琴乱拉，大鼓狂擂，一片闹腾表明演出已经开始。

演出的节目蹩脚到极点。几个小丑、“哈咧空”，还有耍杂技的，一个骑马穿铁圈的，加上那个涂脂抹粉的“可人芭”，再加上那个表演各色滑稽动作却都拙劣无趣的驼背，这就是那个班子的全部阵容了。插科打诨的笑话总的说来倒还不好算怎么粗鄙、下流，却都是些陈腐的老调，毫无精彩可言，整个演出淡而无味，叫人看得没有一点劲。托斯卡纳人是天生讲究礼貌的，所以观众都又是拍手又是笑，不过他们真正欣赏的，似乎也只有那个驼背的表演而已，在琴玛看来那既说不上风趣，也并没有什么了不得的技巧。那只是把身子扭出种种怪样，真可谓丑态百出，观众却看得都纷纷学他的样子取笑，还把小孩子举到自己肩头上一骑，让娃儿们也好好看看这个“丑八怪”。

“里瓦雷斯先生，你真觉得这种表演好看？”琴玛一边说一边就向牛虻转过脸来，牛虻这时正一条胳膊抱着大篷的木头柱子，站在她的身边。“依我看……”

她突然打住了，一时竟作不得声，只是怔怔地瞅着他。人的脸上痛苦之深、绝望之甚一至于此，她以前只见过一回，那就是她在来亨老家的花园门口跟蒙塔奈利立谈片刻时看到的。此刻她眼睛瞅着牛虻，心里想起的就是但丁的地狱[①]。

不一会儿，一个小丑飞起一脚，正中驼背，驼背一个跟头翻到场外，倒在地上，缩成了奇形怪状的一团。两个小丑接着表演一问一答，牛虻这时才仿佛从梦里醒来。

“要不要走了？”他问，“还是再看会儿？”

“还是走了吧。”

---

① 意大利诗人但丁（1265—1321）著有史诗《神曲》，共三部。第一部为《地狱篇》，另两部分别为《炼狱篇》、《天堂篇》。

他们离了大篷，穿过黑乎乎的草地来到河边。半晌谁也没有开口。

“你看这杂耍表演怎么样？”后来牛虻才问道。

“我看没有什么味道，有些节目我觉得实在扫兴得很。”

“哪些节目？”

“喏，就是那些扮鬼脸的啦，把身子乱扭一气的啦。那真是丑恶透了，实在说不上有哪点儿好。”

“你是指那个驼背的表演？”

琴玛本来想到牛虻自己身有残疾，对这个问题特别敏感，所以特意不提是谁演出的节目；现在见他自己接触到了这个话题，就回答说：“是的，这段表演我觉得一点也不好。”

“不过那倒是观众最欢迎的节目。”

“是啊，问题严重也就严重在这儿。”

“因为这个节目庸俗？”

“不，这种演出本来都是很庸俗的。我的意思是——这个节目简直残忍。”

他微微一笑。

“残忍？你是说对驼背残忍？”

“我是说——当然啦，对那演员本人来说那是压根儿无所谓的，他无疑只是以此作为一种谋生的手段，就像那个骑马钻铁圈的，那个扮‘可人芭’的，都各凭各的本事吃饭。不过他这种谋生手段总让人觉得不好受。这种事有损人格，这是人的堕落。”

“他恐怕也不见得因为干上了这一行，就本来不堕落而从此堕落了。其实说到堕落，我们大多数人本来就都有这样那样的毛病。”

“话是不错，不过这件事不一样——你大概要说我这是可笑的偏见了吧，不过我总觉得人体是神圣的，我不忍心看到这样神圣的东西受到践踏，遭到丑化。”

“那么人的灵魂呢？”

说着他突然收住了脚步，一手扶着河堤的石栏杆，站在那儿，对她直瞅。

“人的灵魂？”她反问了一句，也停下了脚步，愕然望着他。

他突然一激动，伸出双手猛一挥。

“你难道就从来没有想到过那个可怜的小丑也有一个灵魂——一个苦苦挣扎的活生生的人的灵魂，给禁锢在那个畸形的躯壳里被迫当牛做马？你待人处事一贯心肠那么软——你同情花衣彩裤、帽铃叮当的扮成小丑的人儿——可你难道就从来没有想到过连这点遮羞的衣裤都没有的那颗可怜的灵魂？你想想那颗灵魂吧，当着那么许多观众，冻得直哆嗦，羞愧加上辛酸，把他压得气也透不过来——观众的揶揄像鞭子抽在身上，得硬着头皮忍受——观众的哄笑像火红的烙铁贴上光赤赤的皮肉，也得硬着头皮忍受！你想想那颗灵魂吧——当着那么许多观众，竟落得这样孤苦无依——有哪座大山会不往他身上压？——有哪块石头会不忍心往他身上砸？——倒还不如耗子好呢，耗子倒可以在泥地里找个洞往里一钻躲起来。而且别忘了，灵魂是无声无息的——他不能扯开嗓子大喊大叫——他只能忍受、忍受、再忍受！哎呀，瞧我在胡扯些什么呀！你怎么听了也不笑啊？你简直不懂一点幽默！”

琴玛默默无语，缓缓回过身去，又沿着河滨继续往前走。这一晚上来，她总琢磨着他心里不知道有什么烦恼，却绝没有想到这烦恼会跟杂耍表演有关。刚才他这一阵突然的感情爆发，让她隐隐窥见了他内心世界的一角，她只觉得对他无限同情，却就是说不出一句话来。当下他也就跟着她又继续往前走，只是侧转了头，两眼望着河里的水。

“对不起，有一点请你不要误会，”他突然又摆出一副挑战似的架势，扭过头来对她说，“我刚才跟你说的都纯粹是属于想象。我这个人就是爱想入非非，我不希望人家一听就都当了真。”

她没有答话，他们就又默默走去。经过乌菲齐宫的大门口时，牛虻忽然跑到对面路上，俯下身去，原来那儿有一团黑糊糊的东西，靠在栏杆上。

“怎么啦，小家伙？”琴玛从来没有听到过他说话的口气这么温和的。“你怎么不回家去呀？”

那团东西动了一下，回答了一句什么，声息微弱，还打着哼哼。琴玛过来一看，见是一个六岁模样的孩子，衣衫破烂，身上又脏，像一头受了惊吓的动物蜷伏在人行道上。牛虻却弯下了腰，在抚摩他乱蓬蓬的头。

“你在说什么呀？”听不清孩子在说些什么，牛虻就把腰再弯低些。“你应该回家去睡觉，小孩子不应该深更半夜还在外边闲荡，你要冻坏的！把手伸给我，快勇敢点儿站起来！你家住在哪儿啦？”

他抓住了孩子的胳膊，想拉他起来。没想到孩子却哇的一声尖叫，忙不迭往后一缩。

“唷，怎么啦？”牛虻一边问，一边就在人行道上跪下。“哎呀！太太，你来瞧！”

孩子的肩膀上和外套上都沾满了血。

“告诉我，出什么事啦？”牛虻又亲切地问下去，“该不是摔了交吧？不是？那么是有人打你了？我就料到是这样！是谁打了你啦？”

“叔叔。”

“居然有这样的事！他什么时候打你来着？”

“今儿早上。他喝醉了酒，我……我……”

“你碍了他的事——是不是？小家伙，人家喝醉了酒，你就应该注意着点，别去碍了人家的事，那要招他们发火的！太太，这可怜的小家伙你看我们把他怎么办好呢？小弟弟，快到亮头里来，让我看看你那个肩膀。你拿胳膊搂住我的脖子好了，我包你这样一点都不疼。好，这就对了！”

他一把抱起孩子，穿到对街，在阔阔的石栏杆上放下。然后掏出一把小折刀，让孩子头枕着他的胸口，叫琴玛托着那条受伤的胳膊，一刀刀把破袖子割开。肩膀上皮都擦掉了，肿得厉害，胳膊上有好深一道口子。

“把你这么个小家伙打出这么深一道口子，也太不像话了，”牛虻说着就用自己的手帕把伤口包扎起来，免得叫衣服擦痛。“他是用什么家伙打你的？”

“铁锹。我去问他讨一个索尔多①，想到转角上的铺子里买碗粥喝，他操起铁锹就打了我一下。”

牛虻打了个颤。“哎呀！”他轻轻说道，“那可疼得很呢！是不是呀，小家伙？”

“他操起铁锹就打了我一下……我就逃了出来……我只好逃了出来……因为他打我呀。”

---

① 旧时意大利铜币，20个索尔多合一里拉。

“后来你就一直在街上东荡西荡，连饭都没有吃上？”

孩子没有答话，却号啕大哭了。牛虻把他从栏杆上抱了下来。

“好了，好了！一会儿就都包你没事儿了。不知道附近哪儿叫得到马车？车子怕是都等在戏院门口了，今儿晚上戏院里有盛大的演出。对不起，太太，真是连累你了，不过……”

“我还是陪你一块儿去吧。你也许需要人帮忙呢。你抱着他能走那么远吗？这孩子挺沉的不是？”

“啊，不要紧，我能对付，谢谢你。”

戏院门口总共只有三五辆马车，都是有人定好了的。演出已经结束，观众多半已经散去。墙上的海报好大的字体写着有齐塔的名字，她今天在这里跳芭蕾舞。牛虻请琴玛稍等一会，就绕到后台门口，找一个当差的打听。

“雷尼小姐走了没有啊？”

“还没有呢，先生，”那当差的回答说，看到一位衣冠楚楚的绅士怀里抱着一个破衣烂衫的街头流浪儿，他瞪出了眼睛看得直发愣。“雷尼小姐大概就要出来了，她的马车已经在外边候着了。喏，这不是她来了！”

齐塔挽着一个青年骑兵军官的臂膀下楼来了。她夜礼服外披一件火红色丝绒的华贵斗篷，腰里挂一把鸵鸟毛大扇子，看去真是无比端庄。刚一走到门口她就突然站住，一缩手甩掉了那军官的臂膀，不胜惊讶地向牛虻跟前走来。

“费利切！”她悄声喊道，“你手里弄了个什么玩意儿？”

“这孩子是我在街上抱来的。他身上有伤，又挨了一天饿，我想尽快把他带到家里去。我哪儿也叫不到马车，所以想借你的车子用一用。”

“费利切！这么个怕人的小要饭的你怎么好带到家里去呢！去找个警察来让他往收容所里一送不就完了，反正该送哪儿就往哪儿送呗。城里那么多叫化子，你怎么管得了呵……”

“他身上有伤，”牛虻重申了他的理由，“就是要送收容所，明天送去也不迟，我得把这孩子先暂时照看一下，给他点东西吃。”

齐塔眉头微微一蹙，不胜厌恶的样子。“你居然还让他的脑袋直当当靠在你的衬衫上！你怎么干得出来的？也不看看他有多脏哪！”

牛虻抬起头来，眼睛里突然怒火一闪。

“他肚子饿哪，”他气汹汹地说，“你不知道肚子饿是怎么个味道吧？”

琴玛连忙走过来说：“里瓦雷斯先生，我的住处离这儿很近。我们就把孩子带到我那儿去吧。要是在那儿再叫不到车子，我就设法让他先过一夜再说。”

牛虻急忙转过身来。“没问题吗？”

“绝对没有问题。再见了，雷尼小姐。”

那吉卜赛姑娘生硬地一鞠躬，气鼓鼓一耸肩膀，就又挽起那军官的臂膀，把裙子下摆一撩，从他们面前昂然走了过去，准备去坐那辆不肯让出的马车。

可是走到门阶上她却又停了一下，说：“里瓦雷斯先生，我一会儿就派马车去接你和这孩子，你看好不好？”

“好极了，那我把地址说一说。”他就来到人行道上，把地址告诉了车夫，然后又抱着那沉甸甸的孩子回到琴玛那里。

凯蒂没有睡，还在那里等女主人呢；她一听说如此这般，就去快快取来了温水和一应需用的东西。牛虻把孩子放在一张椅子上，自己就在旁边跪下，利落地给他脱掉了破衣烂衫，替他清洗了伤口，包好扎好，轻手轻脚，熟练极了。刚替孩子洗完澡，拿过一方暖和的毯子把他裹好，琴玛也端着个盘子来了。

“你的病人可以吃晚饭了吗?”她说着，冲那陌生的小家伙微微一笑。“我在替他做晚饭呢。”

牛虻站起来，把肮脏的破衣烂衫卷作一团。“真是抱歉，把你的房间弄得一塌糊涂了，”他说，“这些破衣服嘛，还是索性烧了的好，明天我去替他买新的。你家里有白兰地吗，太太？我看应该让他稍微抿两口。对不起，可不可以让我去把手洗一洗。”

孩子吃完晚饭，马上就倒在牛虻的怀里睡着了，一头乱蓬蓬的头发顶在他胸前雪白的衬衫上。一直在帮凯蒂收拾房间的琴玛，这时就来到桌子旁坐下。

“里瓦雷斯先生，你总得吃点东西再回家呀——晚饭你压根儿就没吃几口，天又这么晚了。”

“方便的话，我倒想来一杯‘英国茶’①。真对不起啊，害得你这么晚了还不得安歇。”

“喔！没关系。把孩子放在沙发上吧，抱着可是够你累的。等一等，我在垫子上铺一条被单。这孩子你打算怎么处理呢?”

“你说明天吗？先去打听一下，除了那个野蛮的酒鬼叔叔以外他还有没有别的亲属；要是没有的话，我看我就只好听从雷尼小姐的劝告，把他送收容所了。其实真要讲好心，恐怕最好心的办法还是在他脖子里系上一块石头，把他往那边的河里

① 指英国人喝茶兼吃点心。

一丢；不过这么一来我就免不了要有苦果子吃了。他睡熟了！你这个小家伙呀，也真是个少有的小倒霉蛋——一点都不会保护自己，还不如一只迷路的小猫呢！”

凯蒂把茶盘端进来的时候，那孩子一睁眼，就赶紧坐起身来，一脸迷茫的神气。牛虻他还是认得的，他早已把这位先生看作是他当然的保护人了，因此他就扭扭搭搭爬下沙发，好不累赘地拖着紧围在身上的毯子，来到牛虻跟前，偎在他的身上。他如今早已又精神很好了，又爱问这问那了，牛虻那残缺的左手里这时正拿着一块蛋糕，孩子指着他的左手，问：“那是什么？”

“那个吗？蛋糕呀，你要吃点儿吗？我看你现在已经吃得很饱了。你要吃明天再吃吧，小鬼。”

“不——我是问那个！”他伸出手来，摸摸牛虻那几个只剩半截的指头，还有手腕上的那个大疤。牛虻放下了手里的蛋糕。

“啊，你问这个！那跟你肩膀上挨的那一下是一样的——我也叫人打了，那人力气比我大。”

“那可不要痛死了吗？”

“唉，这又怎么说呢——反正一样都是个痛吧。好了，好了，快快再闭上眼睛睡吧；夜都这么深了，你再这样问这问那就不对了。”

等到马车赶来，孩子已经又睡着了；牛虻也没有叫醒他，就轻轻抱起他，出了房门，向楼梯口走去。

“今天你在我眼里确实不愧是个救死扶伤的天使，”他在门口停了一下，对琴玛说，“不过我觉得我们今后还是可以把架吵个够，不必因此而有所顾忌。”

“我可不想跟谁吵架。”

“哎！我就想吵架。不吵架，这日子简直叫人受不了。好好吵上一架，对这世界的好处才大着哩；比杂耍表演可要强多啦！”

说完他就下楼去了，一路还在轻轻地暗自好笑，怀里，抱着那个睡熟了的孩子。

第七章

一月份第一个星期里的一天，把文化委员会每月全体例会的请柬早已都发出去的马丁尼，收到了牛虻一张短短的字条，上面只有几个潦草的铅笔字："很抱歉，不能来。"他看得有点生气：请柬上明明特地打了招呼："有要事商议"，这人居然如此不以为意，也真傲慢得未免有点无礼了。再说，这天他同时收到了三封信，信里报告的都是坏消息，何况外边又是在吹东风[①]，因此马丁尼觉得浑身不自在，脾气也很坏，所以在会上里卡尔多医生一问起："里瓦雷斯怎么没来？"他就气鼓鼓地说："没来！看样子他手头大概有了什么更有劲的工作了，所以不能来，也说不定是不想来。"

"说真的，马丁尼，"盖利心情烦躁地说，"找遍佛罗伦萨谁也没有像你成见这么深的。你对一个人只要一旦抱了反感，你就觉得他干出来的事无一不错了。里瓦雷斯病了，叫他怎么来呢？"

"谁跟你说他病了？"

"你还不知道吗？他不能起床已经有四天了。"

"他是哪儿不舒服啦？"

"我也不知道。星期四他本来约好跟我碰头的，结果因为他病了，就没碰上头；昨儿晚上我到他那儿去过，听到说是他病体不支，不能见客。我还以为有里卡尔多在给他看病呢。”

“我一点也不知道呀。我今儿晚上就到他那儿去看看，不知有没有什么要我帮忙的。”

第二天上午，里卡尔多面色苍白，一脸倦容，来到琴玛的小书房里。琴玛正坐在桌子跟前，在对马丁尼念一串串单调的数字，马丁尼则对着一本书，一手拿了个放大镜，一手拿了支削得尖尖的铅笔，正在书页上做细小的记号。琴玛举手做了个手势，示意不要作声。里卡尔多知道在译密码的人是千万打搅不得的，于是就在她背后的沙发上坐下，止不住哈欠连连，好像连眼皮都快撑不开了似的。

“2，4；3，7；6，1；3，5；4，1；”琴玛的声音平稳得真像一台机器。“8，4；7，2；5，1；这一句就到此为止，切扎雷。”

她拿一枚大头针往纸上一扎，记下译到何处，这才转过身来。

“早安，医生，哎呀，看你的样子好累呀！你该没有什么不舒服吧？”

“喔，身体是没有什么不舒服——只是累透了。在里瓦雷斯那儿受了一夜罪。”

“在里瓦雷斯那儿？”

“是啊，我眼也没阖陪了他一夜，现在不能不走了，医院里有那么多病人等着我去看。我是到这儿来弯一下，想请你们合计合计，看能不能请谁去照料他几天。他的情况真糟糕透了。这事我一定竭尽全力决不推辞，但是我实在分不开身啊，

---

① 意大利的东风因来自小亚细亚，故干燥而多灰沙，给人以不舒服的感觉。

我说可以去替他请个护士，他偏又不要。”

“他是哪儿不舒服啦？”

“噢，他的病情还相当复杂。首先……”

“首先要请问你吃过了早饭没有？”

“谢谢，我吃过了。说到里瓦雷斯的病情嘛——他由于有多种神经症状，所以病情特别复杂，这是没有疑问的，但是他主要的病根却是一个老伤，看来这伤当初是给疏忽了，真是有亏医德啊。总之他是处在一种久伤不愈、病痛缠绵的状态；据我看，这伤大概就是在南美的那场战争中得的——受伤的那时候肯定没有给他好好治。恐怕那边打起仗来救护伤员就是这么马马虎虎的，他能保住这条命还算是万幸呢。可是这伤却有慢性发炎的迹象，一点小小的因素就可以引起急性发作……”

“那危险吗？”

“危险嘛——还不至于。这种病最大的危险倒是病人横了心去吞砒霜。”

“这么说一定是非常痛苦的咯？”

“那个痛苦才叫够受呢，我真不知道他是怎么顶得住的。昨天晚上我弄得没有办法，只好替他上麻药，用了鸦片——对神经有疾患的病人我本来是不主张用鸦片的，可是他这疼痛我好歹总得替他止住呀。”

“他的神经该不大正常吧。”

“很不正常，不过他的毅力着实惊人。昨天晚上他起初痛虽然痛，可神志还是清清楚楚，头脑一直冷静非凡。但是后来他痛得竟昏了过去，那时才弄得我实在没办法了。你们知道他这病发了有几天了？有整整五个晚上了！身边连个人都没有，只有一个傻乎乎的女房东，那是个连房子塌下来都还糊里糊涂的人，就是不糊涂，也根本帮不上你什么忙。”

“可那个跳芭蕾舞的姑娘呢？”

“对了，你说这事奇不奇？他就是不让那个姑娘到他身边来。他对这姑娘简直厌恶到了病态的地步。总之一句话，这人是我生平碰到过的最最不可思议的人物之一——能集那么许多矛盾于一身，真是绝了。”

他掏出表来，瞧了一眼，一脸心事重重的样子。“我去医院该迟到了，可这也是没有法子的事。今天只能让我的副手独当一面开诊了。他这情况我要是早几天知道就好了——一连几夜这么硬是捱着，怎么行呢！”

“可他怎么也不派人送个信来说他病了呢？”马丁尼插进来说，“他怎么也不想想，要是知道他这样受罪，我们岂能坐视不救？”

“我说大夫，”琴玛说，“昨天晚上你要是派人来叫我们就好了，能有个人帮着你，你也不至于累成这样了。”

“亲爱的夫人，我是想打发人去通知盖利的，可是里瓦雷斯死也不依，我也就不敢贸然派人去了。我就问他，那么他觉得有谁可以去派人请来，他对着我瞅了好一会儿，仿佛吓得掉了魂似的，后来忽然两手把眼睛一捂，说：‘别去告诉他们呀，他们要笑话我的！’他脑子里似乎总摆不脱一个妄想，好像总认为人家在笑话他什么。到底是什么，我也弄不清楚；他说的尽是西班牙话，不过有时候病人确实是什么希奇古怪的话都会说出来的。”

“现在有谁陪着他呢？”琴玛问。

“只有女房东主仆俩。”

“那我马上看他去。”马丁尼说。

“多谢你了。我晚上还会去的。药的服法我都写在纸上，放在长窗旁边桌子的抽屉里，鸦片藏在隔壁屋里的搁架上。如果他又痛得厉害了，你就再给他按量服一次——绝对不能多服；还有，你不管手里的事情有多忙，记着千万不能把这瓶鸦片搁在他拿得到的地方；要防备他熬不住，服用过量。”

马丁尼一踏进那间遮得暗昏昏的房间，牛虻马上就把头转了过来，向他伸出一只火烫的手，还想学着平日那种能说会道的腔调，却怎么也学不像了：

“哎呀，是马丁尼呀。我知道你是打算拖我起来看那份校样的。昨天晚上我没来开会，你也不用骂我；说实在话，我真是身体不大好，而且……”

“谁来问你开会的事啦。我刚才碰到里卡尔多了，所以特地过来看看有没有什么事需要我帮忙的。”

牛虻顿时脸色铁板。

“喔，是吗！那可真太感谢你了，不过这实在不劳你费心。我只是稍微有些不舒服罢了。”

“这我已经都从里卡尔多那儿听说了。他昨天眼也没阖陪了你一夜，是这样吧。”

牛虻狠命咬着嘴唇。

“我非常舒服，谢谢你，也没有什么需要帮忙的。”

“很好，那我就在隔壁屋里坐着，也许你喜欢一个人清静些。门我就不关上了，你要喊我随时请喊。”

“请不必费心了，我真的不需要什么。白白浪费你的时间，何苦呢！”

“别胡扯了，老兄！”马丁尼粗鲁地打断了他的话，“你又何必这样哄我呢？你当我没有长眼睛吗？躺着别说话了，睡得着你还是睡。”

他就走到隔壁屋里，开着房门，拿了本书坐下来看。不大一会儿，听见牛虻辗转不安起来，一连翻了两三个身。他放下了书，侧耳静听，一时却又没有了动静。可是才片刻工夫，便又折腾开了，后来只听见急促粗重的气息，吁吁吁喘成一片，分明是痛得拼命咬着牙，不让哼出声来。他连忙赶到那边屋里。

“我可以帮你什么忙吗，里瓦雷斯？”

对方没有应声，他就去到床边一看。只见牛虻睁着眼睛对他瞅了半晌，默默地摇了摇头，煞白的面色真跟死人差不多。

“要不要再给你用点鸦片？里卡尔多关照过，如果痛得实在厉害，可以再用点鸦片。”

“不用，谢谢，我挺得住，再熬会儿没问题。过会儿也许还要痛得厉害。”

马丁尼耸耸肩膀，就在床边坐下。他一声不响，观察了一个小时，却只觉得这一个小时长得没完没了；后来他终于站起身来，去把鸦片拿了来。

“里瓦雷斯，我不能再听之任之了；你受得了，我可受不了。这药你不能不吃。”

牛虻没言语，把药吃了。吃完药他就扭过头去，闭上了眼。马丁尼重又坐下，听着听着，觉得那呼吸的声息渐渐深长了，平稳了。

牛虻的身体已经疲惫到了极点，一旦睡着了，要醒也不是那么容易了。他躺得压根儿一动也不动，过了一个小时又一个小时。从白天一直到晚上，马丁尼几次来到他的跟前，细细端详那寂然不动的身影；可是除了人还在呼吸以外，哪还能看到一点迹象说明这是一个活人？那苍白的脸上根本没有一丝血色，马丁尼看着看着，突然感到一阵揪心：万一给他服用的鸦片过了量怎么办？那条受过伤的左臂搁在床罩上，马丁尼就去轻轻摇了摇，想把睡得正熟的他摇醒。不料这一摇，牛虻那没扣上纽扣的袖子褪了下来，露出一串怕人的深口大疤，从手腕一直到肘弯满臂皆是。

“当年这些伤疤刚结好的时候，那条胳膊一定是够好看的。”背后响起了里卡尔多的声音。

“啊，你终于来啦！你快来看看，里卡尔多，这家伙会不会老是这样睡下去啊？我在约莫十个小时以前给过他一次药，打这以后他就没有动过一下。”

里卡尔多俯下身去听了一会儿。

“不会的，他此刻呼吸完全正常；没什么，不过是身体极度疲乏了——那样折腾了一夜，哪能不疲乏呢？他天亮以前说不定还会有一次发作。该有人来陪夜的吧？”

“盖利会来陪夜；他打发人来说十点以前准到。”

“现在也快十点了。啊，他醒过来了！你去叫女用人把那锅肉汤热一热。轻点儿——轻点儿，里瓦雷斯！得了，得了，不用打了，老兄，我又不是个主教！”

牛虻突然惊醒了过来，一脸怯生生吓坏了的神气。“该我上啦？”他慌慌忙忙用西班牙语说，“帮帮忙，再逗个哏拉两分钟场子，我——哎呀，我没有看见是你呢，里卡尔多。”

他往四下看了看，手在前额上一抹，好像很弄不懂的样子。“马丁尼！啊，我还以为你已经走了呢。我刚才准是睡着了。”

“你睡得就像童话故事里的睡美人似的，已经一连睡了十个钟头了；现在你得先喝点肉汤，喝完了再睡。”

“十个钟头！马丁尼，你该没有在这儿陪了我十个钟头吧？”

“怎么没有啊？看你这模样儿我心里都犯了嘀咕了，还当我给你鸦片用过了量呢。”

牛虻飞快地偷偷瞅了他一眼。

“要是能撞上这样的运气就好了！那样你们开起会来不就可以太平得多了吗？里卡尔多，你又想要干什么了？你就行行好，别来找我的麻烦了，好不好？我最讨厌医生来把我胡摆弄。”

“那好，你把这个喝了，我就不来找你的麻烦了。不过过一两天我还要来看看，替你彻底检查一下。依我看，现在你这场大病最大的难关已经过了；看你的气色，不像会杀大家的风景了。”

“噢，谢谢，我很快就会好的。那是谁呀——是盖利吗？看来今天晚上我这儿真是贵客盈门、荣幸之至啦。”

“我是来给你陪夜的。”

“胡说八道！我不要谁来陪我。你们统统给我回去。就算我这病再发，你们也帮不了我什么忙了；我可不想老是这样把鸦片吃下去。这种药要少用才灵。”

“你这话就说对了，”里卡尔多说，“不过有了这个决心，要做到决不动摇，也不见得很容易哟。”

牛虻抬头一笑。“放心！这种东西我要是会吃上瘾的话，老早就吃上瘾了。”

“反正我们决不能让你身边没有个人陪着，”里卡尔多老实不客气地说，“盖利，跟我们到隔壁屋里去一下，我有话要跟你说。再见了，里瓦雷斯，我明天再来。”

马丁尼正要跟着他们出去，听见背后在轻轻唤他的名字。一看，是牛虻向他伸出了手。

“谢谢你啊！”

“啐，废话！快睡你的吧。”

里卡尔多走后，马丁尼又在外间稍留了几分钟，跟盖利说了一阵话。告辞出来，拉开了宅子的正门正要往外走，忽然听见有辆马车在园子门口停了下来，看见有个女人的身影下了马车，顺着花园小径走来。那是齐塔，显然是在哪儿演完了夜戏回来。他就举一举帽，闪到一边，让她过去，自己这才出了门，踏上了由此一直通往帝国山的那条黑咕隆咚的小巷。可是过不了一会儿，只听见背后园子的篱笆门咔哒一响，小巷里传来了一阵急遽的脚步声。

“等等！”是那个女人的声音。

马丁尼就回过身去准备跟她相见，她却猛然收住了脚步，稍等了一下才又慢慢向他走来，一只手还搭在篱笆上，拖啊拖的一路拖在背后。转角上有一盏孤零零的路灯，凭着这一丝微光马丁尼看见她把头低着，好像不是窘，就是羞。

“他情况怎么样了？”她头也不抬，问道。

“比早上好多了。他今天睡了大半天，身体极度疲乏的情况似乎有了改善。据我看，这次发病大概就要过去了。”

她的眼睛还是盯着地上。

“这一次发病发得很凶吧？”

“我看再凶恐怕也是不会有的了。”

“我就猜是这样。他不让我进他屋里去，就一定病得很凶。”

“他常常这样发病吗？”

“那倒不一定——他这病说发就发，没有个准。去年夏天，在瑞士，他的身体就挺好的；可是再上一年的冬天，我们在维也纳，他的病就发得很厉害。一连几天不让我近身。他一发病，看见我在跟前就讨厌。”

她抬头望了一眼，又垂下眼去，继续往下说：

“他一觉得自己有了发病的征兆，就总要寻找种种借口打发我走开，让我去参加舞会、音乐会什么的。然后就一个人关在房里。我总是偷偷溜回来坐在门外——要是让他知道了他可要大发雷霆的。狗哭鼻子了他倒肯放进去，可是对我他就是不让进。我看他对狗的感情倒还要深一些呢。”

她的神态之中分明含着那么一种奇怪的不服气的意思，气虎虎的。

“好吧，我相信他的病今后就不会再发得这样凶了，”马丁尼和和气气说，“里卡尔多医生已经决心要给他好好治一治了。也许他有办法把这病彻底根治一下。不管怎么说吧，反正眼下经过了治疗，病情已经有所缓解了。不过以后如果再有这样的情况，你最好还是马上派人来通知我们。我们早一些知道，他就可以少受许多痛苦。再见吧！”

他伸出手去，她却急忙把手一缩，身子往后直退。

“怪了，你怎么也会要跟他的情妇握手呢！”

“当然这也悉听尊便……”马丁尼窘得话也说不出来了。

她拿脚使劲往地上跺。“我恨你们！”她嚷嚷起来，两颗眼珠像两团烧红的煤，冲他一瞪。“我恨你们这一帮子人！你们就知道来跟他谈政治。你们给他陪夜，给他吃止痛的药，他都听你们的，可我，连门缝里偷看他一眼都已经吓得不敢了！

他在你们眼里到底有些什么了不得的？你们凭什么敢来把他从我手里偷走？我恨你们！我恨你们！我**简直恨死了**你们！”

说到这里她突然抽抽答答大哭起来，回身飞快地冲进了花园，故意当着马丁尼的面，砰的一声碰上了园门。

“天哪天哪！”马丁尼沿着小巷一路走去，心里暗暗惊叹。“这个姑娘竟然爱上他了！真是奇事天天有，无如此事奇……”

第八章

牛虻的身体恢复得很快。到第二个星期，一天下午，里卡尔多走来一看，见他已经穿着一件土耳其式晨衣，躺在沙发上，在跟马丁尼和盖利闲聊天了。他甚至说到了想下楼去走走，但是里卡尔多对他这个想法只是哈哈一笑，问他是不是初次下楼就索性走远些，过了山谷，到菲埃泽利[①]去岂不是好。

“你可以到格拉西尼家去拜访一下他们夫妇俩，调剂调剂精神也好嘛，”他又揶揄了他一句，“那位太太见了你一定高兴啦，特别是现在，你瞧你的脸色有多苍白，那才叫好看呢。”

牛虻十指交叉，双手一扣，完全是一副戏台上演悲剧的架式。

“哎呀，我的天！这我怎么没有想到呢！她见了我，一定会把我当作一位意大利的烈士相待，对我大谈其爱国主义。我也应当做得像个烈士的样子，告诉她说我在一个地牢里被剁成了几块，后来重新拼起来胶好，却胶得有些不地道；她一定还会追问我这一剁一胶，到底感觉如何哩。你说她听了会不会相信，里卡尔多？我情愿拿我那把印第安匕首跟你书房里瓶子中的那个绦虫标本打赌：我鬼话说得再离谱，她也照样会当真。我这个条件够大方的吧，快快，一言为定。”

“谢谢，我不像你，对杀人武器我敬谢不敏。”

“得了吧，要论杀人的厉害，绦虫有哪点儿不如匕首的？可是论好看，那就差远了。”

“可是我的老朋友，事情也就是这样不巧，我就偏不要匕首，而宁要绦虫。马丁尼，我得快些走了。这个不安分的病人由你负责照看吗？”

“照看到三点为止。我和盖利得去一趟圣米尼阿托，博拉太太会来的，等我回来再接她的班。”

“博拉太太！”牛虻叫了起来，口气里透出了惊慌。“哎呀，马丁尼，这可千万使不得呀！我不能让一位太太来为我烦心，照看我的病痛。再说，你叫她坐哪儿好呢？我这个地方，她是不喜欢来的呀。”

“你是从哪一天起有了这许多臭讲究的？”里卡尔多笑道，“我的老弟，博拉太太可是替我们大家总管一切的护士长哩。她从很年轻的时候起就照看病人了，她干这一行比我见过的哪一个嬷嬷[2]都出色。你说不喜欢进你的屋里来？嗨，你这大概是在说格拉西尼的老婆吧。马丁尼，是她来的话，我就用不到留话了。乖乖，已经两点半了，我得走了！”

“好了，里瓦雷斯，趁她这会儿还没有来，快把你的药吃了吧。”盖利拿了杯药，向沙发跟前走来。

“还吃屁药！”牛虻已经到了容易火冒的恢复期，常常弄得那两位尽心竭力护理他的朋友很难堪。“我现在已经不痛了，你们干……干吗还要弄这么些劳什子来给……给……给我吃？”

“就为不让你再痛呀。一会儿博拉太太来了，万一你又痛得趴下了的话，她就非得给你吃鸦片不可，难道你愿意？”

---

① 据前文可知，这个位于佛罗伦萨东北的市镇，是格拉西尼家的所在地。
② 在医院里行善护理病人的天主教修女。

“我的好……好先生，这种疼痛要来的话那是说什么也要来的；不比牙……牙痛，拿你们这种‘垃圾’药水一糊弄，就给你们吓跑了。这种药水要来治我的痛呀，就好比房子着了火拿玩……玩具水枪去救火。不过，我知道我不吃这杯药，你们是决不会放过我的。”

他伸出左手来接过杯子，盖利见了那些吓人的伤疤，不禁又想起了早先谈起过的一个话题。

“顺便问一下，”他说，“你怎么会给弄得这么遍体鳞伤的？是打仗留下的伤吧？”

“咦，刚才我不是跟你说了吗，那是在秘密地牢里给折磨的，再加……”

“没错，可这种话是说给格拉西尼太太听的。咱们得说正经的，据我看那大概是跟巴西打仗留下的伤吧？”

“对，我在那儿受了点伤；另外在荒山野地里打猎什么的，也免不了碰到点什么事。”

“啊，对对，你在科学探险队里干过。你把衬衫扣好了吧，药都敷好了。看来你在那边的经历还挺惊心动魄哩。”

“可不，生活在蛮荒之地嘛，有时总免不了会有一些惊险的经历，”牛虻说得轻描淡写，“这种事不可能都是很愉快的。”

“不过，我总还是想不通：你怎么会弄得这样遍体鳞伤的？除非你是碰上了野兽，吃了大亏——比如说你左臂上的那些伤疤，那就不简单。”

“啊，那是一次打美洲狮的时候受的伤。是这样的：当时我开了枪……”

有人敲门了。

“屋里都收拾齐整了吗，马丁尼？都收拾齐整了？那好，请去开开门。真是不敢当哪，太太；恕我不起来了，请千万别见怪啊。”

“哪里哪里，你千万别起来，我又不是来做客的。我来得早了点，切扎雷。我怕你们说不定想早些走。”

“我可以再待一刻钟。我替你把斗篷挂到隔壁屋里去。要不要把篮子也拿到隔壁去？”

“可要留点神哪，那都是才出窝的新鸡蛋。是凯蒂今天早上特地到奥利弗托山去收来的。我还带了几支圣诞玫瑰①来送给你，里瓦雷斯先生，我知道你是个爱花的人。”

她就在桌子边坐下，把花梗修剪修剪，在花瓶里插好。

“嗨，里瓦雷斯，”盖利说，“把你打美洲狮的事再说下去，你才开了个头呢。”

“好，说下去！刚才盖利问起了我在南美洲的生活经历，太太，我正在给他讲我的左胳膊是怎么会坏的。那是在秘鲁。我们去打美洲狮，一次正在蹚水过河，我发现了目标，一枪打去，谁料想没打响，原来火药溅上水了。那美洲狮自然不会等我换子弹，结果就害得我成了这样。”

“这种生活一定是挺有趣的。”

“嗳，的确不坏！当然，有甘也少不了有苦；不过总的说来，那种日子过得还是挺有劲儿的。比方说，捕蛇就是一桩……”

他说得滔滔不绝，有趣的小故事讲了一个又一个，一会儿谈到替阿根廷打仗，一会儿谈到在巴西探险，一会儿又谈到打猎的不平凡经历、碰上蛮人或野兽的形形色色奇遇。盖利就像小孩子听讲童话似的，听得可高兴了，老是打断话头，问这问

---

① 即黑儿波，一种冬天开白花和淡紫色花的毛茛属植物。

那。他具有那不勒斯人的气质，容易受感动，只要是激动人心的事，他什么都爱听。琴玛从篮子里取出毛线来编结，垂下了眼睛，一边结，一边不声不响地听。马丁尼则皱紧了眉头，听得很烦躁。他觉得这些小故事讲得很有些故意吹嘘，态度也不大自然；上个星期他亲眼见到牛虻以那样惊人的毅力忍受了身上的病痛，心里固然不能不感到钦佩，可是对这个人以及他的行止作风，他却又从心底里觉得讨厌。

“这种生活真是有意思极了！”盖利却天真地听得满心羡慕，禁不住赞叹起来。“我真弄不懂，你居然会下得了决心离开巴西。到过了巴西，再到别的国家一定就觉得平淡无奇了！”

“我觉得我在秘鲁和厄瓜多尔的日子才是过得最快活的，”牛虻说，“说真的，那一带地方才叫山河壮丽呢。当然那里的天气是够热的，特别是厄瓜多尔的沿海地区，那的确不大好受，可是那里的景色之美，是你怎么也无法想象的。”

“在我看来，”盖利说，“在蛮荒之地生活有百分之百的自由，那对我的吸引力就要比什么样的美景都大。在那种地方，人必然会感觉到自身具有做人的尊严，那在我们这种人口稠密的城市里是绝对感受不到的。”

“对，”牛虻答道，“你这话……”

一直望着手里活计的琴玛这时却抬起眼来，对他看看。他突然面孔涨得通红，话也说不下去了。一时谈话就中断了。

“你该不是那话儿又发作了吧？”盖利着急地问。

“喔，算不了什么，算是你的镇……镇……镇痛药膏灵验，挨我臭……臭……臭骂的屁药有功。你这就要走了，马丁尼？”

“对。快走吧，盖利，再不走要迟到了。”

琴玛送走了他们俩，不一会儿就端着一碗牛奶调鸡蛋，又回到了屋里。

“请把这个吃了。”她的口气是温和的却也是不由分说的，说完又坐下来只管编她的毛线。牛虻乖乖地听了她的话。

足有半个小时谁也没开口。后来牛虻把嗓音放得很低很低，唤了一声：

“博拉太太！”

她抬头一看，见他正在扯身上围毯的穗子，眼睛始终连抬都没抬。

“我刚才所说的，你不信那是真话吧。”他说了。

“我一眼就看穿了你是在胡说。”她不动声色地答道。

“你看得很对。我那都是胡说。”

“打仗的事是胡说吧？”

“统统是胡说。我根本就没有参加过那场战争；至于在探险队里，我倒确实有过些惊险的经历，那些故事倒也多半是真的，但是我并不是这样受伤致残的。既然我一个谎话已经被你识破，我想那我还是索性统统都向你供认了吧。”

“你不觉得胡编那么多假话是浪费精力吗？”她问道，“我就觉得干这种事实在犯不上。”

“那你说该怎么办呢？你知道，你们英国人有句老话，叫做：‘好问之心少，假话不进耳。’我这样糊弄人家可并不是什么愉快的事，但是人家问我怎么成了残废，我好歹总得有个说法去回人家呀，既然要回，那还不如编些好听的讲给人家听。你看盖利听得有多开心呀。”

“你觉得逗盖利开心倒比说老实话重要？”

“说老实话？”他抬起头来，手里捏着从围毯上扯下的一缕穗子。“你该不是要我跟这班人说老实话吧？要跟这班人说老实话，我宁可先割了自己的舌头！”接着却又突然带着些尴尬，不好意思地说：“这真情我还从来没有对哪个人说过；不过你要是想听的话，我倒很愿意说给你听听。”

她默无一语放下了手里的活计。这个冷酷、诡秘、一点都不讨人喜欢的家伙，如今忽然恭而敬之，自愿把本人的身世隐情向一个自己不很了解、看来也不很喜欢的女人和盘托出，在她看来这倒真有些感人之处，叫她觉得心都软了。

对方却好大半天没有作声，她抬头一看，只见他左臂靠在旁边的小桌子上，用那少了两指的手掩住了眼睛。她注意到，那剩下的几个指头都紧张得战战兢兢，手腕上的伤疤也在突突地跳。她就走到他的跟前，轻轻地唤了唤他的名字。他吓了一大跳，抬起头来。

“我倒忘……忘了，”他结结巴巴，忙不迭地道歉。“我刚才还说来着，要给你讲一讲……”

“讲一讲是什么样的意外——还是什么别的，害得你成了残废。不过你要是觉得说出来难受……”

“意外？喔，你是说那一顿毒打呀！对对，我要说，不过那不是意外，那是叫拨火棒给打的！”

她吃惊得都发了愣，对着他直瞅。牛虻掠了掠自己的头发，手看得出有些颤抖，他抬起脸来看了她一眼，微微一笑。

“你请坐好吗？请把椅子搬近点儿。真对不起，我不能替你搬了。说……说真的，现在我回过头去再一想，我这个伤当时要是让里卡尔多来看，他碰到了这样少见的病例，肯定会像挖到了无……无价之宝……宝一样欢喜；里卡尔多不愧是个真正的外科医生，他就是喜欢替病人看骨折骨裂什么的，我看那一回呀，我身上凡是折得断的东西什么都折断了——就是脖子算是没有断。”

“还有你的勇气也是遇危难而不折，”琴玛轻轻插进来说，“不过你的勇气也许本来就是算在折不断的东西里的。”

他摇摇头。“也不见得，”他说，“我的勇气也是后来随着我的身子一起渐渐勉强养好的；当时我的勇气垮得可惨了，就好比一只茶杯一下给砸得粉碎；说起来事情之严重也就严重在这儿。哎呀——对了，说好了的，我要给你讲讲拨火棒的事。

“那是……让我想想……将近十三年前的事吧，地点在利马。我不是跟你说过吗，秘鲁这个国家是大可一住的，可你要是万一落了难，像我当时那样，那住着就不大美妙了。我先是在南边的阿根廷，后来到了智利，在智利差不多一直是饿着肚子，到处流浪，最后在瓦尔帕来索[①]一条运牲口的船上打零工，随船到了利马。我在利马城里找不到工作，就到海港码头上去找找看——你也知道，当地的海港码头是在卡亚城[②]。在那种船来船往的港口里，当然都少不了有些下等的角落，那是吃水手饭的人的汇集之地，我过不多久就在那儿的一家赌场里当了个仆役。烧饭，侍候在台球台旁边拨记分牌，给水手和他们的女人端酒，凡此种种，都是我的差使。那可不是什么愉快的差使，不过能干上这样的活儿我也就很高兴了，因为这至少就有了饭吃，见得到人的脸了，听得到人说话的声音了——就是不行也勉强将就了。你也许会觉得那算不了什么好处，可是要知道我前不久刚害了一场黄热病病倒过，孤零零一个人躺在一个混血儿家破屋子后边的窝棚里，这个苦，我可是吃怕了。

---

① 智利的一个港口。

② 利马西边的一个港口城市。

回头再说我进了赌场，一天晚上，有个拉斯克[1]喝醉了酒，撒起野来，老板叫我把他给撵出去。原来这水手来到岸上，把钱输了个精光，所以心里窝着一肚子恶气。老板的话我是不能不听的，不听就得丢掉饭碗，眼看要挨饿；可是那水手力气大，一个能顶我两个——我当时还没满二十一岁，刚害过热病，身体虚弱得不得了。何况，他手里还拿了根拨火棒呢。”

他顿了一下，偷偷瞟了她一眼，又说了下去：

“显然，他是存心要彻底结果我的性命的；可是不知怎么，他这活儿竟会干得不大地道——拉斯克干活一向是能马虎就马虎；结果，倒让我还留了那么点儿好皮好肉，勉强维持住了这一口气。”

“是吗，可在场还有其他的人呢，他们就不能来干预吗？难道他们那么多人，会见一个拉斯克害怕？”

他抬起头来，突然一阵哈哈大笑。

“**其他的人**？那班赌客跟赌场老板？啊呀，你真不懂事！那都是些黑人啦，唐山佬啦，还有些人根本谁也不知道究竟是什么路数，我可只是他们的仆役——**是给攥在他们手里的呀**。他们都站在旁边看好玩儿啦，还会怎么样呢！在那种地方，碰到这样的事情就只当好玩儿。真的，只要你不是看好玩儿的对象，看看也的确是蛮好玩的啦。”

她听得一阵不寒而栗。

“那结果怎么样呢？”

“这我可就说不清楚了；人碰到了这样的事情，以后一连几天印象全无，这也是常情吧。不过当时附近倒正好有个船上

---

① 来自亚洲南部（西方人所谓“东印度”）的水手。

的医生，估计是人家发现我还没有死，就有人去把他找了来。他马马虎虎把我包扎处理了一下——听里卡尔多的话音，似乎认为这医生干得糟透了，不过这可能是同行相妒也难说呢。不管怎么说吧，反正等我恢复了知觉，才发现有个土著老太发扬了基督的仁爱精神，把我收留了——这话听来似乎有点离奇，是不是？她总是蜷着身子坐在小屋角落里，拿着支黑烟管在抽，还不时往地上吐唾沫，嘴里也不知老在哼什么调调。不过她对我倒确是一片好心，她对我说，在这儿我就可以安安心心死了，谁也不会来打搅我了。但是我心里就是有那么一股强烈的反抗精神，我决定要活。要一步一步爬回到活路上来实在是费劲哪，有时候我真忍不住有些泄气了，就怕到头来还是落个白费力气一场空。幸而那位老太的耐心也真是好，她留我过了足有——足有多久？足有四个来月吧，一连四个来月我就一直躺在她的小屋里，时不时会像发了疯一样大叫大闹，动不动就要大动肝火暴跳如雷。要知道，我那个痛可实在是厉害，而我的脾气又是小时候娇生惯养，一向给纵坏了的。”

“后来呢？”

“喔，后来——我好歹算是爬得起来了，我就这样爬走了。不，别以为我这是不好意思受一个穷老太的好心周济——我早已顾不得那么多了；实在是那个地方叫我再也受不了了。你刚才还说我勇气没丢，可你没看到我当时的那个光景呢！那时我总是一到傍晚薄暮时分痛得最最厉害，所以每天一到下午，我总是一个人躺在那儿，看着太阳一点一点往下沉……哎，这种心情你是不会理解的！我至今看到夕阳西下心里还会惴惴不安呢！”

他停了好大一会儿。

“唉，后来我就去了内地，到处去找工作——在利马再待下去我真会给逼得发疯的。我一直流浪到了库斯科[①]，在那儿……也真是的，我翻这些陈年老账硬是要你听算什么呢，好听点倒还罢了，可又一点都不好听！”

琴玛抬起头来看了他一眼，眼光是深切而诚恳的。“请千万不要这样说。”她说。

牛虻咬咬嘴唇，从围毯上又扯下了一绺穗子。

“还要说下去吗？”过了一会他才问。

“你要是……要是想说就请说吧。我就担心你想起了当年的事太难受。”

“你以为我不说就忘记了吗？不说更难受呢。不过你也不要只当我就是为了这些事情想不开。我愁的是我已经指挥不动自己了。”

“我……不大明白你的意思。”

“我是说，我愁的是我的勇气已经再也拿不出来了，到了这个份儿上，我真觉得自己已经成了个胆小鬼了。”

“人的忍受能力总是难免有个极限的。”

“是啊，而且这一次达到了这个极限，并不能保证下一次还能达到这个极限。”

“不知你可不可以告诉我，”她犹犹豫豫说，“你怎么会二十岁上就孑然一身老远流落到海外的？”

“很简单：在旧大陆的本国，我原是个好出身，我不要，就出走了。”

“为什么？”

---

① 库斯科系秘鲁古城，16世纪以前曾是印加帝国的首都。位于利马东南，从利马去有600公里的路程。

他又是火辣辣一阵刺耳的大笑。

“你问为什么吗？大概因为当年我这个毛孩子很有点自负吧。我生长在一个优裕得只嫌过了分的家庭里，受够了娇纵和抚爱，弄得我只当这世界就是那么无比美妙、无比甜蜜。可是后来有一天，我忽然发现有个我一向信任的人竟然欺骗了我。咦，你怎么吓了一跳？怎么回事？”

“没什么。请说下去吧。”

“我发现原来我受了骗，人家编了套鬼话，我却都相信了。那实在只是平常的小事一桩，可我不是跟你说了吗，我当时还只是个毛孩子，而且又自负，我认定说假话的人都应该下地狱，见他们的鬼去！因此我就离家出走了，冒险闯到了南美，活得下去就活，活不下去就死，当时我口袋里没有一个子儿，又不会说一句西班牙话，唯一的吃饭本领就是一双白皙的手，加一副大少爷的习气。结果，我自然就落到了那真正的地狱里，去尝尝滋味了：谁叫我摆着真的看不见，却尽自去想那些假的呢？这个滋味尝得也真够劲儿的——不多不少正好过了五年，来了杜普雷探险队，才把我救了出去。”

“五年！哎呀，那可真是够你受的！难道你就没有一个朋友？”

“朋友？我”——他突然狠狠地转过脸来瞅住了她——“**我这辈子就不曾**有过一个朋友。”

可是他似乎马上意识到了自己的激动，有点不好意思，就又急急忙忙说了下去：

“话虽这么说，可你也千万不要太当真；可能我把话说得太重了点，说实在话我头上一年半的情况还是不算太坏的；我年纪轻，身体好，日子虽然过得艰难，倒还勉强可以过得下去，后来那拉斯克在我身上留下了纪念，才改变了这种局面。从此我就找不到工作了。你看奇不奇，小小一根拨火棒，用得得法，作用还蛮大哩：你成了残废，谁还愿意来雇你呢？”

“那你都干些什么活儿呢？”

“能有什么活儿干就干什么。有一阵子我替甘蔗种植园的黑人打打杂，跑个腿搬个东西什么的，就靠这个来糊口。顺便插一句，人世间就有这样的怪事：奴隶总是千方百计想要自己也弄上个奴隶，黑人就最喜欢手下有个白人供他驱使、听他呵斥。可即使是这样还是不行，我总是被监工赶跑。我一是瘸了腿，走不快；二是东西重一点就搬不动。何况我还老是要突然发病，也不知到底是老伤发炎呢，还是得了什么要命的病。

“过了一阵我又到南边一带的银矿去，想在那儿找点活儿干，可是处处碰壁。我这样的人也好用？矿上的经理根本连考虑都不考虑。还有那班矿工，更是恨不得把我揍死。”

“那是什么缘故？”

“唉，我看大概是人的本性使然吧。他们看我只有一只手可以还手嘛。这种人品质差、血统杂，多半是黑人和赞博①。还有就是那些东方来的苦力，那可真是够狠的！我后来终于受不了了，于是就离开了那儿，漫无目的地到处流浪；到哪儿算哪儿，总希望有一天能有奇迹出现。”

“到处流浪？瘸着这么条腿到处流浪？”

他抬起头来，突然屏住了气，一副可怜相。

“我……我肚子饿哪。”他说。

琴玛微微别转了头，一只手托着下巴。牛虻默然片刻以

① 黑人和印第安人的混血儿。

后，又说了起来，愈说声音愈低：

“是啊，我到处流浪，流浪，流浪到简直快要发疯了，可还是一无结果。我一直流浪到了厄瓜多尔，可是到了那儿情况越发糟糕了。我只能有时替人补补锅——补锅的手艺我还有两下子——有时替人跑跑腿，有时替人出出猪圈，有时我……唉，我也说不上自己到底都还干了些啥。后来，终于有一天……”

那只又细又黑的手突然在桌子上攥紧了拳头，琴玛抬起头来，担心地瞅了他一眼。他当时正好是侧着脸儿，所以琴玛看得见他太阳穴上有根青筋在那儿搏动，好似锤击，一下下又急又乱。她就探过身去，拿手在他的胳膊上轻轻按了按。

“别再说下去了吧，已经让你说得够难受的了。”

他犹豫不定地盯着琴玛的手瞅了好一会儿，摇了摇头，还是一个劲儿说下去：

“后来有一天我遇上了一个走江湖的杂耍班子。你还记得一天晚上见到的那个班子吧；对，就是那样的班子，只是还要庸俗，还要不堪。赞博跟这里的佛罗伦萨人是不一样的，佛罗伦萨人好歹总还有点教养，赞博却就是要恶俗的才喜欢，要野蛮的才喜欢。当然还少不了要斗斗牛啦。晚上他们在路边宿了营，我就上他们的篷帐里去乞讨。唉，那天天气又热，我又是饿得半死，因此……我刚到篷帐门口就昏了过去。我那时候往往动不动就会突然昏过去，就像寄宿学校里的女学生束胸束得紧了点一样。于是他们就把我抬了进去，喂我喝了点白兰地，拿东西给我吃，总之给了我种种照料；后来……到了第二天早上……他们就向我提出……”

话又停了一下。

“他们要一个驼背，至少也得要一个有些畸形的人，好让孩子有个扔橘子皮、扔香蕉皮的对象……好去逗那些黑人发笑……你那天晚上看到那个小丑了，不瞒你说，我就当过那个角色……当了两年呢。我看你对黑人和唐山佬是心怀同情、挺讲人道的。可是且慢，等你受过了他们的摆布，你也许就未必了！

“好，这样我就学会了演把戏。我这样的畸形还够不上他们的要求呢，好在他们有办法，他们给我装了个假驼背，又在我这瘸腿坏胳膊上做足了文章……那些赞博也不是要求很高的，他们只要能有个活人活兽什么的供他们活活折磨，也是很容易满足的——那丑角的一身打扮也起了很大的作用。

“唯一的难题，就是我常常要害病，上不了场。有时碰上班主肚子里有气，即使我疼痛发作，他也非要我上场不可；逢到这样的演出，我看观众的反应最热烈了。我记得有一次，我演了一半突然痛得一下子昏了过去……等到我苏醒过来，只见四周围满了观众……都叫好啊，欢呼啊，还往我身上扔这扔那……”

“别说了！我实在听不下去了！求求你，别说了！”

她说着双手把耳朵一捂，站了起来。牛虻立刻住了口，抬头一看，见她眼里闪烁着泪花。

“真该死，我这个人怎么会这样糊涂！”他悄悄吐出了一声。

琴玛走到屋子那头，站在那儿，两眼望着窗外。过了不大一会儿，她回过身来，见牛虻又已一只手掩着眼，靠在桌子上了。他显然已经忘了还有她在跟前，琴玛也就没有开口，到他身边坐了下来。默然良久，她才慢慢地说道：

“我想请问你一件事。”

“什么事？”人却纹丝不动。

“你怎么没有自寻短见呢？”

他抬起眼来，一脸严肃中透出了惊异。“我真没有料到你会问出这样的话来，”他说，“真要那样的话，我的事业怎么办？我的事业谁来替我完成？”

“你的事业……啊，我明白了！你刚才还谈到成了个胆小鬼什么的；依我看呀，如果你经历了这样的苦难而仍然矢志不移，那你真是我这辈子见过的最最勇敢的一个人了。”

他又捂住了眼睛，另一只手激动地紧紧握住了她的手。两个人相对无言，长久的沉默似乎没有个尽头。

突然下面的花园里响起了一个充满青春活力的清脆的女高音，唱的是一支蹩脚的法国歌曲里的一段：

“嗨，皮埃罗！来跳舞呵，皮埃罗！
快来跳个舞吧，我可怜的让诺！
跳舞作乐最最妙！
青春正好且自逍遥！
别看我哭泣叹息，
别看我愁容满面——
先生，我这是跟你开玩笑！
哈！哈，哈，哈！
先生，我这是跟你开玩笑！”

一听到这歌声，牛虻马上把手从琴玛的手上抽了回来，身子也跟着打了个闪缩，要不是他强自忍住，还真会吐出一声哼哼来。琴玛连忙用双手抓住他的手臂，死死按住，就像动外科手术的时候按住了一个病人的手臂似的。后来歌声中断了，从花园里又传来了一片笑声和喝彩，牛虻抬起头来，一副眼神有如一头受够了折磨的猛兽。

“没错儿，是齐塔，”他的话是慢慢吐出来的，“还有都是她那帮当军官的朋友。那天晚上就在里卡尔多来我这儿以前，她就想进我这房门。当时她要是碰我一下，我非疯了不可！”

“可她哪儿会知道呢，”琴玛委婉地表示了不以为然之意，“她哪儿会想得到自己使你这样难受呢。”

“她就像克里奥尔人[①]，”他说着不觉打了个寒噤，“你还记得那天晚上我们把那个流落街头的娃娃带去时她脸上是怎么个表情吗？那班混血儿笑起来就是这样的表情。”

从花园里又传来一阵大笑。琴玛起来打开了窗子。只见齐塔头上围一条金丝绣花的围巾，一副无限风情的样子，正站在花园里的小径上，高高地举起了一束紫罗兰，三个青年骑兵军官似乎就是在争夺她手里的那束鲜花。

“雷尼小姐！”琴玛喊了一声。

齐塔的脸色马上一沉，有如罩上了一片乌云。“什么事，夫人？”她转过身来，两眼一抬，一副挑战的神态。

“请你的朋友说话稍微轻一点好不好？里瓦雷斯先生觉得很不舒服呢。”

那吉卜赛姑娘扔下了手里的紫罗兰。“Allez-vous en!”[②]她猛一转身，冲着那几个吃了一惊的军官说。“Vous m’ embêtez,

① 在南美，一般指欧洲人后裔同黑人的混血儿。
② 法语：“给我滚！”

messieurs!"[①]

她慢吞吞出了花园，进了小巷。琴玛也把窗关上了。

"他们都走了。"她回过身来对他说。

"谢谢你。真……真对不起，麻烦你了。"

"麻烦倒也说不上。"他马上察觉出她这话说得有些欲言又止。

"'不过'什么？"他说，"太太，你这话还没有说完哪；你心里分明还有个'不过'，却没有说出来。"

"既要揣度人家的心思，那看出点什么来就千万不能生气。事情呢，自然是跟我不相干的，不过我实在不明白……"

"我怎么会这样讨厌雷尼小姐，是不是？其实那也只是碰到有些时候……"

"不，你既然这样讨厌她，怎么竟又愿意跟她同居呢？我觉得这是对她的一种侮辱，不但是对她这么一位女性的侮辱，而且还是……"

"一位女性？"他突然发出一阵刺耳的大笑，"难道你心目中的女性就是**这样**的？'太太，你这是跟我开玩笑！'[②]"

"你这话也说得太不像话了！"她说，"你怎么能把她说成这样呢，这话对谁说都不行——更何况是对另一位女性！"

牛虻背过脸去，躺在那儿，睁大了双眼，望着窗外快要下山的太阳。琴玛不想让他看落日西沉，就关上了百叶窗，拉上了窗帘，自己到另一扇窗子跟前，靠着桌子坐下，重又拿起毛线来编结。

过一会儿她问了声："要不要把灯点上？"

---

① 法语："先生们，我讨厌你们！"

② 这是即景生情仿齐塔所唱的那支法国歌说的。

对方把头摇摇。

终于屋子里黑得看不见了，琴玛就把活计卷拢，在篮子里放好。好一阵子她就坐在那里，合拢了双手，不声不响地看着牛虻纹丝不动的身影。薄暮的微光映在他脸上，似乎消融了脸上那冷酷中带着讥诮的、自以为是的神气，却使嘴边那一道道悲哀的皱纹镂刻得更深了。忽然一阵心血来潮，带动了她的联想，她清晰地忆起了她父亲为纪念阿瑟而立下的一个十字形石碑，记得那碑文是：

“你的惊涛骇浪一阵阵都曾在我的身上卷过。”

一个小时过去了，沉默始终没有打破。她终于站起身来，轻轻走了出去。一会儿端了一盏灯回来，她只当牛虻已经睡着，一时就没敢过去。可是灯光一落到牛虻的脸上，牛虻却把脸转了过来。

她放下了灯，说：“我替你煮了杯咖啡。”

“先放着吧。请过来一下好吗？”

牛虻一把抓起了她的双手。

“我是在想，”他说，“你说得很对，我生活上是有些乱七八糟，挺丢人的。不过你也不要忘记，值得……一爱的女人，并不是天天都能碰到的；何况我……我一直处境那么艰难。我就怕……”

“怕……？”

“就怕黑暗。有时候到了晚上我就不敢一人独处。身边一定要有个什么才好，得是活生生的……得是摸得着抓得住的。我真怕四外的黑暗，我总觉得黑暗里会有……不！不！我怕的不是这种黑暗，这种黑暗给我的苦恼算得了什么！……我怕的是**内心里**的那一片黑暗。那黑暗里没有哭泣之声，没有咬牙切齿之声，只有沉寂……永远是沉寂……”

他的眼睛瞪得大大的。琴玛听得压根儿就没有动一动，简直连气都不透，一直到他重又开了口，这才松出一口气来。

“你觉得我这番话玄得根本听不懂，是不是？你是理解不了的——理解不了这是你的幸运。我这话的意思是说，如果我就孑然一身过活的话，我是八成儿会发疯的……我劝你不要太主观，不要把我想得太坏了；你大概当我是个道德败坏的好色之徒吧，其实不见得。”

“你的事我不能妄加论断，”她回答说。“我没有受过你那样的苦难。不过……我也经历过相当艰难的处境，只是方式不同而已；我就觉得——不，我可以肯定地说——你要是怕这怕那，一味屈从，结果干出了什么十足够格的残酷事，或是什么不正当、不高尚的事，那将来是一定要后悔的。再大而言之——如果你在这一点上过不了关，那我敢这么说一句：要是处在这位置上的是我，那我就会整个儿完蛋——我就会落到亵渎天主，走上死路。”

他还是抓着她的手没有松开。

“告诉我，”他的声音很轻很轻，“你这辈子有没有做过什么十足够格的残酷事？”

她没有答话，可是头沉了下去，两大颗热泪滴落在他的手上。

“告诉我吧！”他小声说道，情绪激动，手也抓得更紧了。“告诉我吧！我已经把自己的苦恼全都告诉你了。”

“有……有过一次……那是很久以前的事了。偏偏是我最最心爱的人，我却对他干出了这样的事。”

抓着她手的那双手在剧烈地抖动，可是并没有松开。

“他是我们的一个同志，”她又接着说了下去，“我却听信了诬赖他的谣言——谣言是警察当局捏造的，其实也很拙劣，一眼就看得出来。我却把他真当成了叛徒，打了他一个耳光，他就不告而别，投河自尽了。过了两天我才弄清楚他是完全清白的。我这件旧事长留在心里，只怕比你忘不了的痛心经历还要痛心呢。要是做下的错事可以一笔勾销，我情愿把我这只惹祸的右手砍掉。”

牛虻的眼睛里突然飞快闪过了一个危险的信号——这种眼神她以前可是从来没有见到过的。他随即冷不丁偷偷一低头，吻了吻捧着的手。

琴玛往后一缩，一脸惊骇之色。“不要这样！”她叫了起来，那声音让人听着都觉得可怜了。“请你千万不要再这样了！你真叫我寒心！”

“那你杀害的那个人呢，你以为你就没叫他寒心吗？”

“我……杀害……的那个人……？啊，听园子门口，切扎雷总算来了！我……我得走了！”

※ ※ ※

马丁尼踏进屋里，见牛虻孤零零躺在那儿，旁边一杯咖啡始终没有动过。只听他在喃喃自语，痛骂自己，一副有气无力、没精打采的样子，好像骂也不解恨似的。

第九章

几天以后的牛虻，脸色还很苍白，腿瘸得越发厉害了，他走进公共图书馆的阅览室，要借蒙塔奈利红衣主教的讲道集。里卡尔多正在近旁的一张桌子上看书，闻声抬头一看。他对牛虻倒是颇有好感的，唯独对他性格中的这个特点却觉得实在难以容忍——就是：他恨起一个人来，怎么会这样毒得出奇？

“你又要准备给那位不幸的主教开排炮啦？”里卡尔多当下就没好气地问。

“我的老兄，你怎么动……动……动不动就要冤枉人家动……动……动机不良呀？那可断……断断要不得啊。我这是打算写一篇论当代神学的文章，给新……新……新办的报纸刊载。”

“什么新办的报纸？”里卡尔多皱了眉，新的出版法预计就要颁行，反对派打算要出版一份激进的报纸让全城的居民吃一惊，那大概已是一个公开的秘密了；不过话虽如此，正经说这可毕竟还是个秘密。

“反正不叫《骗子日报》就叫《教会日志》呗。”

“嘘——！里瓦雷斯，我们要打扰人家看书了。”

“那好，你就去钻你的外科学吧——你该是在研究外科学吧？——让我也来看我的神……神学书——我研究的是神……

神学。你只管去研究骨折怎么治吧，我不……不……不会来打搅你，尽管在骨折方面我懂得可要比你多……多……多得多了。”

他捧着讲道集坐了下来，一副专心致志、目不斜视的神气。有个图书馆管理员却来到他的跟前。

“里瓦雷斯先生！你好像当年参加过杜普雷探险队，去勘探过亚马孙河的支流吧？我们有件难事，不知道是不是可以请你帮个忙？有位女士来借阅探险队的案卷，正好案卷都送去装订了。”

“她想要查什么呢？”

“只要查两个问题：一是探险队哪一年出发，二是经过厄瓜多尔是什么时候。”

“探险队是 1837 年秋天从巴黎出发的，1838 年 4 月经过基多①。我们在巴西干了三年，这才来到里约②，于 1841 年夏天返回巴黎。这位女士要不要知道各项重大发现的具体日期？”

“不用了，谢谢；只要这两条就行。我都记下了。贝波，请把这张纸条拿去给博拉太太。多谢你啊，里瓦雷斯先生。真对不起，麻烦你了。”

牛虻往椅背上一靠，皱紧了眉头，心里直纳闷。她要查这两个日期干什么呢？探险队经过厄瓜多尔的时候可不就是……

※　※　※

琴玛拿着那张纸条回到家里。1838 年 4 月！……阿瑟可是 1833 年 5 月死的。正好是五年……

---

① 厄瓜多尔的首都。
② 里约热内卢的简称。该地濒临大西洋，当时是巴西的首都。

她在房间里来来回回踱起步来。最近这几天她晚上总是睡不好觉，眼下都有了黑圈了。

五年！……而且又有一个“优裕得只嫌过了分的家庭”……而且又有个他“一向信任的人竟然欺骗了”他……欺骗了他……被他发现了……

她猛然站住，双手捧住了脑袋。这真是见了鬼了……这是不可能的……哪会有这样的事……

可是当时在那海港里打捞得也够彻底的了，却就是捞了个空！

五年……遭那个拉斯克毒手的一年他“还没满二十一岁”……这么说离家出走该是十九岁……他不是说了“头上一年半”这样的话吗……？他怎么也会长着那样的蓝眼睛？他的手指怎么也会那样止不住好动？他对蒙塔奈利为什么又是那样痛恨？五年……五年……

她当时要是得到了他已经投水身亡的准信那倒也罢了……她当时要是亲眼见到了他的尸体那倒也罢了。是那样的话，老伤疤总有一天会不再作痛的，记忆中的往事总有一天会不再使她惊恐不安的。也许再过二十年她也就惯了，回首当年不会再战战兢兢了。

她心里总觉得自己做错了事，为此她的青年时代就都是在痛苦中度过的。她抱着坚定的意志，日复一日、年复一年地跟悔恨的恶魔苦苦搏斗。她时刻牢记自己的工作还来日方长；虽然往事悠悠如阴魂不散，她却总是眼不看、耳不听。日复一日，年复一年，总有那么一具漂流入海的浮尸的影子萦回在她的脑际，不会消失，总有那么个沉痛的声音在她的内心叫喊，难以制止：“我把阿瑟杀害了！阿瑟死了！”有时候她真觉得这种沉重的精神负担简直不是人所能承受的。

可是现在她却只求还能重新压上这副重担，哪怕得少活几年她也情愿。如果是自己杀害了他的话——伤心固然伤心，倒也已经惯了；多少年忍受下来了，如今也不至于会给压垮。可是如果自己逼得他不是投水身亡，而是落到了这步田地……她不觉坐了下来，双手捂住了眼睛。她这一辈子已经由于他的缘故而蒙上了一层阴影，那是因为只当他已经死了！真要是害他吃了这比死还难受的苦，那可怎么好呢……

她咬住牙关，硬着心肠，设身处地一步一步回顾他所走过来的是怎么个苦难的历程。她只觉得一切都真切得有如她亲眼所见、亲身所受：那赤裸裸的灵魂的不能自已的战栗，那比死了还痛苦的讥诮滋味，那寂寞之可怖，那缠绵不愈而成了慢性的难熬的疼痛。真切得有如她就挨着他一起坐在那印第安人污糟糟的小屋里，有如她就跟着他一起在到处受罪：在银矿里，在咖啡地里，在其苦难言的杂耍班子里……

那杂耍班子！……不，别的都想得，就是那杂耍班子千万不能去想；那儿的事，稍微多想一下就可以逼得你发疯。

她拉开写字台的一个小抽屉。抽屉里有几件她始终不忍心扔掉的纪念品，都是纪念一些故人的。她并不喜欢收藏些小玩意儿来寄托自己的感情；不过她的性格也有其脆弱的一面，自己虽然一直严加防范不让这一面冒头，可到底还是作出了一些让步：把这几件纪念品保存了下来。只是一直很能自持，平时是根本不大去看的。

此刻她就把这些东西一件一件取了出来：乔万尼给她的第一封信，停灵时让他拿在手里的一束花，自己那亲生娃娃的一绺头发，还有从父亲墓上捡来的一片枯叶。抽屉的最里边，是阿瑟十岁时拍的一张微型照——他也就只留下了这样一张相片。

她手持照片坐了下来，对着照片上那漂亮而稚气的脸庞细细端详，看着看着，眼前忽然又重新出现了一个有血有肉的阿瑟的面容。脸上每一个细部都是那么清晰！那富于感情的嘴巴的线条，那睁得大大的诚挚的眼睛，那天使般纯真的表情——这一切留在她记忆里的印象都是那么深刻，简直就像他是昨天才死的一样。渐渐的，泪水涌了上来，模糊了双眼，连照片也看不见了。

啊呀，自己怎么能那样想入非非呢！这么个光辉的在天之灵，你却异想天开只当他在世间受尽了惨绝人寰的苦难，实在有点罪过。那一定是天上的神明对他比较偏爱了点，所以就让他英年早逝了！他魂归于冥冥之中，真比仍在人世当这个牛虻要强上一千倍——你看这个牛虻，领带打得一丝不苟，满嘴别有用心的俏皮话，一条舌头尖酸刻薄，还弄了个跳芭蕾舞的姑娘！不！不！自己这完全是想入非非，瞎闹一气。自己都是胡思乱想，在自寻烦恼。阿瑟早就死了。

“我可以进来吗？”门口有个声音在轻轻地问。

她吓了一跳，手里的照片都掉了；牛虻瘸着腿走了过来，捡起照片，交给了她。

“你真吓了我一大跳！”她说。

“真……真对不起。我大概打搅了你吧？”

“哪儿的话呢。我不过是在翻些旧东西罢了。”

她迟疑了一下，还是把小照片又向他递了过去。

“你看看这个人的相貌怎么样？”

他接过照片来瞧，琴玛紧瞅着他的脸，仿佛自己的生死存亡都取决于他的表情如何似的，可是看那表情也不过是有些不大欣赏，一副瞧得挺严格的样子。

“你这是出难题给我做了，”他说，“照片都褪了色了。而且孩子的相一般也不容易看。不过依我看这个孩子长大成人以后是决不会走运的，对他来说倒还是不要长大成人最为上策。”

“何以见得？”

“你看那下唇的轮廓哪。那……那……那表明他的性格特征就是：受到痛苦就深感痛苦，受到委屈就深感委屈。天地虽大，就是容……容……容不下这样的人。这个世道，要的就是只知道工作，却什么都浑然不觉的人。”

“你觉得照片上的孩子是不是像你认识的什么人？”

他就把相片再仔细点看了看。

“对了。好奇怪呀！果然像一个人，像极了！”

“像谁？”

“蒙塔奈……奈利大……大……大主教呀。也不知道这位至贤至圣的主教大人是不是有侄儿？那么我倒想请问，这照片上的人到底是谁呀？”

“就是我上一天跟你谈起过的那个朋友，这是他小时候拍的照片……”

“就是叫你杀害了的那个？”

她脸上的肌肉禁不住抽搐了一下。这几个血淋淋的字，看他说得多轻巧、多满不在乎！

“对，就是叫我杀害了的那个——假如他真是死了的话。”

“怎么？”

她死死盯着他的脸看。

“我有时候总感到怀疑，”她说，“怎么人死了尸体会找不到呢？说不定他也跟你一样离家出走了，到南美去了呢。”

“但愿不是如此。真要那样的话，你会难受一辈子的。我年轻的时……时候没……没……没少打过狠架，让我送去见阎王的人恐怕也不……不止一个；可我要是害得人……人家去了南美，有了这么个疙瘩在良心上，那我是连晚上睡觉都睡不安生的……”

琴玛两手合握，抢前一步，打断了他的话：“这么说，如果他并没有投水而死的话——如果他也跟你一样历尽风浪挺了过来的话——那依你看他是不会回来言归于好的啦？依你看他是绝对不肯捐弃前嫌的啦？别忘了，我也不是没有付出代价的。你瞧！”

她把披在额前的浓浓的鬈发往后一撩。只见乌黑一片之中露出了不小的一绺银丝。

好半天谁也没有作声。

后来牛虻终于缓缓说道：“我看，已经过去的人还是就让他们过去了吧。有些事情要忘却也确实不容易。不过要是我处在你那位亡友的地位，我倒情愿就永……永……永远做个亡灵算了。做了个鬼再现形，总是好看不了的。”

她把照片重新放进抽屉，上好了锁。

“你这套理论也太冷酷了，”她说，“好了，我们还是来谈谈别的吧。”

“我今天来，是有件正经事想跟你商量一下，不知道是不是可以——这件事我只能跟你私下商量：我心里正在酝酿一个计划。”

她拉过一把椅子，靠着桌子坐了下来。

“你对草拟中的新闻法是怎么个看法？”他一开头就说，

平时的那种结结巴巴全都没有了。

“你问我怎么个看法？我的看法是，这种东西是不会有多大价值的，不过半块面包总比没有面包强。”

“那当然。本地一些好心的人们正在纷纷准备创办新报，那你是不是打算去给哪家报纸工作呢？”

“我有这个打算。报纸创办之初，总有许多实际工作要做——比如印刷啦，安排发行啦，还有……”

“你这样浪费自己的聪明才智，打算要浪费到哪一天呢？”

“怎么说是‘浪费’呢？”

“因为这明摆着是‘浪费’嘛。你自己也很清楚，论脑子，跟你一块儿工作的那班男士绝大多数要比你差远了，可你却让他们把你十足当苦工使，当打杂的使。论才智，你要远远胜过格拉西尼和盖利，跟你一比他们真不啻是两个小学生，可你倒像个印刷所里的学徒，整天就替他们改校样。”

“首先，我也不是一天到晚就替他们改校样；其次，我觉得你对我的智力程度未免言过其实。我决没有你想象的那么聪明。”

“我不是说你就有多么聪明，”他还是很平静地说，“可我就是觉得你有头脑、有识见，那要比聪明重要得多。委员会开那种枯燥的会议，大家的发言里有什么违反逻辑之处，总是你给指出来的。”

“你这就小看人家了。比如马丁尼，他就有很严密的逻辑头脑，法布里齐和莱加的才干也是无可置疑的。再如，格拉西尼在意大利经济统计方面的知识之渊博，怕也是这个国家里哪个官老爷都比不上的。”

“可这也说明不了多少问题呀；好了，管他们才干不才干的，不谈他们了。不过事实还是摆在那里，以你那样的才能，明明可以去做重要些的工作，去担当负责些的职务。”

“我对我目前这样的状况已经非常满意了。我眼下所做的工作也许并没有很大的价值，但是我们大家都是各尽所能。”

“博拉太太，你我已经走得够远的了，不要再演戏般的尽自一个恭维、一个谦让了。请老老实实对我说了吧：你是不是承认，你此刻用足了脑筋所做的工作，换了能力不如你的人来做也照样能担当得了？”

“既然你逼着我回答，那好吧——我承认是这样，在一定程度上是这样。”

“那你为什么还听任这种局面继续下去呢？”

“因为……我也是没有法子。”

“为什么？”

她带着责备的目光抬起眼来。“你这也未免有点不礼貌了吧——怎么可以这样硬逼着我说呢。”

“可我还是一定要请你告诉我到底为了什么。”

“既然你非知道不可，那好吧——因为我的生活已经给砸得破破碎碎，我如今也没有精力再去开创什么**伟大**的生活了。我大概就配做一匹革命的拉车老马，为党做一些平凡乏味的工作。反正我也做得勤勤恳恳，再说，这样的工作也总得有人来做。”

“是得有人来做，可也不是非得一个人一包到底不可呀。”

“我大概也只配做这样的工作了。”

他乜斜着眼睛冲她看，一副莫测高深的样子。一会儿她抬起了头来。

“我们说来说去又说到那个老话题上头去了；今天不是说

好要谈点正经事吗。我可以明白告诉你，你说我本来干这个有多好，干那个有多好，那你说也都是白说。我如今再也不会去干那样的事了。不过你要是有什么打算，我倒也许可以帮你出出主意。你有什么打算？”

“你刚才还说我有什么想法说也是白说，现在倒又问我有些什么想法了。我的打算，不只需要你帮我出出主意，还需要你帮我去办。”

“先说给我听听，等我听完了我们再商量。”

“你先告诉我，你有没有听说过威尼西亚[①]正在计划发动起义？”

“自从大赦令发布以来，我耳朵里就尽听见某某地方在计划发动起义，圣信会在搞什么什么阴谋，对不起，对这两种消息我现在都一样表示怀疑了。”

“我也一样，一般都不大敢相信；不过我说的这个消息不一样，据说那儿整个省里的老百姓都起来反抗奥地利人了，确确实实在认真准备起义了。教皇国里——特别在那四个教省里——有许许多多年轻人都在暗暗准备，打算越境到威尼西亚去，自愿去参加那里的起义队伍。听我在罗马涅的朋友说……”

“我想问你一句，”她忽然插进来说，“你的这些朋友真的都很靠得住？”

“当然真的。我跟他们都是有些交情的，而且都还在一起共过事。”

“就是说，他们也都是你所入的那个‘帮会’的成员咯？

① 威尼西亚在意大利东北部，本是一个独立的共和国（或称威尼斯共和国）。1797 年为拿破仑占领，后又转归奥地利统治（所以下文称“省”）。

请原谅我这爱怀疑的脾气，我对于秘密会社里来的情报总是有点不大相信。我总觉得，人的习性……”

“谁告诉你我入了‘帮会’啦？”他厉声打断了琴玛的话。

“不是谁告诉我的，那是我自己猜的。”

“好哇！”他往椅背上一靠，瞅着她直皱眉。过了会儿才说：“你经常猜人家的私事么？”

“常猜。我很注意观察别人，而且养成了分析归纳的习惯。我把话先跟你说明白，今后你要是有什么事不想让我知道，可得自己防着点儿。”

“只要知道了不外传，我的事让你知道了也没关系。我想这件事大概总也不会……”

她一昂头，惊异的神态里带着点儿不快。“这还用问！”她说。

“当然我知道对外人你是什么都不会说的，不过我想对你党里的成员你会不会……”

“党里的事都要以事实为依据，跟我个人的猜测和想象是不相干的。这件事我自然也从来没有跟谁提起过。”

“谢谢。那你是不是也猜过，我入的是哪个帮会呢？”

“我但愿——我直话直说，你千万不要生气啊；别忘了这个话头可是你自己提出来的——我但愿你入的不是‘刀客会’。”

“你为什么那样想呢？”

“因为你那是高人低就了。”

“这么说我们大家都是高人低就了。刚才说起你，你自己不也是这样的吗？不过，我入的可不是‘刀客会’，而是‘红带会’。这个组织比较稳重，在工作态度上也比较认真。”

“你指的是捅刀子的工作？”

“工作多了，那也是一件。刀子自有它的妙用，但是刀子如果没有大规模扎实的宣传工作做后盾，也发挥不了作用。我所以不赞成‘刀客会’，原因也就在这里。他们以为凭一把刀子就可以解决人世间的一切问题，那就错了。刀子可以解决很多问题，可也不是包治一切的万应灵药。”

“你真相信刀子也解决得了问题？”

他吃惊地对琴玛看看。

“当然啦，”琴玛又接下去说，“有时出现了一个狡诈的奸细或万恶的官员，刀子的确可以把由此而引起的实际麻烦暂时消除；但是，除掉了一个麻烦，是不是又会产生更大的麻烦，那还是个问题。我觉得这就像寓言里说的，把屋子打扫干净，装饰一新，却反而又多招了七个鬼来[①]。你暗杀他们一个，警察反而会愈加凶恶三分，老百姓对暴力和残忍也渐渐都看惯了，弄到最后社会秩序也许反倒比先前更不好了。”

“今后革命的时机一朝到来，你说会是怎么个局面呢？到那时难道还能让老百姓依旧对暴力看不惯？斗争毕竟是斗争。”

“是啊，不过公开的革命那又是另一码事。那在人民的生活中只是一个短暂的时刻，那是我们为了全人类的进步不得不付出的代价。可怕的事情当然有，凡是革命，发生这样的事情都在所难免。不过那都是些孤立的事件——是非常时期的非常现象。这种拿刀子乱杀人的行径则不然，那坏就坏在已经形成了一种习气。老百姓已经渐渐把这种行径看作了家常便饭，人

① 《圣经·新约·马太福音》12 章 43—45 节引了耶稣的一段话：“污鬼离了人身，就在无水之地，过来过去，寻求安歇之处，却寻不着。于是说，我要回到我所出来的屋里去。到了，就看见里面空闲，打扫干净，修饰好了。便去另带了七个比自己更恶的鬼来，都进去住在那里。那人末后的景况，比先前更不好了。”琴玛的话借用了这个典故。

的生命神圣不可侵犯的观念在他们已经变得淡薄了。我是不大到罗马涅去的，对当地的民情也所见不广，但是就凭我的点滴见闻，我已经得出了一个印象，就是他们对于暴力，已经都习惯成自然了，至少也都快要习惯成自然了。”

“即使如此，比起俯首帖耳、惟命是从、习惯成了自然来，那总该强得多吧。”

“我看不见得。习惯成了自然，总是不好的、盲目的，特别是这种习惯，更是残忍的。当然，如果你认为革命者的工作只是要向政府当局争取某些有限的让步，那你必然会觉得秘密会社和刀子不失为两件最好的武器，因为叫各国政府最最心惊肉跳的就莫过于这两者。但是，如果你也跟我一样，认为迫使政府采纳一些政策本身并不是一种目的，而是达到目的的一种手段，认为我们真正需要改变的是人与人之间的关系，那你就必须换一种工作方式。叫无知的老百姓老是看杀人，怎么能提高人的生命在他们心目中的价值呢？”

“该还有宗教在他们心目中的价值吧？”

“我不明白你的意思。”

他微微一笑。

“我看我们是在这一点上看法有分歧：事情的祸根到底在哪里？你认为根子在于不尊重人的生命的价值。”

“确切点说，是不尊重神圣不可侵犯的人格。”

“随你怎么说吧。可是依我看，我们所以这样糊里糊涂、尽做错事，主要的原因就是精神上有个病，这病就叫宗教。”

“你是不是具体指哪一个教？”

“不是！不是！这个教那个教，只是表面症状表现各有不同罢了。病源都是一个，就是所谓心理的宗教化倾向。这是一种病态心理，只想树立一个偶像崇而敬之，只想拜倒在什么东西的跟前。至于这东西是耶稣，是佛陀，还是一棵当当树[①]，那其实都是差不多的。当然你是不会同意我这个看法的。你是无神论者也好，不可知论者也好，是什么都好，反正我在五码以外便可以感受到你就有一股心向宗教的气质。不过，我们谈论这些实在也没有多大意思。反正有一点你是大错而特错了，你以为我也把捅刀子仅仅看成是剪除万恶的官员的一种手段——其实我的看法是：步步打击教会的威信，让老百姓渐渐看清楚教会的大小爪牙也都是不折不扣的害人虫，那才是这种手段要达到的首要目的，我看也只有这种手段才能最有效地达到这种目的。”

“等到有朝一日你实现了这个目的，等到有朝一日蛰伏在老百姓心底里的兽性被你唤醒了，让你放出去向教会进攻了，那时候……”

“那时候我的事业也就大功告成了，我这一生也就可以无憾了。”

“你那天说起的事业，可就是**这个事业**？”

“对，就是这个事业。”

她打了个寒噤，背过脸去。

“你觉得我让你失望了，是不是？”说着他抬起头来，微微一笑。

“不，没有的事。我是……我好像觉得……对你有点儿害怕。”

过了会儿她才又转过脸来，以她平常谈正事的语调说道：

“我们这样谈下去是不会有什么结果的。我们的观点分歧

---

① 一些黑人部落崇拜的“神树”。

太大了。我的主张是：宣传、宣传、再宣传，等时机成熟，再举行公开起义。”

“那我们还是回过头去谈谈我那个计划吧；我这个计划跟宣传就有点关系，跟起义关系更大。”

“是吗？”

“我刚才不跟你说了吗，罗马涅有好多好多人自愿要去参加威尼西亚人的队伍。我们现在还不知道起义什么时候会爆发。也许要等到秋天或是冬天，不过亚平宁山里的志愿兵必须有武器装备，作好一切准备，一旦令下，就可马上开往平原地带。我所承担的任务，就是把武器弹药偷偷运进教皇国，去给他们……”

“等等。你是怎么会跟这帮人合作上的？伦巴第和威尼西亚的革命党都是拥护新教皇的呀。他们跟教会里的进步组织联起手来，正在支持自由派的改革呢。像你这样一个‘誓死不妥协’的反教会分子，跟他们哪能合得来呢？”

他耸耸肩膀。“只要他们工作还是归工作做，他们喜欢弄个碎布娃娃来玩玩，干我什么事？其实他们也不过是把教皇当个旗号来使。只要起义能够发动起来，他们这么干跟我又有什么关系？照我看，只要能打狗，什么棍子都可以使；只要能促使人民起来打击奥地利人，什么口号都可以喊。”

“你要我帮你什么忙呢？”

“主要是要你帮我把武器运过去。”

“可那叫我怎么干得了啊？”

“只有你干这件事才最合适。我打算在英国购买枪支，可是要运过来困难很大。经教皇国的海港中转是不可能的；只能由托斯卡纳入境，再设法运过亚平宁山脉。”

“这么说，就不是越境一次，而是得越境两次了。”

“对，可是不这样转运不行啊！不搞贸易的港口里怎么能把私货大批运进去呢，要知道契维塔韦基亚[1]港内的全部船只大不了也就是划艇三五条，渔船一两艘啊。我们的货只要一旦运到了托斯卡纳同教皇国的交界处，过界的事就都由我去办好了，我那些弟兄对山里的路都摸得熟透了，而且遇到情况的话我们到处有地方可以隐蔽。不过货总得先由海路运到来亨，叫我最最犯难的就是这一段路，我跟那里的走私贩子没有来往，我相信在这方面你有办法。”

“请让我考虑五分钟。”

她探出了身子，一手托住了下巴，胳膊肘支在膝头上。沉默了好一阵子以后，她抬起了头来。

“你这一部分的工作我或许能帮得上点忙，”她说，“不过我们的话且慢说下去，我有句话要先问你。你能不能向我保证这件事跟谋刺暗杀什么的不会有一点关系？”

“绝对保证。用得着说吗，我晓得你不赞成的事，我也决不会来请你帮忙的。”

“你什么时候要我给你明确的答复？”

“事情是不能多耽搁的，不过给你几天考虑的时间还是可以的。”

“这个星期六晚上你有空吗？”

“我来想想看……今天是星期四，行，有空。”

“那么到时候还是请你来一趟。我好好考虑一下，一定给你一个确切的答复。”

---

① 教皇国西海岸的主要港口，在罗马西北。

※ ※ ※

到星期天，琴玛打了个报告给马志尼党的佛罗伦萨支部委员会，说明她想去从事一项属于政治性质的特殊工作，这样她为党所做的本职工作就要有几个月的工夫无法照常担任了。

看到她这个报告，支委会感到有些意外，不过也并没有表示不能同意；几年来在党内大家都知道她是一个极有见地、可以放心的人；所以支委们的意见很一致：博拉太太会采取这样一个出人意料的举动，那想必是有其正当的理由的。

对马丁尼她直言不讳，说她已经答应了牛虻，要帮他去料理一些“边境上的事情”。她事先就跟牛虻说定了：对她这个老朋友这一点总应该讲清楚，免得两人之间产生误会，或者弄得彼此疑神疑鬼的，在精神上也是一种苦恼。她觉得她应该以此来向马丁尼表示对他的信任。马丁尼听了，当下也没说什么；琴玛看得出这个消息很伤了他的感情，却不知道问题出在哪里。

他们当时是坐在她住所的阳台上，举眼向外望去，近处是一大片红瓦的屋顶，远处可以一直望到菲埃泽利。沉默了好长久以后，马丁尼终于站起身来，手插在裤袋里，脚踩得噔噔响，走过来走过去，嘴里一直在吹他的口哨——在他这是一个明白无误的迹象，表明他内心焦躁不安。琴玛还坐在那儿，盯着他看了一阵。

“切扎雷，你是为了这件事心里很不痛快吧，”过了会儿她终于说了，“为了我的事弄得你这样扫兴，真是抱歉；可我拿主意，总得根据我自己的看法呀。”

“倒不是为了这件事，”他气鼓鼓地回答说，“对这件事我根本不了解，既然你肯答应帮着干，大概总是错不了的。是这个人我觉得靠不住。”

“我看你是误解他了；我先也对他有些误解，后来才了解了他。他这个人决不是十全十美的，但是他身上的优点真要比你看到的多得多呢。”

“很可能。”他不再作声，管自来回踱步，后来却突然在她身边站住了。

“琴玛，快撒手吧！趁现在还为时不晚，快快撒手吧！别叫这个人拖累了你，弄得将来后悔也来不及。”

“切扎雷，”她和婉地说道，“你这话也说得未免有些孟浪了。那根本说不上有谁拖累了我。我是独自静心经过了反复的考虑，才自愿作出这个决定的。我知道，你对里瓦雷斯这个人很不喜欢；但是我们现在谈的是政治，不是谈人。”

“夫人！还是快撒手吧！这个人危险着哪，他诡秘，残忍，不择手段——而且还爱上了你！”

她身子往后一缩。

“切扎雷，你怎么能这样胡思乱想呢？”

“他爱上了你了，”马丁尼却不改口，“夫人哪，你可要少跟他来往呀！”

“亲爱的切扎雷，我不能不跟他来往，这里边的原因我也没法跟你解释。我们已经联结在一起了——那是不由我们自己的愿望，也不由我们自己的行动决定的。”

“既然你们已经联结在一起，那也就没有什么话可说了。”马丁尼不胜疲惫地回答说。

他推说还有事，就匆匆走了，却在泥泞的街上徘徊了几个钟头。今天晚上这世界在他眼里真是乌黑一片。就剩那么一个宝贝——却又让这个奸猾之徒闯进来给抢走了。

第十章

将近二月中，牛虻去了来亨。琴玛介绍他去见当地的一位年轻的英国人。那是个持自由派观点的航运公司老板，还是琴玛夫妇俩当年在英国认识的。他以前也给佛罗伦萨的激进分子帮过几次小忙：他们意外需钱急用时他借过钱给他们，需要个通信处收受党的信件时他让他们使用过他的公司地址，如此等等。不过那向来都是由琴玛出面去找他的，他也向来只是作为琴玛私人的朋友来帮这个忙。所以，按照党内的规矩，对这种关系琴玛完全可以视需要随意加以利用。至于是不是能利用得上，那是另外一个问题。向一个同情自己的朋友借个地址收受西西里的来信，借他账房间里保险箱的一角藏些文件，这是一回事；请他帮忙偷运一批枪支武器去给人家用来造反，那又是另外一回事了。因此这一次能不能得到他的同意，琴玛心里觉得实在没有多大把握。

“你只能去试试看了，”她对牛虻是这么说的，“不过我看你只怕要碰壁。如果你带着我这封介绍信去找他要五百个斯库多[①]，我担保他马上就会捧出来给你——他为人慷慨到极点——你真要有什么紧急情况，他说不定连自己的护照都肯借给你，你要在他地窖里藏一个逃犯他都不会回绝你；可是你要是一提枪支什么的，管保他会两眼对你直瞪，只当我们两个人的神经都出了毛病。”

“不过也没准儿他可以给我一些指点，或者给我介绍一两位能帮得上忙的水手，”牛虻当时回答说，“反正这条路子值得去一试。”

也就在当月月底的一天，他一头闯进了琴玛的书房，身上也并不像平日那样服饰整齐，琴玛一看他的脸色，马上明白他准是带好消息来了。

“啊，你到底来啦！我正觉得有点不放心呢，想你别是出了什么事了！”

“我觉得保险些还是不要写信，可我又不能早点儿赶回来。”

“你刚到？”

“刚到，一下驿车我就直接赶来了。我想顺路先来告诉你一下：事情全解决啦。”

“你是说贝利真答应帮忙了？”

“岂止是帮忙，他简直就把事情全包下啦——打包啦，运输啦——全包下啦。枪支打算就藏在货包里，从英国直接往这儿运，中途什么口岸也不靠。他的合伙人叫威廉斯，是他极要好的朋友，这位先生一口答应，那一头就由他去南安普敦[②]安排货物启运，这一头设法混过来亨的海关则由贝利来想办法。我耽搁了这么久，就是为了安排这个事。此刻威廉斯刚刚动身去南安普敦，我同船一直把他送到热那亚才分手。”

“好一路商量些细节？”

“对，只要我晕船晕得好些，就抓紧时间跟他商量。”

---

① 16—19世纪间流通于意大利的银币。

② 英国南部一个港口。

“你要晕船?”她想起小时候有一次她父亲带她和阿瑟出海去玩，阿瑟晕船晕得好厉害，所以就急忙问。

“我尽管海上的生活过得也不算少了，可还是要晕船，晕得也真够瞧的。不过船到热那亚港，趁船上装货的时候我们还是好好谈了谈。威廉斯你大概认识吧？那真是个好透了的好人，又可靠又通情达理；其实贝利又何尝不是呢。他们两个，都是嘴巴极紧的人。”

“不过我觉得，贝利干这样的事，风险还是极大的。”

“这话我也对他说了，他反倒显出了不高兴的样子，说：‘那又与你何干？’真是这样的人才会说这样的话。我哪怕是在廷巴克图[①]遇到了贝利，也要恭恭敬敬走到他的跟前，跟他说一声：‘你早，英国人。’”

“可我真弄不懂你是用什么法子叫他们点了头的，还有那个威廉斯，我真没想到他也肯帮忙。”

“是啊，他起初执意不肯，倒不是因为怕危险，而是因为这‘哪像是做买卖’呀。不过谈了一阵，我终于把他争取了过来。好吧，下面我们就来具体谈一谈吧。”

※　※　※

牛虻回到自己的住处时，太阳已经下山，花园里围墙上花开正盛的郁李在暮色中看去已是黑黝黝的。他采了几枝，带进屋里。打开了书房的门，不防角落里的一张椅子上跳起一个人来，直冲到他面前，原来那是齐塔。

“啊，费利切，我还当你不来了呢。”

---

① 廷巴克图是非洲马里中部的一座历史名城，位于撒哈拉大沙漠的边缘。此处极言其远，有天涯海角之意。

他本来真想板起面孔尖起嗓门，倒要问问她闯进他的书房里来干什么；可是想起自己已经有三个星期没跟她见面了，他就只是把手一伸，很冷淡地打了个招呼：

“晚上好，齐塔。你身体好吗？”

她仰起脸来，等着他来亲亲，可是牛虻好像并没有看见似的，管自走了过去，拿起一只花瓶就想插起花来。但是就在这时忽然房门大开，他那条牧羊狗像一阵风似的冲了进来，围着他欢蹦乱跳，快活得又是叫又是号。他放下了花，俯下身去把狗轻轻拍了拍。

“啊，‘坏蛋’，你好吗，老伙计？对，是我呢，没错儿。搀搀手吧，做出点好狗的样子来！”

齐塔脸上又出现了那种冷冰冰、气呼呼的神气。

“我们吃饭去了好吗？”她没有一点热情地说，“你不是有信来说今儿晚上到吗，我在家里已经安排好酒菜专候大驾光临啦。”

他急忙转过身来。

“那真是太……太……太抱歉了，其实你又何……何必等我呢！我稍微梳洗一下马上就来。你……你要是不嫌弃的话，这些花就送给你，请用点水养着。”

他踏进齐塔的饭厅时，看见她站在镜子前面，把他送的花拿了一支正往自己的衣服上插。她显然已经打定了主意，一定要管好自己的脾气，所以就拿起一小束红艳艳含苞未放的花蕾，迎着他走过来。

“这花送给你，我替你插在上装上。”

吃饭的时候他一直尽力摆出一副亲切的样子，絮絮叨叨的闲话说个没完，她呢，也总是时时报以嫣然一笑。她今天见他回来，显然是满心欢喜，这倒使他很有点不好意思了；他早已习以为常，总觉得自己跟她是并不生活在一起的，她过的是她自己的生活，她自有跟她气味相投的朋友和伙伴，所以他从来也没有想到过她会想念自己。可是看她此刻心情这样兴奋，可见这阵子她一定觉得够寂寞的。

“我们到阳台上喝咖啡去吧，”她说，“今儿晚上也真够热的。”

“好吧。要不要把你的吉他带上？你说不定还要唱唱歌呢。”

她开心得脸上泛起了红晕，因为牛虻在音乐方面口味很高，向来是不大请她唱歌的。

阳台上沿墙一圈都是阔面的板凳。牛虻挑了个可以把群山一览无余的角落坐下，齐塔却脚踏板凳，去坐在那矮墙上，身子往后一仰，靠在屋面下的一根柱子上。看风景她倒不大希罕，她情愿对牛虻多看上几眼。

“给我支烟抽，”她说，“自你走后，我自问还没有抽过一支烟呢。”

“这主意妙！再来支烟……烟……烟抽，我这份快乐也就十全十美、可以无憾了。”

她探过身去，一本正经地盯着他瞧。

“你是真的觉得快乐？”

牛虻那会活动的眉毛往上一扬。

“当然真的，怎么还会有假？我刚美美地享受了一顿，此刻又有欧洲数一数二的美……美景可以欣赏，回头还有咖啡可喝，还有匈牙利民歌可听。良心，问心无愧；肠胃，运转正常；能够这样，更有何求？”

“我知道还有一样是你求之不得的。”

“是什么？”

“就是这个！”她把一只小纸盒扔到他的手里。

“糖……糖衣杏仁！你怎么不……不早说呢？到我抽了烟才说！”他嚷了起来，一派责备的口气。

“怎么啦，小乖乖！你就不可以抽完了烟再吃吗。喏，咖啡来了。”

牛虻又喝咖啡，又吃糖衣杏仁，一本正经、专心一意地管他受用，活像猫儿在舔奶油似的。

“在来亨喝过了那种蹩……蹩……蹩脚咖啡，再来喝这种地……地道货，那才真叫其味无穷呢！”他又拉起了长腔慢调，还夹着一连串快乐的“呵呵呵”。

“就是！所以你好容易回来了，也该安心留在家里，好好喝你的咖啡了。”

“可我在家也留不了两天哪，明天又要走了。”

齐塔脸上的笑容一下子全没了。

“明天！去干吗？要去哪儿？”

“哎呀！要去两三个地……地……地方呢，有事。”

他跟琴玛刚才经过了商量，决定务必由他亲自去亚平宁山里，找边境上的走私贩子把运送枪支的事具体谈妥。越境进教皇国对他来说是一件极其危险的事情；但是任务要完成，就不能不冒这个危险。

“老是‘有事’‘有事’！”齐塔轻轻感叹了一声，然后放开了嗓音，问道：

“要去很久吗？”

“不用很久；大……大……大概只要两三个星期。”

“一定又是那档子事吧？”她冷不丁问了一句。

“什么‘那档子’事？”

“就是你老是恨不能把命都赔上去的那档子事呀——老是搞不完的政治！”

“那跟政……政……政治关系倒是有一点。”

齐塔把烟一扔。

“你别哄我了，”她说。“你明明是要去冒什么危险。”

“我是要一……一……一头往地……地狱里闯呢，”他懒洋洋地说。“你莫……莫非正好有什么朋友在那边，要把这常春藤给捎去？可那也用……用不到一股脑儿都拉下来呀。”

原来她狠狠一使劲，从柱子上扯下了一把藤蔓，一听这话，就怒不可遏地把藤蔓往地下一扔。

“你明明是要去冒什么危险，”她接着自己的话说，“可你都还不肯老老实实告诉我！你以为我什么都不懂，只配给你糊弄、让你取笑？你总有一天会弄到给绞死，连句告别的话都来不及跟我说。老是政治、政治——我听到政治两字就觉得讨厌！”

“我也很有同……同感，”牛虻说着还懒洋洋打了个呵欠，“所以我们还是谈点儿别的吧——要不你唱支歌也好。”

“那好，把吉他拿给我。我唱什么好呢？”

“就唱那支失马人之歌吧，你的嗓子唱这支歌再合适也没有了。”

她就唱起那支古老的匈牙利民歌来，歌词唱的是一个人先失去了自己的马，继而又失去了自己的家，再后来把自己的心上人也失去了，可他却总有个想法安慰自己：“比不上莫哈奇战场[①]上失去的多。”这支歌一向受到牛虻特别的喜爱；那

① 莫哈奇是匈牙利南部的一个市镇，1526 年匈牙利人被土耳其人战败于此。

种强烈而悲壮的旋律，那反复出现的重唱所表现的坚忍顽强的精神，给他的感动之深，是什么样的软性音乐都绝对无法比拟的。

齐塔的嗓子今天也正好在家，吐出来的歌声刚劲而清脆，充满了那种热烈的生之愿望。她唱起意大利歌曲或斯拉夫歌曲来就不行，唱日耳曼歌曲更要不得，可是唱匈牙利民歌却精彩极了。

牛虻听得睁大了眼睛，掀开了嘴唇；齐塔的歌唱得如此感人，他以前可还从来没有听到过。她唱到最后一句，声音却突然颤抖起来：

“哎，算不了什么！比不上莫哈奇战场上失去的……”

只听得一声抽泣，她的歌声就乍猛的断了，她的脸也埋进了常春藤的叶丛里。

“齐塔！”牛虻站起身来，取过了她手里的吉他。“你这是怎么啦？”

她只是抽抽答答地哭，两手掩住了脸。牛虻轻轻拍了拍她的胳膊。

“告诉我：是怎么回事？”他亲切地问。

“不要来管我！”她一边哭一边往后缩，“不要来管我！”

他一声不响回老地方坐下，一直等到哭声停息。猛可里他觉得自己脖子上是她的胳膊紧紧搂着；一看，原来她就跪在旁边的地上。

“费利切——你不要走！你不能走啊！”

“这个我们就以后再商量吧，”他说着轻轻移开了搂着他脖子的那两条胳膊。“你先告诉我：你什么事这样难受？是不是有什么把你吓着了？”

她默默摇了摇头。

“是不是我有什么惹你伤心了？”

“不是的。”她用手摸了摸他的脖子。

“那又是为了什么呢？”

“你去了会遭到杀害的，”她终于低声说道。“以前有一天，有一个常来这里的人说你这样要惹祸的，这话我听到了——可我事后问你，你总是笑话我！”

牛虻愕然片刻，才说：“我的好孩子，你也未免太多虑了。我很可能有朝一日会叫人杀害——既然做了一个革命党，招来这样的后果也是很自然的事。可是你担心我这就要……要……要遭人杀害，那就太没有道理了。我也没有冒什么特别的危险呀，人家不也都是这样？”

“人家？——人家我管他们干什么？你要是爱我的话，你就不要这样撇下我走掉，害得我晚上睡不着觉，老是担心你会不会给抓起来，有时就是睡着了，也会梦见你已经不在人世。在你的眼里我还真不如你那条狗呢！”

牛虻站起身来，缓缓走到阳台的那一头。今天会出现这样的场面，他一点都没有思想准备，真不知道该怎么回答她好。是的，琴玛说得没错；他生活上是有些乱七八糟，要解开这团纠葛还真得费点儿事呢。

“你且坐下，我们静下心来谈谈，”过了会儿他又回过这边来说，“我想我们之间有些误会；早知道你这么认真，我才不会跟你打哈哈呢。你还是老老实实告诉我，你到底什么事这样想不开；你说了出来，如果这里边有什么误会，我们可以一起来把误会消除。”

“有什么误会可以消除呀！我看得才明白哩，你是压根儿就没有把我放在心上。”

“我的好孩子，我们还是彼此坦诚相见的好。在你我的关系上，我是一直尽力做到老老实实，我相信自己从来也没有欺骗过你……”

“那还有假！你真是老实到了家了，你连装装样子都不干，所以也从来不把我当人，就老老实实把我当个娼妓——在你眼里我就好比旧货店里买来的一只漂亮花瓶，不知道经过多少人的手了……”

“你不要胡说，齐塔！我可从来也没有这样看待过一个有血有肉的人。”

“你根本从来也没有爱过我。”她还是气鼓鼓的，死也不肯松口。

“是的，我从来也没有爱过你。可是你先听完我的话，心平气和点，不要把我想得那么存心不良。”

“谁说我认为你存心不良啦？我……”

“慢一点。我要说的话还没有说呢。我是绝对不信传统的道德准则这一套的，也不愿意遵从这一套。在我看来男女之间的关系纯属个人喜欢不喜欢的问题……”

“还离不开钱哩。”她轻轻冷笑一声，插了这么一句。牛虻皱了皱眉头，迟疑了一下。

“当然，问题是还有这丑恶的一面。不过说真的，如果我当初明知你不喜欢我，或者你对此有什么反感，那我也绝对不会提这个事，或者利用你的处境勉强你这样做了。我这辈子从来也没有对一个女人干出过这样的事，在感情问题上也从来没有对一个女人说过半句谎话。我向你保证，我这说的都是实话……”

他停了一下，可是她却并没有接口。

“我认为，”他于是就又接着往下说，“假如一个男人孤身一人活在世上，感觉到身边需要有个……有个女人，假如他又能够找到一个招他喜爱，而且对他也并不讨厌的女人，那他就应该可以抱着一种感激而又友好的态度，接受这个女人所愿给予他的快乐，而不必采取更紧密的结合方式。只要双方都没有什么歧视、凌辱或欺诈的行为，我看这样的事也并没有什么害处。至于我跟你相识以前你跟其他男人有过这样的关系，那我是从来不放在心上的。我只是认为，这种关系对我们双方都应该是愉快的，不致有什么害处的，任何一方一旦觉得这种关系引起了烦恼，那就完全可以解除这种关系。如果我这话说得不对……如果你对这个问题已经有了不同的看法……那……”

他又停了一下。

“那什么？”她头也不抬，只是轻轻吐出了一声。

“那我就很对不起你了，我向你道歉。不过我这决不是有心的。”

“你横一个‘不是有心的’，竖一个‘我认为’——费利切呀，你那颗心难道是铁打的吗？你难道这辈子就从来没有跟女人谈过恋爱，还看不出我爱你吗？”

他突然感到心头一阵激动。“我爱你！”这句话他已经多少年没听到有谁对他说了。还没等他回过神来，齐塔已经跳起来一把紧紧抱住了他。

“费利切，跟我一起走吧！让我们离开这个可怕的国家，别去管这帮子人，别去管他们的政治！我们跟他们又有什么相干？我们走吧，我们在一起会过得很幸福的。我们就到南美去好了，以前你不就一直在南美住吗？”

一想到南美，他一阵不寒而栗，人也清醒了过来，又控制住了自己。他把齐塔的双手从自己脖子上掰了下来，紧紧握在自己的手里。

“齐塔！我跟你说的这些话，希望你能好好琢磨琢磨。我并不爱你；就是爱你，也不会跟你一起走。我的工作在意大利，我的同志在意大利……”

“另外还有个人在意大利呢，你爱这人才胜过了爱我呢！”她狠命嚷嚷，“哎呀，我真恨不得把你杀了！你关心的不是你的同志，而是……我知道这人是谁！”

“别说啦！”他沉住了气说，“你太激动了，都是胡思乱想，没根没据的。”

“你以为我说的是博拉太太？我才不至于那么糊涂呢！你跟她只谈政治，她也跟我一样，还不在你的心上。我说的是那位红衣主教！”

牛虻浑身一震，活像中了一枪一样。

“红衣主教？”他不由自主地反问了一声。

“蒙塔奈利红衣主教！就是秋天来讲道的那位。你以为我没看见他马车经过的时候你脸上是怎么个神气吗？你当时的面色白得就跟我这条手帕一个样！哎呀，我一提他的名字，看你就浑身都发抖了！”

他站起身来。

“你简直是胡说八道，”他话说得很慢，声音也很轻，“我是恨这位主教的。他是我最大的对头。”

“对头也罢，不是对头也罢，反正你才爱他呢，这世上还有谁及得上他呀！来，你敢不敢正眼瞧着我，说我这话不对！”

他扭过头去，眼睛瞅着阳台下的花园里。齐塔以为自己闯了祸，有点害怕，偷眼朝他望去；他这样默默无语，真有些令人毛骨悚然。过了好半天，她才像个吓坏了的孩子似的，悄悄走到他的旁边，怯生生地拉了拉他的衣袖。他转过了身来。

“你的话对。”他说。

第十一章

“可我能……能……能不能在山里约个地方跟他碰头呢？我到布里西盖拉去太危险了。”

“在罗马涅你到哪儿都是危险的；可是眼下这个时候，你去布里西盖拉倒比去哪儿都安全。”

“为什么？”

“我一会儿就告诉你。你注意别让那个穿蓝茄克的人看见你的脸，那不是个好东西。——是啊，这场大风大雨真是太厉害了；葡萄的收成坏到这样，已经是多少年没有的事了。”

牛虻就摆开两条胳膊，在桌子上一盘，把脸扑了上去，像是累透了，要不就是酒喝多了；那个刚进店来的穿蓝茄克的坏东西把眼光迅速往四下里一扫，看见只有两个庄稼汉在一边喝酒一边谈论年景收成，旁边一个山里人一头扑在桌子上，已经连眼皮都撑不开了。在马拉迪那样的小地方，这种情景是见惯了的；看来那个穿蓝茄克的家伙心里一合计，觉得在这儿偷听是听不出什么名堂的，因为他把酒一饮而尽，就慢悠悠踱到外面店堂里去了。在店堂里，他往柜台上一靠，就跟店老板有一搭、没一搭地攀谈起来，一只眼睛的眼角却还不时向开着的门里边瞟，看看里屋桌上的那三个人。两个庄稼汉还在一边呷酒，一边用当地的土话谈论天气，牛虻则早已鼾声大作，仿佛平生不做亏心事，倒头就能睡大觉似的。

最后那暗探似乎认定了这小酒店里是不会有什么油水的，不值得他再花费时间了。他付了酒账，懒洋洋出了酒店，就信步向小街上走去。牛虻打了个呵欠，伸了伸懒腰，直起身来，好像没有睡醒似的，还用他那麻布外衣的袖子擦了擦眼睛。

“干这种勾当，真是不择手段！”他说着便从口袋里掏出一把折刀，取过桌上的黑面包切下了一大片。“这帮东西最近常来找你们的麻烦吗，米凯莱？”

“比八月里的蚊子还讨厌。叫你简直没有片刻的安宁，你到哪儿都少不了会有个暗探跟在你身边。以前他们是畏畏葸葸不敢冒险上山的，可现在连山里他们也都三三五五结队来了——是吧，吉诺？这次你跟多梅尼奇诺碰头，我们所以要安排在镇上，也就是为了这个缘故。”

“话是不错，可为什么非要挑布里西盖拉不可呢？边陲小镇，哪个不是遍地暗探啊。”

“可眼下的布里西盖拉倒是个再好不过的地方。镇上满是来自全国各地的朝圣教徒。”

“可这镇子又不在什么通衢大道上呀。”

“通往罗马的大路离那儿不算远，复活节去罗马朝圣的教徒顺便到那儿去望弥撒的可多了。”

“我倒没……没……没听说过布里西盖拉还有什么值得一去的。”

“那儿有位好主教呀。你不记得去年十二月他去佛罗伦萨讲道的事啦？就是那位蒙塔奈利红衣主教呀。据说他当时引起了很大的轰动呢。”

“大概是吧，我是一向不去听讲道的。”

“哎呀，你不知道，他是个出名的圣人呢。”

“他怎么会名气那么大？”

“我也说不清。大概是因为他把自己的收入全捐出来了，自己的日子却过得跟个本堂神父差不多，一年不过花上四、五百个斯库多。”

“可不！”那个叫吉诺的人插上来说，“岂止如此呀。他非但把钱都捐出来了，而且还用尽了毕生的精力，对穷人加以照顾，让有病的人都能好好治病，听老百姓有怨诉怨，有苦诉苦，从早要一直听到晚。米凯莱呀，我也跟你一样，对教会里的人员是向来没有什么好感的，可是蒙塔奈利主教大人就是跟其他的红衣主教不一样。”

“唉，我看他大概是个呆子，倒不见得是藏奸！”米凯莱说，“不管怎么说吧，反正老百姓对他崇拜得不得了，最近还刮起了一阵风，就是凡去罗马朝圣的，都要到那儿去弯一弯，求他祝福。多梅尼奇诺想扮成一个小贩，挎上一篮廉价的十字架和念珠装作去赶节。那班朝圣的都很喜欢买这种玩意儿，请大主教摸一摸，带回家去挂在小娃娃的脖子上，说是可以避邪消灾。”

“等等。那我怎么去呢——扮个朝圣的人怎么样？我现在的这身化装，依我看倒是挺……挺相配的；不过还用我在这儿的身份到布里西盖拉去露面，就使……使不得了——万一我给抓了起来，那不是留下了把……把……把柄，连累了你们吗？”

“你不会给抓起来的；我们自有妙计替你乔装改扮，护照也有，一切齐全。”

“装成个什么样的人呢？”

“装成个去朝圣的西班牙老人——那是个改悔了的土匪，

从 Sierras[1] 来的。去年他在安科纳[2]病倒了，我们的一个朋友出于恻隐之心，让他上了一艘商船，送他到威尼斯上岸，因为威尼斯有他的朋友，他为了表示感激之情，就把护照留给了我们。这护照给你用正合适。”

“一个改悔了的土……土……土匪？那警察方面不……不会来找麻烦吗？”

“喔，警察方面没问题！他几年前就已经服苦役期满，从此就飘游四方，耶路撒冷这一类的地方哪儿都去，一心只想为自己的灵魂赎罪。敢情他错认了人，把自己的儿子给杀了，悔恨之下，就去向警察局投案自首了。”

“他年纪很大了吧？”

“是很大了，不过这不要紧，白胡子假头发一打扮，就解决问题，其他的相貌特征跟你处处对得上茬儿，简直天造地设。他本是个老当兵的，跟你一样，一条腿瘸了，脸上还有一道刀疤；而且他又是个西班牙人——你看这有多巧，你要碰上来朝圣的西班牙人，跟他们谈起话来还满像样哩。”

“我跟多梅尼奇诺在哪儿碰头呢？”

“你到十字路口设法混进朝圣者的队伍，十字路口在哪里回头我们在地图上指给你看，你就说你在山里迷了路。你到了镇上，就跟大家一起到市场上，市场就在主教的宫廷前。”

“啊，这么说他居然住起了宫……宫殿啦，不……不是说他是个圣人吗？”

“他只住一个偏殿，其他的宫室都改成医院了。你这么办：你跟大家一起等在那儿，等主教出宫来为人祝福了，这时多梅

---

① 西班牙语：山里。
② 意大利半岛东海岸一个港口。

尼奇诺自会挎着篮子走到你的跟前，说：‘你是来朝圣的吗，老爷子？’你就回答他：‘我是一个受苦的罪人。’然后他就放下篮子，用袖子把脸擦擦，你呢，就拿出六个索尔多，问他买一串念珠。”

“然后他就安排个地方跟我详谈，该是这样吧？”

“正是。那时大家都纷纷争着要看蒙塔奈利，他就尽可以从从容容把会面的地点告诉你。我们的打算就是这样；不过你要是觉得不妥当，我们也可以通知多梅尼奇诺，让他另行安排。”

“不必了，这样很好。只是假胡子假头发要装得像些才好。”

※ ※ ※

“你是来朝圣的吗，老爷子？”

牛虻坐在主教宫门前的台阶上，乱蓬蓬的白发下两道目光往上一扬，粗哑、颤抖的嗓音带着好浓的洋腔回答了接头暗号。多梅尼奇诺脱下了挎在肩上的皮带，把那一篮子祝福用的小玩意儿在台阶上一放。四下里的那许多庄稼人和朝圣者，有的在台阶上坐，有的在市场上转，对他们根本就没有在意，但是为了防备万一起见，他们还是有一句没一句的尽量找些话说，多梅尼奇诺说一口当地的土话，牛虻讲的则是结结巴巴的意大利语，还夹着好些西班牙语里的字眼。

“主教大人来了！主教大人出来啦！”宫门口的人都喊了起来。“让开让开！主教大人来了！”

他们两个都一下站了起来。

“老爷子，给！”多梅尼奇诺把一个用纸包着的小圣像塞在牛虻的手里："这个就送给你啦，别忘了到了罗马也要为我祈祷祈祷啊。"

牛虻接过东西赶紧往怀里一掖，就扭过头去看主教。那位身穿大斋节紫袍、头戴猩红法冠的红衣主教，正站在台阶高处，张开了双臂，在为人们祝福呢。

蒙塔奈利缓步走下台阶，人们都簇拥在他的前后左右，争着来吻他的手。有许多人还跪了下来，趁他走过的当儿捧起他的长袍下摆用嘴去亲。

"祝你们都平安，我的孩子！"

一听到这银铃般的清脆的嗓音，牛虻赶紧把头一低，一头白发都倒披在脸上；多梅尼奇诺见这朝圣老者手里的拐杖在那里直打颤，心里不禁暗暗佩服："做功还真不错哩！"

站在附近的一个女人这时马上弯下腰去，从台阶上一把抱起她的孩子。"来吧，切科，"她说，"主教大人要给你祝福了，当年亲爱的主就是这样给孩子祝福的。"

牛虻往前才走了一步，便抬不起腿了。啊，多难跨的步子呀！倒是这些外人——这些朝圣者和山里人——大家都可以上前去跟他说话，他会一个个在他们孩子的头上按手[①]。他说不定还会对那个农家的孩子唤上一声"carino"，就像以前唤自己那样……

牛虻猛的又坐倒在台阶上，他不想看见，把脸背了过去。他真恨不能找个角落躲起来，把耳朵塞住，连声音都别听到！真的，做人虽说要承受痛苦，可哪有痛苦到这样的——胳膊一伸完全可以碰到那亲爱的手，偏偏就挨得这样近！偏偏就挨得

---

① 主教在教徒的头上按手，称为按手礼，表示祝福。

这样近！

“你不到屋里去歇歇吗，我的朋友？”只听那轻柔的声音说道，“你怕是冷了吧。”

牛虻的心咯噔一下停住了。一时间别的什么都不觉得了，只感到满腔热血往上直涌，憋得难受，连胸膛似乎都要炸开了；一会儿那热血才又带着突突的颤动，火辣辣回流到全身，他于是就抬起头来。高高在上的那双庄重而深沉的眼睛一看见他的脸，突然就变得慈祥起来，满含着神明般的怜悯。

“朋友们，请大家往后让一让，”蒙塔奈利转过脸去向周围的人群说，“我想要跟他说话。”

人们相互咬着耳朵，慢慢往后让了让。牛虻咬紧了牙关，眼盯着地下，坐得一动也不动，感觉告诉他：蒙塔奈利的手轻轻按在他肩头上了。

“你一定遭受过什么巨大的不幸了。我可以帮你什么忙吗？”

牛虻默默摇了摇头。

“你是来朝圣的吗？”

“我是一个受苦的罪人。”

蒙塔奈利的问话碰巧跟接头暗号一般无二，这真是从天上掉下了一根救命稻草，正在走投无路的牛虻急忙一把抓住，脱口而出就作了回答。其实他只觉得那轻轻按在肩头上的手烫得他火辣辣的，人早已禁不住在浑身哆嗦了。

主教把身子俯得再低些，紧挨到他的跟前。

“也许你愿意跟我单独谈谈吧？说不定我能对你有什么帮助呢……”

牛虻这才第一次对蒙塔奈利不躲不闪，正眼相看；他已经又渐渐镇定了下来。

“谈也不济事啊，”他说，“我犯下的这个事是赎不了罪的呀。”

从人群里走出一个警官来。

“恕我冒昧打搅，主教大人。我看这个老头儿脑子有点不大正常。按他的情况还不至于会肇事，他的身份证件也都符合手续，所以我们对他的行动并不加以干涉。他以前犯过一项大罪，所以服过苦役，眼下正在补赎①。”

“那可真是一项大罪呀。”牛虻接着他的话茬说，还慢慢摇了摇头。

“谢谢你，警官，请稍微站过点儿。我的朋友，只要你真诚悔过，没有什么事是赎不了罪的。你愿意不愿意今天晚上到我这里来？”

“主教大人愿意接待一个有杀子之罪的人？”

这句话问得简直带有一种挑衅的口气，蒙塔奈利一听，就像身上吹着了一阵冷风，不觉往后一退，打了个寒噤。

“无论你做下的是什么样的事，天主也决不容我来定你的罪！”他神情严肃地说，“在天主的眼里，我们都一样是有罪的人，我们就是能有一点正义之心，也无非像身上污秽的衣服②。如果你愿意到我这里来，我一定竭诚接待你，但愿天主有朝一日也就会这样来接待我。”

牛虻突然一激动，伸开了双手。

“听着！”他说，“你们是基督徒的，大家都听着！假如有

---

① 天主教徒于悔罪后，须作一定的“善功”，称为“补赎”。

② 《圣经·旧约·以赛亚书》64章6节有云：“我们都像不洁净的人，所有的义都像污秽的衣服。”蒙塔奈利此语，即由此而来，意谓凡人不可与上帝相比，纵有正义之心，比起上帝来也相去甚远。

一个人，他杀死了自己唯一的儿子——杀死了爱他、信他的儿子，他自己的亲骨肉；假如这个人说假话、搞欺骗，因而把儿子送到了死路上——你们想想，这个人不管在人世、在天国，他还会有什么赎罪的希望吗？我已经向天主和世人忏悔了我的罪过，我已经受过了世人给予我的惩罚，得到了他们的释放，可是天主要到什么时候才会说一声‘够了’呢？要怎么样的祝福，才能化解天主对我灵魂的谴责呢？要怎么样的赦罪，才能勾销我犯下的这个罪过呢？”

随后是一片死寂，大家都把眼睛望着蒙塔奈利，只看见他胸前的十字架起伏不定。

最后主教终于抬起眼来，伸过手去作了祝福，只是这手有些发抖。

“天主是仁慈的，”他说，“把压在你心头的重担都卸在天主的御座跟前吧；因为圣经上写着这样一句话：‘忧伤痛悔的心，你必不轻看。’”①

他说完就一转身，到市场上去走上一圈。他这儿站站那儿停停，时而跟人家谈上几句，时而又接过孩子来抱抱。

晚上，牛虻按照圣像包皮纸上写着的地址，来到了指定的会面地点。那是本地一位医生的家，医生本人就是“帮会”里的一个活跃分子。参加这次计划的人多半已经会集在这里，他们见到牛虻时的那份高兴劲儿，也可以向他证明他这个领导人是深得人心的，不过他似乎也已经无需这样的证明了。

“真高兴又见到你了，”那医生说，“可等送走了你我们还要高兴呢。你这次来实在太冒险了，我就不赞成这个计划。今

---

① 这里的“你”指上帝。《圣经·旧约·诗篇》51 篇 17 节：“上帝啊，忧伤痛悔的心，你必不轻看。”

天早上在市场上，警察局里的那帮狗子真的没有注意上你吗？”

“哎呀，他们对我才注……注意呢，不过他们没……没认出我。多梅尼奇诺这事办……办得可真漂亮。可他人呢？怎么没有看见他呀！”

“他还没有来呢。这么说你今天一切都很顺利啦？主教大人给你祝福了吗？”

“祝福？嗨，他的祝福有什么希罕，”说这话的是正好一脚跨进门来的多梅尼奇诺。“里瓦雷斯呀，你真像圣诞节的蛋糕，想不到还很会玩些花样哩[①]。你到底还有多少本事，可以使出来让我们大家开开眼？”

“你在说什么呀？”牛虻懒洋洋地问。他这时早已靠在一张沙发里，正在抽一支雪茄。身上还穿着朝圣老者的那套衣服，不过白胡子假头发已经取下来搁在一边。

“我倒不知道你还这样会演戏。这样动人的表演，我这辈子真还从来没有见过。你简直把主教大人感动得都要落泪了。”

“怎么回事？让我们也听听吧，里瓦雷斯。”

牛虻耸耸肩膀。他此刻的心情真不想多开口，更无意说闲话，大家看从他嘴里是挖不出什么来的了，于是就请多梅尼奇诺讲讲。多梅尼奇诺把市场上的那一幕给他们一说，大家都听得哈哈大笑，唯有一个年轻工人不笑，他冷不丁说道：

“那妙是妙极了，可我不明白，演这出戏到底能有些什么好处呢？”

“有这么个好处，”牛虻插进来说，“就是这样一来，我在这一带就可以要去哪儿就去哪儿，要干什么就干什么，无论男

---

① 西方人的习俗，常在圣诞蛋糕里藏些礼物，给吃到的人一个惊喜。

女老少，谁都不会对我起什么疑心。今天这事一传开，到明天就无人不晓了，我要是碰到暗探的话，暗探也就不会疑心了：'原来是在市场上忏悔罪过的那个疯老头地亚哥。'这就是一个好处，不是吗！"

"原来如此，我明白了。不过，事情总是有点遗憾，你要是能别去戏弄主教大人就好了。这么个好人，怎么能跟他开那样的玩笑呢。"

"我也觉得他这个人看来似乎还是相当不错的。"牛虻懒洋洋应了一句。

"你别胡扯了，桑德罗！我们这儿根本就不想要什么主教大人！"多梅尼奇诺说，"再说蒙塔奈利大人当初明明有机会到罗马去干他的美差，他要是去了的话，今天里瓦雷斯也戏弄不到他的头上了。"

"他是因为不愿意抛下这里的工作，所以才不去的。"

"更可能是因为他不想叫拉姆布罗斯契尼手下的奸细给毒死。他们跟他有什么仇恨，这是肯定无疑的。一个红衣主教，特别是这么个有声望的红衣主教，会'宁可留在'这样一个偏僻局促的小地方，其中的奥妙明眼人一看便知——你说是吗，里瓦雷斯？"

牛虻正在那里吐烟圈。"只怕问……问……问题在于那颗心是一颗'忧……忧……忧伤痛悔的心'呢，"他一边说，一边高高地仰起了脑袋，看着烟圈飘然散去。"好了，伙计们，我们还是谈正经的吧。"

他们于是就开始详细讨论事先拟出的各种计划，中心就是怎样把武器秘密运送过来，找地方藏好。牛虻听得非常细心，不时插上几句，凡有说得不精确的、想得欠周到的，他都要不客气地加以纠正。等大家都说完以后，他又提出了几条切实可行的建议，多半没有经过什么讨论就通过了。随后会就散了。会上还作出了决定：深更半夜开会容易引起警察的注意，今后应注意避免，至少在牛虻安全返回托斯卡纳以前这种深夜会议不应再开。到十点稍过，大家都散了，只留下医生、牛虻和多梅尼奇诺三个人，再开个小组会讨论一些具体问题。小组会争论得很激烈，而且一争就是好半天，后来多梅尼奇诺抬头看了看钟。

“十一点半啦，我们绝对不能再待了，不然要被巡夜人撞上了。”

“巡夜人平日什么时候过这儿?”牛虻问。

“十二点前后，我得赶在他没来的时候快些回家了。再见了，乔尔达尼。里瓦雷斯，我们一块儿走怎么样?”

“不了，我看还是分开走比较安全。那么我们是不是还该见一次面呢?”

“好，就在波伦亚堡碰头吧。到时候化什么装我现在还很难说，反正你听暗号就是。你明天大概就要离开这儿了吧?”

牛虻正对着镜子，把假胡子、假头发用心装上去。

“明天早上，随那支朝圣的队伍一起走。到后天我就装病，找个牧羊人的小屋留下，然后再翻山抄近路走。你瞧着吧，我管保比你先到。再见!”

牛虻走到大谷仓，大教堂钟楼上的钟正敲十二点。谷仓空着，正好开放供朝圣者作了宿处。牛虻朝门里晃了一眼，只见满地都是横七竖八的人影，多半已经睡得鼾声大作。屋里空气又闷又臭，叫人受不了。他厌恶得浑身一震，赶紧退了回来。去睡在这种地方，哪里能睡得着觉呢！他还是去散会儿步吧，回头再找个小棚子或者干草垛歇歇，总得干净点儿、安静点儿才行。

今天夜色真好，大大的一轮满月在紫色的天空里泻下一派清辉。他穿街过巷信步走去，回味着早上的情景只觉得凄苦难言，心里后悔真不该同意多梅尼奇诺的建议，把会放在布里西盖拉开。如果他一开始就斩钉截铁表示这个方案过于危险，这个会早就另找别的地方开了，他和蒙塔奈利也就用不到来演出这场可笑又可惨的滑稽戏了。

神父简直变了个样了！可是他的嗓音却丝毫未变，还跟当年口口声声唤他“carino”时一个样。

大街那头远远出现了巡夜人手提灯的灯光，牛虻赶紧拐进一条弯弯窄窄的小巷。走不多远，一看已经来到了大教堂广场上，一旁就是主教宫的左偏殿。广场上是铺满一地的月光，看不到一个人影；不过他发觉大教堂的边门却没关上。一定是教堂司事忘了关门了。夜都这么深了，教堂里总该不会有人在做礼拜了吧。与其到那闷杀人的谷仓里去睡觉，倒还不如摸进教堂里去睡在长椅子上，明天一早赶在教堂司事来前就悄悄溜出去。即使真要被人发现了，人家自然也只当这个叫地亚哥的疯老头是来做祈祷的，由于躲在个角落里祝告个没完，结果就给关在里边了。

他在门口留神听了会儿，才摸进去，尽管瘸腿不便，还是能走得轻无声息。月光透过窗子，泻落在大理石的地面上，尽是阔阔的一道道。特别在圣坛上，照得真如白昼一样，一切都清晰可见。在祭坛的台阶脚下，是蒙塔奈利红衣主教一个人跪在那儿，头上没戴帽子，双手合握在胸前。

牛虻连忙退回到暗处。要不要趁蒙塔奈利还没看见，就赶快溜走呢？这么办自然是最明智的做法——恐怕也是最厚道的做法。不过再反过来一想，稍微再走近点儿看看又碍得了什么呢？——既然已是四下无人，又用不到还像白天那样去演那种讨厌的滑稽戏，那又何妨过去把神父的面容再仔细看一看呢？他以后恐怕也不会再有这样的机会了——何况这一次他可以不必叫神父看见；他只要放轻脚步，偷偷走过去看一看就成——就再看这一次吧。看过了就回去继续做他的工作。

借着柱影的掩护，他蹑手蹑脚悄悄溜到圣坛的栏杆跟前，在圣坛边上的出入口停下，那儿离祭坛很近。主教的圣座撒下一大片阴影，正好把他罩没，他就伏在黑暗里，连气也不敢透。

“我那可怜的孩子……！天主啊，我那可怜的孩子……！”

这断断续续的低声祝告中透出了无限的绝望，牛虻听得禁不住一阵不寒而栗。接着是一片悲悲切切的干抽泣，只看见蒙塔奈利绞着双手，仿佛身上痛得什么似的。

他真没有想到事态会严重到这个地步。以前他总是狠着心肠向自己担保：“我用不着去操这个心，那个伤口早就愈合了。”如今，经过了这许多年头，真情终于大白在他的眼前，他看到那个伤口原来还是在流血。现在机会难得，要叫伤口马上就好有多容易呀！他只要费一举手之劳——只要上前去说一声“神父，我在这儿呢。”就行。这样连琴玛心上的创伤都可以马上就好——可怜她已经都添了白发了。啊，他只要能够宽恕一切就好了！他只要能够把记忆里那一幕幕难以磨灭的往事统统给抹掉就好了——那个拉斯克，那个甘蔗种植园，那个杂耍班子！世界上哪儿还会有这样的苦恼啊——心里明明愿意宽恕、只想宽恕，却又知道这是妄想——他不可能宽恕，也不敢宽恕。

蒙塔奈利终于站起来了，他划了十字，就转身离开了祭坛。躲在阴影里的牛虻，忙不迭往后退。他只觉得心惊胆战，生怕自己会给看见，生怕怦怦的心跳会被听到，暴露了自己。最后他总算长长地舒了一口气：蒙塔奈利走过去了。离他好近哪，那紫袍都拂到他的面颊了。走过去了，总算没有看见他。

总算没有看见他！……哎呀，自己这是怎么搞的？这可是最后的机会呀，这样的良机是可遇而不可求的呀——可自己却把这样的良机白白放过了。他霍地站了起来，一迈腿闯到了亮处。

“神父！”

他的话一出口，只听自己的嗓音在拱顶下大声回荡，好久才向四下悠悠散去，连他自己也听得满心是怪想联翩的恐怖。他不觉又退回到了那片阴影里。蒙塔奈利站在柱子跟前，一动也不动，听得睁大了两眼，满眼是死亡的惊恐。这个死一般沉寂的场面到底持续了多久，牛虻说不上来；或许只是一眨眼，可也说不定已是很久很久。他只觉得猛然一震，就清醒了过来。蒙塔奈利的身子在打晃了，仿佛快要支不住而倒下似的；他的嘴唇动了，可是起初并没有出声。

“阿瑟！”他终于吐出了声来，声音轻得像耳语。“经书上说得没错，真是苦难深重呵……”

牛虻走了出来。

“原谅我，主教大人！我还以为是哪位神父呢。”

“啊，是哪位朝圣的客人哪？”蒙塔奈利立刻又恢复了镇定，不过看他手上的蓝宝石戒指始终闪烁不定，牛虻知道他还在那里哆嗦。“你需要什么帮助吗，我的朋友？天都这么晚了，夜里教堂是不开放的。”

“主教大人，如果我违犯了什么规矩，请你原谅。我看见大门开在那儿，就进来祷告了：一进来看见有人在圣像前静修，以为是位神父，就等在这儿，想请他给我这十字架祝福。”

说着他就捧出了从多梅尼奇诺那儿买来的白铁小十字架。蒙塔奈利接了过来，又返身回到圣坛上，把十字架在祭坛上稍放了一会儿。

“拿着吧，我的孩子，”他说，“你安心好了，因为天主是宽仁厚道的。到罗马去求天主的仆人圣父大人[①]祝福吧。祝你一路平安！”

牛虻低着头接受了祝福，就慢慢转过身去走了。

“等一等！”蒙塔奈利忽然又叫住了他。

他于是便站住在那儿，一只手还扶在圣坛的栏杆上。

“你在罗马领圣体的时候，”蒙塔奈利说，“请也捎带为一个饱受苦痛的人祷告祷告——他的灵魂已经受够了天主的惩罚，请也为他祷告祷告吧。”

他这话几乎是含着泪水说的，牛虻的决心动摇了。眼看要不了一会儿工夫，他就要露出真情了。可是就在这时候他又记起了那个杂耍班子，于是他也像约拿一样，想起了自己发怒可并没有发错[②]。

“我是个什么人，天主也会听我的祷告？我是个有麻风病

---

① 指教皇。

② 约拿是《圣经·旧约》中的一位先知，《旧约》中并有《约拿书》一卷。据《约拿书》所载，上帝因尼尼微人做恶事，便派约拿去该城，向尼尼微人宣告：再过四十日其城必将倾覆。尼尼微人信而改悔，上帝遂改变初衷，不再降灾。约拿为此而发怒。上帝问约拿：“你这样发怒合乎理么？”约拿说：“我发怒以至于死，都合乎理。”

的[1]，是个被遗弃的人！如果我也能像主教大人这样，向天主陛下奉上自己圣洁的一生——奉上自己清白的灵魂，清白得没有半丝污点，也没有什么亏心事不可告人……”

蒙塔奈利陡地转身就走。

“我可只有一样可以奉献，”他临走丢下了一句，“那就是一颗忧伤破碎的心。”

※ ※ ※

几天以后，牛虻从皮斯托伊亚搭驿车回到了佛罗伦萨。他一到就直奔琴玛的住处，可是琴玛没在家。他便留下一张便条，说自己明天早上再来，这就回自己的家去了。他从心底里希望但愿不要再看到齐塔又闯进了他的书房。她酸溜溜的在他耳边一数落起来，就像牙医生拿了把锉刀在直锉他的牙，今天晚上要是再听上一大顿这样的叨叨，他的神经肯定要受不了。

女仆人一开门，他劈面就问：“你好，卞安卡。雷尼小姐今天来了吗？”

女仆人望着他，莫名其妙。

“雷尼小姐？这么说她已经回来啦，先生？”

“你这话怎么说？”他一下子站住在门前的擦鞋垫上，皱起了眉头问。

“你前脚刚走，她冷不防后脚也走了，家里的东西一点都没带。临走连说都没跟人说一声。”

“我前脚刚走她后脚就走啦？怎么，两……两个星期前就走啦？”

① 意思是大家避之唯恐不及的人。《圣经》中常常提到大麻风病人，蒙塔奈利的讲道里也说到过这个问题。（见第一部第一章）

“是的，先生，就是在一天里走的，家里的东西都乱七八糟扔在那儿，街坊邻舍都当个话把儿说呢。”

他一言不发，转身下了台阶就走，匆匆穿过小巷，赶到齐塔的住处。齐塔的屋里一切都还如旧，自己送给她的各种各样礼物都还摆在原处，哪儿也找不到有留下的信，压根儿没有片纸只字。

“对不起，先生，”卞安卡从门里探进头来说，“有一个老太婆……”

他恶狠狠地转过身去。

“你到这儿来干什么——今天怎么跟上了我啦？”

“有一个老太婆想找你。”

“找我有什么事呀？告诉她，我没……没有工夫见她，我正忙着哪。”

“自打你走后，先生，她差不多天天晚上都要来一趟，总是来问你什么时候可以回来。”

“问问她到底有什……什么事。不，不用了，恐怕还得我自己去。”

老太婆正等在牛虻自己家的穿堂里。她身上穿得破旧不堪，又黑又皱的脸好似一颗欧楂，头上却裹了一条色彩鲜艳的头巾。牛虻一进门，她就站了起来，一双乌黑的利眼盯着他直瞅。

“你就是那位瘸腿的先生吧，”她说着只管拿评头品足的目光把他上下打量。“我替齐塔·雷尼给你捎来了一个口信。”

牛虻推开了书房门，让她进去，自己跟在后边，一进房门就把门关上，免得说话都给卞安卡听见。

“请坐吧。那……那好，快请告诉我你是谁。”

“我是谁这不关你的事。我是特地来告诉你，齐塔·雷尼跟我的儿子跑了。”

“跟……你的……儿子跑了？”

“对，先生；既然你养了个情妇却又没有本事把她留住，那你就别怨人家后生要把她抢走啦。我的儿子血管里流的可是热血，不是牛奶和水。他可是罗姆人[①]的后裔。”

“啊，原来你是吉卜赛人！这么说齐塔是回自己的同族那里去了？”

老太婆瞅着他，又是吃惊又是轻蔑。看来这些基督徒也真太没有骨气了，受了侮辱居然会没有一点气愤。

“你算是什么玩意儿，非得她老跟着你不可？我们族里的女人，有时姑娘年轻一时喜欢，有时许是因为见你舍得花钱，跟上你一阵子也是有的；可罗姆人的亲生骨肉总要回到罗姆人中间来的。”

牛虻还是那么一脸冷峻、不动声色。

“她是跟着吉卜赛人的大篷车队走了呢，还是就跟你儿子在一起过活？”

老太婆哈哈大笑。

“你还想追上去把她给夺回来啊？太晚啦，先生，你早就该想到啦！”

“不，我只是想知道那到底是怎么回事，不知道你肯不肯告诉我。”

她耸耸肩膀：这样逆来顺受不敢出头的人，再骂他又有什么意思呢！

---

① 吉卜赛人常自称罗姆人。在吉卜赛语中“罗姆”是“男人”或“丈夫”的意思。

“那好，事情是这样的；就在你离开她的那天，她在路上遇到了我的儿子，跟我儿子用罗姆话攀谈起来。我儿子见她是同族，尽管看她是一副阔气人家的穿戴，可还是爱上了她那张标致的小脸蛋儿，**我们族里的**男人就是爱标致的小脸蛋儿，于是我儿子就把她带到了我们的营地上。她把一肚子的委屈全讲给我们听了，可怜的姑娘，她哭哭啼啼了好大半天，哭得我们也都为她怪伤心的。我们就对她百般劝解；后来她就脱下了那身阔气的穿戴，换上了我们族里姑娘家的打扮，把自己交托给了我的儿子，从此心甘情愿做他的女人，认他作了自己的男人。我儿子才不会对她说‘我不爱你’、‘我还得干别的大事’呢。年轻轻的女人，总得有个男人才行，可你算什么男人？——人家漂亮的娘儿搂住了你的脖子，你却连跟她亲个嘴都不会！”

他打断了老太婆的话：“你刚才不是说她有个口信让你捎来给我吗！”

“对，大篷车队早就上了路了，我留下来，就是为了给你捎这个口信。她叫我跑来说：你们这帮子人，一味在小事上讲究，要讲感情却一点没有，她算是受够了，她要回到自己的同族人那儿去自由自在了。她还说来着：‘告诉他，我是一个女人，我是爱他的，所以我不想再被他当成个娼妓了。’这姑娘走得对。其实女孩子家能凭自己的美貌赚钱，赚上几个也没有什么大不了的——美貌本来就是赚钱的本钱嘛；可是要说爱啊，一个罗姆姑娘哪儿能爱你们外族的男人呢！”

牛虻站了起来。

“要带的口信就这些了吗？”他说，“那么请你转告她，我觉得她做得很对，我希望她能幸福。我要说的就是这样两句话。再见吧。”

他一直一动不动站在那儿，直到老太婆出了花园，大门关上了，他才坐了下来，双手捂住了脸。

又劈面挨了一个耳光！难道就不能给他留一点点体面——不能给他留一点点自尊？说真的，凡是人类所能忍受的痛苦，他已经什么都受过了；连他那颗心当初都曾任其陷落在污泥里，受尽行人的践踏。他的灵魂没有一处不留着人家鄙夷的烙印，没有一处不留着人家挖苦的创痕。可如今连这个吉卜赛姑娘，这个在路边偶然结识的吉卜赛姑娘，都来了这样一手——连她，都可以来作践他。

“坏蛋”在门外呜呜直号，牛虻赶紧去把它放了进来。那狗一进门就直冲到主子跟前，还像往日那样欢蹦乱跳，表示开心，可是它很快就看出情况不大对头，于是就挨着主子在地毯上躺下，冷冰冰的鼻子嗅到的是懒洋洋的手。

过了一个钟头，琴玛来了。在前门她敲了敲门，却不见有人来开，原来卞安卡见牛虻连晚饭都不想吃，就到隔壁人家跟厨娘聊天去了。前门她没有关上，穿堂里灯也亮在那儿。琴玛等了会儿不见动静，心想还是管自己进去吧，去看看牛虻在不在家，因为贝利捎来了一个重要的信息，她很想把这事儿去跟牛虻说说，她敲了敲书房门，牛虻的声音在里面答应了：“你管你走好了，卞安卡。我这儿不需要什么了。”

琴玛轻轻地开了门。书房里暗得很，不过就在她推门进去的一瞬间，走廊里的灯光也随之而入，长长的一道亮光在屋里一扫而过，她因此看见了牛虻独自一人坐着，头倒垂在胸前，狗睡熟在脚边。

“是我呢。”她说。

牛虻跳了起来。“琴玛！——原来是琴玛！哎呀，我可真是想你呀！”

琴玛还没有来得及开口，牛虻早已跪倒在她的脚边，捧起她的裙子，一把捂住了自己的脸。他浑身打颤，一阵阵抽搐，那情景比号啕痛哭还让人看着难受。

她站着一动也没动。叫她有什么办法呢——叫她有什么办法呢！人世间最痛苦的事，再也无过于此了。若是按她的心意，只要能够替他解除痛苦，她是死了都愿意的——可是现在她却不能不站在一边，眼睁睁看着。她只要敢于弯下腰去，张开双臂把他紧紧搂住，她只要敢于把他贴着心口抱在怀里，不惜用自己的身子充当屏障，不让他再受伤害、遭冤屈，那他就该又是她的阿瑟了，那黑暗就该消逝、天就该亮了。

哎呀，不行！不行！他哪儿能忘得了呢？当初不就是她把他送进了地狱吗？——不就是她的右手一巴掌，把他送进了地狱吗？

可是她已经把良机错过了。只见牛虻急忙忙站了起来，走到桌子跟前坐下，一只手掩住了眼睛，嘴唇简直都快咬破了。

过了会儿他抬起头来，平静地说：

“我大概叫你受惊了吧。”

她把双手一齐向他伸去，说道：“亲爱的，难道凭我们现在的友情，你对我还一点都信不过？请问你这到底是怎么啦？”

“没什么，个人有点不愉快的私事。不要紧的，不劳你操心。”

“你听我说一句，”她说着捧起他一只手，用双手抓住，免得它再一阵阵打颤。“凡是不该我插手的事情，我是从来不去插手的。可你既然已经心甘情愿，都给了我那么大的信任，那你是不是还可以把这信任再多增一分呢——你就把我当成亲妹妹，像信任亲妹妹一样信任我不好吗？脸上的伪装摆在那儿倒还不妨，只要你觉得这样心上可以踏实些，可是灵魂是千万伪装不得的，这是为了你自己的好！”

他的头耷拉得更低了。“你对我可得耐心点才行，”他说，“我这个哥哥，恐怕是只能叫你摇头的；可你不知道呢……这一个星期来我简直就像着了魔一样。我觉得又像在南美的时候一样了。魔鬼不知怎么钻进了我的身子，弄得……”他的话突然断了。

“可不可以让我为你分担一些痛苦呢？”半晌她才低声说。

他的头猛地倒在她的臂膀上。“上天的惩罚我真是受够了。”

第三部

第一章

此后五个星期，琴玛和牛虻忙得团团乱转，一直在超负荷工作，根本没有时间、也没有精力去考虑自己个人的事情。枪支武器虽已平安无事秘密运进了教皇国，接下来还有一个任务却更加艰巨，也更加危险，那就是：要摆脱监视，把这批武器从山洞沟壑里的秘密贮藏地转运到各地的据点，再由各个据点分送到各村。那一带到处都有暗探，受牛虻委托负责运送这批枪械的多梅尼奇诺派人火急送信到佛罗伦萨，要求务必增派人手，要不就放宽限期。牛虻原来规定这个任务务须在六月月中以前完成，但是一则由于路不好，货又重，运送困难，再则由于需要时时躲过监视，横生出了许多麻烦和耽搁，因此把个多梅尼奇诺弄得焦头烂额。他在信上说："我现在真处于两难之间。因为怕被发现，我不敢一味贪快，可是要如期做好准备，我又不能慢慢儿来。现在你只能在两条路之间选择一条：要么马上派些得力的人过来支援，要么去通知威尼斯人：我们要到七月的第一个星期才能准备就绪。"

牛虻把信带给了琴玛。琴玛看信的时候，牛虻坐在那儿望着地下直皱眉头，手在猫的身上一个劲儿地抚，却不是顺着毛理而是逆着毛捋。

"这可怎么好呢，"琴玛说，"我们总不见得叫威尼斯人等上三个星期啊。”

“就是这话。那也太岂有此理了。这个道理多梅尼奇诺应……应该懂……懂……懂得。该是我们跟着威尼斯人的步调走，哪能叫他们跟着我们的步调走呢。”

“我看那也不能怪多梅尼奇诺；他显然已经尽了最大的努力了，总不能逼着他去做办不到的事吧。”

“问题不在多梅尼奇诺身上；问题是他一个人不能做两个人的事。枪支藏在那儿得有专人看管，运送出去得有专人护送，这两头至少都应该各有一个靠得住的人负责。他的意见很对，应该给他派个得力的助手去。”

“可我们又能把谁给他派去呢？我们佛罗伦萨是无人可派。”

“那我只……只能亲自走一趟了。”

她身子往后一仰，靠在椅背上，两眼瞅着他，微微一皱眉。

“不行，那不行；太危险了。”

“既然想……想……想不出别的办法来解决这个困难，那就不行也得行了。”

“不要紧，我们再多想想，好歹另外想个办法就是。反正眼下你是绝对不能再去的。”

他下唇的两角一牵，显出一副倔强的神气。

“我看没……没有什么不能去的道理。”

“你只要平心静气再好好想想，就会明白其中的道理了。你回来才五个星期；当地的警察对你这个朝圣客人还在那里追查哩，他们还在四处搜索，不肯放过一点线索哩。不错，我知道你很会化装，可你别忘了有多少人见过你，有的记得你叫地亚哥，有的记得你是个乡下人；再说，你这瘸腿，你这脸上的伤疤，那可是怎么化装也掩盖不过去的。”

“世界上瘸腿的人多……多的是哪。”

“话是不错，可又是瘸腿，脸上又有一道刀疤，左胳膊又伤成了这样，那样的人在罗马涅终究不多见吧，何况还可以加上一条：是蓝眼睛又配上了那样乌黑的脸膛。”

“眼睛的问题，用颠茄就改得了。”

“可另外几样都改不了呀。不，不行的。你身上挂着那么多特殊的标记，眼下到那儿去等于是睁着眼睛往罗网里钻。你会不叫他们逮住才怪呢。”

“可多梅尼奇诺那儿总得派……派……派个人去支援呀。”

“你要是在这样的关键时刻给逮住了的话，又支援得了他什么呢？你一旦落到了他们的手里，这事可就全完啦。”

然而牛虻这个人可不是好说服的，两个人谈了又谈，还是丝毫没有取得一致意见的希望。琴玛对他的那股牛脾气这才渐渐有了体会：他虽然并不大叫大嚷，却是个死心眼儿，简直就是个一死到底的死心眼儿。要不是琴玛对这个问题态度十分坚决，她恐怕早就让步了，免得两人争吵。可是在这个问题上让步她是于心不安的；她觉得，去走这一趟不会有多少重大的实际好处可得，冒这个险实在不值；她倒禁不住有点疑心：牛虻之所以一心要去，怕不是因为他深信政治上有此必要，不去不行，而是出于一种追求刺激、渴望冒险的病态心理。他已经养成了习惯，动不动就要拿命去拼；琴玛觉得，他总喜欢去冒不必要的危险，简直已经成了一种嗜好，对此必须悄悄地、却坚决地加以抵制。她说了一大堆道理还是没用，牛虻硬是铁了心要一意孤行，于是她只好使出了最后一招。

“得了得了，我们打开天窗说亮话吧，”她说，“是钉就说钉，是铆就说铆。你这样拿定了主意坚决要去，并不是因为多梅尼奇诺有了困难。是因为你自己巴不得想要……”

“胡说！”牛虻忿忿然打断了她的话，“他跟我又有什么！我就是这辈子再也见不到他也无所谓！”

他说不下去了，看琴玛脸上的表情，知道自己已经说漏了嘴。两个人对看了一眼，便都垂下眼去；话里谁也没有指名道姓，可是彼此却都已经心照不宣了。

“倒……倒不是因为我要去救他多梅尼奇诺，”好半晌他才结结巴巴说道，脸都快藏到那猫儿的毛毛里去了，“实在是因为我……我心里着急哪，要是没有人去帮他，这次行动就有失败的危险哪。”

可怜他掩饰得实在很不高明，不过琴玛也并不理会，她还是接着刚才的话继续说下去，好像根本没有给打断过一样：

“是因为你自己巴不得想要去冒险，你才一心要到那儿去的。你心里一烦恼，就只想去冒险，就像那阵子你害了病，就只想吃鸦片一样。”

“鸦片可不是我自己要吃的，”他不服气地说，“那是人家硬要我吃的。”

“也许是吧。你是一向有点以甘于吃苦而自豪的，所以一想到要解除肉体上的痛苦，你就觉得自尊心似乎受到了打击；可是如今你拼着命儿要去解除精神上的烦恼，却又觉得自尊心不是受到了打击，而是更加理直气壮了。其实呀，肉体上的痛苦也好，精神上的烦恼也好，只是大家人云亦云，才觉得其间有个区别罢了。”

牛虻把猫儿的脑袋扳过来，低下了头对着那一对圆圆的绿眼睛直瞅。“你说这话有道理吗，帕什特？”他说，“你的女主人说……说了我这么一大堆坏话，你说这些话有道理吗？难道一定要逼着人家承认‘我有罪，我有大……大罪’？你这个聪明的小东西，你该从来没有要过鸦片吃吧？你的祖先本是埃及的神明，谁也不敢去冒……冒犯它们。可是，别看你现在这样安闲自在，不犯人世间的罪恶，我要是抓住你这只爪子拿到蜡……蜡烛火上去烤，我看你还安闲得了、超脱得了？我看你那时候会不会来问我要鸦片吃？看你会不会？说不定啊——你还想寻死哩。不行啊，小猫咪，我们可不能为了图自己一时的痛快而去寻死。要出出肚子里的气，啐口唾沫、骂……骂上几句，都还不要紧；可是自己伤害自己的事，千万干不得啊。”

“得了得了！”她从牛虻的膝头上把猫儿抱了下来，放在一只搁脚凳上。“这些话题你我以后还尽有时间可以思考。眼前迫切需要考虑的问题是怎样设法解决多梅尼奇诺的困难。什么事，凯蒂？有客人？我这会儿正有事哪。”

“太太，赖特小姐派人给你送来了这个纸包。”

纸包是密封的，包里装着一封信，收信人是赖特小姐，信却没有拆过，上面贴的邮票是教皇国的。琴玛一些旧日的老同学都还住在佛罗伦萨，她一些比较重要的信件往往都寄到她们那里，以策安全。

她把信匆匆扫了一眼，从表面上看信里讲的是亚平宁山区一所寄宿学校夏季班上课的事。她指了指信纸角上的两个小墨水渍，说：“这是米凯莱的暗号。信是用化学墨水密写的；药水放在写字台第三个抽屉里。对，就是这瓶。”

牛虻把信摊平在写字台上，拿一把小刷子在信纸上一刷。纸上赫然显出了一行颜色鲜艳的蓝字，那才是传来的真正的信息；他一看就往后一仰身靠在椅背上，哈哈大笑。

“什么事？”琴玛急急忙忙问。牛虻就把信递给了她。

“多梅尼奇诺被捕。速来。”

琴玛不觉坐了下去，信纸还捏在手里，两眼瞪着牛虻，心都凉了。

“怎……怎么样？”最后还是牛虻那轻声细气却带着挖苦的拖腔拖调打破了沉默。“现在总该服了吧？我是不能不去的。”

“对，恐怕你是不能不去了，”她叹了口气说，“我也不能不去了。”

牛虻微微一惊，抬头一看。“你也要去？可……”

“是啊。我也知道，这儿佛罗伦萨不留一个人是非常不便的；可是现在别的问题都只能靠边，头号的大事是应该给那边添一个人手。”

“那边要多找上几个人手还不容易？”

“可就算能找到，也不见得都是百分之百能信得过的。你刚才不是自己说了吗，那边必须有两个靠得住的人负责；多梅尼奇诺一个人顾不了两头，明摆着你也别想顾得了。不要忘了，像你这样一个时刻把性命捏在手里的人，做这种工作困难特别多，也格外需要人家的帮助。你和多梅尼奇诺两个人的任务，非得你我两个人去顶不可。”

他皱起了眉头，考虑了一会儿。

“对，你说得很有道理，”他说，“而且我们要走得愈快愈好。不过我们又不能两个人一起走。比方说我要是今天晚上动身的话，那你就不妨搭明天下午的驿车去。”

“去哪儿呢?”

“这个问题我们得研究一下。我看我还……还……还是直接去法恩扎[①]。如果我今晚夜深以后动身，弄匹马赶到圣洛伦佐村，那我可以在那儿化了装，就直奔法恩扎。”

“我看也没有别的办法了，”琴玛微微皱起了眉头，显得很焦急，“不过你走得这样匆忙，还得靠那个村上的走私贩子替你设法化装，这总是件很危险的事情。按说你至少应该花上整整三天，得绕够了圈子，把脚印搅乱以后，才能越过边界。”

“你不用担心，”牛虻微笑着说，“我就是会给逮住，那也是往后的事情，在边界上决出不了事。我只要一到山里，就安全得跟在这儿一样了；亚平宁山区里的走私贩子管保谁也不会出卖我。我不放心的倒是你怎样过这个边境。”

“喔，那还不容易！我只要带上路易丝·赖特的护照，只装是去度假的。罗马涅没有人认识我，倒是那边的密探个个都认得你呢。”

“好……好在那边的走私贩子也个个都认得我。”

她掏出表来看了看。

“现在是两点半。要是你今天夜里动身的话，那就只有一个下午、一个黄昏的时间了。”

“那我最好马上回家，收拾收拾，再去准备一匹快马。我到圣洛伦佐还是自己骑马去，这样比较安全。”

“可是去租马的话那太不安全了。马老板……”

“不是去租。我认识个人，可以向他借。这事尽可以放心。他以前就帮过我的忙。那马过后可以托个牧羊人送还给

---

① 法恩扎是布里西盖拉附近的一个市镇，较布里西盖拉为大。

他，不出两个星期就能归还。那好，我就五点到五点半之间再来；我走了以后，请……请你就去找马丁尼，把情况一五一十都告……告诉他。”

“马丁尼！”琴玛转过脸来瞅着他，吃了一大惊。

“对，我们应当信得过他——除非你认为除了他还另有可以信得过的人。”

“我不大明白你的意思。”

“我们在这儿应该有个可以信得过的人，这样万一发生了什么意外的问题，也好有个照应。在我们的这许多同道里，我最信得过的还数马丁尼。里卡尔多固然也肯尽他的全力来帮我们的忙；但是我觉得马丁尼的头脑比较冷静。不过，你对他终究要比我更了解些，还是由你瞧着办吧。”

“马丁尼为人可靠，在各方面都很能干，对此我是没有一点怀疑的；而且我想只要是他力所能及的事，他大概也总肯答应相助的。只是……”

他马上明白了。

“琴玛呀，如果你有个同志碰到了极大的困难，你按说可以帮助他，却发现他因为怕惹你不快或害你难堪，而没有来请你帮助，那时你心中会是怎么个想法呢？你会说他这样做真是他体贴你吗？”

“那好，”琴玛歇了会儿才说，“我马上派凯蒂去请他来；趁凯蒂去请他的这工夫，我就到路易丝那儿去借护照；她说过只要我需要，她随时可以借给我。钱的事怎么样？要不要我到银行里去提点儿款子？”

“不用了，不要为这事花费时间了；我可以从我户头上多提些款子，我们且先用着再说。往后要是我的钱不够用了，那时再用你的吧。那就五点半再见了；说定啦，你五点半一定在家？”

“一定！我不用到五点半早就回家了。”

等到牛虻重又来到琴玛的家，约定的时间早已过去半个钟点了，只见琴玛和马丁尼正一起坐在阳台上。他一下子就看出他们谈得很不愉快；两个人的神态之间都明显带有激烈争论过的痕迹，马丁尼这样郁郁无语更是反常。

“你都准备好了吗？”见他来了，琴玛就抬起眼来问。

“都准备好了，我还给你带了些钱来供你作路费。马也有了，午夜一点在罗索桥头的栅栏边等我。”

“那是不是嫌晚了些？你应该赶在明天一早圣洛伦佐的居民起床以前进村。”

“我能赶到，那匹马可快了。我走早了不行，走早了可能会让人看见。我这次出来就不回家了，家门口有个密探在监视，此刻他还以为我是在家里呢。”

“那你出来他怎么会没看见？”

“我从厨房翻窗出去到后花园里，再由邻家的果园翻墙出来，所以才来得这么晚了。就是为了要躲开那个密探。我让马主人在我书房里坐上一晚，灯也不要熄掉。那密探见窗口里有灯光，窗帘上有人影子，也就不会疑心了，只当我今天晚上在家里写文章呢。”

“那你就得留在这儿了，到时候就直接去罗索桥？”

“对，我今天晚上不想再在街上叫人撞见了。抽支雪茄吗，马丁尼？我知道博拉太太是不会讨厌我们抽烟的。”

“讨厌也没关系，反正我也恕不奉陪了，我得到楼下去帮凯蒂做晚饭了。”

她一走，马丁尼就站起身来，反背着手，来来回回踱起步来。牛虻只是坐在那儿抽雪茄，默默地望着阳台外的牛毛细雨。

“里瓦雷斯！”马丁尼终于站住在他的面前，开了腔，不过眼睛还是望着地下。“你到底要拉她去干什么样的事？”

牛虻摘下嘴里的雪茄，喷出一道长长的轻烟。

“这是她自己决定的，”他说，“谁也没有强迫她。”

“对，对——这个我知道。可你告诉我……”

他犹豫了。

“只要能告诉你的我都可以告诉你。”

“那好——山里的那些事情，详细情况我也不大清楚——我只是想知道，你要带她去做的事，是不是有极大的危险性？”

“你要听真话？”

“对。”

“那我告诉你——有。”

马丁尼一转身，又来来回回踱起步来。不一会儿他又站住了。

“我还想问你一个问题。你要是不愿意回答当然也不一定要回答；可既然要回答，就一定得老老实实回答。你很爱她是不是？”

牛虻不慌不忙弹去了雪茄头上的积灰，一声不响地又抽了起来。

“这么说——你是不愿意回答咯？”

“不是这个意思；我只是觉得，我有权知道你为什么要问我这个问题。”

“‘为什么？’我的老天爷！老兄呀，你还不明白为什么？”

“哦！”他放下雪茄，声色不动地只顾瞅着马丁尼。半晌才轻声慢气说道：“不错，我是很爱她的。不过你大可不必多心，我是不会去向她求爱的，你根本用不到发急。我这次只是打算去……”

他的声音愈说愈轻，轻到如同细微的耳语，听起来好怪。马丁尼靠前了一步。

“只是打算……去……什么？”

“去死。”

说完他两眼直瞪瞪望着前方，脸上一派冷森森凝住了的神气，仿佛已经死了一般。后来重又开口时，那声音是怪平淡、怪刻板的。

“我这话你用不着先去对她说，害得她担心，”他说，“我这一次去，可是没有一丁点儿生还的希望的。危险，是大家都危险的；这一点她也跟我一样有思想准备；不过她有那帮走私贩子的全力保护，不至于会被捕。别看他们人粗了点儿，心可都是极好的。至于我，我是绞索早已套在脖子上了，我这次越境进入教皇国，就是抽紧绞索了。”

“里瓦雷斯，你这话是什么意思呀？这种事危险当然是危险的，尤其是对你；那我是清楚的；可你越境是常来常往了，向来是无往而不利的。”

“话是不错，不过这一次我准得失利。”

“可这是为什么？你怎么会知道？”

牛虻惨然一笑。

“你还记得德国人有个传说吗，说是有个人遇上了自己的鬼魂[①]就死了？不记得了？说是一天夜里，在一个荒凉的地

① 西方人的迷信传说中认为一个人在将死前或刚死后，他的鬼魂可以被看到。这种鬼魂，在英语中叫做 wraith，但是作者在这里用的是 Double 一词，一语双关，除 wraith 的意思外，还可以作“长得跟自己一模一样的人”解。

方，这人的鬼魂在他自己的面前出现了，只见它绞着双手，无可奈何。要知道，我上次到山里也就碰到了我的鬼魂；这次再越境进山，我肯定回不来了。”

马丁尼走到他的跟前，拿手搭在他的椅背上。

“我说，里瓦雷斯，你这套玄乎的玩意儿我连一个字都听不懂，但是有一点我懂，就是：如果你心里有这样的想法，那你就去不得。心里老是叨念着这一次去准得被捕，你去了会不被捕才怪呢。你一定是病了，要不就是心里有什么不自在，不然也不会这样胡思乱想。你看我去代你走一趟如何？只要是实际工作，有什么需要去做的我都能对付，你只要送个信给你们的自己人就行，就说……”

“叫你代我去一死？亏你想得出这样的好主意。”

“嗨，我哪里就会死呢！他们认得你，又不认得我。再说，就算我死了……”

他的话断了，牛虻缓缓抬起头来，以探问的目光冲他瞅了一眼。马丁尼的手缩了回去，直挺挺垂在那儿。

“……她大概也不至于会伤心到怎么样，是你的话就不一样了，”他极力摆出一副若无其事的口气。“而且还有一点，里瓦雷斯，这是为公众办事，我们得从功利主义的角度来看问题——得为最大多数的人谋取最大的利益。你的‘终极价值’——经济学家是不是有这么个术语？——要高于我；我虽然没有理由特别喜欢你，可到底也有些头脑，明白这个道理。你这个人要比我重要；我不敢说你这个人一定比我高明，但是你的长处要比我多，所以你要是死了，那个损失要比死了我来得大。”

他说话的这副神情口气，简直就像在交易所里议论哪种股票值钱似的。牛虻仿佛打了个冷战，哆哆嗦嗦抬起头来。

“你难道一定要我等到有朝一日我的坟墓会自己张开嘴来把我吞没？

‘假如我一命当亡，
我会迎接黑暗如迎新娘……’①

得了，马丁尼，你我这都是在胡扯。”

“你才在胡扯呢，”马丁尼没好气地说。

“我是在胡扯，可你也一样。好啦好啦，我们不要去学堂·卡洛斯和波莎侯爵啦，这种罗曼蒂克的自我牺牲没意思②。现在可是十九世纪啦，如果该我去死，那我就必须去死。”

“这么说如果该我活着，我就必须活着咯，是吧？那我只好让你赢了，里瓦雷斯。”

“就是，”牛虻答应得也挺干脆，“哪次不是我赢的？”

他们默默地抽了好一阵烟，这才商量起具体的细节问题来。琴玛来唤他们吃饭的时候，从两个人的神情态度里一点也看不出他们刚才的那场谈话有什么异乎寻常。饭后他们又研究行动方案，作些必要的安排，这样一坐就坐到了十一点，这时马丁尼便站起身来，把帽子一拿。

“我这就回家去把我那件骑马斗篷取来，里瓦雷斯。我看

---

① 此语出自莎士比亚戏剧《一报还一报》第三幕第一场。

② 堂·卡洛斯和波莎侯爵是德国诗人、剧作家席勒的悲剧《堂·卡洛斯》中的两个人物。堂·卡洛斯是16世纪西班牙王腓力二世的长子，被其父监禁，死于狱中。波莎侯爵是堂·卡洛斯的好友，为了要救他出狱，结果牺牲了自己。又意大利作曲家威尔第有同名歌剧，也是写的这个题材。

你披上我的斗篷要比这样便服一袭好，人家不容易认出你。顺便我还要去侦察一下，看看有没有密探监视，看清楚了我们才好动身。”

“你要送我到桥头？”

“对，四只眼总要比两只眼保险些，得防万一有人盯梢哪。我十二点回来。千万要等我来了再走啊。你最好把钥匙让我带上，琴玛，免得我打铃惊醒人家。”

他接过钥匙串的时候，琴玛抬眼看了看他的脸。她明白了，马丁尼无非是找个由头，好让她跟牛虻有个清静点儿说话的机会。

“你我有话就明天再谈吧，”她说，“上午等我打点好行装以后，就有说话的时间了。”

“啊，对！有的是时间。里瓦雷斯，我还有两三件小事想问问你，不过我们可以在去桥头的路上再细谈。琴玛，你还是打发凯蒂去睡吧；你们两个，说话也尽量小点声儿。那就十二点再见了。”

他略一点头，微微一笑，就走了，把门带上的时候故意碰得响些，好让左邻右舍都听见博拉太太的客人已经走了。

琴玛到厨房里去跟凯蒂说过了明天见，回来的时候手里捧着个托盘，端来了清咖啡。

“你要不要躺下来歇会儿？”她说，“今天晚上你是睡不成觉的了。”

“算了，不歇了！反正到了圣洛伦佐，那边的伙计们要给我化装总得先去准备，我就趁这工夫睡个觉好了。”

“那就喝点咖啡吧。等等，我给你拿饼干来。”

她屈下了腿到餐具柜里去取，谁知他也突然俯下了身来，凑在她的背后偷看。

“你柜子里都藏了些什么好宝贝呀？奶油夹心巧克力！英国太妃糖！哎呀，都是上……上品美食哩，够王上享用的啦！”

听他的口气这么热烈，琴玛抬起头来，微微一笑。

“你喜欢吃糖果吗？我平日总要给切扎雷备上一些；只要是糖，他什么都爱吃，十足像个小孩子。”

“真……真……真的？那你明天得再去给他买一……一些了，这些就都给了我，让我带上了吧。不，我还是带上太妃糖，装……装……装在口袋里；我失去了那么多人生的欢乐，可以从这些太妃糖里找到些安慰。我多……多么希望到我上绞刑架的那一天，他们也会给我一块太妃糖含在嘴里！”

“哎呀，你别忙着往衣袋里装哪！总得等我去找只纸盒来给你装上吧！要不包你会黏糊糊的弄得一塌糊涂！巧克力要不要也一块儿装上？”

“不了，巧克力我想就现吃了，跟你同享吧。”

“可我是不爱吃巧克力的，你给我过来坐下，不要疯疯癫癫的不像个人样。你我不定什么时候就有哪一个会牺牲性命，所以很可能就不会再有机会安安静静谈一次话了，因此……”

“她竟……竟……竟会不爱吃巧克力！”他还在低声喃喃自语，“那我只好一股脑儿独自享用了。这不像临上绞刑架前大嚼一顿了吗？反正今天晚上我异想天开开些玩笑，你都得顺着我了。你先给我在这张安乐椅里坐好，你说过我可以躺下，那我就躺在这儿，舒坦舒坦。”

他就在她脚边的地毯上一躺，把胳膊肘靠在椅子上，仰起头来望着她的脸。

“看你的脸色有多苍白啊！”他说，“那是因为你不能乐乐和和对待生活，又不喜欢吃巧克力……”

“你就严肃上五分钟好不好！别忘了我们这可是处在生死关头啊！”

“两分钟都不行呢，亲爱的；生也罢，死也罢，犯得上那么严肃吗！”

他早已把琴玛的两只手都抓在手里，正用手指尖儿在那里轻轻抚摩呢。

“不要这样铁板着脸，密涅瓦[①]！你再这样我可马上就要哭啦，那时你该就要后悔了。我多么希望你能再笑笑，你有时会冷不丁嫣然一笑，那可真是讨……讨人喜欢呵。得，得，别骂我，亲爱的！我们一块儿来吃饼干吧，我们要像两个乖孩子，吃得和和气气不争不吵——因为明天就是我们的死期了。”

他从盆子里拿起一块甜饼干，小心地掰成两半，连面上的糖花也正好沿当中一分为二，丝毫不差。

“这也当是领圣体吧，就跟那班假正经在教堂领圣体一个样。‘你们拿着吃，这是我的身体。’[②]你知道吗，我们还应当喝……喝同……同……同一个杯子里的酒——对了，这就对了。‘你们应当如此行，为的是纪念……’[③]”

琴玛放下了杯子。

“不要说了！”她说得简直都要哭出来了。牛虻抬眼看了看，又抓起了她的双手。

“好，不许说了！让我们安静一会儿吧。日后我们两个里

---

① 罗马神话中的智慧女神，相当于希腊神话中的雅典娜。

② 耶稣受难前夕在同弟子晚餐时，拿起饼来，祝了福，掰开了递给门徒，说：“你们拿着吃，这是我的身体。”所谓圣体即起源于此。（见《圣经·新约·马太福音》26章26节，《马可福音》14章22节。）

③ 全句应为：“你们应当如此行，为的是纪念我。”这句话也是耶稣说的，紧接在“这是我的身体，为你们舍的”之后（见《圣经·新约·哥林多前书》11章24节。）

有哪一个死了，另外一个就要记住此时此刻的情景。此刻我们要忘却在我们耳畔喧喧嚷嚷的这个永远闹哄哄的世界，我们要手挽着手一起远离人世，我们要一直走到那幽冥之中的死亡之宫，安卧在罂粟花的环绕之中。不许说了！我们要半点儿声息都不能有。”

他头一歪，靠在了她的膝头上，把脸埋在她的衣裙里。一片沉寂之中，只见她俯下了身子，手按上了他的一头乌发。时光就这样在不知不觉中渐渐消逝，两个人始终一动也没动，连半声都没吭。

“亲爱的，都快十二点了。”过了半天琴玛才开口。牛虻抬起头来。

“我们只剩下没几分钟了，马丁尼很快就要回来了。今后我们恐怕就再也见不到面了。你没有话要跟我说了么？”

他慢慢站起身来，向屋子的另一头走去。当下又是一阵沉默。

“我只有一件事要说，”他这次开出口来，声音轻得几乎都听不见了，“只有一件事……想要告诉你……”

话又断了，他在窗前坐了下来，双手掩住了脸。

“你好容易才算拿定主意大发慈悲了。”她口气里一片温柔。

“我这辈子可就是跟慈悲没有沾过多少边。我……起初……只当你不大会把这种事放在心上……”

“这么说你现在就不那么想了。”

她等他接口说下去，可是好一阵没有听到他说，于是就过去站在他的身旁。

“还是索性都实话告诉我吧，”她小声说，“你想想，万一你遭到了不幸，而我倒没有死……那我就终我一生再也没法知道……再也没法确确切切知道……”

他捧起了她的手，紧紧握住。

“万一我遭到了不幸……好吧，我告诉你，那年我到南美去……啊，马丁尼来了！”

他猛然一惊，把手一撒，就冲过去把门拉开。只见马丁尼正就着擦鞋垫在擦靴子呢。

“你总是那么准时，连一分……分……分钟都不差！马丁尼呀，你简直就是一台活……活……活的报时钟。这就是给我的骑……骑……骑马斗篷吗？”

“对，另外还有几样东西你也用得着。我已经是尽量小心了，生怕东西给淋湿，可这雨下得实在大。要冒这样的大雨赶路，恐怕是很够你受的哪。”

“喔，没关系。街上没有眼线吧？”

“没有，看来那帮暗探早就都睡觉去了。我想这也难怪，雨又猛天又黑。你这是咖啡吗，琴玛？他是应该暖暖肚子再走，不然一淋雨要着凉的。”

“这是清咖啡，煮得特别浓。我再去热点儿牛奶。”

她就到厨房里去了，要不是狠命咬紧牙关，攥紧拳头，她早就失声痛哭了。等到热好了牛奶回来，牛虻已经穿上了骑马斗篷，在扎马丁尼给他带来的皮绑腿了。他站着喝了一杯咖啡，便取起宽边的骑手帽。

“我看该动身了吧，马丁尼。我们得先兜上一个圈子，再去桥头，以防万一有点什么。那你我就暂时小别了，太太；没有什么特别情况的话，星期五我一准在福尔利跟你碰头。等等，我把地……地址留给你。”

他从记事本上撕下一页，用铅笔写了几个字。

“地址我已经有了。”她声音低沉，提不起一点劲。

“是……是吗？那好，反正这个你就拿着吧。来吧，马丁尼。嘘——嘘——！小心，开门不要出声！”

他们悄悄下了楼。人走了，临街的门轻轻关上了，琴玛又回到了屋里。她心不在焉地把牛虻塞给她的字条摊开一看，在地址的下面还写着一行字：

“到了那边我一定什么都告诉你。”

第二章

这天正是布里西盖拉的集日，附近大大小小村子里的乡民都来赶集了，带上了猪啊，家禽啊，奶品啊，也有赶着一群群牛来的，那牛都是山里放牧的，很带点儿野性。市场上从早到晚人来人往，川流不息，有的嘻嘻哈哈，有的打打闹闹，有的想便宜点儿买些无花果干、低档糕饼和向日葵籽来吃吃。街上阳光灼人，黝黑皮肤、光着脚板的孩子横七竖八趴在地上，他们的妈妈则摆开了一篮篮的奶油和鸡蛋，坐在树荫里。

蒙塔奈利主教大人出来给大家道“早安”，一下子就给一大群闹闹嚷嚷的孩子围住了，孩子们手捧着大束大束的鲜花，都争着要献给他。有蝴蝶花，有红艳艳的罂粟花，还有芳香洁白的水仙花，都是打山坡上采来的。主教喜爱野花成了癖，老百姓倒都很体谅，觉得大智之人有这种小小的迂脾气也不失光彩。假如不是这样一个普受爱戴的人，屋里摆满了野花杂草会不叫他们笑话才怪呢；可是这位“神圣的红衣主教大人”有些无伤大雅的怪癖，那是无损于他的伟大的。

“噢，马留西亚，”他停下来抚了抚一个孩子的脑袋说，“好一阵子没见，你又长高了。奶奶的风湿痛好点了吗？”

“她最近倒好点了，主教大人，可现在妈妈又病了。”

“噢，这真是太不幸了；你去对妈妈说，改天可以到这里来，请乔尔达尼医生看看能不能给她治一治。我可以给她找地方住，也许换个地方住住就好起来了。你面色好多了，路易吉，你的眼睛怎么啦？”

他一路走过去，跟山民们拉家常。孩子们姓什么叫什么，多大年纪，可有什么病痛，爸爸妈妈又有些什么病痛，他都一一记得；有时甚至还会停下来，以同情的口吻关切地问上一声：圣诞节病倒的那头母牛现在可好了？上次赶集那天叫大车轮子压碎的布娃娃补好了没有？

他回到宫里以后，集市上的买卖也都开张了。有个瘸腿的汉子，身穿一件蓝衬衫，一头乱纠纠的黑发遮住了眼睛，左边的面颊上有一道很深的刀疤，只见他荡呀荡的来到了一个摊位跟前，用非常蹩脚的意大利话说是要一杯柠檬水喝。

“你不是这一带的人吧。”摆摊的女人给他倒了一杯，抬头望了他一眼。

“对。我是科西嘉来的。”

“来找活儿干的？”

“对，收干草的季节快要到了，前些天我们巴斯提亚[1]来了位先生，这位先生有个农庄在腊万纳[2]附近，他告诉我，要找活儿干那边有的是。”

“那敢情好，但愿如此吧，不过我们这一带日子可不好过。”

“我们科西嘉人的日子更不好过呢，大娘。真不知道我们穷苦人要落到怎么个田地呵！”

“你是一个人来的？”

---

① 巴斯提亚是科西嘉岛东北角上的一个城市。
② 腊万纳是意大利北部沿亚得里亚海的一个城市，当时属教皇国，距布里西盖拉不远。

“不，我还有个伙计。喏，就是那一个，穿红衬衫的。嗨，保罗！”

米凯莱听见在叫他，便双手插在口袋里，荡呀荡的过来了。他为了迷人眼目，戴了一头红色的假发，不过尽管如此，他还是装得挺像个科西嘉人的。至于牛虻装的，那更是像得没有什么可说的了。

他们俩就一起在市场上闲荡，米凯莱一路轻轻吹着口哨，牛虻肩上吃力地扛着个包裹，走起路来一步一拖，好借此掩盖些瘸态。他们正在等一个秘密联络员，有重要的指示要给他。

突然米凯莱悄悄说道：“麦尔康奈来了，那边转弯角上骑马的便是。”牛虻照旧扛着那个包裹，拖着脚步就向那骑马人走去。

“先生，你要不要人帮你收干草呀？”他说着，把手往自己的破帽子上一搭，一个指头就顺着系帽的带子往下捋。这是事先约定的暗号。那骑马人从外表上看完全是个乡绅府上的管家模样，他下了马，把缰绳往马脖子上一丢。

“你都会干些什么活儿呀，伙计？”

牛虻脱下了帽子拿在手里摆弄。

“我会刈草，先生，还会整修树篱”——他先是说了这么两句，紧接着连调门都没变一下，马上就一气说出了一大堆：“午夜一点到圆山洞口。你得备上两匹快马，一辆马车。我在山洞里边等你……另外我还会挖土，先生，还会……”

“那就行了，我只要找个人刈草。你以前出来打过工吗？”

“打过一回，先生。注意，你来的时候要带上枪备足弹药，我们可能会遇上快骑巡逻队。不要抄树林里的小路走，走大路反而安全。要是碰到密探，不必停下来跟他多废话，干脆就开枪……我打起工来可是很肯干的哪，先生。”

“对，我相信你很肯干，不过我想雇的是刈草的老行家。没有，我今天身边一个子儿也没有带。”

原来这时候有个衣不蔽体的叫化子耷拉着脑袋来到了他们的跟前，拉着个一成不变的凄苦的调子哭哭啼啼：

“看在圣母马利亚的分上，可怜可怜我这个瞎了眼的苦命人吧……赶快转移，有个快骑巡逻队在来了……看在至圣的天后份上，看在至贞至洁的圣母马利亚分上……他们是冲着你来的，里瓦雷斯，不消两分钟就到……在天的列圣会给你们补报的……你们得赶快不顾一切冲出去，四面转角上都有暗探。要躲过他们的眼睛溜出去已经不行啦。”

麦尔康奈把马缰绳暗暗塞到了牛虻手里。

“快骑上马跑！一到桥头就把马丢下好了，你只管去山沟里躲起来。我们都有枪，拖住他们十分钟没问题。”

“不。我不能让你们给抓了去。大家都集合起来，要等我开了枪大家再挨着次序开枪。大家先快向我们的马匹靠拢，喏，马都拴在宫门前的台阶边；大家还要把刀子也准备好。我们边打边撤，大家见我一摔帽子，就一齐割断缰绳，只拣最近的马拉过来骑上就跑。那样我们就大家都到得了树林子。”

他们话说得悄悄的，不动一点声色，即使是边上靠得最近的旁观者也只当他们还在谈收干草，哪里会想到他们谈的可是性命攸关的事呢。麦尔康奈当下就牵着自己那匹牝马的笼头，向拴马的地方走去，牛虻耷拉着脑袋在他身旁并排走，背后紧跟着那个叫化子，伸长了手，还在一个劲儿哭哭啼啼乞讨。米凯莱吹着口哨过来了；那叫化子已经顺带给他发出过警告，他不动声色地过来把消息传给了正在树下吃生洋葱的三个乡下人。那三个人马上站起来跟着他走；就这样，他们七个人一点都没有引起人家的注意，便都已集合在台阶边上了，人人都是手按着身上暗藏的枪，三步两步就可以把拴着的马拉来骑上。

“我不动手，你们也千万别暴露，”牛虻说得很轻，却很清楚，“也说不定他们认不出我们呢。我要是枪一响，那你们也就挨着次序开枪。不要瞄着人打，要打马脚——伤了马他们就没法来追我们了。你们要三个人开枪，三个人装弹药。要是有人过来挡路，不让你们上马，干脆就打死他。我骑那匹菊花红棕马。大家看我一摔帽子，就各自上了马跑，说什么也不要停下。”

“他们来了。”米凯莱说。牛虻装出一副傻乎乎莫名其妙似的天真样子转过身来，因为这时候人们的买卖突然都停下了。

十五个武装的士兵骑着马缓缓来到了市场上。市场上人群挨挨挤挤，这些士兵根本就很难通过，要不是广场四面角上都有暗探，本来牛虻他们一伙七个人是满可以趁老百姓眼睛都盯着士兵的时候一起悄悄溜走的。米凯莱挪了挪身子，挨到牛虻的跟前：

“我们不能趁早快些溜走吗？”

“走不了了，四面八方都有暗探，有个暗探已经认出了我。他刚派人去报告了队长，说我在这儿。我们只有把他们的马打伤，才脱得了身。”

“你说的暗探是哪个？”

“你看我头一枪就打他。大家都准备好了吗？他们已经冲着我们这儿开出一条路来了，马上就要冲过来了。”

“前边的人都给我闪开！”那队长大喊一声，“我以教皇陛下的名义命令你们闪开！”

人们又惊又疑，都纷纷后退，那一队士兵便飞快地向宫门前台阶边的这一小堆人直冲而来。牛虻从短衫里掏出手枪来就打，不是打冲上来的队伍，而是打那个暗探。那个暗探正要摸过去打马的主意，就被一枪打断了锁骨，往后倒了下去。这一枪响声未落，跟着又是连珠般的六声枪响，七个好汉就趁这个机会向拴着的马步步靠拢。

快骑队里有一匹马猛然腿一拐，一头栽了下去；又有一匹马惨嘶一声，滚翻在地。惊慌的人群嚷嚷成一片，在这人声鼎沸之中那带队的军官早已脚踏马镫站了起来，他高高地举起了马刀，气势汹汹一声大喝：

“弟兄们，跟我冲啊！”

可是只见他在马上晃了一下，便又沉甸甸坐了下去：弹无虚发的牛虻枪声早又响了。队长的制服上顿时挂下了细流般的一道鲜血；但他还是死命挺住，抓住了马鬃，大声狂叫：

“那个瘸腿的恶鬼，你们抓不到活的就干脆把他打死！他就是里瓦雷斯！”

“快快，再给我一把手枪！”牛虻向他的同伙喊道，“好，撤！”

说着他就把帽子往地下一摔。再迟一步就来不及了，因为那些红了眼的士兵都挥舞着马刀，亮晃晃的，已经快逼到他们的跟前了。

“你们都给我把武器放下！”

交战双方之间突然闯进来一个人——是蒙塔奈利红衣主教！有个士兵吓得尖起了嗓门直喊：

“主教大人！哎呀，小心他们伤了你呀！”

蒙塔奈利反倒又跨前了一步，正对着牛虻的枪口。

七个人有五个早已上了马，冲到了那连山带坡的街上。麦尔康奈也一纵身跃上了马背。就在他策马驰去的一刹那他还一回头，看了看自己的头儿是不是需要帮一把。菊花红棕马已就在手边，本来大家马上就都可以脱险。可是这身穿大红长袍的人一过来，牛虻就突然一犹豫，拿着枪的手也随之而一低。就是这一眨眼的工夫，决定了一切。他一下子就给团团围住，被猛地摔倒在地上，一个士兵抡起刀来一刀背打掉了他手里的枪。麦尔康奈急忙用踏镫一磕马肚子：背后的坡道上已经响起了快骑队的马蹄声，自己再要不走，准得一起落到他们的手里，这非但于事无补，反而更加误事。他于是就飞马跑了，临走还在马上回过身去，向跑在最前头的追兵打上一枪，这时他看见牛虻血流满面，正忍受着马蹄的践踏和士兵暗探的脚踩，还听见那帮家伙抓到了人后在恶狠狠咒骂，在大喊大叫表示得意，借以出气。

蒙塔奈利对这一切却什么也没有注意；他已经离了台阶，正在那里安抚惊惶的群众。他还俯下身去看了看那个受伤的暗探，就在这时人群里一阵惊慌的骚动，引得他抬头一看。只见那帮士兵把他们的人犯绑住了双手，正紧揪着那绳子，拖着他在广场上走去。那人犯又是痛又是累，面如死灰，呼哧呼哧连气也喘不过来；然而他还是回头对主教看了一眼，煞白的嘴唇浮起了一丝笑意，小声说道：

“我恭……恭……恭喜你啦，主教大人。”

※　※　※

五天以后马丁尼到了福尔利。他收到了琴玛寄来的一包邮件，是些广告之类的印刷品，这是事先约定的暗号，表示情况特急，要他就去；想起阳台上的那场谈话，他马上就猜到了个中的情由。一路上他还一再自宽自解，总觉得要说牛虻一定已经出了事，毕竟还缺乏根据，这么一个神经质、爱空想的人，有些幼稚的迷信想法怎么可以就当了真呢；可是他愈是劝自己不用多虑，脑子里却愈是甩不开这个念头。

“我已经猜到是怎么回事了：一定是里瓦雷斯给抓了去了，是吧？”他一踏进琴玛的房间，就说。

“他是上星期四在布里西盖拉给逮走的。当时他拼死进行自卫，把巡逻队队长和一个暗探给打伤了。”

“持械反抗，这就严重了！”

“其实还不是一样？他们给他记下的老账已经够多了，多开一枪少开一枪，对他的处境已经没有多大影响了。”

“你看他们会怎样处置他呢？”

她一听这话，那脸色又越发白了几分。

“依我看，”她说，“我们可不能等摸清楚了他们的打算再采取行动。”

“你认为我们可以采取行动营救？”

“是非采取行动不可。”

马丁尼转身踱起步来，反背着双手，吹起了口哨。琴玛不去干扰他，由他去思考。她把头靠在椅背上，坐着一动也不动，眼睛望着空渺的远方，呆愣愣凄然出神。她脸上一出现这种表情，那神气就很像丢勒的名画《苦闷》①。

“你见过他了吗？”一直在那里踱步的马丁尼停了一下，问她。

“没有，本来说好了他第二天早上到这儿来跟我见面的。”

---

① 丢勒（1471—1528）：文艺复兴时期德国著名画家。《苦闷》是他的一幅铜版画。

“对，我想起来了。那他眼下在哪儿呢？”

“关在堡垒里，对他看守得极严，据说还上了镣铐。”

他做了个满不在乎的手势。

“啊，那个无所谓；只要一把好锉刀，镣铐再多也不在话下。只要他没有受伤就行……”

“他看样子是受了点儿伤，不过到底伤到怎么个程度我们也不清楚。我看你最好还是听米凯莱亲口给你讲一讲，他当时就在现场。”

“那他怎么会没有一起被逮住呢？难道他见死不救，丢下里瓦雷斯自己逃走了？”

“事情不能怪他，他也跟人家一样，一直战斗到最后，给他的指示他都不折不扣执行了。大家都执行了命令。看来只有一个人在最后一刻忘了执行，要不就是不知怎么出了个差错，这就是里瓦雷斯自己。总之，这件事实在很有点费解。等等，我去把米凯莱叫来。”

说完她走了出去，一会儿就又回来了，同来的除了米凯莱还有一个宽肩膀的山里人。

“这位是麦尔康奈，”她说，“你听说过他，他是贩私货的。他刚到，说不定还能告诉我们一些情况。米凯莱，这位是我跟你说起过的切扎雷·马丁尼。是不是可以请你把你当时见到的情况给他讲一遍？”

米凯莱把他们遇上巡逻队、发生小接触的情况大致说了一遍。

“我真不明白这到底是怎么搞的，”临了他说，“我们要是早想到他会给逮住，谁也不会丢下他不管的；可是他下的命令明明白白，我们见他把帽子往地下一丢，谁也没有想到他还会耽误一下，结果就让他们给团团围住了。他当时就在那匹菊花红棕马的紧跟前——我看见他连拴马的绳子都砍断了——我还亲手把一把上好弹药的手枪交到他手里，这才上了马。我想只有一种可能，就是他在上马的时候踩了个空——因为他是瘸腿啦。可就算是那样，这枪他还是可以开呀。”

“不，不是那么回事，”麦尔康奈插上来说，“他当时根本就没有往马上跨。我那匹牝马听见枪响受了惊，往后一退，所以我是最后一个冲出去的，我当时还回过头去瞅了一眼，看看他是不是已经脱身出来。要不是那个红衣主教，本来他早就逃得老远了。”

“啊！”琴玛悄悄一声惊呼。马丁尼也大为吃惊，不禁反问了一声：“红衣主教？”

“就是！他闯出来挡住了枪口——这个混蛋！我想里瓦雷斯当时一定是猛吃了一惊，因为他拿枪的手低了下去，另一只手却伸起来这么一胡噜”——说着用他左手的手腕背在自己眼睛上一比划——“这一下还用说，人家自然就都扑上来啦。”

“这事我实在想不通，”米凯莱说，“在紧要关头一点都沉不住气，里瓦雷斯从来不是这样的人。”

“也许他是怕误伤了一个手无寸铁的人，所以才把枪口朝下的吧。”马丁尼插进来说。米凯莱耸耸肩膀：

“人家在枪对枪对打，手无寸铁的人根本就不应该来多管闲事。开枪对打，可不是闹着玩儿的。里瓦雷斯真不该像只兔子那样乖乖的让人逮住，他要是给了主教大人一枪，这世界也就可以多一个正直的人，少一个吃教会饭的了。”

他咬着小胡子，转过脸去。他窝着一肚子的火，简直就要哭出来了。

“反正事已至此，”马丁尼说，“再多谈当时到底是怎么个经过也是白白浪费时间。现在的问题是我们怎样去设法帮助他越狱。我想你们都愿意去冒这个风险吧？”

米凯莱对这个多余的问题根本就不屑一答，那个走私贩子只是嘿嘿一笑，说道：“谁要是不愿意，就是我的亲兄弟我也要一枪崩了他。”

“那很好——那么首先要解决一个问题：堡垒的地形图你们搞到了没有？”

琴玛打开了一只上锁的抽屉，取出几张纸。

“全套的平面图我都画了出来。这张是堡垒的底层；这几张是几个塔楼上下各层的，这一张是城墙顶上的垛子图样。这里几条画的都是通山谷的路，这几张上画的是山里的小道和藏身处，还有堡垒的地下通道。”

“你们知道他关在哪个塔楼里吗？”

“东面那个，窗上安装栅栏的那个圆形牢房就是他关的地方。我在地形图上已经标出来了。”

“这些情报你们是怎么搞到的？”

“从警卫队里一个绰号叫‘蛐蛐儿’的卫兵那里搞到的。我们这边有个叫吉诺的，跟他是表亲。”

“你们的行动倒是挺神速的。”

“时间紧迫，耽误不得呀。吉诺当时马上就去布里西盖拉城里活动开了；也有些地形图是我们早就掌握了的。这里有张单子上面记着山里的好些藏身之处，那就是里瓦雷斯当初自己搞的，从笔迹上看得出来。”

“警卫队里的卫兵都是些什么样的人呢？”

“这个我们目前还没有来得及调查清楚；蛐蛐儿也是才调

来的，对其他卫兵的情况还一点都不摸底。”

“我们得从吉诺那儿了解一下蛐蛐儿本人的情况怎么样。对当局的意图摸到什么情况了吗？里瓦雷斯看来会在布里西盖拉受审呢，还是会解到腊万纳去？”

“这个我们就不了解了。当然啦，腊万纳是本教省的首府，按照法律规定重大的案子都要移送到那里的初审法庭去审理。但是在四大教省里法律算得了什么；送不送得看眼下是谁在掌权，还不是他想送就送，不想送就罢？”

“他们不会把他解到腊万纳去的。”米凯莱插嘴说。

“你这话可有什么依据？”

“我敢打包票。布里西盖拉的驻军司令官费拉里上校就是里瓦雷斯打伤的那个军官的叔叔，这家伙报复心重，残忍透了，碰到对头冤家是决不肯放过报仇泄恨的机会的。”

“你看他会设法把里瓦雷斯扣着，不往上解？”

“我看他会设法把他送上绞刑台。”

马丁尼赶紧朝琴玛溜了一眼。琴玛脸色煞白，可是听到了这句话，表情却也没有什么变化。可见她不是没有想到过这一层。

“这一点他不通过一定的手续恐怕是办不到的，”她还是很镇定地说，“不过他很可能会找个什么借口，搞个军法审判，事后他尽可以辩解说，这是出于城里治安的需要，他不得不然。”

“那主教会怎么说呢？那样的事情他也会同意？”

“军方的事他管不到。”

“虽说管不到，可他的影响大着哪。没有他的同意，司令官想必总不至于敢斗胆采取这样的行动吧？”

“他要想叫主教同意那是做梦，”麦尔康奈插上来说，“蒙塔奈利一向是反对搞什么特别军事法庭之类来审理平民的。只要人还在布里西盖拉，事情就严重不到哪里去；主教一向是同情犯人的。我担心的就是他们把人解到腊万纳去。人一解到那边，那就完了。”

“我们不会让他给解到腊万纳去的，”米凯莱说，“真要解去的话我们倒可以在中途把他劫下来了；可现在是要在城里救他逃出堡垒，这就又是一码事了。”

“依我看，”琴玛说，“坐等机会，希望他会给解到腊万纳去，那是要误事的。我们一定要在布里西盖拉下手，而且要尽快下手。切扎雷，你我还是把堡垒的地形一起细细研究一下，看看是不是能商量出个什么办法来。我主意倒是已经有了一个，只是有一个问题还没法解决。”

“来吧，麦尔康奈，”米凯莱就站起身来说，“我们就让他们去想计策吧。我今天下午得过界到福涅诺去一次，我想请你跟我一块儿去。那批子弹文森佐到现在还没有送来，按说是昨天就该送到了。”

等那两人走后，马丁尼就走到琴玛跟前，默默伸出手去。琴玛也伸出手来，让他紧紧握了好一会儿。

“切扎雷呀，你永远是个忠诚的朋友，”过了好半晌她才说，“而且又是个患难中有求必应的好帮手。好，那我们就来研究研究该怎么办吧。”

第三章

“我再次以一片至诚郑重奉告主教大人：大人不允在下所请，那本城的治安就可危了。”

司令官尽管在语气之间还想极力保持对教会高层人士所应具的尊敬，可是声音之中却听得出有股火气。他肝不好、火很旺，他太太又老是大手大脚花钱，欠了很多账，更何况最近这三个星期来样样都把他气得够呛。老百姓心怀不满、牢骚满腹，危险的情绪一天比一天明显；地方上处处有人在策划造反，隐藏的武器多如牛毛；驻防部队不但一点都不中用，而且其忠诚也大成问题，再加上教会里当家的这位红衣主教又是个“十足冥顽不灵的典型”(司令官跟副官谈起时就是这样说他的，言下还颇有些怜悯之意呢)；这种种凑合在一起，早已逼得他都快走投无路了。可如今他又背上了一个牛虻——那简直就是个活生生化了人身的魔鬼！

这个“瘸腿的西班牙魔鬼”先是在市场上干了一手，两枪把司令官的爱侄和他最得力的暗探打得落了残疾，接下来还不肯罢休，居然收买看守，怒斥问案军官，“把牢房搞得乱成一片”。他在堡垒里已经关了三个星期，布里西盖拉的当局觉得他们这宗买卖干得真是窝囊透了。他们从逮住他的那天起，就对他进行了接连不断的审讯，使尽了肚子里所能挖得出来的一切招数，极尽威逼利诱之能事，务求能使他招供，然而结果还是没能从他嘴里掏出一丝半点有用的情况。他们已经意识到当初没有把他立时解往腊万纳是失策了。可是如今再要纠正过来却已经来不及了。司令官当初把抓获人犯的事具文呈报教省省长时，曾要求上级破格特许他亲自负责审理这个案子；他的要求既经上级特予恩准，现在要打退堂鼓的话，就不能不丢尽脸面，自认不是这个犯人的对手了。

琴玛和米凯莱料得没错，他也想到了以军法审判来解决这个难题是唯一可行的办法；可是对此蒙塔奈利红衣主教却偏偏死也不肯同意，这一下司令官的一肚子懊恼就再也憋不住了。

他说："对这个人我和我的部属真是一忍再忍，什么不可忍的都忍了，我想主教大人如能体察区区此情，对这个问题就一定不会是这样的看法了。大人反对任意改变审判程序乃是出于良心的驱策，这一点我完全理解，也绝对尊重，不过这是个特殊的案子，必须采取特殊的措施。"

"案子再特殊，也不容许因此而就枉法，"蒙塔奈利答道，"把一个平民交付秘密军事法庭审判定罪，这有失公道，也于法有悖。"

"你还不知道这个案子有多严重，主教大人：这个犯人犯下的罪行，明摆着就有好几条都是够死罪的。他参加过萨维涅奥的谋反大案，要不是被他逃到了托斯卡纳，当时斯宾诺拉主教大人指派成立的特别军事法庭肯定早就把他枪毙了，就是不枪毙至少也得送他到船上去做苦役。这以后他的谋反活动一直没有停止过。大家都知道国内破坏性最大的几个秘密帮会里有一个就是以他为重要成员的。他涉嫌秘密警探被刺案达三起之多，在这些案子里他都有同意谋刺甚或指使谋刺的重大嫌疑。

此次拿获，也大可以说就是在他私运武器进本省时被当场逮住的。他还对官军持械反抗，致使两名执行任务的官员身负重伤，眼下他已对本城的治安秩序构成了其患无穷的威胁。在这样的情况下，采用军法审判当然是无可非议的。”

“无论这个人犯了什么罪，”蒙塔奈利答道，“审判总应该依据法律，他有这个权利。”

“依据通常的法律程序处置耽误时间哪，主教大人，这件案子可是片刻也耽误不得呀。且不说别的，有一件事我就一直很放心不下，我真怕他会逃走。”

“如果有这方面的危险，那就应该对他进一步严加防范，才是你的道理。”

“我敢不尽力，主教大人，可是看守犯人总还得依靠看守人员哪，也不知道怎么，这个家伙把他们弄得简直都像迷了魂似的。我三个星期里把看守人员撤换了四次，我对士兵一律严惩不贷，罚得自己都觉得腻味了，可结果还是没有一点用。他们为他来回传递书信，我就是阻止不了。他又不是一个女人，可是这些傻瓜就是喜欢他。”

“这倒是奇了。这人一定有什么非凡之处。”

“这个家伙的‘鬼’那才叫非凡呢——真对不起，主教大人，不过说实在的，碰到了这个家伙，便是圣人也会受不了的。说来人家也许不会相信，我们审问这个家伙，还得全部由我来亲自坐堂问案呢，因为该管的那个军官没审上多久就再也受不住了。”

“怎么回事？”

“这话也真不知该从何说起，主教大人，不过你只要一旦听过了他那一套胡说八道，你就明白了。人家还只当问案的军官是罪犯，坐堂审案的倒是他呢。”

“可是他大不了又能怎么样呢？当然他要是不肯回答你们的问题，那也没有办法；可是他除了不开口，还能有什么武器可使呢？”

“他还有一条刀那么利的舌头。我们都是凡人，主教大人，我们年轻的时候多半都做过些错事，很不愿意把这种事闹得尽人皆知。那也是人之常情嘛，把人家二十年前的小小过失重新翻出来当面叫人家下不了台，这也未免太刻薄了吧……”

“里瓦雷斯是不是揭了那个问案军官的隐私？”

“这个嘛，其实呢……那个可怜蛋也不过是当初做骑兵军官的时候背了笔债，从骑兵团的备用金里借了点儿钱……”

“说穿了就是盗用手里保管的公款，是不是？”

“当然这种行为是非常错误的，主教大人，可是他的朋友马上就替他把短缺的款子补上了，事情也就这样遮盖了过去……他可是好人家出身……此后的表现也一直是无可指摘的。这段底细里瓦雷斯是怎么会知道的，那我就实在猜不透了；但是当时对他一提审，他头一件事就是揭了问案官的这个旧疮疤——还当着一班部下的面呢！而且脸上居然装得若无其事，好像在念祈祷文一样！不用说，如今这个事儿是已经闹得省里尽人皆知了。主教大人只要趁审问的时候去听一次，包管就全明白了……可以不用让他知道嘛。你可以找个地方躲着偷听……”

蒙塔奈利转过脸来，望着司令官，脸上的那种表情在他是不常有的。

“我是个神职人员，”他说，“不是个警察暗探；我的职责里没有偷听这一条。”

“我……我并没有恶意，请不要见怪……”

“我想这个问题我们再谈下去也是谈不出什么名堂的。如果你把这个犯人送来，我倒愿意跟他谈谈。”

“我诚惶诚恐斗胆奉劝主教大人，这事可千万使不得。这个人是死心塌地不可救药的。为今之计，稳当些，省事些，还是就姑且从权一次，不要囿于法律的条文，干脆就把他除掉算了，免得他再去作恶。听过了主教大人刚才的这一番话，我还是斗胆坚持己见，心里真不胜惶恐之至；但是我毕竟要对省长大人负责，我必须维持本城的治安……”

“我，”蒙塔奈利打断了他的话说，“也要对天主负责，对教皇陛下负责，我决不容许在我的教区里搞偷偷摸摸的勾当。既然你逼着我与闻其事，上校，那我就要坚持行使我作为红衣主教的特权。我决不容许本城在和平时期举行秘密的军法审判。我决定明天早上十点钟就在这里接见这个犯人，不要有第三者在场。”

“那就悉听主教大人的尊便了，”司令官面带愠色，却还是回答得恭恭敬敬；出来的时候嘴里暗自叽咕：“两个倔脾气，一对活宝贝。”

主教打算要接见犯人，司令官对谁也没有说；一直临到约定的时间，他才吩咐把犯人打开镣铐，押解到主教的宫里去。司令官心里的想法当时就曾对他那个受伤的侄子表示过：这位主教大人真是巴兰驴子[①]养的！他独断专行就已经叫人够受了，何况路上还得冒那么大的风险，谁保得定那班当兵的不会

① “巴兰驴子”典出《圣经·旧约》。以色列人出埃及，摩押王甚为恐惧，派人请先知巴兰去诅咒以色列人。巴兰骑驴子去，上帝派使者在路上阻挡，驴子不走，巴兰打驴子，上帝让驴子开口说了人话。这里司令官借此骂红衣主教是会说人话的蠢驴。详见《圣经·旧约·民数记》22章。

跟里瓦雷斯和他的同党串通一气，趁机放他逃跑呢！

牛虻在重兵押送下踏进蒙塔奈利所在的那间屋里时，见主教正伏在一张堆满文件的桌子上写些什么。这突然触动了他的回忆。他想起有过一个炎热的仲夏的下午，他就曾在一间跟这差不多的书房里，坐在那儿翻阅一叠讲道稿。当时百叶窗也像这里一样掩上了，好挡掉外来的暑气，街上还有个卖水果的小贩在吆喝："卖草莓子哟！卖草莓子哟！"

他忿然一昂头，甩开了披在眼睛前的头发，嘴角边挂起了一丝冷笑。

蒙塔奈利眼光离开了文件，抬头一看。

"你们都去等在过道里。"他对押解的警卫说。

"请主教大人明鉴，"带队的警卫班长显然感到很紧张，压低了嗓音说，"上校认为这个犯人是个危险分子，最好还是……"

蒙塔奈利的眼神猛然一亮。

"你们都去等在过道里。"他不动声色，却并不改口。班长满面惊恐，敬了个礼，结结巴巴道了歉，便带着部下退了出去。

"请坐吧。"一等房门关上以后，主教就说。牛虻遵命坐下，一声没吭。

"里瓦雷斯先生，"蒙塔奈利停了会儿才打开话头，"我想要问你几个问题，如蒙你回答，我将万分感激。"

牛虻微微一笑。"我眼……眼……眼下吃饱了饭反正主……主……主要也就是被人提问了。"

"你呢……也一概不答，是不是？我就听说是这样，不过这些问题都是调查你案子的官员们向你提的，他们职务攸关，要拿你的回答去作为罪证。”

“那么主教大人你的问……问题呢？”这话听得出隐隐有些耻笑的意思，那意思不是在措辞上，而是含在语气中，主教立刻就辨出味道来了，可是脸上依然是一副和蔼而庄重的表情。

“我的问题嘛，”他说，“不管你回答也好，不回答也好，永远只有你知我知。如果问题涉及你的政治秘密，你当然可以不必回答。不过假如并不涉及你的政治秘密，那你我虽然非亲非故，我还是希望你能回答我，就算是对我个人帮了个忙吧。”

“我一……一……一切听候主教大人的吩咐。”说着他略略一欠身，脸上的那副神气就是世界上最贪得无厌的人见了也会没了勇气，谁还敢开口要他帮忙呢。

“那我先问你：听说你一直在把枪支私自运进本地区。这些枪支要来干什么用呢？”

“去……去……去消……消……消灭耗子呀。”

“这话就未免太过分了。难道跟你观点不一致的同胞在你眼里都是些耗子？”

“有……有……有一些可是耗子。”

蒙塔奈利把身子往椅背上一靠，默默地对着他瞅了一会儿。

“你这手上是什么？”他突然问。

牛虻对自己的左手瞟了一眼。“给一些耗子咬的，都是老伤……伤……伤疤啦。”

“对不起，我是说的那一只手。那是个新伤。”

那细细、软软的右手上有破口也有擦伤，伤得很不轻。牛虻把手举了起来。只见手腕已经肿胀，手腕上一道紫血印，又深又长。

“你看，不……不……不过是点小意思，”他说。“那天我被抓了起来——这都得拜谢主教大人你啦，”——说着又略略一欠身——“我这只手就是当时叫一个士兵给踩的。”

蒙塔奈利提起手腕来细细察看。“都三个星期了，怎么反倒会变成这个样子呢？”他问道，“整个儿都发炎了。”

“大概是因为手铐铐得紧……紧……紧紧的，伤口就不受用了吧。”

主教抬起头来，眉头都拧在了一起。

“你有新的伤口，他们也照样让你戴手铐？”

“那个自……自……自然，主教大人；手铐嘛，就是要铐在新的伤口上。铐在旧伤疤上有什么意思呢？不过是痛一点罢了；哪……哪……哪里比得上新伤口，铐上去那才真叫火辣辣的呢。”

蒙塔奈利又以那种仔细打量的目光对他瞅了瞅，然后才站起身来，拉开一只抽屉，抽屉里满是外科手术用的器械。

“把手伸过来吧。”他说。

牛虻面孔铁板，把手伸了过去，蒙塔奈利替他洗清了伤口，轻轻地包好扎好。显然这种活儿他是做惯了的。

“这手铐的事我可以去跟他们说一下，”他说，“现在我想再问你一个问题：事到如今你打算怎么办呢？”

“这……这……这个嘛，回答起来还不简单明了，主教大人。逃得了就逃，逃不了就死呗。”

“为什么一定得去死呢？”

“因为司令官就是不能把我枪毙，也一定会送我去服划船的苦役，对我来说那也是一……一……一个死。凭我这样的身体，我是无论如何挺不过去的。”

蒙塔奈利把胳膊靠在桌子上，默默寻思。牛虻也不去打搅。他半闭着眼睛，靠在椅子里，解去镣铐后身上觉得好松快，他就趁这个当儿尽情享受着那种美滋滋的舒坦之感。

“假如你逃了出去，”蒙塔奈利又说开了，“你以后的日子又打算怎么过呢？”

“我早已告诉过主教大人啦，我要去消……消……消灭耗子。”

“你要去消灭耗子。这就是说，假如我放得了你，现在就放你从这里逃出去，那获得了自由的你，就不但不会去制止，反而还要去鼓动暴力和流血，是不是？”

牛虻抬眼向墙上的十字架望去。“‘不是叫地上太平，乃是叫地上动刀兵！’[①]……就是退一万步说，我至……至少也应该与好人为伍吧。不过，照我个人的意见，我觉得还是用手枪来得最痛快。”

“里瓦雷斯先生，”主教还是不动一点声色，“我们说到现在，我可没有说过一句对你不敬的话，也没有在言语之间对你的信仰、对你的友人表示过一点轻慢的意思。可不可以请你也以同样的礼貌对待我？难道你就希望我产生个看法：觉得无神论者决不是上等人？”

“哎呀，看我就全……全忘了。在基督教的诸多美德中，主教大人对礼貌是看得很重的。我还记得你在佛罗伦萨的那次讲道，那时我不是还跟化名写文章为你辩护的那位开了一场论

① 牛虻此处引用的，原是耶稣对他的使徒说的话。语见《圣经·新约·马太福音》10章34节，全句应是：“你们不要想我来，是叫地上太平。我来，并不是叫地上太平，乃是叫地上动刀兵。”

战吗？”

“对了，这件事情我也正想跟你谈谈。你可不可以告诉我：为什么你对我似乎总是抱着这种异样的仇恨？如果你只是随手找上了我当个靶子打，那倒也罢了。你看问题总爱用政治论战那一套，那是你自己的事情，我们现在不谈政治。可当时我总觉得你对我个人怀有一种敌意；如果真是如此，那我倒很想请问：是不是我做过什么对不起你的事？还是有什么其他的原因，使得你对我如此仇恨？”

亏他说得出“做过什么对不起你的事！”牛虻举起那绑着绷带的手，按在胸口。“我来引用一个莎士比亚的典故，说给主教大人听，”他轻轻一笑说。“这就好比有人偏偏受不了那家家不可少的不咬人的猫[①]。我对教士就是有反感。一看到教士的法衣，我的牙……牙……牙齿就疼。”

“喔，假如就是为了这个……”他做了个不屑计较的手势，就把这个话头撂开了。“不过话说回来，”他又接着说，“谩骂是一回事，歪曲事实就又是另一回事了。当初我在讲道中提出停止论战，你在一篇答复的文章里说我知道化名写文章的那位是谁，这你就错了——我不是说你故意造谣——你错在讲了不符合事实的话。我直至今天还不知道他姓什么叫什么。”

牛虻像一只有灵性的知更鸟，歪着头一本正经地对他瞅了会儿，后来突然身子往后一仰，一阵哈哈大笑。

“S-s-sancta simplicitas![②] 哎呀，你这个可爱的、天真的阿卡狄亚人[③]——你会一直没有猜出来！难道你就一……一直没

① 莎士比亚的《威尼斯商人》里有一段话说到各人好恶不同，有人受不了张大了嘴的猪，有人受不了家家不可少的不咬人的猫。

② 拉丁文：“着实圣……圣……圣洁！”

③ 阿卡狄亚已见前注。这里的阿卡狄亚人讥讽其浑然无知有如世外桃源人。

有看出破绽?”

蒙塔奈利站起身来。“这么说，里瓦雷斯先生，莫非论战双方的文章都是你一个人写的?”

“我知道这不好，”牛虻睁大了那双纯真的蓝眼睛，抬起头来回答说。“可你却一股脑儿都当……当……当了真，来了个囫囵吞枣。应该是很不应该，可是滑稽，呵呵，实……实……实在滑稽!”

蒙塔奈利咬了咬嘴唇，又坐了下去。他从一开始就看出了牛虻是千方百计想惹他发火，所以他打定了主意不管怎样一定要按捺住性子，可是现在他渐渐觉得司令官这样怒不可遏的确不是没有道理的了。三个星期来天天要花上两个小时审问这个牛虻，处在这种境地的人偶尔说上一两句骂人话，也是情有可原的。

“我们就不谈这个吧，”他沉住了气说，“我这次所以要见见你，主要是这样考虑的：我在这里担任红衣主教，在如何处理你的问题上如果行使一下特权的话，还是说了话能算点数的。不过我这种特权只能有一个用途，就是：假如有关方面要对你使用不必要的暴力以防止你对人使用暴力，那我就可以出面干预。所以我今天把你叫来，一是要问问你有没有什么事要提出申诉的——手铐的事我会去替你交涉的，不过说不定还有什么别的事吧——二是因为我觉得，我在表示我的态度以前，应该先自己看一看你到底是怎么样一个人。”

“我没有什么事要提出申诉的，主教大人。‘A la guerre comme à la guerre.’[①] 我不是个小学生了，我把枪支私……私……

① 法语：“斗争就得像个斗争的样。”

私自运进一个国家的领土，当然也不指望官府会来轻轻拍拍我的脑袋。他们下死劲狠狠揍我，那才是情理之中的事。至于我是怎么样一个人，你已经听过我一次罗曼蒂克的忏悔了。还没有听够吗？要……要……要不要我重新再来一遍？”

“我不明白你的意思。”蒙塔奈利冷冷地说，随手拿起一支铅笔，在手里转动。

“主教大人该没有忘记朝拜圣地的那个地亚哥老头吧？”他突然把声音一变，改用地亚哥的嗓音说了起来：“我是一个受苦的罪人……”

蒙塔奈利手里的铅笔啪的一声断了。“这简直岂有此理！”他说。

牛虻轻轻地嘿嘿一笑，把头又往后一靠，坐在那儿，看着主教一言不发地在屋里踱来踱去。

后来蒙塔奈利终于在他的面前站住了，说道：“里瓦雷斯先生，你对我干出的这种事，是天下凡有一点人味的人对自己的冤家死敌都干不出来的。你暗暗刺探了我心灵的隐痛，居然拿人家的痛苦作为自己嘲弄取笑的对象。我再一次恳求你告诉我：是不是我做过什么对不起你的事？如果没有的话，那你又为什么要对我开这么个残酷的玩笑呢？”

牛虻靠在椅子的靠垫上，抬起头来，嘴角边又挂起了他那种微妙的冷冷的笑，令人莫测高深。

“我觉得好……好……好玩哪，主教大人；你把这些都那么认真当回事儿，倒使我想……想……想起了这有点像马戏班里耍……”

蒙塔奈利气得连嘴唇都发白了，他转过身去打了铃。

“你们把犯人带回去吧。”一等警卫进来，他就说。

人都走了，他回到桌子边上坐下。他很少有这样气愤的，身子都还在直哆嗦。他拿过一叠报告来看——那都是他教区属下的一班本堂神父送上来的。

可是他一会儿就把报告都推在了一边，他胳膊肘支在桌上，两手掩住了脸。牛虻似乎总留下了一个可怕的身影，在屋里萦回不去，那音容笑貌似乎总还依稀留下了一些踪迹。蒙塔奈利身子缩成了一团，坐在那儿直打颤，他不敢抬起头来看，生怕一抬头就会看到这个其实他明知并不存在的怪影。这个怪影，其实恐怕连个幻觉也说不上。那不过是神经极度紧张而生出的胡思乱想，可就是对这虚无缥缈的幻影他感到满心恐惧，难以言喻——他怕见那只受伤的手，怕见那张挂着一丝冷笑的无情利嘴，怕见那两颗海一般深不可测的诡秘的眼睛……

他终于摆脱开了胡思乱想，定下心来做他的工作。他忙了整整一天简直没有一点空闲，所以一天下来倒也相安无事；可是夜深以后进卧室去，刚到门口他就突然浑身一震，迈不开步了：他害怕。万一梦见了这个怪影，那怎么得了？不过他马上就镇定了下来，到十字架前去跪下祈祷。

可是这一夜他直到天明都没有阖过眼。

第四章

蒙塔奈利虽然生了气，说了话还是很当回事的。他为牛虻手上有伤还戴手铐的事提出了坚决的抗议，倒霉的司令官如今已是无计可施了，万般无奈之下，他也顾不上许多，就下令把镣铐全部去掉。他对副官发了一通牢骚："谁知道主教大人接下去又要反对我什么了？既然戴一副手铐他都可以叫'残酷'，回头他大概又要嚷嚷牢房的窗上不该钉铁条了，怪里瓦雷斯的伙食里怎么没有牡蛎香菇了。在我年轻的那年月，罪犯就是罪犯，罪犯就应该当罪犯对待，谁也不会认为造反比偷东西有哪点儿好。哪里像现下哟，煽动造反都成了时髦啦；各地的为非作歹之徒那么多，主教大人好像还巴不得给他们打打气呢。"

"我真不明白他到底有什么权力来干预，"那副官说，"他又不是省长，无论民务军务他都管不着。按照法律……"

"还谈什么法律？自从教皇陛下打开了牢门，把那帮自由派光棍痞子一股脑儿放出来跟我们百般捣乱以后，谁还把法律放在眼里！闹得简直是无法无天啦！蒙塔奈利主教大人当然也要摆摆他的主教架子啦；虽然前任教皇在位的时候他还是个默默无闻之辈，可如今他是个要人啦。他一步登天得了宠，可以爱怎么样就怎么样啦。我怎么好跟他作对呢？他或许有梵蒂冈方面的秘密授权也说不定哩。眼下这世上的事什么不是颠三倒四的，大家都是过一天算一天，今天不知道明天。以前的太平年月大家如何为人行事心里都有个准谱，可眼下哟……”

司令官摇了摇头，不胜怅怅。做红衣主教的偏要多事，来管狱规小事，还要大谈其政治犯的“权利”，这样的世界，唉，真叫他愈来愈看不懂了。

牛虻呢，他神经受到的刺激太大，回到堡垒的时候已是近于歇斯底里了。同蒙塔奈利见这一面，真叫他到了忍无可忍的地步；他最后一狠心，说了那句马戏班什么的话，那也是情急无奈才说的，目的无非是为了赶快结束会面，否则只消再过五分钟，这次会面管保就得在抱头痛哭中收场。

当天下午提他去审问，问他话他一概不理不答，只是狂笑。司令官这一下可再也忍不住了，他勃然大怒，破口大骂，犯人却反而笑得越发放肆了。倒霉的司令官气得直跳，历数了一大串奇而又酷的刑罚，想以此来恐吓这个不听话的犯人；可是到末了他还是得出了詹姆斯·伯顿多年以前早就得出的那个结论：跟这样一个精神失常的人去说理，那只是白费口舌，空耗精神。

牛虻又一次给押回到了牢房里。他在草垫子上躺下，每次大闹过一通以后他总是这样，情绪低落，只觉得闷闷抑抑，看不到一点希望。他就这样直躺到黄昏，一动也不动，连脑子都没有转过一下。上午的情绪那么激动，到了现在他却一变而为处于一种奇怪的半麻木的状态，自身的痛苦之于他，不过像一副死板不动的沉重的担子，压在一个忘了自己还有灵性的木头人儿身上。说真的，事到如今，如何了局已是关系不大了；只要是一个有知觉的人，眼下重要的便只有一条，那就是只求不要再挨那受不了的痛苦了；至于免挨痛苦是由于情况变了，还是由于感觉麻木了，这个问题也无所谓了。他或许还逃得了，或许就会死在他们手里；不管怎么说，反正他是决不能再跟神父见面了，见面没有一点好处，反而只会引起精神上的苦恼。

有个看守送晚饭来了，牛虻漠然地抬了抬沉重的眼皮。

“几点啦？”

“六点了。你的晚饭，先生。”

半冷不热的牢饭是不新鲜的，都有了气味了，牛虻厌恶地瞅了一眼，便掉过脸去。他不但心情抑郁，身上也很不舒服；一看到吃的东西，就感到恶心。

“你不吃饭要生病的，”那士兵急忙说，“好歹把面包吃一块吧；吃了对你有好处哪。”

那人的口气真热心得可怪，说着还从盘子里拿起一块黏乎乎的面包，而后又重新放下。牛虻内心的秘密工作意识一下子全苏醒了；他马上就意识到面包里一定藏着什么东西。

“你放着吧，待会儿我就吃两口。”他装得很随便似的说。牢门开着，他知道他们之间的一言一语都能被楼梯上的班长听见。

一等牢门重又锁上，确信监视孔里无人监视以后，他就拿起那块面包，小心掰开。面包里边正是他日盼夜望的东西：一包小扁锉。包锉刀的是一张纸，纸上还有些字。他小心把纸摊平，凑到仅有的一点亮光里去瞧。小小的一张纸上，字写得密密麻麻，加以纸质又是那么薄，所以看起来实在吃力。

门已开锁，今夜无月。望尽速锉好，于两时至三时之间由地道而出。此间一切均已准备停当，良机难再。

他欣喜若狂，把手里的纸揉成了一团。这么说一切都已准备停当了，他只消把窗上的铁条给锉开就行了。天幸身上的镣铐已经打开，这就省得他再花工夫去锉镣铐了。铁条总共有几根呢？两根，四根，每根得锉开两个口子，等于要锉八根。嗨，只要带紧点儿干，不消一夜他完全办得到……琴玛和马丁尼怎么会这么快，就把一切都准备得妥妥帖帖？——化装用的一切都有了，护照有了，藏身的地方也有了。他们一定是拼着命儿去干的……这么说结果还是采用了她的方案咯。他暗暗觉得有点好笑，自己也太傻了：采用的是不是她的方案，又有什么关系呢，只要这方案顶事就行了嘛！不过他心里却还是禁不住一阵欢喜：这利用地下通道的主意可是她想出来的！若是按那几位走私贩子原先提出的办法，就得用绳梯把他缒下去。她的方案固然比较复杂，也比较难办，但是不必像原先的办法那样，弄得不好就非得把东墙外的当班岗哨干掉不可。所以，两个方案传过来让他选择时，他毫不犹豫地就取了琴玛的方案。

具体的安排是这样的：那个充当内应的绰号叫“蛐蛐儿”的警卫只要一有机会，就背着同伴去把院子里通城墙脚下地下通道的那扇铁门偷偷开了锁，得手以后把钥匙还照原样在警卫室的钉子上挂好。牛虻得了信儿，就把窗上的铁条锉断，拿衬衫撕开来结成一根绳子，攀绳而下，可以落到院子里宽阔的东墙上。站岗的警卫背对着他时，他就手脚并用沿着此墙爬去，一旦警卫要是转过身来，他就紧贴石头卧倒不动。东南角上有一座相当破败的塔楼，塔楼外常春藤却长得密密丛丛。这塔楼之所以没有完全倒塌，多少是借了常春藤的力；不过大块大块的碎石还是纷纷崩落在院子里，都堆积在墙下。他可以手拉常春藤，脚垫碎石堆，从这座塔楼上爬下来，来到院子里。轻轻拉开已经开了锁的地道门，顺着门里的通道，钻入一条相通的地道。几百年以前这条地道本是该堡垒跟附近山里一座塔楼之间的秘密通道，如今已经完全废弃不用，有些地方还因为岩顶塌陷而被堵塞了。只有那帮贩私货的才知道，山坡上有一处遮掩得极隐蔽的洞口，下面有他们挖的洞，直通这条地道。有时海关官员闯到山村里挨家逐户搜查，到处扑空，闹得那班山民都气呼呼的，眼睛里喷出火来，却谁也没有想到大批违禁货物其实往往就藏在堡垒的城垛下，可以一藏就是几个星期。牛虻从这个洞里爬出去，到了山坡上，就可以趁着夜色赶到一个约定的冷僻地点，马丁尼和一个走私贩子会在那里等他。这个方案中却也有一个问题十分扎手，那就是：要在晚班巡查过后去开地道门上的锁，这样的机会并不是夜夜都有的，而且如果天朗气清的话，从窗口里攀绳而下，被岗哨发现的危险极大。现在既然有了成功的确切把握，那就万不能错过机会了。

他就坐下来吃些面包。这一顿饭，吃起来至少就不像平日吃牢饭那样叫他倒胃口了，再说，不吃东西就没有力气哪。

他恐怕还应该躺一会儿，好歹阖会儿眼。过了十点再动手锉，才比较保险，反正这一夜的活儿，是有得他累的。

现在回过头来再一看，神父倒确是有意想放他逃走的！这才像是神父的为人。可他，要让神父给放走，他是绝对不干的。说什么也不干！如果他逃得了，那也应该是靠了自己的努力，靠了同志们的努力。他决不接受教会里人的恩赐。

好热的天！看样子准是要打雷了，沉闷的空气憋得人难受极了。他躺在草垫子上左也不是，右也不是，就把包着绷带的右手枕在脑后，可不一会儿又抽了回来。怎么这手觉得火辣辣的，在一阵阵抽痛呢！而且连那些老伤也都痛起来了，隐隐的钝痛，痛个不停。他这些新老伤痛都怎么啦？哎，看想到哪儿去了！那不过是雷雨天气的影响罢了。他先阖会儿眼，养养精神，待会儿再动手去锉铁条。

四根铁条要锉八处哪，而且又都那么粗、那么硬！……还没锉的现在剩了几根啦？该不多了吧。他准是已经锉了几个钟头了——只觉得好长久、好长久呵——啊，对了，怪不得手臂这样痛呢……可这手臂怎么痛得这样厉害呀，都痛到骨头里啦！连胁下都痛得这样厉害，恐怕不见得是锉铁条引起的吧；那条跛腿只觉得火辣辣一阵抽痛——难道那也是锉铁条引起的？

他猛的惊醒了过来。不，他没有睡着，他是睁着眼睛做起梦来了——梦中恍惚觉得自己在锉铁条，其实活儿根本还没有动手干呢。铁条都还原封不动钉死在窗上，还是那么坚硬、那么牢固。远处的钟楼上敲了十点。他得动手干起来了。

他凑着监视孔往外瞅了瞅，见无人监视，便从怀里掏出一把扁锉。

※　※　※

不要紧，他没事儿——一点事儿也没有。都是脑子里在瞎想。胁下疼痛大概是因为胃里闹消化不良，要不就是受了凉，反正总不外乎是这一类的原因吧；牢房里的饭食简直吃不得，牢房里的空气又污浊不堪，这样三个星期关下来，闹点那样的病痛又有什么可奇怪的呢。至于浑身发痛，还有这一阵阵的抽痛，那多半是神经痛在作祟，也有一个原因是他缺少运动。啊，对了，肯定是这个道理：缺少运动。他怎么早没有想到呢，真是荒唐！

不过他还是应该先坐下来歇会儿，等不痛了再动手干。相信过一两分钟就会不痛的。

可是坐着不动反而比什么都难受。坐着不动，简直就是乖乖的任凭疼痛来肆意蹂躏，他心里害怕起来，面色都有点发白了。不，他得起来动手干，得摆脱这份疼痛。觉得痛不觉得痛，全看他意志坚定不坚定；他要自己不觉得痛，他要把浑身的疼痛硬是压下去。

他就又站了起来，清清楚楚讲出了声音，对自己说道：

“我并没有生病，现在也没工夫生病。放着这么些铁条得去锉断，我可不能生病。”

于是他就锉起铁条来。

十点一刻……十点半……十点三刻……他一个劲儿锉啊，锉啊，锉刀刺耳的嚓嚓声，一声声就像有人在锉他的筋骨和脑颅。“倒要看看哪个先给锉断？”他嘿嘿一笑，心里想道。“是我先断，还是铁条先断？”他咬紧了牙关，只管不停地锉下去。

十一点半。他虽然还在那儿锉，手却早已又僵，又肿，连锉刀都快拿不住了。不行，他可不敢停下来休息；一旦把这要命的活儿放下，他恐怕就再也不会有重新上手的勇气了。

门外听得见有哨兵走动的声音，马枪的枪托在门楣上擦了一下。牛虻赶紧停住，转过头去，手都没顾得放下，锉刀还拿在手里。莫非事情让人察觉了？

原来监视孔里扔进来一个小圆球儿，落在地上。他放下锉刀，俯下身去捡起来。一看是个小纸团儿。

※ ※ ※

下去，下去，一直往下去，只觉得黑沉沉的浪涛在四下奔腾打转……轰然响成一片……！

啊，原来如此！原来是因为他俯下身去捡纸团了。头里有点儿晕呢，很多人都是这样的，俯下身去头里就晕。不要紧，他没事儿——一点事儿也没有！

他捡起纸团，凑到亮光里，沉住气拆开摊平。

> "今夜无论如何得设法脱身；蛐蛐儿明日即将他调。此机一失不可再得。"

他还是照老办法把纸毁了，重新拿起锉刀，又干了起来，咬紧了牙，抿紧了嘴，豁出去了。

一点钟。算来已经干了三个钟头了，要锉八处已经锉断了六处。再锉两个口子，就可以翻窗出去了……

他想起了以前那几次大发病的情景。最近的一次就是新年里的那次，他一想起那一连五夜所受的罪，不觉一阵不寒而栗。可是那一次发作也没有来得这样突然呀，他几次发病都从来没有这样突然的。

他放下锉刀，自己也说不出个道理，忽然就把双手一伸，做起祷告来。他这真是情急无奈了，自从不信有神明以来，他这还是第一次做祷告——向什么祷告呢？任是什么都行……不，根本不必有什么神……他就向世上的万物祷告。

"今天夜里可病不得啊！要发病就让我明天发吧！明天我什么都甘愿承受……可今天夜里千万病不得啊！"

他举起双手按在太阳穴上，站着一动也不动，好一会儿才又拿起锉刀，重新干了起来。

一点半。他已经在锉最后一段了。他的衬衫袖子已经咬烂，嘴唇上血迹斑斑，眼前只觉得红红的一片模糊，额上的汗水直往下淌，可他还是锉啊，锉啊，不停地锉啊……

※ ※ ※

太阳出来以后，蒙塔奈利方才睡着。夜里辗转难眠的苦恼，早已磨得他精疲力竭，所以此刻他倒也安安静静睡了会儿。可是不久他就做起梦来了。

起初他做的是模模糊糊、杂乱无章的梦。或是旧有印象，或是胡思乱想，都是些零星片断，一个接着一个，一闪而过，互不连贯，但是无不饱含着一种朦胧的挣扎和痛苦的意味，笼罩着一种难以言喻的恐惧的阴影。一会儿他又梦见自己到哪儿也睡不成觉——这个做惯了的老梦太可怕了，多少年来一直令他见而生畏。即使在梦中，他心里也清清楚楚这个梦他以前从头到尾都做过。

他似乎是在一个辽阔空旷的地方东走走西转转，想找个清静的所在好躺下睡觉。可是到哪儿都是来来往往的人，说话的，嬉笑的，喊叫的，祈祷的，手摇小铃的，齐声敲击金属乐器的。有时他也避开了闹声，稍稍躲远点儿，找了个地方躺下，或是躺在草地里，或是躺在一张长条木椅上，或是就找了一块石板将就。他闭上了眼睛，再用双手捂住，不见一点光，于是就对自己说：“我这该可以睡觉了。”但是人群马上又一窝蜂直涌到他的跟前，叫啊，嚷啊，喊着他的名字，来央求他：“醒醒啊！快醒醒啊，我们有事找你呢！”

一下子，他仿佛又到了一座宏伟的宫殿里，厅堂辉煌，床啊，榻啊，矮矮的软软的躺椅啊，各色齐备。天色已晚，他对自己说：“好了，我总算在这儿找到一个清静的地方可以睡一觉了。”可是他挑了一个暗一些的房间刚刚躺下，就有人拿着灯闯了进来，无情的灯光朝他的眼睛里直刺，只听那人对他说："起来，有人找你。"

他就爬起来，又走了开去，走得趔趔趄趄，跌跌撞撞，像是一头野兽，受了要命的重伤。他听见钟敲了一点，意识到这夜晚早已过了一半——可贵的夜晚，去得竟是这样匆匆。两点，三点，四点，五点——到了六点城里的居民该都起来了，那时就再也不得安宁了。

他就换了一个房间，正要往一张床上一头躺下去，却不防从床上跳起一个人来，大叫一声："这床是我的！"他连忙退了出去，心里简直绝望了。

钟一点又一点地敲，他还是一处又一处地转，也不知去过了多少房间，到过了多少馆邸，穿过了多少走廊。令他生畏的朦胧的晨曦就快要爬上东天了，钟敲五点了，黑夜已经到了尽头，他却还是没有歇成。唉，真是苦啊！又是一天来了——又是一天来了！

他恍惚又如身在地下一条长长的廊道里，那是一条上有拱顶的低矮的过道，却怎么也走不到尽头。过道里灯烛辉煌，亮堂堂一片，从格子花纹的拱顶上传来了阵阵跳舞声、欢笑声，伴着轻快的音乐。**头项上那个世界**可是人间世界，那儿一定是在庆祝什么喜庆节日。唉，要是能找个地方躲起来睡一觉该有多好啊……只要有个小小的地方就行，哪怕是个坟墓都可以。正在这样自言自语，他脚下一绊，跌倒在一个敞着口儿的墓穴里。这墓穴敞着口儿，又有一股死尸腐烂的恶臭……哎，那又有什么关系，只要能够将就睡一觉就行！

"这个墓是我的！"原来那是格拉迪斯，盖在身上的裹尸布都快烂光了，她抬起头来，瞪大了眼睛瞅着跟前的蒙塔奈利。蒙塔奈利于是就往下一跪，向她张开了双臂。

“格拉迪斯！格拉迪斯！你就可怜可怜我吧，这儿虽然地方不大，你就让我挤进来睡一睡吧。我不是来向你求爱的；我不会来碰你，也不会来跟你说一句话；我只求你让我在你旁边躺下，睡觉！乖乖，我已经有多少天没有睡觉啦！我是一天也受不下去了！耀眼的亮光已经刺得我的灵魂生疼；吵闹的声音把我的脑子都要震碎了。格拉迪斯，让我挤进来睡一睡吧！”

他差一点就把她身上的裹尸布都拉过来蒙在自己的眼睛上了，可是格拉迪斯却退缩不迭，嚷嚷起来：

“你不怕亵渎了你的神圣吗？你是个神职人员呀！”

他不停地走啊，走啊，后来来到了海边，爬上了光秃秃的礁石，猛烈的阳光照得谁也受不了，海水永远在那里低声呜咽，抱怨自己不得安宁。他就说了：“啊！这大海总该有点善心吧。看它也是累得要死，却就是睡不了觉。”

可是就在这时从大海里昂然站起了阿瑟，高声叫道：

“这大海是我的！”

※　※　※

“主教大人！主教大人！”

蒙塔奈利一惊，醒了过来。是他的仆人在敲门。他木愣愣爬起来开了门，仆人见他满脸惊恐，一副失魂落魄的样子。

“主教大人……你别是病了吧？”

他双手擦了擦前额。

“没有的事，我正在睡觉，你吓了我一跳。”

“那我真是抱歉，今天一清早我好像听到过你走动的声音，所以我还当……”

“这会儿已经不早啦？”

“九点了，司令官已经来拜访了。他说有非常重要的事，因为知道主教大人一向起得很早，所以……”

“他在楼下？我一会儿就下来。”

他穿好衣服，就下楼去了。

“对不起，我今天这样贸然来拜访主教大人，实在唐突得很，”司令官一开头就说。

“该不是出了什么事吧？”

“出了大事了。差一点点就让里瓦雷斯给逃走了。”

“那好，只要没有逃成，就不要紧。是怎么回事？”

“我们在院子里紧靠小铁门的地方发现了他。今天凌晨三点钟，巡逻队巡查到院子里，一个士兵叫地上的什么东西给绊了一交，拿灯来一照，发现原来是里瓦雷斯横在当路，人事不省。他们立刻发出警报，把我叫醒；我检查到他的牢房，发现窗上的铁条统统已经被锉断，撕了内衣结了根绳子，一头还系在铁条的根根儿上。他是攀着绳子下去的，还在墙头上爬了一段。那铁门是通地道的，一查门上的锁已经打开。看这样子警卫人员早给买通了。”

“可是他又怎么会横在当路呢？莫非他是从城垛上掉下来，摔伤的？”

“我起先也是这么想的，主教大人，可是狱医检查下来，身上又查不出一点摔伤的痕迹。据昨天当班的那个士兵说，昨天晚上他送饭进去的时候，看里瓦雷斯的脸色像是得了大病的样子，结果饭也一口没吃。可那不是鬼话才怪；害了病，怎么能锉断了那么些铁条，又在墙头上爬了那么一大段路？道理上说不过去嘛。”

“犯人有口供没有？”

“他还昏迷不醒呢，主教大人。”

“到现在还昏迷不醒？”

“他只是偶尔才似醒非醒的，哼上几声，可一转眼又昏过去了。”

“这倒是很奇怪。医生怎么说？”

“医生也说不出个名堂来。要说是心脏病引起的昏厥吧，又查不出这样的体征；不过不管他这是什么病吧，反正病肯定是在差一点点就要被他逃跑得逞的那个节骨眼儿上突然发作的。要是依着我看呀，我倒认为那是仁慈的天主来直接干预了，所以他就突然发病倒下了。”

蒙塔奈利的眉头微微一皱。

“你准备把他怎么办呢？”他问道。

“这个问题我要不了几天就可以作出决定。不过决定之前我得先好好吸取教训。恕我直言，主教大人：这可都是去掉镣铐造成的后果啊。”

蒙塔奈利马上打断了他的话：“他有病，你总该不会重新给他上镣铐吧。听你所说他的病情还挺严重，这么个重病人怎么可能再逃跑呢。”

“我还会让他逃跑？”司令官出去的时候嘴里在暗自咕叽，“这个主教大人，婆婆妈妈顾忌这顾忌那，随他去吧，我是不管他了。反正里瓦雷斯早已被锁得牢牢实实，管他有病也罢没病也罢，这镣铐我是决不会给他去掉的。”

※　※　※

“可怎么会有这样的事呢？一切都安排妥当了，偏偏在最后一刻却昏了过去！那时他人都已经到了门口啦！这真像老天跟我们开了个大玩笑。”

“你听我说，”马丁尼说道，“我细细一想，觉得这只有一种理由可以解释，那就是他的病一定又发了，他一定是忍着病痛，用尽力气，苦苦挣扎，到了院子里，就筋疲力尽，昏过去了。”

麦尔康奈气冲冲磕掉了烟斗里的烟灰。

“好了，反正这一下算是完蛋了；我们现在也帮不了他的忙了，可怜的家伙！”

“可怜的家伙！”马丁尼也跟着叹息，声音是低低的。他渐渐体会到了一种心情，就是：没有了牛虻，连他也会觉得这世界是空虚而沉闷的。

“她的想法怎么样？”那个走私贩子说着向屋子的那头瞟了一眼。那儿孤零零一个人坐着琴玛，手放在膝头上没事可做，眼睛直勾勾瞅着空无所有的前方。

“我还没有问过她；她听了我报来的信儿，就一直没有开过口。这会儿我们还是不要去惊动她的好。”

她似乎也根本没有理会到屋子里还有他们两个人，不过他们还是把说话的声音都压得低低的，仿佛在打量一具尸体似的。冷清清沉默了片刻以后，麦尔康奈便站起身来，收起了烟斗。

“我晚上再来吧。”他说。马丁尼却一摆手，拦住了他。

“且别忙走，我有话要跟你说。”他下面的话音压得更低了，简直像在打耳语了：

“你认为真的毫无希望啦？”

“现在还能有什么希望呢！总不见得重新再来一次吧。就算他身体好了，可以把他那半边的事对付下来，我们这半边也根本无从下手啦。站岗放哨的因为受到了怀疑，全部要加以撤换。蛐蛐儿当然也别想再进去啦，还用说吗？”

马丁尼突然提了个问题：“依你看，等他身体恢复以后，是不是可以想个什么法子，把守卫的哨兵引开？”

“把守卫的哨兵引开？你这是什么意思？”

“是这样的：我有个想法，就是到了圣体节①那天，等迎圣体的队伍经过堡垒跟前的时候，我要是抢上前去挡住司令官的去路，劈面给他一枪，堡垒里的岗哨就一定会冲出来抓我，那时你们几位或许就可以趁这一阵混乱把里瓦雷斯救出来。这实在还不大好算个计划，我不过是有这么个想法而已。”

“我看这个想法怕不一定行得通吧，”麦尔康奈答话的神情十分严肃。“当然，事情总还得仔细研究一下，才能下结论。不过……”他顿了一下，瞅了瞅马丁尼，“就算这个计划能行——你肯不肯干呢？”

常时马丁尼一向是个很有节制的人，然而眼下可不是常时。他两眼直瞪瞪的，盯住了那走私贩子的面孔。

“问我肯不肯干？”他反问了一句，“你倒是看看她！”

这就用不着再作进一步的解释了；他这一句话，便已道尽了一切。麦尔康奈一扭头，朝房间的那头望去。

他们在这边说了好一会儿的话，她在那头却始终没有动过一下。从她的脸色中看不到疑虑，看不到恐惧，甚至也看不到悲伤；除了死亡的阴影，什么也看不到。那个走私贩子对她看

---

① 按照天主教的节日，从复活节算起的第 50 天（即第 7 个星期日）为圣灵降临节（五旬节），再下一个星期日为三一节，三一节后的第一个星期四为圣体节。圣体，指牺牲在十字架上的耶稣基督的肢体，在弥撒大礼中经过“祝圣”的饼和酒就成了圣体的象征。这个节日，还举行迎圣体的列队行进仪式，以纪念基督的圣体“亲临饼酒形内”。

着、看着，眼睛里不觉噙满了泪水。

“快点儿呀，米凯莱！”他猛地推开了阳台门，向外张望了一下说。“你们两个，快完了没有啊？事情一大堆都等着我们去干哪！”

米凯莱跟吉诺一前一后，从阳台上走了进来。

“我都已经准备好了，”米凯莱说，“我只想问一下太太……”

他正要向琴玛的跟前走去，马丁尼赶紧一把抓住了他的胳膊。

“别去打搅她了；她还是一个人待着倒好受些。”

“随她去吧！”麦尔康奈也说，“我们多嘴多舌的，对她也没有什么好处。我们大家的心里都已经是够难受的了，可她的心里还要难受十倍呢，可怜的人儿！”

第五章

一个星期来牛虻一直躺在那儿，那情况可惨了。这次的病本来就发得厉害，加以司令官又在惶恐无奈之下，兽性大发，给他上了脚镣手铐不算，还非用皮带把他绑住在草垫子上不可，绑得又紧，只要他一动，皮带就都勒进了皮肉。牛虻凭着他有苦就熬的精神，咬牙死撑，把一切苦楚都忍了下来，可是到第六天末他的自尊心终于顶不住了，于是就可怜巴巴地央求狱医给他用一剂鸦片。医生倒是很愿意给他用的，可是司令官一听说要求给他鸦片，就声色俱厉地下令禁止“干这样的蠢事”。

“你怎么知道他要鸦片来干什么用呢？”他说，“很可能他那种样子全都是装出来的，要了鸦片是要把卫兵‘麻’倒呢，要不就是还有什么别的鬼花招。里瓦雷斯狡猾诡诈，什么花样都耍得出来的。”

“我只给他一剂鸦片，这哪里就谈得上‘麻’倒卫兵呢，”医生忍不住笑了出来，“至于说他是不是装样子——那也大可不必担心。他多半是活不下去的了。”

“反正我就是不准给他鸦片。一个人要人家对他关心体谅，自己首先就应该关心体谅人家。根据他的所作所为，给他一点严厉的惩处是完全应该的。这样也许才可以教训教训他：下次还敢不敢玩这种打开铁窗的把戏?”

“不过，法律也不容许施用酷刑呀，”那医生居然斗胆说，“这种做法跟施用酷刑恐怕也没有多大差别了。”

“我看法律上也没有规定可以用鸦片吧。”司令官气冲冲地说。

“可以不可以，当然是你说了算，上校；不过我还是希望你无论如何该把皮带给撤去。绑皮带根本是多此一举，徒然加重了他的痛苦。现在还用怕他逃走？你就是放他走，他连站都站不住呢。”

“我好心的先生，我看医生也跟常人一样难免会有判断错误的时候。我现在这样绑着他是万无一失，我就打算这样把他绑下去了。”

“那也至少应该把皮带稍微放松点儿吧。绑得这样紧；简直是残酷到了野蛮了。”

“我就打算把他绑得这样紧，一点也不放松；什么野蛮不野蛮的，先生，请你少教训我。我做一件事，总有我这样做的理由。”

因此在第七夜上，情况还是没有一点改善；守在牢房门口的那个卫兵整夜听着他凄厉的呻吟，听得一阵阵不寒而栗，一遍又一遍的在胸前直划十字。牛虻忍痛忍到了这个分儿上，到底渐渐支不住了。

早上六点，那个卫兵在临下岗前轻轻开了牢门，来到了牢房里。他知道这是严重违反纪律的行为，可是不去好言安慰两句就走，他实在于心不忍。

他见牛虻躺着一动也不动，闭上了眼睛，张开了嘴巴。他站着半晌没有作声，后来探下身去问道：

“你有没有什么事可以让我帮忙的，先生？我一会儿就要下岗了。”

牛虻睁开眼来。“别来管我！”他哼哼着说，“别来管我……”

那卫兵赶紧溜了回去，他岗位怕都还没有走到呢，这边的牛虻早已又迷糊过去了。

十天以后，司令官又去了主教的宫里，不巧主教到八堂区看望一个病人去了，要到下午才回。那天晚上，司令官刚坐下来准备吃晚饭，仆人进来通报：

“主教大人想要跟大人面谈。”

司令官匆匆对镜一照，见自己的军装并无不整，便摆足了架子，走进会客室里。蒙塔奈利已经在会客室里坐着了，手在椅子扶手上轻轻拍打，眼睛望着窗外，眉心蹙得紧紧的，显出心情之焦急。

“我听说你今天来看过我了，”他打断了司令官的客套话，就单刀直入地说，态度显得有一点不由分说，他对乡亲们说话可从来不是这样的。“你要找我商量的事，大概也就是我正想跟你谈谈的那件事吧。”

“是里瓦雷斯的事，主教大人。”

“我就料到是这件事。近几天来我也一直在考虑这件事。不过在细谈以前，我倒想先听听你是不是有什么新的情况可以告诉我。”

司令官捋了捋小胡子，神气显得挺窘。

“说实在的，我倒是很想来听听主教大人是不是有什么良策可以教我。如果主教大人仍然反对我所提的办法，那我就衷心希望你能给我指点一下：这事到底该怎么办好？因为不瞒你说，我是实在没有办法了。”

“又有什么新的麻烦了吗?”

“别的倒没有什么，就是下星期四六月三日是圣体节了，这件事无论如何得在圣体节以前解决掉。”

“没错，星期四是圣体节；可为什么你不定别的日子，却非要在圣体节以前解决不可呢?”

“实在抱歉，主教大人，不是我有意要违拗你的意思，可是里瓦雷斯如果不能在圣体节以前除掉的话，本城的治安万一有什么问题，我可担待不起这个责任。主教大人也知道，到圣体节那天，山里那帮最无法无天的暴民都要聚集在本城，他们十之八九会铤而走险，想乘机来攻开我堡垒的大门，把他劫走。他们是不会得逞的；我自有办法对付他们，哪怕得多花上一些代价，我也要把他们统统赶跑，不让他们进我的大门。不过只要圣体节这一天还没有过，这一类的事就完全有可能发生。我们这罗马涅一带民风剽悍，他们一旦刀子出了鞘……”

“我想我们只要注意点儿，就可以使事态不致发展到动刀子的地步。我总觉得，只要不苛待他们，这一带的老百姓还是很容易相处的。当然话也要说回来，对罗马涅人要是一旦采取了威逼或压制的态度，那他们就会变得很不好对付。不过你说那帮子人又在策划劫狱，可有根据么?”

“昨天，加上今天早上，我已经先后两次接到手下谍报人员的报告，说是这一带谣言纷纷扬扬，到处在传，又说老百姓显然是在暗地里图谋什么不轨之事。只是详情还探听不出；要是摸清楚了，倒就容易防范了。不过我那天这一惊吃得不小，现在宁可还是把细点儿的好。跟里瓦雷斯这样一只狡猾的狐狸打交道，还是一切小心为上。”

“我上次还听说里瓦雷斯病情不轻，根本不能动弹，连说话都不行。这么说他现在好了？”

“看来已经好多了，主教大人。他的病情的确很不轻——如果这不是他装假的话。”

“你认为他可能装假，有根据么？”

“这个嘛，看医生的样子好像很相信他这都是真病；不过，是病的话那也真是天下的奇病了。不管怎么说吧，反正他现在已经好起来了，人也比以前更难对付了。”

“他又干了什么啦？”

“托天之福，他现在还干不了什么，”司令官说着，脸上不觉透出了一丝微笑：他想起了给犯人绑的皮带。“可是他的表现还是叫我说什么好呢。昨天上午我到牢房里去问他几个问题；因为根据他目前的身体情况，还不能提他出来审问……再则，我觉得在他身体完全复原之前，最好还是少冒风险，不能让他被老百姓看到。这种事情往往会引出许多荒诞不经的谣言，一下子闹得满城风雨。”

“这么说你是到牢房里去审问他了？”

“是啊，主教大人。我想他现在总该听从点儿道理了吧。”

蒙塔奈利一听这话，故意把他从头到脚一打量，那神气简直就像发现了一种从没见过的难看的动物，所以要特地看个仔细似的。不过好在司令官这时正在弄他挂佩刀的腰带，所以并没有看到主教的面色。他还是不慌不忙接着往下说：

“我可并没有怎么特别苛待他，不过对他我是不能不比较严格的——更何况这又是一座军事监狱——我也何尝没有想过，对他放宽容点也许效果就会好些。我还对他说来着，只要他表现得通情达理点，我就可以把看押措施大大放宽。主教大人呀，你知道他是怎么回答我的？他躺在那儿对我瞅了半晌，活像关在笼子里的一头恶狼，后来轻声小气说：‘上校，我不能爬起来掐死你，可我的牙齿还是挺利的，你那喉管还是离我远点的好。’简直凶得像一头山猫似的。”

“这些我觉得也没有什么可奇怪的，”蒙塔奈利不动声色地说，“不过我此来是想问你一个问题。你是不是真心认为，里瓦雷斯关在这个监狱里，对这一带的治安已经构成了严重的威胁？”

“我是一百个真心，主教大人。”

“你认为，要避免流血的危险，就非得在圣体节以前设法把他除掉不可？”

“我只能重复说一遍：如果到星期四他还在这儿，那依我看不打上一场我们是过不了这个节的，而且我看打起来规模大概还是不小的。”

“那你的意思是说，只要他不在这儿，就不至于会有这样的危险咯？”

“要是那样的话，就不会发生什么骚乱了，至多也不过是有些人来嚷嚷一通，扔几块石子而已。只要主教大人能有办法把他除掉，我就保证本城的治安决不会出问题。要不，我看就会有极大的麻烦。我有很大的把握敢说，那帮子人已经又在重新策划来搭救他了，动手的日子估计就是下星期四。假如我们防范在先，到了那天早上他们突然发现他根本不在堡垒里，那他们的阴谋就自然而然破了产，他们也就没有理由再来打了。相反，如果我们非要等到人家来了才把他们打退，这样的人山人海之中要是一旦拔出了刀子，那不用到天黑我们这里十之八九就会化为一片焦土。”

“那你何不把他往腊万纳送呢？”

“哎呀苍天有知，主教大人，我是巴不得把他往腊万纳送呢！可路上要是有人拦截，叫我怎么防得了？我手下兵力薄弱，遇到武装袭击很难抵敌；那帮山民个个都有刀子、土枪一类的家伙。”

“这么说，你还是一心想要采用军法审判，为此想征得我的同意，是不是？”

“对不起，主教大人，我有求于你的只有一条——就是求你能帮助我避免暴乱和流血。我愿意老老实实承认，一些特别军事法庭，比如像弗雷迪上校搞的那个，有时候实在大可不必如此严厉，搞得这样严厉非但不能把老百姓压服，反倒激怒了老百姓；不过我认为这一次情况不同，这一次要是采用军法审判，就该是个明智之举了，而且从长远来看简直功德无量。这一次采用军法审判，就可以避免一场暴乱，一则暴乱本身就是一场大灾难，二则由于暴乱的缘故，还很可能使当今教皇陛下业已废止的特别军事法庭制度又得以卷土重来。”

司令官一面孔正经地结束了他这篇小小的演说，等着主教的答复。主教迟迟没有回答；后来好容易开了口，没想到说出来的却是这样一句叫人吃惊的话：

“费拉里上校，你相信天主吗？”

“主教大人！”上校不觉倒抽了一口冷气，这一声呼喊的后面真可以跟上一连串的惊叹号。

“你相信天主吗？”蒙塔奈利又追问了一句，身子也站了起来，两道不可动摇的锐利的目光居高临下瞅住了他。上校也跟着站了起来。

“主教大人，我是一个基督徒，我向神父行忏悔，从来都是得到赦罪的。”

蒙塔奈利举起了胸前的小十字架。

“那你就凭着为你们而牺牲的救世主的十字架起誓，你对我都说了实话。”

上校一动也没动，瞅住了十字架直发愣。他简直弄迷糊了，不知到底是谁串错了神经：是他自己呢，还是主教？

“你要求我同意你把一个人处死，”蒙塔奈利又接着说，“你敢不敢把十字架吻一下，向我保证，想要避免更大的流血舍此再也没有别的办法？可要记住，你要是对我说了假话，你那不灭的灵魂就永远也别想得救。”

司令官稍稍犹豫了一下，就低下头去，捧起十字架来吻了吻。

“我相信是这样的。”他说。

蒙塔奈利这才缓缓把脸转了开去。

“我明天给你一个明确的答复。但是我一定得先见一见里瓦雷斯，跟他单独谈一次话。”

“主教大人——恕我冒昧说一句——你去找他谈话，管保会后悔的。啊，对了，他昨天托看守送了个信给我，说他想求见主教大人，可是我并没有理睬，因为……”

“没有理睬！”蒙塔奈利不放过他这句话，“一个人处在这样的情况下，托人送个信来给你，你居然会没有理睬？”

“如果主教大人生气，那我表示抱歉。其实我的本意是不想为这种十足荒唐的请求来打搅主教大人；我已经把里瓦雷斯从骨子里摸透了，知道他的用心无非是想借机侮辱侮辱你。而且说实在的，不怕讲一句唐突的话，我认为你就这么单独一人去他那儿是有欠考虑的；这个人才真叫危险呢——不瞒你说，就是由于他危险性太大，所以我才觉得有必要对他实行适度的活动限制……”

“这么一个手无寸铁的有病之人，又受到了你适度的活动限制，你还会觉得他危险性太大，不可不虑?”蒙塔奈利并没有提高嗓门，但是上校听出了那隐而不露的轻蔑之意，觉得给刺了一下，立刻红起了脸，心里恨恨的。

“主教大人觉得怎么办好就请怎么办吧，”他也摆出了最最生硬的态度。“我的意思不过是想让你省些烦恼，免得听这个人的恶言咒骂。”

“你觉得对一个基督徒来说哪个不幸更可痛心：是听到一句恶言咒骂呢，还是眼看一个圆颅方趾的同类行将死去却弃之不顾?”

司令官把身子挺得笔直，摆出一副官样面孔，像木头一样毫无表情。蒙塔奈利那样对待他，气得他要死；他愈是生气，就愈是要表现得毕恭毕敬，异乎寻常。

“主教大人想要什么时候去看犯人?”他问。

“我这就去。”

“听主教大人的便就是。是不是可以请你稍等片刻，让我派个人去让他准备一下?”

司令官早已急匆匆下了他的官座。他不愿意让蒙塔奈利看到犯人绑的皮带。

“谢谢你，不用让他准备了，就那样让我去看看吧。我这就直接上堡垒去了。再见，上校；明天早上等我的回音吧。”

第六章

一听见牢门开锁的声音，牛虻就背过脸去，眼望别处，冷淡之中还带着几分倦乏。他以为那无非又是司令官来了，又要审问他，叫他不得安宁了。几个士兵登上了窄窄的梯子，马枪在墙壁上撞得砰砰直响；随后又有个声音恭恭敬敬说：“这儿的梯子可陡呢，主教大人。”

他不觉猛的一惊，身子随即往下一缩，可是皮带勒得他生疼，叫他气都透不过来。

蒙塔奈利由班长和三个士兵陪着走了进来。

“主教大人请稍等一会，”那班长惶恐不安地说，“有个弟兄去拿椅子了。他还只刚去。一切还请主教大人多多原谅——我们要是早知道你要来，也就不会弄得这样毫无准备了。”

“用不到准备什么的。是不是可以请你回避一下，班长？请跟弟兄们都在扶梯底下等着好吗？”

“遵命，主教大人。椅子来了，是不是就放在他的跟前？”

牛虻此刻正闭着眼睛躺在那儿，可是他感觉到蒙塔奈利正瞅着他。

“我看他大概是睡着了，主教大人。”班长刚说了一句，牛虻就睁开了眼来。

“没睡着。”他说。

班长带着士兵正要退出牢房，听见蒙塔奈利突然一声惊呼，便都收住了脚步，回过头来，看见主教正弯下了身子，在察看那些皮带。

“这是谁干的？”他问。班长窘得直摸帽子。

“司令官大人有明令叫这么办的，主教大人。”

“我真没有想到会这样，里瓦雷斯先生。”蒙塔奈利说这话时是一副无比痛心的口气。

“我不是对主教大人说过了吗，”牛虻还是那么冷冷一笑，说，“我本来就不……不……不指望官府会来轻轻拍拍我的脑袋。”

“班长，这一套搞了有多长时间啦？”

“是他逃跑不成以后搞起来的，主教大人。”

“这么说，都快一个星期了？快去拿把刀来，把这些皮带统统砍断。”

“回主教大人的话，医生早就提出过要把皮带去掉，可费拉里上校坚决不准。”

“快去拿把刀来。”蒙塔奈利并没有提高嗓门，可是那些士兵见他已经气得脸都白了。班长从口袋里掏出一把折刀，弯下了腰，就去割牛虻臂上的皮带。偏偏这家伙不是个心灵手巧的人；他弄得一个不得法，反而把皮带抽得更紧了，牛虻尽管极力克制，还是禁不住皱紧了眉头，咬紧了嘴唇。蒙塔奈利立刻走上前来。

“你不会弄，把刀子给我。”

“啊——！”臂上的皮带去掉了，牛虻把两臂一伸，痛痛快快舒出了一口长气。刚转过眼来，蒙塔奈利早已把绑在脚踝上的皮带也割断了。

“班长，把镣铐也一起去掉；弄完了你到我这儿来。我有话要跟你说。”

他就站在窗前，看班长弄，班长弄完了，把镣铐往地下一扔，就来到他的跟前。

“好吧，”他说，“你把这里的经过情况从头到尾都告诉我。”

班长倒是肯讲，就把自己知道的情况都一一说了：牛虻是怎样发的病，司令官是怎样采取的“纪律措施”，医生又是怎样提出了意见，结果却碰了一鼻子灰。

“不过依我看，主教大人，”他还补充说，“上校不肯把皮带去掉，目的是想用来逼他招供。”

“逼他招供？”

“是的，主教大人，前天我就听见上校说来着，只要他”——说着对牛虻瞟了一眼——“回答刚才问他的一个问题，这皮带就可以去掉。”

蒙塔奈利一把紧紧抓住了窗檐，那几个士兵都面面相觑；和蔼的主教发了火，他们以前可从来也没有见过。牛虻则已经根本忘了还有他们在眼前；他已经把什么都撂在一边了，只感觉到自己的身子多么舒展自如。他的四肢早已都发了麻了；如今一下子轻松了，就忙着伸伸手、屈屈腿，这边转转，那边扭扭，兴奋极了。

“好了，你去吧，班长，”主教说，“你用不着担心这有什么违反军纪的；我有事问你，你回答我是完全应该的。你注意一下，不要让别人闯进来。事情完了我自己会出来的。”

卫兵出去，门关上了，他靠在窗前，望了一会西下的夕阳，好让牛虻从容点儿透口气。

半晌，他才离了窗口，到草垫子旁边坐了下来，说道："听说你想跟我单独谈一次话。如果你觉得现在身体还可以，能够把想说的话跟我说一说，那我很愿意恭听。"

他的话说得非常冷淡，态度显得生硬而专横，这在他是很不正常的。皮带还没有去掉的时候，在他的眼里牛虻无非就是一个惨遭虐待、备受折磨的人；可是如今他就不能不想起他们上一次的会面了，想起是因为自己受了难堪的侮辱，会面才草草结束的。牛虻懒懒地把头靠在胳膊上，抬起脸来一看。他就有那么一种天生的本领，能悄悄地一下子就做出一副很有风度的样子。刚才他脸上照不到亮光的时候，谁也不会想到他遭受过了多么大的苦难煎熬。可是现在一仰脸，明净的夕晖照出了他的脸色是多么憔悴苍白，最近几天的折磨在他身上留下的印痕又是多么明显。一看到这些，蒙塔奈利的火气也渐渐消了。

"我看你恐怕病得很不轻呢，"他说，"真是抱歉，这一切我都不知道。不然我早就加以制止了。"

牛虻耸耸肩膀。"搞斗争嘛，本来就是不择手段的，"他冷冷地说，"主教大人从基督教的立场出发，在理论上是反对给犯人绑皮带的；但是要叫上校也认识到这一点，那就不大公道了。当然，皮带要是绑到他自己的身上他也是不赞成的——其实我也何……何……何尝不是如此呢。不过那也要看各……各……各人的机遇如何了。比如此时此刻的我，就是给垫在人家脚下的——你说我还能怎……怎……怎么样呢？然而我还是非常感激主教大人今天能屈驾下顾；不过这恐怕也是出之于基……基……基督教的立场吧。看望犯人——啊，对了！瞧我怎么都忘了！《圣经》上不是说了吗，'这些事你们既作在我这弟兄中一个最小的身上……’①——你这样做虽然对我不是什么恭维，不过我这个最渺小的人还是颇知感激的。”

“里瓦雷斯先生，”主教打断了他的话，“我今天到这儿来可是为了你——不是为了我。要不是你落到了你所谓‘给垫在人家脚下’的境地，我领教过了你上星期对我所说的那一番话，老实说也真不会再来跟你说话了；但是你是个犯人而又兼病人，你就有双重的特权，我不能不来。我既已来了，请问你究竟是有什么话要对我说呢？还是根本没有什么事儿，不过想找个老头来侮弄侮弄，寻个开心？”

没有听到回答。牛虻早已转过了脸去，正一只手掩着眼睛，躺在那儿。

“真……对不起，麻烦你，”半晌他才说，声音也沙哑了，“能不能给我点水喝？”

窗子旁边有壶水摆在那儿，蒙塔奈利就起身去取了来。他刚把手臂轻轻伸到牛虻身下，想扶他起来，突然觉得对方潮呼呼冰冷的指头像把老虎钳那样一把抓住了他的手腕。

“让我扶一下……快快……扶一下就行，”牛虻的声音低微，“哎呀，在手上扶一下又有什么关系呢？一会儿的事嘛！”

他身子扑了下来，脸伏在蒙塔奈利的胳膊上，浑身上下抖个不住。

“喝点水吧。”蒙塔奈利过了会儿才说。牛虻没说什么，乖乖地喝了点水，然后闭上了眼睛，重又一仰身，躺倒在草垫子

---

① 这句话出自《圣经·新约·马太福音》25章40节。“这些事”，指善事。“你们”，指义人。话是耶稣论“审判日”的时候说的。耶稣说：到了那天，万民都要聚集在他面前，义人归一边，不义的人归另一边。耶稣会说义人在他身上做了许多善事，义人会说他们没有在他身上做过善事啊，于是耶稣就会说：“我实在告诉你们：这些事你们既作在我这弟兄中一个最小的身上，就是作在我身上了。”意思就是，为最微不足道的人做了好事也就是对耶稣做了好事。

上。刚才蒙塔奈利的手不过是无意在他的脸上一碰，他自己也说不出他这到底是怎么了。他只觉得自己活了一辈子，比这更可怕的事还从来没有碰到过。

蒙塔奈利把椅子往草垫子跟前挪了挪，便坐了下来。牛虻躺在那儿一动也不动，真像一具死尸一样，脸如死灰，憔悴得都落了形了。默然良久，他才睁开眼来，两道幽幽的目光有如不散的阴魂，盯住了主教。

“多谢你了，”他说，“我……真觉得抱歉。我记得——你刚才好像问了我什么是不是？”

“你还不能多说话。如果你有什么话要对我说，我可以明天想法抽空再来。”

“请不要走，主教大人——其实我没有什么大不了的。我……我就是这几天一直有点儿不舒服；不过那也有一半是装病吧——你要是问上校的话，他准会对你说有一半是装出来的。”

“对问题我喜欢有我自己的看法。”蒙塔奈利的口气还是那么平静。

“上校也……也一样。你知道吗，有时他的看法还是挺妙的哩。看他这么一副长相，你怎……怎……怎么也不会想到：有……有……有时候他的想法那才叫新……新……新鲜哩。比如星期五那天晚上——好像是星期五吧，余日无多，我记日子也有……有点糊涂了……反正有一天晚上，我说让我用一剂鸦片吧……这我记得挺清楚；当下他就来到我这牢房里，对我说，鸦片可……可以给……给……给我，只要我说出地道门上的锁是谁开……开……开的。我记得他还说了这么一句：‘你要是真病，就一定肯说；你要是不说，我就认为这证……证明你是装病。’我现……现……现在愈想愈觉……觉……觉得他这话可笑；真是天下少有的滑……滑……滑稽……”

说到这里他突然一阵哈哈大笑，笑得那么粗哑刺耳；见主教不作一声，他猛地转过脸来，眼睛盯住了主教，把话又说了下去，但是说得愈来愈急了，结巴得也更厉害了，所以叫人简直很难听清：

“你不……不……不觉得这话滑……滑……滑稽吗？那也难……难怪；你们教……教会里的人一……一……一点都没有幽……幽默感——你们总是把一切都看……看得很苦……苦……苦恼。比……比方说吧，那天晚上在大教堂里——看你把脸拉得有多长呀！对了——我扮那个朝圣的老头，装……装得一定也是怪……怪可……可怜的！你今天下午特地来……来办这档子事……事儿，我相……相信你也绝……绝对不会觉得那有什么好……好……好玩的。”

蒙塔奈利站了起来。

“我是特地来听你有什么要紧话要说的，可是我看你今天晚上太亢奋了，说不了了。还是请医生给你用上一点镇静剂，等你好好睡上一夜，我们明天再谈吧。”

“好好睡……睡上一夜？哎呀，主教大人，只要你一……一点头，同……同意了上校的方案，我睡……睡起来那才叫香呢———颗枪……枪弹就是最……最妙的镇静剂啦。”

“我不明白你的意思。”蒙塔奈利显得吃了一惊，转过脸来瞅着他说。

牛虻又是一阵哈哈大笑。

“主教大人呀，主教大人！基督徒的美德首……首先就是诚……诚……诚实！难……难……难道你以……以……以为我不……不……不知道司令官千方百计想要叫你点头，同……同意对我施行军法审判？你还是痛快点儿同……同意了好多着呢，主教大人；要是换了你的同……同事处在你的地位上，谁会说……说个不字呵。反正‘Cosi fan tutti，’[①] 你这么一办，功德无……无量，何……何害之有？说真的，为了这点儿事你几天几夜睡不着觉，实在是犯……犯不上！”

“请停一停，不要笑了，”蒙塔奈利插进来说，“告诉我：这些你都是怎么知道的？是谁跟你说的？”

“难……难道上校就从……从来没有对你说过我是个魔……魔……魔鬼——不是个人？没有说过？对我他可是三天两头儿这么叨……叨叨的！没错儿，我是个十足的魔鬼，人……人家心里在想些什么心思，我一眼就能看……看出个三五分。主……主教大人此刻心里就在想，我这个人真是麻烦得要……要死。你心里是觉得非得把我收拾了不可，可又希望这个问题自会有别……别人来负责解决，免得你那颗敏……敏感的良心感到不安。我猜得该有个八……八九不离十吧？”

“你听我说，”主教说着又在他身旁坐了下来，脸色铁青。“不管你这是怎么知道的，反正情况确实就是这样，费拉里上校担心你的同伙还要打主意来救你，就想抢在前头，采取……你刚才所说的那种行动。你瞧，我对你说得够坦白的吧？”

“主……主教大人向来是以诚实不欺而著……著……著称的。”牛虻语中带刺，插了一句。

“你当然也知道，”蒙塔奈利只管说下去，“从法律上讲，对世俗的事务我是管不到的；我是个主教，不是个省长。不过

① 意大利语：人家都是这么干的。

我在本地区还是有相当影响的；上校要采取这样极端的做法，我看他至少也该得到我的默许吧，不然他是不敢下手的。对他的打算我至今还是抱着无条件反对的态度；他也一直拼命想说服我改变这种态度，说是星期四老百姓都要来列队迎圣体，到时候就大有发生武装袭击的危险——要是发生了这样的事，就很可能要造成流血。你在听我说吗？”

牛虻正呆呆地望着窗外出神呢。他回过头来，以厌烦的口气答道：

“我听着呢。”

“今天晚上看你的身体确实是不大好，再谈下去恐怕你支不住。是不是我明天上午再来？事关重大，你千万不能掉以轻心哪。”

“我倒宁愿这就把话谈完算了，”牛虻的答话还是那样的口气，“你的话我都听着。”

“那好，”蒙塔奈利于是就又接着说了下去，“如果真是由于你的缘故，而有引发暴乱和流血的严重危险，那我反对上校的意见，就得担极大的责任；何况我相信他的话里至少也有那么一点道理。不过，我总觉得由于他个人对你抱有敌意，所以他的意见不免有一些偏颇，而且他所说的危险恐怕也有些言过其实。现在我见到了他这种残忍可耻的手段，越发觉得有这种可能了。”他对扔在地上的皮带和镣铐瞟了一眼，又接着说：

“如果我点了头，那就是我杀了你；如果我不同意，我就得承担风险，伤害了无辜的生灵我就难辞其咎。我对这个问题认认真真作了考虑，一片真心只想在这种事在两难的处境中寻求一条出路。现在我终于把主意打定了。”

“不用说当然是杀了我，保……保住无辜的生灵啦——

作为一个基督徒，就只能作这样的选择。‘若是右……右手叫你跌倒’[①]云云，不就说了吗？我虽然无……无幸做主教大人的右手，却冒犯了大人，也叫你跌了个跟头[②]；所以结……结……结论是明摆着的。你就不能免了这么一大篇开场白，把话直截了当告诉我吗？”

牛虻的口气是懒洋洋的，显得冷淡而不屑，好像对所谈的话题已经统统不感兴趣了。

“怎么样？”过了会儿他又追问了一句，“你的决定是这样的吧，主教大人？”

“不是的。”

牛虻挪了挪身子，把双手枕在脑后，眯起了眼睛，瞅着蒙塔奈利。主教低倒了头，好似在沉思，一只手轻轻地拍着椅子的扶手。啊，当年那个熟悉的动作又来了！

“我决定采取另外一种做法，”后来主教终于抬起头来说，“我看这该说是一种从无先例的做法吧。我一听说你要见我，就决意到这儿来一次，把情况给你彻底摊一摊——你看我这不是都给你说了吗——我就打算把问题直接交给你，由你自己来决定。”

“由……我自己来决定？”

“里瓦雷斯先生，我今天并不是以红衣主教或主教的身份来找你的，我更不是什么法官；我今天来看你，完全是普通人之间造访的性质。我不会要你告诉我：上校担心的那种密谋暴动的事你知道不知道？我完全理解，你就是知道那也是你的秘

---

① 这句话本是耶稣说的。全句为：“若是你的右手叫你跌倒，就砍下来丢掉。宁可失去百体中的一体，不叫全身下入地狱。”（《圣经·新约·马太福音》5 章 30 节）

② 上述《圣经》引文中，“叫你跌倒”的原文为 offend，此字又作“得罪”解。故此处牛虻虽仍用了 offend 这个字，却有双关的意思了。

密，你是不会透露这个秘密的。我只要求你设身处地为我想一想。我老了，想来已是为日无多了。我希望不要双手沾上了鲜血再进坟墓。”

“这么说你的手上至今还没有沾上过鲜血咯，主教大人？”

蒙塔奈利只是面色更苍白了些，口气却还是那么平静，他又接着说了下去：

“我这一辈子来，只要看见哪里有人采取镇压的手段，做出不人道的事来，我没有不加以反对的。我一贯不赞成使用死刑，不管方式如何只要是死刑我都不赞成。前任教皇在位时，我一再极力反对设立特别军事法庭，为此才遭到了上面的白眼。一直到今天，我把自己能有的那点影响和权力始终都用在救人活命这一方面。别的你不相信也罢，可我请你至少得相信我，我这里说的决没有一句是不实之词。但是眼下我却处在这样一个两难的境地。我要是再反对吧，本城就有发生暴乱的危险，后果不堪设想；而冒了这样大的危险，要去救活的，却是一个亵渎我公教的人，岂止亵渎我公教，而且还对我个人诽毁中伤、恶意侮辱（尽管比较起来这还算件小事），何况我深信若是一旦救他不死，他也只会利用其余生去做坏事。不过……这终究是救人一命啊。”

他顿了一下，又接着往下说：

“里瓦雷斯先生，你的平生所作所为我也有所了解，在我看来那统统都是要不得的、有害的；所以长期以来我一直把你看成是一个胡作非为、无法无天的暴徒。我至今还对你多少抱有这样的看法。不过在这最近两个星期里，从你的身上我看到了你是一个勇敢的人，你对自己的朋友能做到忠诚不渝。而且你还赢得了官兵的敬爱和钦佩，这可不是谁都能做到的。我看我以前恐怕是错看了你了，你内在的品质要优于外在的表现。我现在就向你内心善良的一面呼吁，郑重向你提出恳求，请你凭着你的良心老老实实告诉我——要是处在我的地位，你会怎么办？”

随后就是长时间的沉默；后来牛虻抬起了头来。

“我至少会自己决定自己的行动，承担由此而引起的一切后果。我不会学着窝囊的基督徒的样子，悄悄来到人家的跟前，要人家来替我解决我自己的问题！”

这大举进攻来得突然，而且势头奇猛、又奇狠，同刚才那种懒洋洋做作的样子一比，差异大得着实惊人，真仿佛他一下子就从脸上拉下了一个假面具一样。

“我们无神论者，”他口气激烈地又接着说了下去，“都明白一个道理，就是一个人既然有什么事要承当，那就应该尽最大的努力去承当；如果承当不了而垮下——那，也只好算他自己倒霉。可是基督徒则不然，他总是哭哭啼啼去求他的上帝，或是去求他的列圣；要是上帝列圣都帮不了他的忙，他就会去求他的敌人——反正他总能找到一个垫背的，把自己的包袱转嫁掉。翻一翻你们的《圣经》、《弥撒书》，把你们假仁假义的神学书随便找一本出来翻开看看，难道还会没有规矩可依，你非得上我这儿来，要我告诉你该怎么办？哎唷，你呀，你呀！难道我现在已有的责任还不够重，你非要把你的责任也往我肩上推？你还是回去求你的耶稣指教吧；耶稣不是要人家非得把最后一个铜板都付清不可吗[①]，你还是照此办理吧。说到了底，你也不过是杀了一个无神论者而已——不过是杀了一个念不准

① “最后一个铜板”，典出《圣经》。《旧约 · 马太福音》5 章 26 节记述了耶稣的一句话：“我实在告诉你，若有一文钱没有还清，断不能从那里出来。”那里，指监狱。

‘示播列’的家伙而已[①]；那是算不得什么大罪的，放心好了！”

说到这里他打住了，喘息了一阵，才又气冲冲说了起来：

“你居然还有脸谈人道不人道呢！跟你说了吧，那头蠢……蠢……蠢驴就是把我折腾上一年，对我的伤害也及不上你这一回——他没有头脑哪。他唯一的手段就是把皮带收紧，等到皮带收得紧到不能再紧了，他也就束手无策了。这种事再笨的笨蛋也会做！可你呢——‘请你自己在死刑判决书上签个字吧；我心肠太软，不忍心签这个字。’哎呀！这样的主意不是个基督徒是想不出来的——只有心慈面软、看见皮带绑得太紧就会脸色发白的基督徒才想得出来！我怎么早没有想到呢？你像个仁慈的天使那样踏进牢房，看到上校的‘野蛮行径’大为震惊，其实那时候我早就该看出这才是正戏开场了！你这样看着我干什么呀？这还有什么可犹豫的呢，你呀，快答应了下来，回家去吃你的晚饭吧。这么件小事，犯不上这样瞎忙乎的。去告诉你的上校，把我枪毙也行，绞死也行，只要方便怎样都行——如果他觉得好玩，就是活活烧死也未尝不可——把案子结了不就完啦！”

看这哪儿还像是原先的牛虻啊：他这简直是什么都不顾了，气得都发了狂了，说得又是喘息又是哆嗦，两颗眼珠绿莹莹的，活像一只发怒的猫。

蒙塔奈利早已站了起来，瞅着他不作一声。他听不懂这一大篇气疯疯的斥责是什么意思，不过他明白人不到走投无路的

---

① “示播列”是一个希伯来字，解作“谷穗”或“河流”、“洪水”。《圣经·旧约》上有这样一个典故：“基列人把守约但河的渡口，不容以法莲人过去。以法莲逃走的人若说：‘容我过去，’基列人就问他说：‘你是以法莲人不是？’他若说不是，就对他说：‘你说示播列。’以法莲人因为咬不真（准）字音，便说‘西播列’。基列人就将他拿住，杀在约但河的渡口。”（《士师记》12 章 5—6 节）因此念不准“示播列”的人就是指不是自己方面的人。

地步，是决不会这个样子说话的。明白了这一点，他对自己以前所受的种种侮辱也就都不去计较了。

“不要说了！”他说，“害得你这样痛苦，我并不是有意的。说实在的，我也决没有把自己肩上的担子转嫁给你的意思，你自己的担子就已经压得太重了。我从来也不会有意识地干这样的事，对什么人都不会……”

“你撒谎！”牛虻射出两道炯炯的目光，叫了起来，“那回去当主教的事呢？”

“去当……主教？”

“哎呀！你都忘啦？倒真是健忘哪！‘只要你希望我别去，阿瑟，我就可以写封信去说我不能去了。’居然要我来替你决定你的一生——我，那时才十九岁哪！这样的事，不说丑恶，至少也是滑稽！”

“别说了！”蒙塔奈利一声绝叫，举起双手捧住了头。半晌才又放下了手，缓缓走到窗前。他就在窗台上坐了下来，一条胳膊撑在铁条上，前额紧紧顶住了胳膊。牛虻躺在那儿对他瞧，浑身哆嗦个不住。

不一会儿蒙塔奈利又站起身来，回到原处，两片嘴唇已是死一般的白。

“实在对不起得很，”可怜他还拼命想保持平日那种温文尔雅的样子，“我得回去了。我……觉得身体不大舒服。”

他抖得真像打摆子一样。牛虻的一腔怒气一下子全泄走了。

“神父呀，难道你还不明白……”

蒙塔奈利却后退了一步，僵立在那儿。

“可千万不能有这种事啊！”过了好大半天他才小声说道，

"我的天主，可千万千万不能有这种事啊！但愿是我的脑子糊涂了……"

牛虻拿一条胳膊一支，使劲撑起身来，一把抓住了蒙塔奈利那双颤抖的手。

"神父呀，难道你的脑子就转不过来了？明白吗，我其实并没有淹死呀！"

蒙塔奈利的那双手突然冰冷了、僵硬了。一时间什么都凝住不动了、寂无声息了。过了一会才见蒙塔奈利跪了下来，把脸伏在牛虻的胸口上，遮得一点都看不见了。

※ ※ ※

等到他抬起头来，太阳已经落山，西天火红的晚霞也快要褪尽了。他们已经忘了这是何时何地，忘了生死大事，甚至忘了彼此已是仇敌。

"阿瑟，"蒙塔奈利低声说，"你真还活着？你莫非是死而复生，又回来跟我相聚了？"

"真是死而复生呵……"牛虻回味着这几个字，身子不由得一阵战栗。他头枕着蒙塔奈利的胳膊，有如一个害病的娃娃依偎在妈妈的怀里。

"你回来了——你好歹算是回来了！"

牛虻沉重地叹了口气。"是啊，"他说，"可是回来了你得跟我斗呢，要不就干脆把我杀了。"

"喔，得了，carino! 现在还提这些个干什么？我们就像在黑暗中走散了的两个孩子，彼此都错把对方当成了鬼怪。如今我们又相会了，我们脱离了黑暗，找到光明了。可怜的孩子，你变得太多了——你变得真是太多了！原先的你是那样洋溢着生活的欢乐——现在的你看去却像是历尽了人世间无边的苦难！阿瑟，这真是你么？我常常做梦，梦见你回到了我的身边，可是醒来一看，只见四下一片透心的黑暗，而我内心却是一片空虚。我怎么能保证这一回就不会再醒过来，发觉又是大梦一场呢？你要给我点实实在在的证据才好——快告诉我这到底是怎么回事。”

“说起来其实也很简单。我躲上了一艘货轮，偷渡了出去，一下子就到了南美。”

“到了那儿以后呢？”

“以后我就留在那儿……过我的活了，如果这也可以叫做过活的话，一直到——哎呀，当初你教我哲学的时候我只知道一个神学院，可这一下我真是大开了眼界！你说你梦见我——而且还常常梦见我！其实岂但你梦见我——我也是常常梦见你的呀……”

他禁不住一阵战栗，话也中断了。

“有一次，”他乍猛地又说了起来，“我在厄瓜多尔的一个矿里干活……”

“该不是当矿工吧？”

“哪儿呀，还只配替矿工做下手哩——帮苦力干些杂活罢了。我们是睡在矿井口旁边的一个木棚里的；一天晚上——那时正当我在发病，跟近时这个病完全一个样，加以白天又在大毒日头底下搬过了石头——我想必是神志有些迷糊了，因为我恍惚看见门口是你走了进来。你手里拿着个十字架，就跟墙上那个一般无二。你还在那儿祈祷呢，你头也不回，就打我跟前擦身走了过去。我大声喊叫，求你来救救我……求你给我一包毒药，要不给我一把刀子也行……只希望让我结束这种痛苦，不然我这样下去准得发疯。可是你呢……唉……！”

他抽出一只手来掩住了眼睛。另一只还让蒙塔奈利紧紧抓在手里。

“从你的神情我看出你是听见了我的叫喊的，可是你头也不回，还是只管做你的祈祷。你做完了祈祷，吻过了十字架，才回头瞧了一眼，小声说：‘为了你我很伤心，阿瑟，可是我不敢露出来，不然祂会发怒的。’我对祂[①]看看，只见那木头的雕像在发笑。

“后来，我神志清醒了过来，我一见那木棚、一见那些邋邋遢遢的苦力，心里恍然大悟。我明白了在你的心愿中重要的是要讨好你那个鬼天主，而不是要救我脱离苦难。这一点我一直铭记在心。刚才你碰了我一下，我却一时忘了情；我……一则是有病，二则是因为以前到底是爱过你的。可是我们之间如今除了斗争已经不可能有别的了，只能永远、永远斗下去。你为什么还要握着我的手呢？你难道不明白，只要你信仰你的耶稣，我们就只能一直为敌到底了？”

蒙塔奈利低下头去，亲了亲那只缺了指头的手。

“阿瑟，我怎么能不信仰祂呀？在这些恶梦般的年月里我都一片忠诚坚信不渝，如今祂把你归还给我了，我怎么能对祂反倒动摇了信仰呢？不要忘了，我本来还当我把你给害死了呢。”

“上次没害死，你还得来杀了我。”

“阿瑟！”这一声喊真是吓得魂不附体的叫喊了；可是牛虻却没有理会，还是继续往下说：

---

① 此处的“祂”，指十字架上的耶稣像。

“我们干什么都好，总要胸怀坦荡，不可三心二意才是。你我等于是站在一个万丈深渊的两边，要想隔着这么个深渊拉起手来是万万办不到的。如果你认定自己不可能放弃，或者不愿意放弃那个东西”——说着对墙上的十字架又望了一眼——“那你就只能同意上校的要求……”

“要我同意他的要求！我的天主……要我同意他的要求！……阿瑟，我可是爱你的呀！”

牛虻眉头蹙得连脸都变了形了。

“你更爱谁呢——是更爱我，还是更爱那个东西？”

蒙塔奈利慢慢站起身来。他一阵惶悚，连灵魂都一下子蔫了，身子也似乎一下子干瘪了，变得那么虚弱、衰老，像霜打后的叶子一样，一下子枯萎了。他又是一场大梦醒了，又觉得四下是一片透心的黑暗，而自己内心是一片空虚了。

“阿瑟，你就可怜可怜我吧……”

“当初你欺骗了我，才逼得我到甘蔗种植园里去给黑人做奴隶，那时你又何曾可怜过我呢？怎么，一听我这句话你就发抖了——哎呀，你们这些圣洁的教徒心肠好软呀！天主就是中意这样的人——忏悔了自己的罪过，不是照样活下去了吗？反正只是死了个儿子嘛。你说你是爱我的——你那份爱叫我付出的代价可大着啦！你以为凭几句花言巧语，就能叫我把过去的事都一笔勾销，重又变成当初的那个阿瑟了么？——要知道，我在肮脏的下等妓院里做过洗碗的，给当地的土包子庄稼汉当过小马倌，那班家伙，真比他们的牲口还没人味儿！要知道，我在走江湖的杂耍班子里当过戴彩帽、挂铃铛的小丑——我还在斗牛场上给斗牛士干过最苦的活儿，让做什么就得做什么！那帮畜生不如的黑人，谁想要骑在我的头上，我就得乖乖地给谁当奴隶！我饿过肚子，给人啐过唾沫，受尽了践踏！我要讨一点发了霉的剩饭人家都不给，为的是他们宁可去喂狗！唉，我说这些干什么呢？你给我造成的苦难，我哪里给你说得尽呵？可你——你居然还说你爱我！你对我到底爱到了什么分儿上？为了我能舍得你的天主吗？唉，这个永生的耶稣，祂到底对你有什么好——祂到底为你受过了什么苦，你居然爱祂超过了爱我？莫非就为了祂那双钉穿的手，你才觉得祂那样可疼？可你看看我的手哪！你再看看我这儿，还有这儿，还有这儿……”

他撕开了衬衫，露出了那些怕人的伤疤。

“神父呀，你的这位尊神可是个骗子手，祂的遍体鳞伤都是假的，祂的受罪全是演戏！应该得到你的爱的，是我！神父呀，人世间还有什么磨难你没有叫我去受过！只恨你没有亲眼看见我这日子是怎么过过来的！可是我不能死！我什么都忍受了下来，我硬是耐着性子等待，因为我要回来，跟你的那个尊神斗。我牢牢地抱定了这个宗旨，以此来顶住感情的冲击，这才得以没有发疯，也得以第二次幸免于死。如今我回来了，却发现祂还占着我的位置——这个冒牌的受难者，在十字架上算是钉了六个钟头，就复活了！神父呀，我在十字架上可是钉了整整五年哪，现在我也复活了。你打算把我怎么样呢？你打算把我怎么样呢？”

他突然打住了。蒙塔奈利坐在那儿像尊石像，又像一个让人扶起了身子的死人。起初，牛虻把胸中的无限悲愤向他尽情倾吐，他有如劈面挨了一鞭，身子不由自主地打了个闪缩，止不住有些哆嗦；可是现在他却是一片平静。他默然了好久，才抬起头来说，口气是刻板而又耐心的：

“阿瑟，你能不能给我说得再明白点儿？你把我弄糊涂了，也吓昏了，我不明白你的意思。你到底要我怎么样？”

牛虻向他转过一张幽森森的脸来。

“我什么也不要。爱岂是能强迫的？你可以在我们两者之间作出抉择，看是谁更值得你爱？如果你更爱祂，你就选择祂好了。”

“我不明白你的意思，”蒙塔奈利显得不胜疲惫，还是这么叨叨，“这叫我能有什么选择的余地呢？过去的事我怎么能挽回啊？”

“是我是祂，你二者必择其一。你如果爱的是我，你就把脖子上的十字架摘下，跟我一块儿走。我的朋友正在准备再次帮我脱逃，要是有你的帮助，事情就很容易办成。等我们平安出了国界，你就公开把我认下。可是如果你觉得不能为爱我而作出这样的牺牲——如果你觉得这个木头雕像比我还要紧——那你就去对上校说你同意他的意见了。你要去就赶快去，免得我再看见你，再多受一份痛苦。我的痛苦难道还不够我受吗！”

蒙塔奈利抬起脸来，身子在隐隐发抖。他这才渐渐明白过来了。

“我跟你的朋友去联系，这没有问题。可是……要跟你一块儿走……那怎么行呢……我可是个教会的神职人员啊。”

“我可不领教会神职人员的情。我再也不想作出妥协了，神父；妥协的事我已经做够了，为此苦头也吃足了。你要么放弃神职，要么就不要我。”

“我怎么能不要你呢？阿瑟，我怎么能不要你呢？”

“那就不要祂。反正是我是祂，你二者必择其一。你想把你的爱匀出一份来给我——一半给我，一半给你那魔鬼般的上帝，是不是？我才不要祂的残茶剩饭呢。如果你归了祂，跟我就不相干。”

“你真要叫我把心都痛碎么？阿瑟呀！阿瑟呀！你真要逼得我发疯么？”

牛虻把手在墙上使劲一拍。

“反正是我是祂，你二者必择其一。”他再一次重申前言。

蒙塔奈利从怀里掏出一只小盒子，盒子里有一张污迹斑斑的皱纸条。

“你瞧！”他说。

> “我以前相信你就像相信天主一样。天主原来是泥塑的，可以被我一锤子砸得粉碎；而你，也一直欺骗我，不对我说实话。”

牛虻哈哈一笑，把纸条还给了他。“十九岁的小伙子，年轻轻的有多可……可……可爱呀！锤子一举，东西砸烂，还不容易！眼下可不也是这样——只是挨这一锤子的该是我了。至于你呢，这世上还有的是人，你只管不说实话，去欺骗他们好了——他们受了骗还不会知道是你骗了他们呢。”

“你爱说只管说吧，”蒙塔奈利说，“我要是处在你的位置，说不定也会跟你一样冷酷无情的——谁知道呢。阿瑟，你要求我办的我办不到；不过我能办到的我一定去办。我一定设法让你逃出去，等你到了安全的所在，我就在山里遇上了一场事故好了，或者不当心吃多了安眠药好了——反正你觉得怎么好就怎么办。这你总该可以满意了吧？我也只能做到这样了。那虽说是很大的罪过，但是我想祂是会宽恕我的。祂毕竟要比人仁慈得多……”

牛虻猛地张开双手，尖叫一声。

“哎呀，这算什么话呢！这算什么话呢！我到底干了什么啦，你竟把我看成了这样的人？你怎么能这样呢……好像我要找你报仇似的！我这无非是要救你呀，你难道还看不出来？我是爱你的呀，你难道到现在还想不明白？”

他抓住了蒙塔奈利的双手，火辣辣的吻，加上热泪，雨点般的落到那双手上。

“神父呀，跟我们一块儿走吧！这个教士加偶像的世界一片死气沉沉，你还有什么舍不得的呢？他们身上积满了旧时代的灰尘，他们都腐朽了，都卑鄙下流，只会害人！快脱离了这个罪恶丛生的教会——跟我们一起到光明世界中去吧！神父呀，我们才体现了生命力和青春，我们才永远是春天的象征，我们才代表了未来！神父呀，曙光已快临到我们的头上——难道你就甘愿错过这个机会，不跟我们一起去共观那日出的美景？振作起来，让我们忘了那些可怕的恶梦吧——振作起来，我们的生活要翻开新的一页！神父呀，我一直是爱你的——尽管当初你害死了我，那时我还是爱你的——你是不是还要再杀害我一次呀？”

蒙塔奈利把手挣脱了。“哎呀，天主可怜可怜我吧！”他大叫了一声，**“你的眼睛简直跟你母亲一模一样！”**

两个人一下子都不作声了，这异样的沉默来得突然，为时又长，一时真静到了极点。昏暗的暮色中，彼此四目相对，惊惧之下，双方都连心也不跳了。

“你还有什么话要说吗？”后来蒙塔奈利小声说道，“还……能多少给我留下点儿希望吗？”

“没有了。我这个人要不跟教士去斗，就是活着对我也没有意思。我这个人不能算是个人，只能算是把刀子。你要是让我活下去，你就是认可了刀子的价值。”

蒙塔奈利转过身去，向着十字架：“天主啊！听听他这些话呀……”

他的话音消失在一片空荡荡的肃静之中，得不到一点反应。倒是牛虻肚子里那个调皮鬼又不甘寂寞了。

“‘可要对他喊……喊……喊得响些哟；说不定他睡……睡……睡着了呢’……”①

蒙塔奈利仿佛挨了一拳，猛地跳了起来。一时间他就愣在那儿，眼睛直勾勾瞅着前方——好一会儿他才在草垫子边上坐了下来，两手掩住了脸，痛哭起来。牛虻不觉浑身一阵战栗，半晌还没有止住，冷汗都冒了出来。他明白这痛哭的含义。

他拉起毯子来把头蒙住，免得听到那哭声。以他这样一个英气勃勃、生龙活虎的人，如今却临到了非死不可的境地，这难道还不够他受么！可是毯子蒙住了头却还是挡不住那哭声。哭声在他耳朵里直响，在他的脑子里捶击，在他周身的根根血管里搏动。蒙塔奈利却还是一个劲儿地哭，眼泪从指缝里扑簌簌直往下掉。

后来他终于哭停了，像哭鼻子的孩子一样，用手绢擦干了眼泪。站起来的时候，膝头上的手绢掉了下来，落在地上。

“那就用不到再多谈了，”他说，“你该明白了吧？”

“我明白，”牛虻答话的神气是呆呆的、认了命的，“这不能怪你。你的天主肚子饿了，得献祭了。”

---

① 这句引文出处待查。

蒙塔奈利向他转过身来。要论静，此刻笼罩着他们的那一片死寂，比起即将挖掘的那个坟墓来也有过之而无不及了。他们默默无言，只是盯着对方的眼睛看，就像一对给生生拆散的恋人，隔着难以逾越的鸿沟，相对而视。

是牛虻先把目光低了下去。他往毯子里一缩，把脸藏了起来；蒙塔奈利明白了那意思就是“走吧！”他就转过身去，退出了牢房。过了会儿牛虻却一纵身跳了起来。

“哎呀，这叫我怎么受得了啊！神父，你回来呀！你回来呀！”

门早已关上。他睁大了眼睛，呆滞的目光朝四下里慢慢看了看，心里明白一切都完了。那加利利人[①]赢了。

下面的院子里，眼看就得枯萎锄掉的野草轻轻地随风摆了一夜。这儿的黑暗里，牛虻也孤零零一夜没有合眼，还哭了。

---

① 加利利是巴勒斯坦北部的山区名。“那加利利人”指耶稣，带贬意，因耶稣是在加利利的拿撒勒城长大的。

第七章

军法审判是在星期二上午举行的。匆匆开了个短庭就解决了，过程非常简单，一切都无非是做个形式，前后总共不过用了二十分钟。事实上也确实用不到花很多时间，因为被告是不准辩护的，证人也只有那受伤的一个暗探、一个军官，另外再加上几个士兵。判决书事前早就拟好；蒙塔奈利也已经应请以便函的形式把同意书送了去；审判官（费拉里上校，本地的龙骑兵少校，以及瑞士侍卫队[①]的两个军官）根本没有什么事可做。起诉书当庭宣读了，证人提供了证词，判决书签好了字，然后又煞有介事地一本正经向犯人宣布了判决。牛虻到听完也没作一声，按照惯例问他可有什么话要说时，他只是不耐烦地挥了挥手，没有答理。他怀里揣着蒙塔奈利掉下的那方手绢。他把手绢当成个人儿似的，捧着吻了一夜，泪水也在手绢上洒了一夜。此刻他看去面色苍白、很少精神，眼皮上还带着泪痕；可是“判处枪决”这句话却似乎并没有使他受到很大的震动。宣读到这句话时，他只是瞳孔放大了些，其他就什么反应也没有了。

一应手续都办完以后，司令官便下令：“把他押回牢房里去。”押送的警卫班长显然已经连眼泪都快要涌出来了，他见牛虻纹丝不动，便拍了拍他的肩膀。牛虻微微一惊，回头一看。

“啊，对了!”他说，“看我都忘了。”

司令官的脸上出现了一种简直像是怜悯的神情。他并不是一个生性残酷的人，这一个月来自己扮演了这么个角色，他内心还真觉得有点惭愧。如今主要的目的既已达到，那他就很愿意在自己的职权范围之内，尽可能作出些小小的让步。

“你们用不着再给他上镣铐了，”他对犯人又青又肿的手腕看了一眼，说道。“让他还关在原先那个号子里吧。”然后又扭过头去对他的侄子说：“死囚牢里整天黑腾腾不见阳光，日子可是不大好过的；其实，打入死囚牢也不过是个形式罢了。”

他显然有点不好意思了，便故意咳了两声，还把脚活动了两下。这时警卫班长正要押着犯人出去，司令官却又把他叫住了。

“等一等，班长，我要跟他说句话。”

牛虻根本没有一点反应，司令官的话似乎都是冲着聋子说的。

“如果你有什么话要转达给你的朋友或亲属——亲属我想你总该有的吧?”

没有回答。

“好吧，你考虑考虑，告诉我，告诉本军营的神父，都可以。我保证一定把话转到，不会忘记。你有话最好还是告诉神父；我要他马上就来，今天夜里让他来陪你。如果你还有什么其他的要求……”

牛虻抬起脸来。

---

① 教皇国以侍卫队的名义从瑞士招募来的雇佣兵。

"告诉神父我不要他陪我。我没有朋友，也没有什么话要转达。"

"可你总得忏悔吧。"

"我是不信神的。我什么也不要，只求你们让我安静。"

他这话的口气是木然的、平静的，没有一点挑衅或气恼的意味，说完就转身走了。走到门口他又站住了。

"我忘了，上校，要求我是有一个的。明天请不要给我上绑，也不要蒙住我的眼睛。我站着一动不动就是了。"

※ ※ ※

星期三早上天一亮，他们就把他带到了院子里。他的腿瘸得比平时更显眼了，连走路都分明很困难、很痛苦，扶着班长的胳臂，不胜吃力的样子。不过脸上那种认了命的疲惫神情却已荡然无存。夜来他身处在无限空虚的阒寂之中，敌不住老是在心头萦绕不去的恐怖，种种虚无缥缈的幻觉和迷梦都随之而生，如今随着黑夜的消逝，这些都不复存在了。太阳已经普照大地，面前就是敌人，这些都鼓舞了他的斗志，所以现在他一点都不怕了。

奉派行刑的六名马枪骑兵在爬满常春藤的围墙前排成了一行——那夜他越狱没有成功，正是从这裂缝累累、快有倒塌之虞的墙上爬下来的。六个人好容易才忍住了眼泪，各自手持短枪，站起队来。自己竟然会被派去枪毙牛虻！在他们看来那真是可怕到了无法想象的地步。他和他那锋利的应对、那不绝的笑声、那富于感染力的勇敢乐观的精神，有如难得破云而出的一束阳光，照进了他们死气沉沉的生活。可是如今却要把他杀死了，而且偏偏还得经他们之手来把他杀死，对他们来说这简直就像天上从此不会再有日月星辰一样。

院子里那棵高大的无花果树下，已经替他准备好了坟墓。那是昨天夜里赶挖起来的，挖的人都是满心的不愿意，铁锹上还落了不少泪水。他走过的时候笑吟吟低头瞅了瞅那黑洞洞的坑，以及边上那渐见干枯的野草，还深深吸了一口气，闻闻新翻泥土的清香。

到了树下，班长突然站住了，牛虻回过头来，脸上的笑容真开朗极了。

“我就站在这儿吗，班长？”

班长默默点了点头；他嗓子眼儿哽住了，死也说不出一句话来。司令官，连同他的侄子，以及今天负责指挥的骑兵中尉，还有一个医生、一个神父，都早已在院子里了。他们一面孔严肃地走了过来。牛虻笑盈盈的眼睛里射出一派挑战的光芒，看得他们心里都有些不踏实。

“你们早……早啊，各位！哎呀，连尊敬的神父阁下也起得这么早！你好吗，队长？今天你我相会，你总该比上一次愉快些了吧？哦，你的胳膊还吊着呢。那都怪我活儿干得不利索。今天这几位老弟总该干得高明些吧——你们说是吗，各位老弟？”

他扭头向那几个脸色阴沉的士兵扫了一眼。

“反正这一回是用不到把胳膊吊起来的了。得了，得了，为了这么点事何必那样苦着脸儿呢！快后跟一并，立正站好，把你们的好枪法露一手出来看看。过不多久你们的活儿就要叫你们忙不过来了，先练习一下那真是再好也没有了。”

“我的孩子，”那神父走过来说，另外几个人见状便都退到后边，让他们两个去单独谈话，“过几分钟你就得去见造你的天主了。留给你悔罪的这最后一刻儿工夫，你还不好好利用，却要去说这些？我请你想一想，你不忏悔，得不到赦免，带着一身罪孽而死去，那该有多可怕啊！等你站在天主的跟前，听候祂的审判时，再要悔罪就来不及了。难道你就打算这样打着哈哈向祂庄严的宝座走去么？”

“你怪我打哈哈，神父阁下？依我看倒是你们，才用得着听这篇小小的讲道呢。将来轮到我们来跟你们算账的时候，我们使用的就不是六条破枪，而是一门门大炮了，那时你瞧着吧，我们的哈哈打起来那才叫够劲呢。”

“**你**还想用大炮？哎呀，可怜的人哪！你难道到现在还不明白你已是末日临头啦？”

牛虻回过头去看了看那等着埋人的墓坑。

“这……这……这么说神父阁下是认为，你们把我在那儿一埋，就算把我给了结啦？也许还要在上面压上一块石头，免……免……免得我‘三天以后’再复……复活吧①？放心好了，神父阁下！这种蹩脚的戏剧表演只有你们才干，我是不会侵犯你们的专利权的；我一定做到把我埋哪儿就躺在哪儿，保证像只耗……耗子一样不出一点声音。可是尽管如此，**我们**将来还是少不了要对你们用大炮。”

“哎呀，仁慈的天主！”那神父嚷嚷了起来，“饶恕这个可怜的人吧！”

“阿门！”骑兵中尉深沉的男低音气哼哼咕哝了一声，上校叔侄俩都赶紧在胸前划十字，一副虔诚的样子。

那神父见再说下去显然也是无济于事，不想再白费力气

---

① “三天以后”复活，是耶稣的故事。

了，便摇了摇头，退到了一边，嘴里还念念有词，作了个祷告。当下就马上动手，做了一点简单的准备工作，牛虻也站到了指定的位置上，只扭过头去抬眼看了看那火红里透出一道道金光的灿灿朝霞。他再次提出不要把他的眼睛蒙住，上校见他那一脸不屈的神气，尽管心里很不愿意，也只好答应了。双方都没有意识到他们这一来却使那几个士兵精神上受到了多么大的影响。

牛虻带着微笑，面向士兵们站好，士兵们手里的马枪却在抖动。

"我都准备好了。"牛虻说了一声。

骑兵中尉走上前来，他紧张得都有点哆嗦了。枪毙犯人，他以前可还从来没有下过这样的口令。

"预备——瞄准——放！"

牛虻的身子只是稍稍晃了晃，又重新站稳了。一颗打飞的子弹擦破了他的脸皮，一滴鲜血落在他的白领巾上。另外有颗子弹打在他膝头的上方。等到硝烟散去，士兵们定睛一看，见他依然面带着微笑，正用那只缺了指头的手在抹面颊上的血。

"枪法不行啊，各位老弟！"他说，清清楚楚的话音一个字一个字传到了那些木愣愣傻了眼狼狈不堪的士兵耳里。"再来一次吧。"

那一排枪手不约而同地吐出了一声哼哼，打了个寒噤。他们都是故意没有瞄准，谁都暗暗希望让同伴去打那致命的一枪，自己可千万不能打准了；可是如今牛虻却还站在那儿冲着他们微笑，他们不但没有完成行刑的任务，反倒把事情搞得一团糟，这要命的事儿还得再从头来过。他们突然感到满心惊恐，把枪也放了下来，听着军官们连斥带骂、大发雷霆，一个个都惶惶不知所措，瞅着面前这个竟会杀而不死的人，更是人人吓得呆若木鸡。

司令官冲着他们直挥拳头，气疯疯地哇哇直叫，要他们各就各位，举起枪来，把差使赶快了结。他也早已跟他们一样吓破了胆，不敢正眼去看那个硬是昂然不倒的可怕的人影。牛虻跟他说话时，他一听到那个含讥带刺的嗓音，不觉吓了一跳，还打了个冷战。

“上校呀，你今天早上怎么带来了这么一支差劲的队伍！让我来看看，能不能给他们点拨点拨。听好了，弟兄们！你，手里的家伙要抬得高一点，还有你，要往左边偏一点。哎呀，你这个家伙怎么搞的，你手里拿着的可是把马枪，又不是一口油炸锅！大家都准备好了吗？那好，注意了！预备——瞄准——”

“放！”上校冲出来抢先喊了这个口令。让这家伙自己下令枪毙自己，那还像话吗！

又是一阵杂乱无章的排枪，枪响过后队伍就乱了套，战战兢兢的士兵都挤作一堆，瞪大了眼睛直瞅着前方。有一个士兵根本就没有开枪；他把枪一扔，便往地下一蹲，嘴里一个劲儿低声哼哼：“我不干——我不干！”

硝烟冉冉散去，都飘向空中，消失在迷离的晨曦里。这时他们才看到牛虻已经倒下，可是他们也看出他还是没有死。那些士兵和军官起初都愣在那儿，一个个都像变成了石头，尽瞅着在地上苦苦挣扎的那可怕的一团；后来医生和上校都惊叫一声，冲了上去，因为他居然一个膝头抵着地，硬是撑起身来了，而且他还是面朝着士兵，还是在那里好笑。

“又没有打准呀！再……来一次吧，老弟……看看……你们能不能……”

他突然身子一歪，向斜里栽了下去，倒在了草地上。

“他死了没有啊？”上校压低了嗓子问。医生跪下去，一只手按在鲜血染红了的衬衫上，回答也是轻轻的：

“我看是死了吧——真是谢天谢地！”

“真是谢天谢地！”上校也庆幸起来，“总算死了！”

他的侄儿这时却来捅了捅他的胳膊。

“叔叔！红衣主教来了呢！他就在大门口，打算要进来。”

“什么？不许他进来——我决不能让他进来！门口站岗的都在干什么？哎呀，是主教大人呀……”

门早已打开了又关上了，蒙塔奈利已经在院子里站着了。他望着面前的情景，目光是呆滞的，眼神是可怕的。

“主教大人！我只能求求你啦——这里的情形你是看不得的呀！死刑还只刚刚执行完毕，连尸体都还没有来得及……”

“我就是来看看他的。”蒙塔奈利说。司令官觉得他此刻的口气、举止，完全像一个梦游人。

“哎呀，我的天哪！”有个士兵突然嚷嚷起来；司令官慌忙回过头去一看。哎呀，可不是——

草地上那血糊糊的一团敢情又哼哼着挣扎起来了。医生赶紧扑到地上，抱起那颗脑袋来，靠在自己的膝头上。

“快来呀！”他没命地大叫，“你们这些没心肝的，快来呀！快行行好，痛快点儿解决了吧！这样下去可怎么受得了啊！”

大股大股的鲜血，喷得他满手都是；怀里血肉模糊的人不住抽搐，震得他也浑身都在抖动。正当他东告西求，拼命想找个人来帮忙的时候，背后却出现了那个随军神父，俯下身来，拿一个小十字架凑到了这临终者的嘴唇上。

“凭着圣父和圣子的名义……”

牛虻顶着医生的膝头支起身来，睁圆了双眼，直瞪瞪瞅着那十字架。

慢慢的，就在那人人屏息敛气的一片肃静之中，他举起打坏了的右手，把十字架推开了。十字架上留下了一片殷红的血迹。

“神父呀……你的……天主……该满意了吧？”

他脑袋往后一歪，倒在医生的胳臂上。

※ ※ ※

“主教大人！”

主教还在怔怔地出神，没有回过神来，费拉里上校就加大了嗓门，又喊了一声：

“主教大人！”

蒙塔奈利抬起头来。

“他死了。”

“总算没气了，主教大人。你还不走啊？那模样看着怪吓人的哪。”

“他死了。”蒙塔奈利还是一个劲儿叨叨，还低下头去又看了看那张脸儿。“我摸过了，他真是死了。”

“他这是怎么啦，一个人挨了六颗枪子儿，难道还想要他不死还是怎么着？”那骑兵中尉不胜轻蔑地悄悄说道。旁边的医生悄悄回答：“我看他大概见不得血，一见血就懵了。”

司令官紧紧抓住了蒙塔奈利的胳臂。

“主教大人——你还是不要再去看他了吧。我让本军营的神父送你回去好吗？”

“好吧——我就走。”

他缓缓转身离开了那个血迹斑斑的地方，在随军神父和班长的恭送下走了。在大门口他却又停了一下，回过头去看了一眼，脸上是一副幽幽然如痴如呆的惊异之色。

“他死了。”

※ ※ ※

几个小时以后，麦尔康奈上了山，来到半山坡上的一所小屋，特地来告诉马丁尼：他已经再也没有必要去牺牲自己的性命了。

第二次营救行动一切都已准备就绪，因为此次行动计划要比上一次简单得多。按照原定的方案，第二天早上，等到迎圣体的队伍经过堡垒所在的山上时，马丁尼就准备从人群里踏出来，掏出怀里的手枪对准司令官就打。这一下势必引起大乱，二十个带枪的人便趁这机会去突然袭击堡垒的大门，打入塔楼，劫得监狱看守以后，就直扑牛虻所在的牢房，务必把他安全救出，遇到有人拦阻，不能予以制服就坚决消灭。出了大门且战且退，这时自有第二队人前来接应，在第一队人的掩护下，这一批带枪骑马的走私贩子就接过牛虻，撤到山里一个安全的所在隐蔽起来。在他们的这个小圈子里，只有一个人还对这计划一无所知，这人就是琴玛；那是应马丁尼的特殊要求而有意对她保密的。“回头那可就有她伤心的了。”当时他还这么说来着。

那走私贩子刚跨进外边的园门，屋里的马丁尼就推开了玻璃门出来，到走廊上来迎接他了。

“有什么消息吗，麦尔康奈？啊——！”

原来是那走私贩子把头上的阔边草帽往后一推，这才引得他惊叫了一声。

他们就在走廊上一起坐了下来。谁也没说一句话。马丁尼刚才一看见出现在对方帽檐下的那个面色，就已经心里雪亮了。

“那是什么时候的事？”他过了好半晌才问，连自己的声音听着都觉得那么干巴巴索然无味。

“今天一早，天亮时分。是班长告诉我的。他当时在场，都亲眼见到了。”

马丁尼低下头去，轻轻拂去了上装袖子上的一段脱散的纱线。

虚空的虚空，这也是虚空①。他本该明天就要死了。可是如今他满心想望的那个崇高的天国却已经化作了泡影，正如金光灿灿的落霞引出了无限遐思，然而夜幕一落，那想象中的仙境就再也杳不可寻了。他又给赶回到得一天天、一夜夜过的那个世界中来了——还得跟格拉西尼和盖利在一起，还得搞密码、出小册子，还得面对党内同志之间的争论、面对奥地利密探无聊的诡计——还得去做那老一套的平凡得令人腻味的革命工作。不过他总觉得在自己心灵的深处却出现了一个巨大的空白；牛虻一死，这空白就再也填不满了——填什么都不行，谁来都不顶事。

有人在问他什么事呢，他抬起头来：事到如今，还有什么可谈的呢？

---

① “虚空的虚空”、“这也是虚空”，两句均典出《圣经》。《旧约·传道书》1章2节有云：“虚空的虚空，凡事都是虚空。”2章1节说到喜乐福祉时，又说：“……谁知，这也是虚空。”

“你说什么来着？”

“我在说，这消息你总得告诉她吧。”

马丁尼的脸上重又出现了一丝生机，可也出现了重又面对人生的无限恐惧。

“我怎么能去告诉她呢？”他大叫起来，“你这还不如叫我去捅她一刀呢。哎呀，我怎么能去告诉她呢——我怎么能去告诉她啊！”

他双手把眼睛紧紧捂住；可是尽管眼睛看不见，他还是感觉到那走私贩子在他身边猛的一惊，于是便抬头一看。门口赫然站着琴玛。

“你听说了吗，切扎雷？”她说，“什么都完了。他们已经把他枪毙了。”

第八章

“让我来到天主的祭坛跟前。”蒙塔奈利在大大小小神职人员的簇拥下站在高高的祭坛前，沉住了气大声念完了“启祭文”。大教堂里五光十色，亮堂堂一片；从信徒身上的节日盛装到缀满红幔花环的柱子，这里没有一处的色彩是晦暗的。敞开的门口挂起了鲜红的大门帘，火辣辣六月的阳光照透了这宽荡荡的巨幅红绫直映到里边，有如野外的阳光照透了罂粟花的大红花瓣直映得庄稼地里一片通红。各个修会的修士举着蜡烛和火炬，各个堂区的执事人等捧着十字架打着旗，使大殿两侧原本幽暗的附殿里也是一片辉煌。侧廊里尽是列队行进时要用的绸旗，层层叠叠，旗角飘垂，金色的旗杆金色的流苏在拱门下闪闪发亮。唱诗班小童雪白的圣衣在彩色的窗玻璃下给染得花花绿绿，亮晶晶的。阳光洒落在圣坛上，地板上便出现了一个个五颜六色的方格，有橘红的，有紫色的，也有绿色的。祭坛背后挂着银色薄绢的幕幔，银光闪烁；这银色的幕幔，连同种种装饰，加上祭坛上的烛光，衬托出了蒙塔奈利红衣主教的身影，穿着拖地的白色长袍，真像一座大理石的雕像活了过来一般。

逢到有列队行进仪式的节日，按惯例他只是主持弥撒大礼，并不主祭，所以一等“垂怜经”念完以后，他就转身离开了祭坛，缓缓走到主教座上，所过之处，主祭神父和诸多其他神父都恭恭敬敬躬身施礼。

“主教大人怕是身体有些欠安呢，”一个大堂神父对旁边的同事悄悄说道，“看他的样子很不对劲啊。”

蒙塔奈利低下头去领受了主教宝冠。担任副主祭的神父替他戴上以后，对他瞅了片刻，凑过身去，压着嗓门悄悄问道：

“主教大人，你是不是不舒服了？”

蒙塔奈利只是把头向他这边稍微偏了偏。看那眼睛的神色好像根本没有注意到他的问话。

“对不起，主教大人！”那神父轻轻道了声歉，便屈了屈膝，退了回去，心里还暗暗责备自己：主教大人在一心祈祷，真不该冒冒失失去打搅他。

熟悉的仪式继续进行；蒙塔奈利直挺挺坐着一动也不动，头上光彩夺目的主教帽和身上织金锦缎的圣服迎着阳光闪耀，沉甸甸、宽荡荡的节日白罩袍直拖到红地毯上。成百支蜡烛的光照上他胸前的一串蓝宝石，只照得光华四射；烛光也照进了那双如深渊又如止水的眼睛，却见不到半点反光。他一听到有人说：“请祝圣吧，主教大人”[①]，就俯下身去为供香祝圣，这时一道道阳光简直就是在宝石阵中跳跃，他也许想起了传说大山里有那么个神通广大而又极其可畏的冰凌之精，头戴七彩长虹冠、身披皑皑白雪袍，双臂伸处，洒向人间的或许是一大串的福，可也说不定是一大串的祸。

举扬圣饼的仪式开始了，他下了主教宝座，到祭坛跟前跪了下来。他的一举一动总让人觉得似乎平稳得有点异样，有点

① “祝圣”是天主教用语，意谓由主教或神父行祝福礼使之神圣化。

木然。到他起身回座时，身穿节庆制服、坐在司令官后边的那个龙骑兵少校悄悄对负伤的队长说："没说的，这老主教肯定是人都垮了。看他行礼如仪的样子已经跟一台机器差不多了。"

"那才妙呢！"队长悄悄回答说，"自从那该死的大赦令颁布以后，他已经十足成了拖累我们的麻烦了。"

"不过，这次搞军法审判，他到底还是让步了。"

"是啊，后来终于让步了；不过也硬是磨蹭了好长时间，才算打定了主意。天哪，这天气好闷呵！回头列起了队在太阳下走，我们都得中暑完事。可惜我们不是红衣主教，一路上没有人给我们打华盖哪……嘘！嘘！嘘！叔叔在那里瞪我们了！"

费拉里上校是曾回过头去，对这两个后生军官狠狠地瞪过一眼。他处理完了昨天早上那件生死存亡攸关的大事以后，心情忽然就虔诚起来，肃然起来，动不动就要看不惯他们。在他看来事情都是"出于国家的需要，实属无可奈何"，他觉得他们在这方面还缺乏应有的认识。

掌礼管事来把参加列队行进的人集合编队了。费拉里上校就从座位上站起来，往圣坛的栏杆前走去，把另外几个军官也都招了过去。弥撒礼成，圣体也已经在列队行进时所用圣体龛子的水晶罩下安放好，主祭神父和助祭神父都退到圣器室里去更衣了，这时大殿里窃窃私语之声四起，一片嘁嘁喳喳。蒙塔奈利却还是坐在他的宝座上，两眼向前直瞅，纹丝不动。攘攘人生，嚣嚣尘世，似乎都汇为一片汪洋大海从四下汹涌而来，可是到了他脚边却又渐渐止息，而归于寂然。面前有人端来了一个香炉，他好像自动机器一样抬起手来，舀了香末投进香炉，两眼还是没有向两边看一看。

去圣器室更衣的那几位神父都已经回来，正在圣坛上等他下宝座呢，可是他还是一动也没动。那副主祭趁探过身去替他脱下主教帽的当儿，压低了嗓门，带着几分犹豫，又叫了一声：

“主教大人！”

主教这才扭头一看。

“你说什么？”

“跟着队伍走那么多路，你真的能行吗？今天的太阳可厉害着哪。”

“太阳又算得了什么？”

蒙塔奈利的口气是冷冷的、一字一板的，那神父又只当是自己说话冒犯了。

“请原谅，主教大人。我是看你好像身体有点不舒服。”

蒙塔奈利也没有答理，就站起身来。他在主教宝座的台阶顶上停了一会儿，还是以那种一字一板的口气，问了一声：

“那是什么？”

他那件白罩袍的后身拖出了长长的一截，刚才举步之间，这拖着的一截已经先拂过了台阶，一大片撒落在宝座下的圣坛地板上。他指的就是那白缎子上面的一片红斑。

“没什么呀，不过是彩色玻璃窗里照进来的阳光罢了，主教大人。”

“是阳光？阳光有那么红？”

他于是就下了台阶，跪在祭坛跟前，捧着香炉缓缓前后摇动。把香炉交还给手下人的时候，那棋盘格子似的阳光正好落在他脱了帽子的头上，落在他睁得老圆、仰面一望的双眼上，手下人像捧白纱似的替他捧起了拖在身后的长长的袍尾，那上面也落下了一片红光。

他从副主祭的手里接过了金灿灿无比神圣的“圣体发光”①，便站起身来，这时唱诗班和风琴也歌乐之声齐起，汇为一片凯旋式的旋律。

“信友请来赞美上主，
称颂奥妙之圣体。
又请称颂至圣宝血，
主为赎世尽倾流。”②

仪仗人员缓步走上前来，替他打起了白罗华盖，两位副主祭也在他的左右各就各位，替他把长长的罩袍拉了拉挺。侍祭弯下腰去，替他捧起拖在圣坛地板上的袍尾，这时行列里打头先走的平信徒③也已经威仪堂堂地排起了双行，手持点亮的蜡烛分别伸向左右，起步穿越中殿而去。

他站在祭坛边，头上打着白罗华盖，一动不动的，居高下望；他连手也没晃一下，一直高高地举着圣体，看着他们从面前走过。队伍里蜡烛、火炬、礼幡色色都有，十字架、圣像、彩旗一应俱全，两个一排的人缓缓走下了圣坛的台阶，顺着宽敞的中殿，从两排缀满花环的柱子中间浩浩荡荡而去，在撩起的大红门帘下出了殿门，迎着炎炎的烈日涌上了大街。没完没了的队伍不断向前涌去，这些人的唱诗声也愈来愈轻，渐渐成了不绝如缕的一片嗡嗡，淹没在一批又一批后来者的响亮歌声中，然而在中殿里，却还是不断有新的脚步声响起。

---

① 即“圣体龛子”(或称“圣体匣”)。因其架子(“圣体架”)形似发光的太阳，故称“圣体发光”。

② 这是圣歌《皇皇圣体》的第一节。

③ 这里是指未受神职的一般信徒。

各个堂区的执事人等走过去了，个个身穿白衣、蒙着面纱；后面是“悲信会”会友[①]，从头到脚一身墨黑，只有面罩上的两个窟窿里微微有些目光闪烁。接下去是庄严肃穆的修士的行列：披着暗灰色蒙头斗篷、光着一双黑脚板的是托钵僧，白袍一袭、面孔铁板的是多明我会的修士。再往后是本地区的世俗官员，还有龙骑兵、马枪队，以及地方上的警官，穿着节庆制服的司令官跟他的同僚也都一起列在队伍里。他们的后面是个助祭，高高地举着个大十字架，两边各有一个侍祭，手捧烛光荧荧的烛台。为了能让他们出得了门去，门帘特地又往上挑了挑，这时蒙塔奈利从华盖下望去，对烈日似火的大街匆匆瞅了一眼，见街上铺着地毯，墙上挂着旗子，身穿白袍的孩子在撒玫瑰花。啊，玫瑰花！好红的玫瑰花啊！

队伍有次有序地不断行进，一个队形接着一个队形，一种颜色接着一种颜色。庄重雅致的白长袍队伍过去了，接着便一律是色彩鲜明的圣衣加绣花斗篷。一会儿来了一座又高又细的金色十字架，矗立在一片烛光荧荧之中；一会儿又来了一队大堂神父，身披纤尘不染的白罩袍显得好气派。一个辅礼神父走到了圣坛上，捧来了大主教十字杖，两边两个火炬烧得正旺；那几个侍祭就跟着齐步走上前来，手里还随着乐曲的拍子把香炉摇个不停；打华盖的把华盖举得更高了，嘴里还“一、二！一、二！”给自己的脚步打着拍子——于是蒙塔奈利就踏上了他的“十字架之路”[②]。

他这条苦难重重的路是：下了圣坛的台阶，从中殿里直

---

① “悲信会”会友专门从事殡葬工作。

② “十字架之路”原来是指耶稣去殉难时一路所经受的苦难（教堂里往往有十四个图像表明耶稣的十四个受苦处），后来“十字架之路”也就成了“苦难之路”的意思。

穿而过，过了琴声阵阵震耳欲聋的圣楼下，来到了撩起的门帘前，钻过了那好红好红——红得叫人害怕的门帘，来到了阳光耀眼的大街上，大街上撒满了血红的玫瑰，都枯萎了，给那么多人一踩，都踩烂了，嵌进红地毯里去了。在门口他们停了一下，几个世俗官员走上前来，换下了原先那几个打华盖的，于是队伍又继续前进了，他还是跟着队伍走，双手紧紧地攥住了圣体龛子，唱诗声在他前后左右起伏荡漾，队伍里的香炉都一下下按着节拍摆动，队伍里的步子都蹬得一声声起落有致。

"天主圣子一言甫出，
面饼即化成圣体。
葡萄酒亦成为圣血……"①

老是血，血，血！铺展在他面前的地毯就像一条血水汇成的河流，满地的玫瑰花也仿佛溅在河边石子上的血迹……啊，天主！莫非祢②的世界已成了血染的世界，莫非祢的天庭已成了血染的天庭？哎，那对祢又算得了什么，祢是万能的天主呀——祢，是连嘴唇上都抹着血的呀！

"皇皇圣体尊高无比，
我们俯首致钦崇。"③

他透过圣体龛子上的水晶罩子看了看圣体。从圣饼上冒出

① 这是圣歌《皇皇圣体》的第四节，后面还有半句："此中奥妙洞悉岂易。"
② 祢，即你，基督教（包括天主教）专用以指"主"（上帝或基督）。
③ 这是圣歌《皇皇圣体》第五节的第一句。

来的那是什么？从圣体发光的光芒[1]间隙里滴滴答答滴下来，直滴到他白袍上的那是什么？他不是还见到过一只举起的手么，那上面滴滴答答往下滴的又是什么？

院子里的野草都给踩倒了，染红了——全都染红了——血淌得实在太多了。脸上挂下来的是血，打穿的右手上滴下来的是血，肚子上打了个窟窿，热乎乎、红通通涌出来的更是大股大股的血。连头上的一绺头发都浸在血里了——那是湿漉漉纠结一团挂在前额上的一绺头发——啊，对了，头发湿漉漉是因为临死前直冒虚汗，是因为痛极而直冒虚汗。

唱诗班的声音愈来愈响了，一派高歌奏凯的样子：

“赞美圣父，赞美圣子，
欢欣踊跃来主前；
歌颂救主凯旋胜利，
颂扬主德浩无边。”[2]

唉，真受不了，忍耐功夫再好也受不了！天主啊，祢在那黄铜的天上[3]身为至尊，祢看着人间的痛苦和死难，咧开了两片沾血的嘴唇在笑，祢倒说说，难道这还不够我受么？难道这还不够我受，还非得来搞这一套成了笑话的所谓赞美和祝福么？基督的圣体啊，祢为了拯救人类而毁身，基督的宝血啊，祢为了代人赎罪而流尽，祢倒说说，难道这还不够我

① 圣体龛子的圣体架作光芒四射状，此处的“光芒”即指此。

② 这是圣歌《皇皇圣体》的第六节。

③ 据《圣经·旧约·申命记》28 章 23 节载：摩西告诫百姓，要听上帝耶和华的话。否则，上帝就要降罚：“你头上的天，要变为铜，脚下的地，要变为铁。”此处所谓“黄铜的天上”，即寓此意。

受么？

哎，可要对祂喊得响些哟；说不定祂睡着了呢！[1]

我亲爱的儿子，难道你倒是真的睡着了？难道你就再也不醒了？难道坟墓就真是这么个吞了人不吐骨头的地方？难道树下那个黑洞洞的坑真连一会儿也不肯放你出来，我心爱的人儿啊？

这时候水晶罩子下的那个圣物却给他回话了，一边说一边还滴下血来：

“难道你作了选择，又要后悔了？难道你的要求还没有得到满足？你看看那些穿绸戴金、光明正大的人：正是为了他们我才给埋在那个黑洞洞的坑里。你看看那些撒玫瑰花的孩子，觉得好听的话且听听他们的歌声：正是为了他们我才长眠在地下，正是我心里源源不断流出的鲜血才把玫瑰染得那么红。你看看身边，有人就跪在你的跟前专喝你衣襟上滴下的血：正是为了他们才有人流血牺牲，要不这些嗜血成性的家伙可不要渴死了？《圣经》上不是写得明明白白吗：‘人为朋友舍命，人的爱心没有比这个大的。’”[2]

“阿瑟啊，阿瑟！人的爱心还有比这个更大的！把自己最心爱的人连命都舍了，这个爱心不是更大吗？”

圣物又答话了：

“谁是你最心爱的人呢？说到底并不是我。”

他想好了话本来要说，可是话到了舌头上却又打住了，因为一听到唱诗班此刻的歌声，有如快要结冰的水塘上刮过了一阵朔风，他的话都说不出口了：

---

① 这是牛虻在狱中对蒙塔奈利说过的一句话。

② 见《圣经·新约·约翰福音》15章13节。

“盘中圣体，主赐尔愚弱众生，
杯中宝血，主赐尔不幸之人，
值兹圣典，请接我此杯而饮。
——请大家都来喝吧。”

基督徒啊，都来喝吧！你们大家都来喝吧！这本来不就是给你们喝的吗？为了你们才血流如注，染红了草地；为了你们活生生的人才给枪弹打得皮都焦了，肉都烂了。要吃人肉的，都来吃吧！你们大家都来吃吧！今天是你们的节日，是你们狂吃猛喝的机会到了！今天是你们敞开儿乐的日子到了！快快来欢度佳节，来参加我们的行列，跟我们一起游行！不管是男是女，是老是少——大家都来一起吃肉吧！来倒一杯血酒，趁酒色还血红就赶快喝了吧；来领一份圣体去吃吧……

哎呀天哪，前面就是堡垒了！光秃秃的群山之中，那森然而立的就是堡垒，看雉堞都破败了，塔楼都倾圮了，一副黑不溜秋、死气沉沉的样子，似乎正虎起了脸，看着山下迎圣体的队伍在尘土飞扬的大路上走过。吊闸的铁栅已经放下，把大门的进口封住，那堡垒有如一头猛虎蛰伏在山腰里，护着自己捕获的猎物。可是，任凭你吊闸的铁栅封得有多严，好歹也要劈开你的铁栅，打破你的大门，叫你把埋在院子里的人起出来、交出来。因为基督的大军开来了，浩浩荡荡开来享用他们血的圣餐了，就像一大群饿得发慌的耗子结队来吃田里的残穗一样。他们的口号是：“拿来！拿来！”他们是决不会说一声“够了”的。

“你难道还不满意吗？我就是为了这些人才活活成了牺牲，你就是为了要让他们活下去才断送了我的性命。看哪，他们果然‘各都步行，不乱队伍’①。

“这就是基督的大军，这就是你那天主的信徒；真是‘又大又强’②啊。‘他们的前面如火烧灭，后面如火焰烧尽；未到以前，地如伊甸园，过去以后，成了荒凉的旷野；没有一样能躲避他们的。’③”

“喔，你还是回来吧，亲爱的孩子，还是回到我身边来吧；我后悔了，我这个选择错了！你回来，我们一块儿悄悄逃走，去找一个暗暗的、静静的、不会被那支狼吞虎咽的大军找到的坟墓，我们就紧紧相搂，躺在那儿，睡呀，睡呀，一直睡下去。那些打饥荒的基督徒就是经过，也是在我们头顶上的大天白日下过；他们就是哇啦哇啦闹着要血喝，要肉吃，叫喊声也惊动不了我们。他们走他们的路，我们管我们安息。”

那个圣物又回话了：

“可我又有哪儿能藏得住？《圣经》上不是说得很明白吗：‘他们蹦上城，蹿上墙，爬上房屋，进入窗户如同盗贼。’④我就是把坟做在山顶上，他们不会来刨开吗？我就是把墓挖在河床下，他们不会来掘开吗？说真的，他们寻找起猎物来，鼻子尖得决不会比大猎狗差。我这伤口里流血还不就是为了他们，好让他们有血可喝？你不听见他们在唱吗？不听见他们唱的是什么吗？”

这时候他们正一路唱，一路穿过大红门帘，进了大教堂的

---

① 据《圣经·旧约·约珥书》载：上帝通过约珥预言，上帝将降大灾，要使世界受一支大军（中文本《新旧约全书》译作“蝗虫”）的袭击。这里及以下一段中有些字句即直接引自该书中描写这支大军的章节。“各都步行，不乱队伍”出自《旧约·约珥书》2章7节。

② “又大又强”，出自上引书2章2节。

③ 以上出自上引书2章3节。

④ 出自上引书2章9节。(按“蹦上城”三字，原文系引自英文版《圣经》，作 ran to and fro in the city〔满城飞〕，中文本《新旧约全书》则作“蹦上城”，意思微有不同。)

门，因为列队行进已经结束，玫瑰花也已经撒完：

“致敬主圣体，
生于童贞女：
为救全人类，
牺牲于十字！
圣肋被矛刺，
血水齐涌流；
临终紧急时，
祈赐预尝粮。”

等到他们歌声停止，他也到了大门口，进得门去，两边一排排已经跪满了神父修士各色人等，大家都肃静无声，举起了亮堂堂的蜡烛，各自守候在自己的位置上。他看见他们一双双渴望的眼睛都盯住了他手里的圣体，他也明白自己一路走去时为什么他们都低下了头。因为他的白袍前后左右都有浓浓的血在一道道往下流；大教堂的铺石地上，他每跨一步就留下了一个显眼的红脚印。

就这样他穿过了中殿，来到圣坛的栏杆边；到了这里仪仗人员便都停下，他也从华盖下走了出来，登上祭坛台阶。左右两边都跪满了人，身披白袍的侍祭手里捧着香炉，辅礼神父手里举的是火炬。他们一个个都盯住了他手里那受难耶稣的圣体，在摇曳的火光下一双双眼睛都闪出了贪婪的光芒。

他站在祭坛前，用沾着血的双手高高地举起了他被杀害的亲子的血肉狼藉的躯体，这时候来参加这圣体节大宴的众宾客便又大声唱起了另一支歌：

“惟此圣体，赎世牺牲，
亲开天路，引人上升；
求主赐恩，加我勇敢，
一往直前，抑服三仇。”

啊，他们这就要把圣体领去了——那你就去吧，我的宝贝，去受你的苦难吧。既然这些觅食的饿狼为天主所不弃，你就去为他们打开天堂的大门吧。我，是只有最末一层地狱的门可进了。

副主祭接过圣体匣在祭坛上安放好，蒙塔奈利就在原地腿一屈，跪倒在台阶上。于是血都从洁白的祭坛上流下来，滴落在他的头顶上。赞美诗还在响亮地唱，歌声在拱门下回荡，连大教堂的高拱顶都震动了：

“皇皇天主，一体三位，
无尽无边，宜受光荣；
赖主仁慈，升天见主，
得享永生，至于无穷。”

你听，要“至于无穷”哩！要“至于无穷”哩！耶稣倒幸福，祂背着十字架，倒还可以倒下[①]！耶稣倒幸福，祂倒还可以说一声“成了”[②]！我这苦难却是没有完的；有如天上的日

① 据传说，耶稣背上十字架去殉难时，一路上曾倒下三次。

② 据《圣经·新约·约翰福音》载：耶稣被钉十字架以后，“说：‘我渴了。’”有人拿了醋来。“耶稣尝了那醋，就说：‘成了。’便低下头，把灵魂交付上帝了。”(19 章 28—30 节)

月星辰永行不息。这就是不死之虫、不灭之火了①。要“至于无穷”哩！要“至于无穷”哩！

他虽然疲乏，却还是耐着性子，在余下的几个仪式中把自己该演的角色一一演完，这种仪式在他都是做惯的老一套了，已经觉不出有什么意义了，他一切都是无意识地在那里奉行故事。做过了赐福祈祷以后，他又在祭坛前跪下，用手掩住了脸；管事神父朗声念起了“免罪表”②，他只觉得那声音时起时伏，含含糊糊，仿佛是老远从另一个世界里传来的——因为他已经不是那个世界里的人了。

声音停了，他于是就站起身来，伸一伸手，要大家安静。与会的有些人本来已经在向门口走去了，这时便又匆匆转了回来，所以只听见衣声窸窣，夹着一片嘁嘁喳喳，因为满教堂的人都在交头接耳：“主教大人要说话了。”

他的手下人员倒吃了一惊，都满腹狐疑，挨到他的身边，其中有一个赶紧凑在他的耳边问：“主教大人，你这还打算对大家说话？”

蒙塔奈利对他摆摆手，没吭声。神父们都退了下去，凑在一起窃窃私议：这事可不寻常，简直有点不正常；不过他既然想这样做，身为红衣主教他也有这个特权。他一定有什么特别重要的话要对大家说，也许罗马方面又有什么新的改革措施要宣布，要不就是教皇陛下有什么特谕要下达。

蒙塔奈利从祭坛台阶上望着下面那一大片仰起的脸。他们呢，也都急不可耐地抬头望着站得高高的他——他怎么会这样

① “不死之虫”、“不灭之火”，都引自耶稣所说的话。耶稣在说到地狱时，说：“在那里虫是不死的，火是不灭的。因为必用火当盐，腌各人。”（《圣经·新约·马可福音》9章48—49节）

② 历史上天主教会发过所谓“赎罪券”。这“免罪表”就是准予“赎罪”的人的名单。

面色煞白，木然不动，活像个幽灵似的？

“嘘！嘘！别作声！”几个带队人轻轻招呼大家；人群里的窃窃私语声渐渐归于静寂，有如一阵骤风既过，树梢头的沙沙声也随之而息一样。满场的人都屏息静气，仰起了脸，紧紧盯住了祭坛台阶上的这个白袍人。他沉住了气，不慌不忙说了起来：

“《约翰福音》上记着这样一句话：‘上帝爱世人，甚至将祂的独生子赐给他们……要叫世人因祂得救。’①

“今天这个节日，正是要纪念受难耶稣的圣体和圣血，因为耶稣是为了拯救你们才遭到杀害的；我们要纪念这天主的羔羊，因为天主的羔羊涤除了世人的罪孽；我们要纪念这天主的儿子，因为你们犯了罪过，牺牲的却是祂。你们今天在这里隆重集会庆祝节日，一是来领受你们应领的圣体，二是来对这莫大的圣恩表示谢意。我知道你们今天早上来参加这场盛宴，来分享受难基督的圣体，一定都是满心欢喜，你们不会忘记圣子在十字架上所受的苦难，祂牺牲了，却使你们都得救了。

“可是请告诉我，你们可有哪一个想起了还有另外一位所受的苦难——献出了自己的亲生儿子，去钉在十字架上，我们那位圣父所受的又是什么样的苦难？你们可有哪一个想起了坐在天庭里御座上的圣父探身下望髑髅地②的时候，祂的心中是何等痛苦？

“各位父老乡亲，今天你们举行了隆重的列队行进仪式，我看你们走在行列里，都为自己得以免罪而抑止不住内心的喜

---

① 语出《圣经·新约·约翰福音》3章16—17节。全文应为：“上帝爱世人，甚至将他的独生子赐给他们，叫一切信他的不至灭亡，反得永生。因为上帝差他的儿子降世，不是要定世人的罪，乃是要叫世人因他得救。”

② 古耶路撒冷附近的一座小山，因地形如髑髅，故名。耶稣即于此处被钉死在十字架上。

悦，都深深庆幸自己已经得救。可是我务请你们思考一下你们的得救是用什么代价换来的。那可真是得来不易呵！那是珍宝再多也换不来的！那是用血的代价才换来的！”

满场的人都听得有点毛骨悚然，而且还悚然了好一阵子。圣坛上的那班神父都探出了身子，交头接耳起来；然而主教还是管他说下去，那班神父也就不再作声了。

“所以我今天要跟你们把事情说清楚：**我正就是那个天主啊。**[①] 因为，我顾念到你们都很愚钝，又都很苦恼，特别是顾念到你们跟前都还有年幼儿女，我心里动了：要叫这些孩子去死，我感到于心不忍。后来我细细看了我那心爱儿子的眼睛，我看出了这以血赎罪的故事就应在他的身上。因此我就撇下了他走我的，由着他去死了。

“这样你们才得以免了罪。他为你们死了，自己却落在黑暗之中；他死了，再也不能复活了；他死了，我也没有儿子了。我的孩子啊，我的孩子啊！”

主教的话音突然变成了一声长长的哀号，人们都吓了一跳，场上顿时一片哗然，有如传来的回声。那班神职人员都纷纷起立，几位副主祭抢上前来抓住主教的胳臂。可是主教死命挣脱了，他突然转过身来，劈面对着他们，一双眼睛好似狂性大发的野兽。

“你们这是干什么？难道你们还嫌血不够？会轮到你们的，

---

① 这一句原文为 I AM THAT I AM（全部用大写字体），典出《圣经·旧约·出埃及记》：耶和华上帝派摩西领以色列人出埃及，摩西问上帝叫什么名字，好去向以色列人回报，上帝对他说：“I AM THAT I AM”（《新旧约全书》译作“我是自有永有的”）。又说：“你要对以色列人这样说，那自有的（I AM）打发我到你们这里来。”（3 章 14 节）所以 I AM 就是上帝（天主）的一种称号。蒙塔奈利在这里说“I AM THAT I AM”，从字面上看他是借用了上帝（天主）对摩西自报身份的一句话，实际上更明白的意思就是：“我正就是（I AM）那个（THAT）天主（I AM）啊。”

等着好啦，你们这些豺狼，全都有你们喝的！”

他们都退了下去，战战兢兢挤成一堆，一个个大声直喘粗气，面色都白得像纸一样。蒙塔奈利又把脸转向了群众，目光到处，他们的身子都发抖了，打晃了，就像一片麦田遇上了一阵特大的狂风一样。

“你们把他杀了！你们把他杀了！可我也都认了，因为我不忍心让你们死。但是现在你们来围着我转转，赞美都是言不由衷，祈祷都是邪念不改，我后悔了——我悔不该干出了这样的蠢事！倒不如由着你们这些人去做尽坏事而自取灭亡，去落入血污的地狱永受煎熬，我实在应该让他活下来才对。你们的灵魂都是滋生罪恶的根源，又有什么价值，何苦要为这样的灵魂付出那么大的代价呢？但是后悔已经来不及了——来不及了！我大声呼喊，可是他听不见我的叫声；我拼命捶他的墓门，可是他已经不会醒过来了；我只落得孑然一身，四下茫茫一片荒寂，脚下是埋葬了我心上宝贝的血染的土地，头上是留给我的那缥缈而森严的天，我举目四顾，只觉得无限凄凉。我把他给断送了！你们这帮子毒蛇，就是为了你们我把他给断送了！

“既然这救世圣体是该给你们的，你们就来领去吧！我就扔给你们，只当一根肉骨头扔给一群汪汪乱叫的恶狗！你们这一席盛宴，反正已经替你们付出了代价了；所以你们只管来开怀大嚼吧，你们这些吃人肉、吸人血的——你们简直就是专吃死尸的兀鹰鬣狗！你们看哪，血从祭坛上流下来了，还热腾腾泛着泡沫呢，那可是从我心爱儿子的心里流出来的——都是为你们而流的呀！尽情喝吧，拼命喝吧，喝得嘴唇上红红的才好呢！还有肉，去抢吧，去争吧，去狼吞虎咽吧——从今以后就不要再来找我的麻烦了。这就是献给你们的我儿子的身体——看吧，落得皮破肉碎，鲜血淋漓，还在动呢，可见他受尽折磨的生命还没有完全止息，还在抖呢，可见他临死的痛苦有多凄惨。拿去吧，基督徒们，拿去吃吧!”

说着他早已举起了那圣体龛子，连同里面的圣体，一起高高地举过了头顶；话刚说完，就一甩手，猛地往地上砸去。哐啷一声，金属龛子在石头地上撞得震天价响，那帮神父这才如梦初醒，慌忙一拥而上，十来双手一齐揪住了这个神经错乱了的人。

这时候，直到这时候，人群里的一派沉寂方才打破，歇斯底里的尖声狂叫顿时响成了一片。椅子倒了，板凳翻了，大家纷纷夺门而出，一时你踏我我踩你，慌忙之间门帘也给扯下了，花环都给拽下了，哭哭啼啼的人流宛如一股奔腾巨浪，直往大街上涌去。

尾　声

“琴玛，楼下有个男人说要见你。”马丁尼的话是压低了嗓门说的。最近这十天来，他和琴玛彼此说话都不知不觉把嗓门压得低低的。嗓门低了，言谈举止都多了一点慢条斯理的味道，这就是他们俩内心悲痛的唯一流露了。

琴玛正卷起了袖子，围起了围裙，站在一张桌子跟前，把弹药一包包打成包，好分送出去。她从一大清早起就站在那儿干这个活儿了；如今已是炎阳逼人的下午，她早已不胜其累，连脸色都显得很憔悴了。

“是个男人吗，切扎雷？他有什么事？”

“我也不知道，亲爱的。他好像不大肯告诉我。他说他只能跟你一个人谈。”

“好吧。”她解下了围裙，放下了袖子。“我看我不见他也不好；不过只怕多半是个密探。”

“反正我就在隔壁屋里待着，叫一声就来了。回头把他打发走以后，你还是赶快去歇一会儿的好。今天你已经站得时间太长了。”

“没有的事。我倒还想继续干下去。”

她就步履缓慢地下了楼梯，马丁尼一声不吭，跟在后边。才没几天工夫，琴玛看上去似乎就一下子老了十岁，原来一绺灰白的头发，如今已成了好阔的一大条。她现在总是经常把眼垂得低低的，一次偶然一抬眼，露出了眼睛下两个怕人的黑圈，吓得马丁尼都打了个寒噤。

走进小小的会客室，发现有个模样儿粗里笨气的男人，以立正的姿势站在地当中。看他的那副身材体态，再看他抬头见了她便有些惊慌之色，琴玛猜想他一定是瑞士侍卫队的一名士兵。他穿了一件乡下人的罩衫，那一望而知不是他自己的；一对眼珠子老是往四下里溜，像是怕被人发现他在这儿似的。

“你会说德国话吗?”他说的德国话，苏黎世土话的味道很重。

“会说一点。我听说你有事要找我。”

“你就是博拉太太吧？我给你捎来了一封信。”

“一封……信?”她禁不住浑身哆嗦起来，一只手连忙往桌子上一撑，极力把自己稳住。

“我是那边的一名卫兵。”说着他指了指窗外小山上的那座堡垒。“信……是上星期被枪毙的那一位托我捎来的。他是隔天晚上写的。我答应他我一定要亲手把信交到你本人的手里。”

她低下了头。这么说他毕竟还是写了信的。

“就是为了这个缘故，所以我一直拖到今天才把信送来，”那个士兵又接着说。“他说过的，信只能交给你本人，除了你谁也别给，偏偏前一阵子我又走不出来——他们对我监视得可严了。我没有办法，只好借了这套衣帽一穿，总算混过来了。”

他说着在罩衫的怀里掏摸了好一阵。天气炎热，他掏出来的那张折了几折的纸不但又脏又皱，而且是汗潮潮的。他没有就走，却站在那儿，两脚不安地在地上蹭呀擦的；过了会儿，他伸起手来搔了搔后脑勺。

“你可半个字也不要透出去啊，”他终于又怯生生地说了，转过不信任的目光来瞟了她一眼。“我可是冒了丢脑袋的危险才到这儿来的。”

“我哪儿能透出去呢。别，请等一等……”

见他转身要走，琴玛赶紧把他拦住，伸手去掏钱包；可是他往后退了一步，生气了。

“我不要你的钱，”他的口气一点也不客气，“我办这件事可是为了他——我是受他之托。为了他，再难办的事我也要给他办到。他待我太好了——反正上天是知道的！”

听他说话有点哽咽，琴玛抬头一看，见他正用满是污垢的袖子在擦眼睛。

“我们开枪也是没有法子的事，”他压低了嗓门又接着说，“我和我的伙伴哪个不是这样。当了兵，就不能不服从命令。我们胡乱开了一枪，不行，还得重来……他就笑我们……说我们枪法不行……可他，待我实在太好了……”

会客室里顿时一片沉默。过了会儿，他把身子一挺，土里土气地行了个军礼，就走了。

琴玛手里拿着信，站在那儿半晌没动，后来才走到开着的窗子跟前坐下，看起信来。信是用铅笔写的，满纸密密麻麻的字，有些地方简直很难辨认。可是开头几个字却非常清楚显眼，那是用英文写的：

“亲爱的吉姆：”

纸上的字突然化作了一片模糊，什么也看不清了。她又把他丢了——又把他丢了！一看见这熟悉的儿时的称呼，那种失去了亲人的绝望之情重又袭上了她的心头，她两眼发直，伸出了双手，不知道怎么好，仿佛压在阿瑟身上的泥土也压到她的心口上来了。

过了会儿，她才又重新拿起信来，继续看下去：

“明天早上天一亮，我就要给枪决了。我对你作过保证：一定什么都告诉你；这个诺言现在再不履行，我就没有履行的机会了。不过，反正你我之间凡事也无需多作什么解释。我们彼此虽然言语不多，却一向都很理解，小时候就这样了。

“所以，你瞧，亲爱的，为了打耳光的那件旧事伤透了心，你实在是大可不必的。这个耳光给我的打击，重固然是重，但是那样重的打击我挨得也多了，可我还不是一次次都挺了过来？——有几次我还给回敬了两下呢！——你瞧我至今还不是像我们那本小人书（忘了书名了）上面所讲的一条鲭鱼那样：‘哎呀，活蹦乱跳的呢！’不过我这活蹦乱跳也是最后一跳了，到明天早上就要‘**Finita la Commedia**’[①]了！用你我的话来翻译，就是‘杂耍表演收场’了。为此你我应该感谢那班神灵，他们毕竟还是对我们发了那么点儿慈悲的。虽然不大，到底还有那么点儿；对此，加上此前也屡蒙他们赐恩，我们可要衷心感激才好哪！

“说到明天早上的事，有一点希望你和马丁尼能够理解，不要再有什么疑虑，就是：我倒是很愉快、很满意

① 意大利语：演出结束。

的，命运之神所能给我的结局，这已经算是最好的了。这话务请转告马丁尼，就说是我托你带给他的信儿吧；他是个好人，又是个好同志，他会理解的。你瞧，亲爱的，我**看得才清楚呢：**那帮顽固分子迫不及待地重又采取了秘密审判、秘密处决的手段，这对我们是有利的，对他们自己反倒是帮了倒忙。我**看得才清楚呢：**只要你们留下来的同志团结一致，坚定不移，狠狠打击他们，你们就一定会大有作为。至于我，我明天迈步走进院子，心情就跟小学生回家度假一样轻松。该我做的工作我已经都完成了，这个死刑的判决就证明了我的任务是不折不扣完成了的。他们是因为怕我才杀了我；一个人做到了这一步，内心里更复何求？

“不过，内心里希望还是有一个的。人既将死，有一点个人的空想总还是可以的吧，我就希望你能理解为什么我对你总是这么蛮横，这么老没好气，对一些宿怨老账怎么老是耿耿于怀。可其实你心里肯定是雪亮的，我在这里跟你提一下，也无非是因为写了出来，心里就觉得痛快了。琴玛，我早就爱你了，当年你还只是个丑小丫，穿一件格子布连衣裙，领口上缝一条粗糙的花边抵肩，脑后拖一条长辫子，那时候我就爱你了，到今天我还爱你。你还记得吗？有一天我吻了你的手，你就可怜巴巴地求我：以后‘千万不要再这样了！’我知道我当时这个玩笑开得有点不知自重，这请你务必要原谅我；现在我又在这纸上写你名字的地方吻了一下。这样我就吻了你两次，两次都没有得到你的同意。

“好，就写这些了。别了，亲爱的。”

信的下面没有签名，却写了他们小时候一起念过的一首小诗：

“活着也好，
死了也成，
从此我就永远成了
一只快乐的牛虻。”

※ ※ ※

半个小时以后，马丁尼走进屋来。把话在肚子里藏了半辈子的他，这时竟吓得一反常态，忙不迭扔下了手里拿着的告示，冲过去一把搂住了她。

“琴玛！你这是怎么啦？你倒是说呀！别这样哭呀——你是从来不哭的呀！琴玛！琴玛，我亲爱的！”

“没什么，切扎雷；我以后再告诉你吧……我……这会儿不想谈这件事。”

她急忙把沾着泪水的信塞进了口袋，随即站起身来，特意探身到窗外，免得自己的脸色被他看到。马丁尼默不作声，咬着自己的小胡子。把心事默默地藏了这么多年，今天竟会这样冒冒失失泄露了真情——她居然一点都没有发觉！

“大教堂里在打钟呢，”过了会儿她又恢复了镇定，于是就回过头来说，“一定是有谁死了。”

“我来就是要让你看这个告示，”马丁尼的回答也恢复了他平日的语调。他从地上捡起告示，递给了她。那是个四周围着黑框的讣告，用大号字体仓促赶印的，说是：“我们无限爱戴的红衣主教洛伦佐·蒙塔奈利大人阁下”，“因心脏动脉瘤破裂”，于腊万纳突然去世。

她看完讣告，急忙抬起头来看了一眼；对她眼中那个没有明言的意思，马丁尼的回答只是耸耸肩膀。

“你还要怎么样呢，夫人？说死于动脉瘤，已经是蛮不错了。”

译后记

一下子，“牛虻”在我国几乎成了个家喻户晓的人物。

那是在二十世纪五十年代。由《钢铁是怎样炼成的》引出了《牛虻》，我国的读书界顷刻掀起了一股“牛虻热”——尽管在当时还不大时行“什么热”、“什么热”这样的提法。根据小说改编摄制的彩色影片随后也上映了，于是“牛虻”高大的形象，那毡帽下两眉微耸、左颊上横着一道刀疤的冷峭坚毅的面容，也叫更多的人难以忘怀了。“牛虻”成了很多人心目中的英雄，《牛虻》成了很多人心目中的文学经典。

《牛虻》的故事，背景是十九世纪三四十年代的意大利。当时的意大利处在奥地利人的势力下，国家陷于四分五裂的状态。罗马是教皇的统治中心，加上周围的四个所谓教省，合称教皇国，受教皇的直接统治。北方的伦巴第-威尼西亚则干脆被划归奥地利，成了奥地利的一个省份。其余则是一些大大小小的王国和公国，其统治者都跟教皇，跟奥地利人，有千丝万缕的关系。例如青年时代的“牛虻”——阿瑟的家庭所在地来亨、求学所在地比萨，都属于托斯卡纳公国（首府为佛罗伦萨）。这种分裂状态阻碍了历史发展的要求。在“牛虻”看来，为了要实现意大利的统一，在伦巴第-威尼西亚要驱逐奥地利人，在教皇国要举行武装起义，在诸如托斯卡纳这样的地方就要揭露教会的黑暗与腐败，以达到推翻教皇统治的目的。

《牛虻》的故事，是一个觉醒、斗争、最后为人类的进步事业而英勇献身的故事。从天真的青年阿瑟到坚强的斗士“牛虻”，其间经历了十三年的炼狱。从虔诚的信徒到决心摆脱“害人虫”而出走，决定性的关键是他认清了两个神父的面目。受了官府的奸细卡尔迪神父的骗，他充其量只是想到了一死了之；发现了自己崇拜的偶像又是自己的生身父亲蒙塔奈利神父也没有对他说实话，他才痛感到自己应该走上一条新的生活道路。在南美的那些年，挣扎在死亡线上，过着非人的生活，支撑着他的唯一的一个念头就是他不能死，他要回去跟教会斗。“牛虻”最大的特点就是坚强，这种磨炼出来的坚强。正因为这样坚强，所以他才能忍受常人所不能忍受的痛苦，才没有在父子的亲情面前打败仗，才敢横眉冷对敌人的枪口。

《牛虻》的故事，又是一个爱的故事。阿瑟和琴玛之间的爱，以雪一般的晶莹纯洁贯彻始终。阿瑟对他父亲的爱，却是同恨交织在一起的。成为“牛虻”后的几次父子相会，几度波澜起伏，在“认”还是“不认”的问题上，理智几次在最后的关头抵挡住了感情的冲击，然而末了还是不免在忿忿之中亮出了自己的身份。理想虽然最后战胜了亲情，但是做儿子的还是想最后“救”一“救”父亲。父亲却铁了心向着天主，那又有什么办法呢？

了解一下作者的情况，对于理解作品是很有帮助的。作者埃塞尔·莉莲·伏尼契，1864 年生于爱尔兰的科克市，父亲是科克市昆士学院的数学教授，大家庭里一家子都信天主教，唯有埃塞尔是个例外。年轻时她到过德国、意大利求学，还到过俄国。1892 年在英国同波兰爱国志士米·伏尼契结婚。

米·伏尼契曾因参加反抗沙俄的革命活动而被流放到西伯利亚，后设法脱逃到英国。在英国埃塞尔还接触到好些流亡的意大利爱国志士，这无疑也有助于她《牛虻》一书的创作。伏尼契夫妇于1920年迁居美国。埃塞尔·伏尼契于1960年以96岁的高龄在纽约去世。

原书是1895年写成，于1897年在美国先行问世，而后再在英国出版的。我现在翻译所根据的，就是十九世纪末在美国印行的这个版本，但是在我案头还另有一种纸面袖珍本，那是相隔六十多年后，于作者去世后的第二年（1961年）由美国一家小出版社出版的。袖珍本的封面封底上并没有美国一般重印袖珍本上常有的“(在美国）已行销多少万册”之类的广告用语，而是印上了“在中国已行销了上百万册”、在某国“已用十八种语言印行了九十个版次”这样的醒目字眼。紧接着便郑重其事地宣告：本丛书重新发掘出了这本经典作品，此次新版一次印刷五十万册。这个很不寻常的现象，至少告诉我们两点：一是，《牛虻》是不分国界的全世界读者所喜爱的；二是，《牛虻》尽管在其母语国家曾一度沉寂过多年，但是又被国外读者传诵的热潮“激活”了。这不是可以证明一部经典作品总是有其强大的生命力么？

附带说一下，这个1897年的《牛虻》初版本，是眼下见到的几个版本中最完整的一个，我这个译本的宗旨就是要尽可能做到保持其原貌。在翻译中我认定了三条原则：一是，书中描写宗教仪式、渲染宗教气氛，是作者用以表现人物心理的一种手段，不应视其为游离或半游离的成分；其次，“牛虻”和蒙塔奈利都是研究过神学的，他们的言谈中往往引用了很多《圣经》的原文，这不仅是他们表达思想的一种手段，往往也是唇枪舌剑交锋中的一种斗争的武器，因此应当尽可能找出其典故出处，只有这样才能让读者明白其确切的含义；第三，“牛虻”是个英雄，但毕竟不是一个无产阶级的英雄；如果他有什么“缺乏阶级分析的糊涂观念”，那也只能让他去有，不要怕有损他的高大形象。那样我们看到的才是一个真实的“牛虻”。

译　者

E.L.Voynich
THE GADFLY

图书在版编目(CIP)数据

牛虻/(爱尔兰)埃塞尔·莉莲·伏尼契著;蔡慧译. —上海:上海译文出版社,2022.9
(译文经典)
书名原文:The Gadfly
ISBN 978-7-5327-9095-1

Ⅰ.①牛… Ⅱ.①埃… ②蔡… Ⅲ.①长篇小说-爱尔兰-近代 Ⅳ.①I562.44

中国版本图书馆 CIP 数据核字(2022)第 153554 号

牛 虻
[爱尔兰]埃塞尔·莉莲·伏尼契 著 蔡慧 译
责任编辑/宋玲 装帧设计/张志全工作室

上海译文出版社有限公司出版、发行
网址:www.yiwen.com.cn
201101 上海市闵行区号景路 159 弄 B 座
山东临沂新华印刷物流集团有限责任公司印刷

开本 787×1092 1/32 印张 13 插页 5 字数 221,000
2022 年 11 月第 1 版 2022 年 11 月第 1 次印刷
印数:0,001—8,000 册

ISBN 978-7-5327-9095-1/I · 5650
定价:65.00 元

“译文经典”（精装系列）

瓦尔登湖 [美] 梭罗 著 潘庆舲 译
老人与海 [美] 海明威 著 吴劳 译
情人 [法] 玛格丽特 · 杜拉斯 著 王道乾 译
香水 [德] 聚斯金德 著 李清华 译
死于威尼斯 [德] 托马斯 · 曼 著 钱鸿嘉 译
爱的教育 [意] 亚米契斯 著 储蕾 译
金蔷薇 [俄] 帕乌斯托夫斯基 著 戴骢 译
动物农场 [英] 乔治 · 奥威尔 著 荣如德 译
一九八四 [英] 乔治 · 奥威尔 著 董乐山 译
快乐王子 [英] 王尔德 著 巴金 译
都柏林人 [爱] 乔伊斯 著 王逢振 译
月亮和六便士 [英] 毛姆 著 傅惟慈 译
蝇王 [英] 戈尔丁 著 龚志成 译
了不起的盖茨比 [美] 菲茨杰拉德 著 巫宁坤 等译
罗生门 [日] 芥川龙之介 著 林少华 译
厨房 [日] 吉本芭娜娜 著 李萍 译
看得见风景的房间 [英] E · M · 福斯特 著 巫漪云 译
爱的艺术 [美] 弗洛姆 著 李健鸣 译
荒原狼 [德] 赫尔曼 · 黑塞 著 赵登荣 倪诚恩 译
茵梦湖 [德] 施托姆 著 施种 等 译
局外人 [法] 加缪 著 柳鸣九 译
磨坊文札 [法] 都德 著 柳鸣九 译
遗产 [美] 菲利普 · 罗斯 著 彭伦 译
苏格拉底之死 [古希腊] 柏拉图 著 谢善元 译
自我与本我 [奥] 弗洛伊德 著 林尘 等译
“水仙号”的黑水手 [英] 约瑟夫 · 康拉德 著 袁家骅 译
变形的陶醉 [奥] 斯台芬 · 茨威格 著 赵蓉恒 译
马尔特手记 [奥] 里尔克 著 曹元勇 译
棉被 [日] 田山花袋 著 周阅 译
69 [日] 村上龙 著 董方 译
田园交响曲 [法] 纪德 著 李玉民 译
彩画集 [法] 兰波 著 王道乾 译
爱情故事 [美] 埃里奇 · 西格尔 著 舒心 鄂以迪 译
奥利弗的故事 [美] 埃里奇 · 西格尔 著 舒心 译
哲学的慰藉 [英] 阿兰 · 德波顿 著 资中筠 译
捕鼠器 [英] 阿加莎 · 克里斯蒂 著 黄昱宁 译
权力与荣耀 [英] 格雷厄姆 · 格林 著 傅惟慈 译
十一种孤独 [美] 理查德 · 耶茨 著 陈新宇 译

浪子回家集	[法] 纪德 著　卞之琳 译
爱欲与文明	[美] 赫伯特·马尔库塞 著　黄勇　薛民 译
存在主义是一种人道主义	[法] 让-保罗·萨特 著　周煦良　汤永宽 译
海浪	[英] 弗吉尼亚·伍尔夫 著　曹元勇 译
尼克·亚当斯故事集	[美] 海明威 著　陈良廷　等译
垮掉的一代	[美] 杰克·凯鲁亚克 著　金绍禹 译
情人的礼物	[印度] 泰戈尔 著　吴岩 译
旅行的艺术	[英] 阿兰·德波顿 著　南治国　彭俊豪　何世原 译
格拉斯医生	[瑞典] 雅尔玛尔·瑟德尔贝里 著　王晔 译
非理性的人	[美] 威廉·巴雷特 著　段德智 译
论摄影	[美] 苏珊·桑塔格 著　黄灿然 译
白夜	[俄] 陀思妥耶夫斯基 著　荣如德 译
生存哲学	[德] 卡尔·雅斯贝斯 著　王玖兴 译
时代的精神状况	[德] 卡尔·雅斯贝斯 著　王德峰 译
伊甸园	[美] 海明威 著　吴劳 译
人论	[德] 恩斯特·卡西尔 著　甘阳 译
空间的诗学	[法] 加斯东·巴什拉 著　张逸婧 译
爵士时代的故事	[美] F·S·菲茨杰拉德 著　裘因　萧甘 等译
瘟疫年纪事	[英] 丹尼尔·笛福 著　许志强 译
想象	[法] 让-保罗·萨特 著　杜小真 译
论自愿为奴	[法] 艾蒂安·德·拉·波埃西 著　潘培庆 译
人间失格·斜阳	[日] 太宰治 著　竺家荣 译
在西方目光下	[英] 约瑟夫·康拉德 著　赵挺 译
辛德勒名单	[澳] 基尼利 著　冯涛 译
论精神	[法] 雅克·德里达 著　朱刚 译
宽容	[美] 房龙 著　朱振武　付远山　黄珊 译
爱情笔记	[英] 阿兰·德波顿 著　孟丽 译
德国黑啤与百慕大洋葱	[美] 约翰·契弗 著　郭国良　陈睿文 译
常识	[美] 托马斯·潘恩 著　蒋漫 译
欲望号街车	[美] 田纳西·威廉斯 著　冯涛 译
佛罗伦萨之夜	[德] 海涅 著　赵蓉恒 译
时情化忆	[法] 米歇尔·布托 著　冯寿农 译
理想国	[古希腊] 柏拉图 著　谢善元 译
逆流	[法] 于斯曼 著　余中先 译
权力意志与永恒轮回	[德] 尼采 著 [德] 沃尔法 特编　虞龙发 译
人各有异	[美] E·B·怀特 著　贾辉丰 译
三十七度二	[法] 菲利普　迪昂　著　胥弋　译
精神疾病与心理学	[法] 米歇尔·福柯　著　王杨　译
纯真年代	[美] 伊迪丝·华顿　著　吴其尧　译

我们	[俄] 叶甫盖尼 · 扎米亚京 著 陈超 译
亚当夏娃日记	[美] 马克 · 吐温 著 周小进 译
为奴十二年	[美] 所罗门 诺萨普 著 蒋漫 译
美丽新世界	[英] 马克 · 奥尔德斯 · 赫胥黎 著 陈超 译
斯万的一次爱情	[法] 普鲁斯特 著 沈志明 译
怪谈 • 奇谭	[日] 小泉八云 著 匡匡 译
名人传	[法] 罗曼 · 罗兰 著 傅雷 译
西西弗神话	[法] 阿尔贝 · 加缪 著 沈志明 译
大师和玛格丽特	[俄] 米 · 布尔加科夫 著 高惠群 译
人的权利	[美] 托马斯 · 潘恩 著 乐国斌 译
螺丝在拧紧	[美] 亨利 · 詹姆斯 著 黄昱宁 译
古代哲学的智慧	[法] 皮埃尔 · 阿多 著 张宪 译
柏林，亚历山大广场	[德] 阿尔弗雷德 · 德布林 著 罗炜 译
心灵、自我与社会	[美] 乔治 · H.米德 著 赵月瑟 译
生活的意义与价值	[德] 鲁道夫 · 奥伊肯 著 赵月瑟 译
身份的焦虑	[英] 阿兰 · 德波顿 著 陈广兴 南治国 译
反抗者	[法] 加缪 著 沈志明 译
沉思录	[古罗马] 马可 · 奥勒留 著 唐江 译
新教伦理与资本主义精神	[德] 马克斯 · 韦伯 著 袁志英 译
天才雷普利	[美] 帕特里夏 · 海史密斯 著 赵挺 译
小说面面观	[英] E · M · 福斯特 著 冯涛 译
伤心咖啡馆之歌	[美] 卡森 · 麦卡勒斯 著 卢肖慧 译
走出非洲	[丹麦] 伊萨克 · 迪内森 著 刘国枝 译
骑兵军	[苏联] 伊萨克 · 巴别尔 著 张 冰 译
有闲阶级论	[美] 索尔斯坦 · 凡勃伦 著 凌复华 彭婧珞 译
乌合之众	[法] 古斯塔夫 · 勒 庞 著 陆泉枝 译
陌路人	[法] 加缪 著 沈志明 译
萨宁	[俄] 阿尔志跋绥夫 著 刘文飞 译
莎乐美	[英] 奥斯卡 · 王尔德 著 吴刚 中译 阿尔弗雷德 · 道格拉斯勋爵 英译
漫长的告别	[美] 雷蒙德 · 钱德勒 著 宋金 译
宫廷社会	[德] 诺贝特 · 埃利亚斯 著 林荣远 译
米佳的爱情	[俄] 蒲宁 著 冯玉律 冯春 译
当代英雄	[俄] 莱蒙托夫 著 冯春 译
达芬奇与白日梦	[美] 西格蒙德 · 弗洛伊德 著 张唤民 陈伟奇 译
人文主义地理学	[美] 段义孚 著 宋秀葵 陈金凤 张盼盼 译

哈姆雷特	[英]莎士比亚 著　方平 译
罗密欧与朱丽叶	[英]莎士比亚 著　方平 译
太阳照常升起	[美]海明威 著　赵静男 译
土星照命	[美]苏珊·桑塔格 著　姚君伟 译
长日将尽	[英]石黑一雄 著　冯涛 译
包法利夫人	[法]福楼拜 著　李健吾 译
流动的盛宴	[美]海明威 著　汤永宽 译
疾病的隐喻	[美]苏珊·桑塔格 著　程巍 译
阴界与阳界	[法]加缪 著　沈志明 译
玉米人	[危]阿斯图里亚斯 著　刘习良　笋季英 译
乞力马扎罗的雪	[美]海明威 著　汤永宽　鹿金 等译
不祥的蛋·狗心	[苏联]布尔加科夫 著　白桦熊 译
公共哲学	[美]沃尔特·李普曼 著　任晓 译
弗兰肯斯坦	[英]玛丽·雪莱 著　刘新民 译
野性的呼唤	[美]杰克·伦敦 著　刘荣跃 译
耶利哥的玫瑰	[俄]蒲宁 著　冯玉律 译
王子出游记	[英]塞缪尔·约翰生 著　水天同 译
鼠疫	[法]加缪 著　沈志明 译
在轮下	[德]赫尔曼·黑塞 著　张佑中 译
剧院魅影	[法]加斯通·勒鲁 著　符锦勇 译
反对阐释	[美]苏珊·桑塔格 著　程巍 译
好兵帅克	[捷克]雅·哈谢克 著　萧乾 译
为什么相信达尔文	[美]杰里·A.因科 著　叶盛 译
查拉图斯特拉如是说	[德]弗里德里希·尼采 著　黄明嘉 译
人的问题	[美]托马斯·内格尔 著　万以 译
人性的弱点	[美]戴尔·卡耐基 著　陆泉枝 译
培根随笔	[英]弗朗西斯·培根 著　蒲隆 译
蒙田随笔	[法]蒙田 著　马振骋 译
西线无战事	[德]雷马克 著　颜徽玲 译
窄门	[法]纪德 著　老高放 译
如果种子不死	[法]纪德 著　罗国林 译
盲刺客	[加拿大]玛格丽特·阿特伍德 著　韩忠华 译
牛虻	[爱尔兰]埃塞尔·莉莲·伏尼契 著　蔡慧 译